岩波文庫

31-042-2

夜明け前

第一部

(上)

島崎藤村作

JN265660

目　次

夜明け前　第一部

夜明け前　第一部

序の章

一

木曾路《きそじ》はすべて山の中である。あるところは岨《そば》づたいに行く崖《がけ》の道であり、あるところは数十間の深さに臨む木曾川の岸であり、あるところは山の尾をめぐる谷の入口である。一筋の街道はこの深い森林地帯を貫いていた。

東ざかいの桜沢から、西の十曲峠《じつきょくとうげ》まで、木曾十一宿はこの街道に添うて、二十二里余に亙《わた》る長い谿谷《けいこく》の間に散在していた。道路の位置も幾度《いくたび》か改まったもので、古道はいつの間にか深い山間《やまあい》に埋《うず》もれた。名高い桟《かけはし》も、蔦《つた》のかずらを頼みにしたような危い場処ではなくなって、徳川時代の末には既に渡ることの出来る橋であった。新規に新規にと出来た道はだんだん谷の下の方の位置へと降って来た。道の狭いところには、木を伐《き》って並べ、藤づるでからめ、それで街道の狭いのを補った。長い間にこの木曾路に起って来た変化は、いくらかずつでも嶮岨《けんそ》な山坂の多いところを歩きよくした。そのかわり、大雨ごとにやって来る河水の氾濫《はんらん》が旅行を困難にする。その度《たび》に旅人は最寄《もよ》り最寄りの宿場に逗留《とうりゅう》して、道路の開通を待つこともめずらしくない。

この街道の変遷は幾世紀に亙る封建時代の発達をも、その制度組織の用心深さをも語っていた。鉄砲を改め女を改めるほど旅行者の取締りを厳重にした時代に、これほど好い要害の地勢もないからである。この谿谷の最も深いところには木曾福島の関所も隠れていた。

東山道《とうさんどう》とも言い、木曾街道六十九次とも言った駅路の一部がここだ。この道は東は板橋を経て江戸に続き、西は大津を経て京都にまで続いて行っている。東海道方面を廻らないほどの旅人は、否《いや》でも応《おう》でもこの道を踏まねばならぬ。一里ごとに塚を築き、榎《えのき》を植えて、里程《りてい》を知るたよりとした昔は、旅人はいずれも道中記をふところにして、宿場から宿場へとかかりながら、この街道筋を往来した。

馬籠《まごめ》は木曾十一宿の一つで、この長い谿谷の尽きたところにある。西よりする木曾路の最初の入口にあたる。そこは美濃境《みのざかい》にも近い。美濃方面から十曲峠に添うて、曲りくねった山坂を攀《よ》じ登って来るものは、高い峠の上の位置にこの宿《しゅく》を見つける。街道の両側には一段ずつ石垣を築いてその上に民家を建てたようなところで、風雪を凌《しの》ぐための石を載せた板屋根がその左右に並んでいる。宿場らしい高札《こうさつ》の立つところを中心に、本《ほん》陣《じん》、問屋《といや》、年寄《としより》、伝馬役《てんまやく》、定歩行役《じょうほこうやく》、水役《みずやく》、七里役《しちりやく》（飛脚）などよりなる百軒ばかりの家々が主《おも》な部分で、まだその他《ほか》に宿内の控えとなっている小名《こな》の家数を加えると六十軒ばかりの民家を数える。荒町《あらまち》、みつや、横手《よこて》、中のかや、岩田《いわた》、峠《とうげ》などの部落がそれだ。そこの宿はずれでは狸《たぬき》の膏薬《こうやく》を売る。名物栗こわめしの看板を軒に掛けて、往来の客を待つ御休処《おやすみどころ》もある。山の中とは言いながら、広い空は恵那山《えなさん》の麓の方にひらけて、美濃の平野を望むことの出来るような位置にもある。何となく西の空気も通《かよ》って来るようなところだ。

　本陣の当主吉左衛門《きちざえもん》と、年寄役の金兵衛《きんべえ》とはこの村に生れた。吉左衛門は青山の家をつぎ、金兵衛は、小竹の家をついだ。この人たちが宿役人として、駅路一切の世話に慣れた頃は、二人ともすでに五十の坂を越していた。吉左衛門五十五歳、金兵衛の方は五十七歳にもなった。これは当時としてめずらしいことでもない。吉左衛門の父にあたる先代の半六などは六十六歳まで宿役人を勤めた。それから家督を譲って、漸《ようや》く隠居したくらいの人だ。吉左衛門にはすでに半蔵という跡継《あとつぎ》がある。しかし家督を譲って隠居しようなぞとは考えていない。福島の役所からでもその沙汰《さた》があって、いよいよ引退の時期が来るまでは、まだまだ勤められるだけ勤めようとしている。金兵衛とても、この人に負けてはいなかった。

二

山里へは春の来ることも遅い。毎年旧暦の三月に、恵那《えな》山脈の雪も溶けはじめる頃になると、にわかに人の往来も多い。中津川の商人は奥筋《おくすじ》(三留野《みどの》、上松《あげまつ》、福島から奈良井《ならい》辺までを指す)への諸勘定を兼ねて、ぽつぽつ隣の国から登って来る。伊那の谷の方からは飯田の在のものが祭礼の衣裳なぞを借りにやって来る。太神楽《だいかぐら》も入り込む。伊勢へ、津島へ、金毘羅《こんぴら》へ、あるいは善光寺への参詣《さんけい》もその頃から始まって、それらの団体をつくって通る旅人の群の動きがこの街道に活気をそそぎ入れる。

西の領地よりする参覲交代《さんきんこうたい》の大小の諸大名、日光への例幣使《れいへいし》、大坂の奉行や御加番衆《おかばんしゅう》などはここを通行した。吉左衛門なり金兵衛なりは他の宿役人を誘い合せ、羽織に無刀、扇子《せんす》をさして、西の宿境《しゅくざかい》までそれらの一行をうやうやしく出迎える。そして東は陣場か、峠の上まで見送る。宿から宿への継立てと言えば、人足や馬の世話から荷物の扱いまで、一通行あるごとに宿役人としての心づかいもかなり多い。多人数の宿泊、もしくは御小休《おこやすみ》の用意も忘れてはならなかった。水戸の御茶壺《おちゃつぼ》、公儀の御鷹方《おたかかた》をも、こんな風にして迎える。しかしそれらは普通の場合である。村方の財政や山林田地のことなぞに干渉されないで済む通行である。福島勘定所の奉行を迎えるとか、木曾山一帯を支配する尾張藩の材木方を迎えるとかいう日になると、ただの送り迎えや継立てだけではなかなか済まされなかった。

多感な光景が街道に展《ひら》けることもある。文政九年の十二月に、黒川村の百姓が牢舎《ろうや》御免ということで、美濃境まで追放を命ぜられたことがある。二十二人の人数が宿籠《しゅくかご》で、朝の五つ時に馬籠《まごめ》へ着いた。師走《しわす》もう年の暮に近い冬の日だ。その時も、吉左衛門は金兵衛と一緒に雪の中を奔走《ほんそう》して、村の二軒の旅籠屋《はたごや》で昼支度をさせるから国境《くにざかい》へ見送るまでの世話をした。もっとも、福島からは四人の足軽が附添って来たが、二十二人共に残らず腰縄手錠《こしなわてじょう》であった。

五十余年の生涯の中で、この吉左衛門らが記憶に残る大通行と言えば、尾張《おわり》藩主の遺《い》骸《がい》がこの街道を通った時のことにとどめをさす。藩主は江戸で亡くなって、その領地にあたる木曾谷を輿《こし》で運ばれて行った。福島の代官、山村氏から言えば、木曾谷中の行政上の支配権だけをこの名古屋の大領主から託されているわけだ。吉左衛門らは二人の主人をいただいていることになるので、名古屋城の藩主を尾州《びしゅう》の殿様と呼び、その配下にある山村氏を福島の旦那様と呼んで、「殿様」と「旦那様」で区別していた。

「あれは天保《てんぽう》十年のことでした。全く、あの時の御通行は前代未聞《ぜんだいみもん》でしたわい。」

この金兵衛の話が出る度に、吉左衛門は日頃から「本陣鼻」と言われるほど大きく肉《にく》厚《あつ》な鼻の先へ皺《しわ》をよせる。そして、「また金兵衛さんの前代未聞が出た」と言わないばかりに、年齢《とし》の割合にはつやつやとした色の白い相手の顔を眺める。しかし金兵衛の言う通り、あの時の大通行は全く文字通り前代未聞の事と言ってよかった。同勢およそ千六百七十人ほどの人数がこの宿に溢《あふ》れた。問屋の九太夫《くだゆう》、年寄役の儀助、同役の新七、同じく与次衛門、これらの宿役人仲間から組頭《くみがしら》のものはおろか、ほとんど村中総掛りで事に当った。木曾谷中から寄せた七百三十人の人足だけでは、まだそれでも手が足りなくて、千人あまりもの伊那の助郷《すけごう》が出たのもあの時だ。諸方から集めた馬の数は二百二十四にも上った。吉左衛門の家は村でも一番大きい本陣のことだから言うまでもないが、金兵衛の住居《すまい》にすら二人の御用人の外に上下合せて八十人の人数を泊め、馬も二匹引受けた。

木曾は谷の中が狭くて、田畑もすくない。限りのある米でこの多人数の通行をどうすることも出来ない。伊那の谷からの通路にあたる権兵衛《ごんべえ》街道の方には、馬の振る鈴音に調子を合せるような馬子唄《まごうた》が起って、米をつけた馬匹《ばひつ》の群がこの木曾街道に続くのも、そういう時だ。

三

山の中の深さを思わせるようなものが、この村の周囲には数知れずあった。林には鹿も住んでいた。あの用心深い獣は村の東南を流れる細い下坂川《おりさかがわ》について、よくそこへ水を飲みに降りて来た。

古い歴史のある御坂越《みさかごえ》をも、ここから恵那《えな》山脈の方に望むことが出来る。大宝《たいほう》の昔に初めて開かれた木曾路とは、実はその御坂を越えたものであるという。その御坂越から幾つかの谷を隔てた恵那山の裾《すそ》の方には、霧が原の高原もひらけていて、そこにはまた古代の牧場の跡が遠くかすかに光っている。

この山の中だ。時には荒くれた猪《いのしし》が人家の並ぶ街道にまで飛び出す。塩沢というところから出て来た猪は、宿はずれの陣場から薬師堂の前を通り、それから村の舞台の方をあばれ廻って、馬場へ突進したことがある。それ猪だと言って、皆々鉄砲などを持出して騒いだが、日暮になってその行方《ゆくえ》も分らなかった。この勢のいい獣に比べると、向山から鹿の飛び出した時は、石屋の坂の方へ行き、七廻りの藪へ這入《はい》った。大勢の村の人が集まって、到頭《とうとう》一ト矢でその鹿を射とめた。ところが隣村の湯舟沢の方から抗議が出て、しまいには口論にまでなったことがある。

「鹿よりも、喧嘩《けんか》の方がよっぽど面白かった。」

と吉左衛門は金兵衛に言って見せて笑った。何かというと二人は村のことに引張り出されるが、そんな喧嘩は取り合わなかった。

檜木《ひのき》、椹《さわら》、明檜《あすひ》、高野槇《こうやまき》、欄《ねずこ》――これを木曾では五木という。そういう樹木の生長する森林の方は殊《こと》に山も深い。この地方には巣山《すやま》、留山《とめやま》、明山《あきやま》の区別があって、巣山と留山とは絶対に村民の立ち入ることを許されない森林地帯であり、明山のみが自由林とされていた。その明山でも、五木ばかりは許可なしに伐採することを禁じられていた。これは森林保護の精神より出たことは明かで、木曾山を管理する尾張藩がそれほどこの地方から生れて来る良い材木を重く視《み》ていたのである。取締りはやかましい。すこしの怠《おこた》りでもあると、木曾谷中三十三ケ村の庄屋は上松《あげまつ》の陣屋へ呼び出される。吉左衛門の家は代々本陣庄屋問屋の三役を兼ねたから、その度に庄屋として、背伐《せぎ》りの厳禁を犯した村民のため言い開きをしなければならなかった。どうして檜木《ひのき》一本でも馬鹿にならない。陣屋の役人の目には、どうかすると人間の生命《いのち》よりも重かった。

「昔はこの木曾山の木一本伐ると、首一つなかったものだぞ。」

陣屋の役人の威《おど》し文句だ。

この役人が吟味のために村へ入り込むという噂《うわさ》でも伝わると、猪や鹿どころの騒ぎでなかった。あわてて不用の材木を焼き捨てるものがある。囲って置いた檜板《ひのきいた》を他《よそ》へ移すものがある。多分の木を盗んで置いて、板にへいだり、売捌《うりさば》いたりした村の人などは殊に狼狽《ろうばい》する。背伐りの吟味と言えば、村中家探《やさが》しの評判が立つほど厳重を極めたものだ。目証《めあかし》の弥平《やへい》はもう長いこと村に滞在して、幕府時代の卑《ひく》い「おかっぴき」の役目をつとめていた。弥平の案内で、福島の役所からの役人を迎えた日のことは、一生忘れられない出来事の一つとして、まだ吉左衛門の記憶には新しくてある。その吟味は本陣の家の門内で行われた。のみならず、そんなに沢山な怪我人《けがにん》を出したことも、村の歴史としてかつて聞かなかったことだ。前庭の上段には、福島から来た役人の年寄、用人、書役《かきやく》などが居並んで、その側《わき》には足軽が四人も控えた。それから村中のものが呼び出された。その科《とが》によって腰縄手錠で宿役人の中へ預けられることになった。もっとも、老年で七十歳以上のものは手錠を免ぜられ、すでに死亡したものは「お叱《しか》り」というだけにとどめて特別な憐憫《れんびん》を加えられた。

この光景を覗《のぞ》き見ようとして、庭の隅の梨の木のかげに隠れていたものもある。その中に吉左衛門が忰《せがれ》の半蔵もいる。当時十八歳の半蔵は、眼を据《す》えて、役人のすることや、腰縄につながれた村の人たちのさまを見ている。それに吉左衛門は気がついて、

「さあ行った、行った——ここはお前たちなぞの立ってるところじゃない。」

と叱った。

六十一人もの村民が宿役人へ預けられることになったのも、その時だ。その中の十人は金兵衛が預かった。馬籠の宿役人や組頭《くみがしら》としてこれが見ていられるものでもない。福島の役人たちが湯舟沢村の方へ引き揚げて行った後で、「お叱り」のものの赦免せられるようにと、不幸な村民のために一同お日待《ひまち》をつとめた。その時のお札は一枚ずつ村中へ配当した。

この出来事があってから二十日ばかり過ぎに、「お叱り」のものの残らず手錠を免ぜられる日が漸《ようや》く来た。福島からは三人の役人が出張してそれを伝えた。手錠を解かれた小前《こまえ》のものの一人は、役人の前に進み出て、おずおずとした調子で言った。

「畏《おそ》れながら申し上げます。木曾は御承知の通りな山の中で御座います。こんな田畑もすくないような土地で御座います。お役人様の前ですが、山の林にでも縋《すが》るより外に、わたくしどもの立つ瀬は御座いません。」

四

新茶屋に、馬籠の宿の一番西のはずれのところに、その路傍《みちばた》に芭蕉の句塚の建てられた頃は、何と言っても徳川の代《よ》はまだ平和であった。

木曾路の入口に新しい名所を一つ造る、信濃《しなの》と美濃《みの》の国境にあたる一里塚に近い位置を撰《えら》んで街道を往来する旅人の眼にもよくつくような緩慢《なだらか》な丘の裾に翁塚《おきなづか》を建てる、山石や躑躅《つつじ》や蘭《らん》などを運んで行って周囲に休息の思いを与える、土を盛りあげた塚の上に翁の句碑を置く——その楽しい考えが、日頃《ひごろ》俳諧なぞに遊ぶと聞いたこともない金兵衛の胸に浮んだということは、それだけでも吉左衛門を驚かした。そういう吉左衛門はいくらか風雅の道に嗜《たしな》みもあって、本陣や庄屋の仕事のかたわら、美濃派の俳諧の流れを酌《く》んだ句作に耽《ふけ》ることもあったからで。

あれほど山里に住む心地《こころもち》を引き出されたことも、吉左衛門らにはめずらしかった。金兵衛はまた石屋に渡した仕事もほぼ出来たと言って、その都度《つど》句碑の工事を見に吉左衛門を誘った。二人とも山家《やまが》風《ふう》な軽衫《かるさん》(地方により、もんぺいというもの)をはいて出掛けたものだ。

「親父《おやじ》も俳諧は好きでした。自分の生きてるうちに翁塚の一つも建てておきたいと、口癖のようにそう言っていました。まあ、あの親父の供養《くよう》にと思って、わたしもこんなことを思い立ちましたよ。」

そう言って見せる金兵衛の案内で、吉左衛門も工作された石の側《そば》に寄って見た。碑の表面には、左の文字が読まれた。

送られつ送りつ果《はて》は木曾の穐《あき》　はせを

「これは達者に書いてある。」

「でも、この秋という字がわたしはすこし気に入らん。禾《のぎ》へんが崩して書いてあって、それにつくりが龜《かめ》でしょう。」

「こういう書き方もありますサ。」

「どうもこれでは木曾の蠅《はえ》としか読めない。」

こんな話の出たのも、一昔前だ。

あれは天保《てんぽう》十四年にあたる。いわゆる天保の改革の頃で、世の中建て直しということがしきりに触《ふ》れ出される。村方《むらかた》一切の諸帳簿の取調べが始まる。福島の役所からは公役《くやく》、普請役《ふしんやく》が上って来る。尾張藩の寺社奉行、または材木方の通行も続く。馬籠の荒町にある村社の鳥居のために檜木《ひのき》を背伐りしたと言って、その始末書を取られるような細《こまか》い干渉がやって来る。村民の使用する煙草入、紙入から、女のかんざしまで、およそ銀という銀を用いた類《たぐい》のものは、すべて引き上げられ、封印をつけられ、目方まで改められて、庄屋預けということになる。それほど政治はこまかくなって、句碑一つもうっかり建てられないような時世ではあったが、まだまだそれでも社会にゆとりがあった。

翁塚の供養はその年の四月のはじめに行われた。生憎《あいにく》と曇った日で、八《や》つ半時《はんどき》より雨も降り出した。招きを受けた客は、おもに美濃の連中で、手土産《てみやげ》も田舎らしく、扇子に羊羹《ようかん》を添えて来るもの、生椎茸《なまじいたけ》を提げて来るもの、先代の好きな菓子を仏前へと言ってわざわざ玉あられ一箱用意して来るもの、それらの人たちが金兵衛方へ集まって見た時は、国も二つ、言葉の訛《なま》りもまた二つに入れまじった。その中には、峠一つ降りたところに住む隣宿落合の宗匠《そうしょう》、崇佐坊《すさぼう》も招かれて来た。この人の世話で、美濃派の俳席らしい支考《しこう》の『三頰《さんちょう》の図』なぞの壁に懸けられたところで、やがて連中の附合《つけあい》があった。

主人役の金兵衛は、自分で五十韻、乃至《ないし》百韻の仲間入は出来ないまでも、

「これで、さぞ親父も悦《よろこ》びましょうよ。」

と言って、弁当に酒さかななど重詰《じゅうづめ》にして出し、招いた人たちの間を斡旋《あっせん》した。

その日は新たに出来た塚のもとに一同集まって、そこで吟声供養を済ますはずであっ

た。ところが、記念の一巻を巻き終るのに日暮方まで掛って、吟声は金兵衛の宅で済ました。供養の式だけを新茶屋の方で行った。

昔気質《むかしかたぎ》の金兵衛は亡父の形見だと言って、その日の宗匠崇佐坊へ茶縞《ちゃじま》の綿入羽織なぞを贈るために、わざわざ自分で落合まで出掛けて行く人である。

吉左衛門は金兵衛に言った。

「やっぱり君はわたしの好い友達だ。」

五

暑い夏が来た。旧暦五月の日のあたった街道を踏んで、伊那の方面まで繭買《まゆかい》にと出掛ける中津川の商人も通る。その草いきれのするあつい空気の中で、上り下りの諸大名の通行もある。月の末には毎年福島の方に立つ毛附け《けづ》(馬市)も近づき、各村の駒改め《こまあらた》ということも新たに開始された。当時幕府に勢力のある彦根の藩主(井伊《いい》掃部頭《かもんのかみ》)も、久しぶりの帰国と見え、須原宿《すはらじゅく》泊り、妻籠宿昼食《つまごしゅくちゅうじき》、馬籠は御小休《おこやす》みで、木曾路を通った。

六月に入って見ると、うち続いた快晴で、日に増し照りも強く、村中で雨乞《あまごい》でも始めなければならないほどの激しい暑気になった。荒町の部落ではすでにそれを始めた。

丁度、峠の上の方から馬をひいて街道を降りて来る村の小前《こまえ》のものがある。福島の馬市からの戻りと見えて、青毛の親馬の外に、当歳《とうさい》らしい一匹の子馬をもその後に連れている。気の短い問屋の九太夫がそれを見つけて、呶鳴《どな》った。

「おい、どこへ行っていたんだい。」

「馬買いよなし。」

「この旱《ひで》りを知らんのか。お前の留守に、田圃《たんぼ》は乾いてしまう。荒町あたりじゃ梵天《ぼんでん》山《やま》へ登って、雨乞《あまごい》を始めている。氏神さまへ行って御覧、お千度《せんど》参《まい》りの騒ぎだ。」

「そう言われると、一言《いちごん》もない。」

「さあ、このお天気続きでは、伊勢木《いせぎ》を出さずに済むまいぞ。」

伊勢木とは、伊勢太神宮へ祈願を籠《こ》めるための神木を指す。こうした深い山の中に古くから行われる雨乞の習慣である。よくよくの年でなければこの伊勢木を引き出すということもなかった。

六月の六日、村民一同は鎌《かま》止《ど》めを申し合せ、荒町にある氏神の境内に集まった。本陣、問屋をはじめ、宿役人から組頭まで残らずそこに参集して、氏神境内の宮林《みやばやし》から樅《もみ》の木一本を元伐《もとぎ》りにする相談をした。

「一本じゃ、伊勢木も足りまい。」

と吉左衛門が言い出すと、金兵衛はすかさず答えた。

「や、そいつはわたしに寄附させてもらいましょう。ちょうど好い樅が一本、吾家《うち》の林にもありますから。」

元伐りにした二本の樅には注連《しめ》なぞが掛けられて、その前で禰宜《ねぎ》の祈禱があった。この清浄な神木が日暮方になって漸く鳥居の前に引き出されると、左右に分れた村民は声を揚げ、太い綱でそれを引き合いはじめた。

「よいよ。よいよ。」

互いに競《きそ》い合う村の人たちの声は、荒町のはずれから馬籠の中央にある高札場《こうさつば》あたりまで響けた。こうなると、庄屋としての吉左衛門も骨が折れる。金兵衛は自分から進んで神木の樅を寄附した関係もあり、夕飯の支度もそこそこにまた馬籠の町内のものを引き連れて行って見ると、伊勢木はずっと新茶屋の方まで荒町の百姓の力に引かれて行く。それを取り戻そうとして、三《み》つや表《おもて》から畳石《たたみいし》の辺で双方の揉《も》み合いが始まる。到頭《とうとう》その晩は伊勢木を荒町に止めておいて、一同疲れて家に帰った頃は一番鶏が鳴いた。

「どうもことしは年廻りがよくない。」

「そう言えば、正月のはじめから不思議なこともありましたよ。正月の三日の晩です、この山の東の方から光ったものが出て、それが西南《にしみなみ》の方角へ飛んだと言います。見たものは皆驚いたそうですよ。馬籠ばかりじゃない、妻籠《つまご》でも、山口でも、中津川でも見たものがある。」

吉左衛門と金兵衛とは二人でこんな話をして、伊勢木の始末をするために、村民の集まっているところへ急いだ。山里に住むものは、すこし変ったことでも見たり聞いたりすると、直《す》ぐそれを何かの暗示に結びつけた。

三日がかりで村中のものが引き合った伊勢木を落合川の方へ流した後になっても、まだ御利生《ごりしょう》は見えなかった。峠のものは熊野大権現《くまのだいごんげん》に、荒町のものは愛宕山《あたごやま》に、いずれも百八の松明《たいまつ》をとぼして、思い思いの祈願を籠める。宿内では二組に分れてのお日待も始まる。雨乞の祈禱、それに水の拝借と言って、村からは諏訪大社へ二人の代参までも送った。神前へのお初穂料《はつほりょう》として金百疋、道中の路用として一人につき一分二朱ずつ、百六十軒の村中のものが十九文ずつ出し合ってそれを分担《ぶんたん》した。

東海道浦賀の宿《しゅく》、久里《くり》が浜《はま》の沖合に、黒船のおびただしく現われたという噂が伝わって来たのも、村ではこの雨乞の最中である。

問屋の九太夫が先ずそれを彦根の早飛脚から聞きつけて、吉左衛門にも告げ、金兵衛にも告げた。その黒船の現われたため、にわかに彦根の藩主は幕府から現場の詰役《つめやく》を命ぜられたとのこと。

嘉永《かえい》六年六月十日の晩で、ちょうど諏訪大社からの二人の代参が村をさして大急ぎに帰って来た頃は、その乾き切った夜の空気の中を彦根の使者が西へ急いだ。江戸からの便りは、中仙道《なかせんどう》を経て、この山の中へ届くまでに、早飛脚でも相応日数はかかる。黒船とか、唐人船《とうじんぶね》とかがおびただしくあの沖合にあらわれたということ以外に、委《くわ》しいことは誰にも分らない。まして亜米利加《アメリカ》の水師提督ペリイが四艘《そう》の軍艦を率いて、初めて日本に到着したなぞとは、知りようもない。

「江戸は大変だということですよ。」

金兵衛はただそれだけを吉左衛門の耳にささやいた。

上巻

第一章

一

七月に入って、吉左衛門は木曾福島の用事を済まして出張先から引取って来た。その用向きは、前の年の秋に、福島の勘定所から依頼のあった仕法立《しほうだ》ての件で、馬籠の宿としては金百両の調達を引き請け、暮に五十両の無尽《むじん》を取り立ててその金は福島の方へ廻し、二番口も敷金にして、首尾よく無尽も終会になったところで、都合全部の上納を終ったことを届けておいてあった。今度、福島からその挨拶《あいさつ》があったのだ。

金兵衛は待兼ね顔に、無事で帰って来たこの吉左衛門を自分の家の店座敷に迎えた。金兵衛の家は伏見屋と言って、造り酒屋をしている。街道に添うた軒先に杉の葉の円《まる》く束《たば》にしたのを掛け、それを清酒の看板に代えてあるようなところだ。店座敷も広い。その時、吉左衛門は福島から受取って来たものを風呂敷包の中から取出して、

「さあ、これだ。」

と金兵衛の前に置いた。村の宿役人仲間へ料紙一束ずつ、無尽の加入者一同への酒肴《しゅこう》料《りょう》、まだその外に、二巾《ふたはば》の縮緬《ちりめん》の風呂敷が二枚あった。それは金兵衛と桝田屋《ますだや》の儀助の二人が特に多くの金高を引受けたというので、その挨拶の意味のものだ。

吉左衛門の報告はそれだけに留《とど》まらなかった。最後に、一通の書付をもそこへ取出して見せた。

「其方儀《そのほう》、御勝手《おかつて》御仕法立てに就き、頼母子講《たのもしこう》御世話方格別に存じ入り、小前《こまえ》の諭《さと》し方《かた》も行届き、その上、自身にも別段御奉公申し上げ、奇特の事に候。依て、一代苗字《みょうじ》帯刀御免なし下され候。その心得あるべきもの也《なり》。」

嘉永六年丑《うし》六月

三《み》 石《いし》 逸《いっ》 作《さく》
団《だん》 之《の》 丞《じょう》
荻《おぎ》 丈左衛門《じょうざえもん》
白《しろ》 新五左衛門《しんござえもん》

青山吉左衛門殿

「ホ。苗字帯刀御免とありますね。」

「まあ、そんなことが書いてある。」

「吉左衛門さん一代限りともありますね。なんにしても、これは名誉だ。」

と金兵衛が言うと、吉左衛門はすこし苦《にが》い顔をして、

「これが、せめて十年前だとねえ。」

ともかくも吉左衛門は役目を果したが、同時に勘定所の役人たちがいやな臭気《におい》をも嗅《か》いで帰って来た。苗字帯刀を勘定所の遣繰《やりくり》算段に替えられることは、吉左衛門としてあまり好い心持はしなかった。

「金兵衛さん、君には察してもらえるでしょうが、庄屋のつとめも辛《つら》いものだと思って来ましたよ。」

吉左衛門の述懐だ。

その時、上の伏見屋の仙十郎が顔を出したので、しばらく二人はこんな話を打ち切った。仙十郎は金兵衛の仕事を手伝わされているので、ちょっと用事の打合せに来た。金兵衛を叔父《おじ》と呼び、吉左衛門を義理ある父としているこの仙十郎は伏見家から分家して、別に上の伏見屋という家を持っている。年も半蔵より三つほど上で、腰にした煙草入《たばこいれ》の根附《ねつけ》にまで新しい時の流行《はやり》を見せたような若者だ。

「仙十郎、お前も茶でも飲んで行かないか。」

と金兵衛が言ったが、仙十郎は吉左衛門の前に出ると妙に改まってしまって、茶も飲まなかった。何か気づまりな、じっとしていられないような風で、やがてそこを出て行った。

吉左衛門は見送りながら、

「みんなどういう人になって行きますかさ――仙十郎にしても、半蔵にしても。」

若者への関心にかけては、金兵衛とても吉左衛門に劣らない。亜米利加《アメリカ》のペリイ来訪以来のあわただしさはおろか、それ以前からの周囲の空気の中にあるものは、若者の目や耳から隠したいことばかりであった。殺人、盗賊、駈落《かけおち》、男女の情死、諸役人の腐敗沙汰なぞは、この街道でめずらしいことではなくなった。

同宿三十年――何と言っても吉左衛門と金兵衛とは、その同じ駅路の記憶につながれていた。この二人に言わせると、日頃上に立つ人たちからやかましく督促《とくそく》せらるることは、街道の好い整理である。言葉をかえて言えば、封建社会の「秩序」である。しかしこの「秩序」を乱そうとするものも、そういう上に立つ人たちからであった。博打《ばくち》は以《もっ》ての外《ほか》だという。しかし毎年の毛附《けづ》け(馬市)を賭博場に公開して、土地の繁華を計っているのも福島の役人であった。袖の下は以ての外だという。しかし御肴代《おさかなだい》もしくは御祝儀何両かの献上金を納めさせることなしに、かつてこの街道を通行したためしのないのも日光への例幣使であった。人殺しは以ての外だという。しかし八沢《やさわ》の長坂の路傍《みちばた》にあたるところで口論の末から土佐の家中《かちゅう》の一人を殺害し、その仲裁に入った一人の親指を切り落し、この街道で刃傷《にんじょう》の手本を示したのも小池伊勢の家中であった。女は手形なしには関所をも通さないという。しかし木曾路を通るごとに女の乗物を用意させ、見る人が見ればそれが正式な夫人のものでないのも彦根の殿様であった。

「ああ。」と吉左衛門は嘆息して、「世の中はどうなって行くかと思うようだ。あの御勘定所の御役人なぞが御殿様からの御言葉だなんて、献金の世話を頼みに出張して来て、吾家《うち》の床柱の前にでも坐り込まれると、わたしはまたかと思う。しかし、金兵衛さん、その御役人の行ってしまった後では、わたしはどんな無理なことでも聞かなくちゃならないような気がする……」

東海道浦賀の方に黒船の着いたという噂を耳にした時、最初吉左衛門や金兵衛はそれほどにも思わなかった。江戸は大変だということであっても、そんな騒ぎは今に止《や》むだろうぐらいに二人とも考えていた。江戸から八十三里の余も隔たった木曾の山の中に住んで、鎖国以来の長い眠りを眠りつづけて来たものは、亜米利加《アメリカ》のような異国の存在すら初めて知るくらいの時だ。

この街道に伝わる噂の多くは、諺《ことわざ》にもあるように転がる度に大きな塊《かたまり》になる雪達磨《ゆきだるま》に似ている。六月十日の晩に、彦根の早飛脚が残して置いて行った噂もそれで、十四日には黒船八十六艘もの信じがたいような大きな話になって伝わって来た。寛永十年以来、日本国の一切の船は海の外に出ることを禁じられ、五百石以上の大船を造ることも禁じられ、阿蘭陀《オランダ》、支那《シナ》、朝鮮をのぞくの外は外国船の来航をも堅く禁じてある。その国のおきてを無視して、故意にもそれを破ろうとするものが驀地《まっしぐら》にあの江戸湾を望んで直進して来た。当時幕府が船改めの番所は下田の港から浦賀の方に移してある。そんな番所の所在地まで知って、あの唐人船がやって来たことすら、すでに不思議の一つであると言われた。

種々な流言が伝わって来た。宿役人としての吉左衛門らはそんな流言からも村民を護《まも》らねばならなかった。やがて通行の前触《まえぶれ》だ。間もなくこの街道では江戸出府の尾張の家中を迎えた。尾張藩主(徳川慶勝《よしかつ》)の名代、成瀬《なるせ》隼人之正《はやとのしょう》、その家中のおびただしい通行の後には、かねて待ち受けていた彦根の家中も追々やって来る。公儀の御茶壺同様にとの特別扱いの御触れがあって、名古屋城からの具足長持《ぐそくながもち》が十棹《さお》もその後から続いた。それらの警護の武士が美濃路《みのじ》から借りて連れて来た人足だけでも、百五十人に上った。継《つぎ》立《た》ても難渋であった。馬籠の宿場としては、山口村からの二十人の加勢しか得られなかった。例の黒船はやがて残らず帰って行ったとやらで、江戸表へ出張の人たちは途中から引き返して来るものがある。ある朝馬籠《まごめ》から送り出した長持は隣宿の妻籠《つまご》で行き止まり、翌朝中津川から来た長持は馬籠の本陣の前で立往生する。荷物はそれぞれ問屋預けということになったが、人馬継立ての見分《けんぶん》として奉行まで出張して来るほど街道はごたごたした。

狼狽《ろうばい》そのもののようなこの混雑が静まったのは、半月ほど前にあたる。浦賀へ押し寄せて来た唐人船も行衛《ゆくえ》知れずになって、先ず先ず恐悦だ。そんな報知《しらせ》が、江戸方面からは追々と伝わって来た頃だ。

吉左衛門は金兵衛を相手に、伏見屋の店座敷で話し込んでいると、ちょうどそこへ警護の武士を先に立てた尾張の家中の一隊が西から街道を進んで来た。吉左衛門と金兵衛とは談話半《はなしなか》ばに伏見屋を出て、この一隊を迎えるために他《ほか》の宿役人らとも一緒になった。尾張の家中は江戸の方へ大筒《おおづつ》の鉄砲を運ぶ途中で、馬籠の宿の片側に来て足を休めて行くところであった。本陣や問屋の前あたりは檜木笠《ひのきがさ》や六尺棒なぞで埋《うず》められた。騎馬から降りて休息する武士もあった。肌脱《はだぬ》ぎになって背中に流れる汗をふく人足たちもあった。よくあの重いものを担《かつ》ぎ上げて、美濃境《みのざかい》の十曲峠を越えることが出来たと、人々はその話で持ち切った。吉左衛門はじめ、金兵衛らはこの労苦をねぎらい、問屋の九太夫はまた桝田屋の儀助らと共にその間を奔《はし》り廻って、隣宿妻籠までの継立てのことを斡旋《あっせん》した。

村の人たちは皆、街道に出て見た。その中に半蔵もいた。彼は父の吉左衛門に似て背も高く、青々とした月代《さかやき》も男らしく眼につく若者である。ちょうど暑さの見舞に村へ来ていた中津川の医者と連立って、通行の邪魔にならないところに立った。この医者が宮川寛斎だ。半蔵の旧い師匠だ。その時、半蔵は無言。寛斎も無言で、ただ医者らしく頭を円《まる》めた寛斎の胸のあたりに、手にした扇だけが僅かに動いていた。

「半蔵さん。」

上の伏見屋の仙十郎もそこへ来て、考え深い眼付をしている半蔵の側に立った。目方百十五、六貫ばかりの大筒《おおづつ》の鉄砲、この人足二十二人掛り、それに七人掛りから十人掛りまでの大筒五挺《ちょう》、都合六挺が、やがて村の人々の眼の前を動いて行った。こんなに諸藩から江戸の邸へ向けて大砲を運ぶことも、その日までなかったことだ。

間もなく尾張の家中衆は見えなかった。しかし、不思議な沈黙が残った。その沈黙は、何が江戸の方に起っているか知れないような、そんな心持を深い山の中にいるものに起させた。六月以来頻繁《ひんぱん》な諸大名の通行で、江戸へ向けてこの木曾街道を経由するものに、黒船騒ぎに関係のないものはなかったからで。あるものは江戸湾一帯の海岸の防備、あるものは江戸城下の警固のためであったからで。

金兵衛は吉左衛門の袖を引いて言った。

「いや、お帰り早々、いろいろお骨折で。まあ、お蔭でお継立ても済みました。今夜は御苦労呼びというほどでもありませんが、お玉のやつに支度させておきます。後でお出《いで》を願いましょう。そのかわり、吉左衛門さん、御馳走《ごちそう》は何もありませんよ。」

酒のさかな。胡瓜《きゆうり》もみに青紫蘇《あおじそ》。枝豆。到来物の畳《たた》みいわし。それに茄子《なす》の新漬。飯の時にとろろ汁。すべてお玉の手料理の物で、金兵衛は夕飯に吉左衛門を招いた。店座敷も暑苦しいからと、二階を明けひろげて、お玉はそこへ二人の席を設けた。山《やま》家《が》風《ふう》な風呂の用意もお玉の心づくしであった。招かれて行った吉左衛門は、一風呂よばれた後《あと》のさっぱりとした心持で、広い炉辺《ろばた》の片隅から二階への箱梯子《はこばしご》を登った。黒光りのするほどよく拭き込んであるその箱梯子も伏見屋らしいものだ。西向きの二階の部屋には、金兵衛が先代の遺物と見えて、美濃派の俳人らの寄せ書が灰汁《あく》抜《ぬ》けのした表装にして壁に掛けてある。八人のものが集まって馬籠風景の八つの眺めを思い思いの句と画の中に取り入れたものである。この俳味のある掛物の前に行って立つことも、吉左衛門をよろこばせた。

夕飯。お玉は膳を運んで来た。ほんの有り合せの手料理ながら、青みのある新しい野菜で膳の上を涼しく見せてある。やがて酒もはじまった。

「吉左衛門さん、何もありませんが召上って下さいな。」とお玉が言った。「吾家《うち》の鶴松も出まして、お世話さまでございます。」

「さあ、一杯やって下さい。」と言って、金兵衛はお玉を顧みて、「吉左衛門さんはお前、苗字帯刀《みょうじ》御免ということになったんだよ。今までの吉左衛門さんとは違うよ。」

「それはお目出度《めでと》うございます。」

「いえ。」と吉左衛門は頭をかいて、「苗字帯刀もこう安売の時世になって来ては、それほどありがたくもありません。」

「でも、悪い気持はしないでしょう。」と金兵衛は言った。「二本さして、青山吉左衛門で通る。どこへ出ても、大威張りだ。」

「まあ、そう言わないでくれたまえ。それよりか、盃《さかずき》でも頂こうじゃありませんか。」

吉左衛門も酒はいける口であり、それに勧《すす》め上手なお玉のお酌《しゃく》で、金兵衛とさしむかいに盃を重ねた。その二階は、かつて翁塚の供養のあった折に、落合の宗匠崇佐坊まで集まって、金兵衛が先代の記念のために俳席を開いたところだ。そう言えば、吉左衛門や金兵衛の旧馴染《むかしなじみ》で最早《もはや》この世にいない人も多い。馬籠の生れで水墨の山水や花果などを得意にした画家の蘭渓《らんけい》もその一人だ。あの蘭渓も、黒船騒ぎなぞは知らずに亡くなった。

「お玉さんの前ですが。」と吉左衛門は言った。「こうして御酒《ごしゅ》でも頂くと、実に一切を忘れますよ。わたしはよく思い出す。金兵衛さん、ほら、あのアトリ(獦子鳥)三十羽に、茶漬三杯――」

「それさ。」と金兵衛も思い出したように、「わたしも今それを言おうと思っていたところさ。」

アトリ三十羽に、茶漬三杯。あれは嘉永二年にあたる。山里では小鳥のおびただしく捕れた年で、殊《こと》に大平村《おおだいらむら》の方では毎日三千羽ずつものアトリが驚くほど鳥網にかかると言われ、この馬籠の宿までたびたび売りに来るものがあった。小鳥の名所として土地のものが誇る木曾の山の中でも、あんな年はめったにあるものでなかった。仲間のものが集まって、一興を催すことにしたのもその時だ。そのアトリ三十羽に、茶漬三杯食えば、褒美《ほうび》として別に三十羽貰える。もしまた、その三十羽と茶漬三杯食えなかった時は、あべこべに六十羽差出さなければならないという約束だ。場処は蓬萊屋《ほうらいや》。時刻は七つ時。食い手は吉左衛門と金兵衛の二人。食わせる方のものは組頭笹屋《ささや》の庄兵衛と小笹屋《こざさや》の勝七。それには勝負を見届けるものもなくてはならぬ。蓬萊屋の新七がその審判官を引受けた。さて、食った。約束の通り、一人で三十羽、茶漬三杯、残らず食い終って、褒美《ほうび》の三十羽ずつは吉左衛門と金兵衛とで貰った。アトリは形もちいさく、骨も柔く、鶫《つぐみ》のような小鳥とは訳《わけ》が違う。それでもなかなか食いではあったが、二人とも腹もはらないで、その足で会所の店座敷へ押し掛けて沢山《たくさん》茶を飲んだ。その時の二人の年齢もまた忘れられずにある。吉左衛門は五十一歳、金兵衛は五十三歳を迎えた頃であった。二人はそれほど盛んな食慾を競い合ったものだ。

「あんな面白いことはなかった。」

「いや、大笑いにも、なんにも。あんな面白いことは前代未聞さ。」

「出ましたね、金兵衛さんの前代未聞が――」

こんな話も酒の上を楽しくした。隣人同志でもあり、宿役人同志でもある二人の友達は、しばらく街道から離れる思いで、尽きない夜咄《よばなし》に、とろろ汁に、夏の夜のふけ易《やす》いことも忘れていた。

馬籠《まごめ》の宿《しゅく》で初めて酒を造ったのは、伏見屋でなくて、桝田屋であった。そこの初代と二代目の主人、惣右衛門《そうえもん》親子のものであった。桝田屋の親子が協力して水の量目を計ったところ、下坂川《おりさかがわ》で四百六十目、桝田屋の井戸で四百八十目、伏見屋の井戸で四百九十目あったという。その中で下坂川の水を汲《く》んで、惣右衛門親子は初めて造り酒の試みに成功した。馬籠の水でも良い酒の出来ることを実際に示したのも親子二人のものであった。それまで馬籠には造り酒屋というものはなかった。

この惣右衛門親子は、村の百姓の中から身を起して無遠慮に頭を持ち上げた人たちであるばかりでなく、後の金兵衛らのためにも好《よ》かれ悪《あ》しかれ一つの進路を切り開いた最初の人たちである。桝田屋の初代が伏見屋から一軒置いて上隣りの街道に添うた位置に大きな家を新築したのは、宝暦七年の昔で、その頃に初代が六十五歳、二代目が二十五歳であった。親代々からの百姓であった初代惣右衛門が本家の梅屋から分れて、別に自分の道を踏み出したのは、それより更に四十年も以前のことにあたる。

馬籠は田畠の間にすら大きくあらわれた石塊《いしころ》を見るような地方で、古くから生活も容易でないとされた山村である。初代惣右衛門はこの村に生れて、十八歳の時から親の名跡《みょうせき》を継ぎ、岩石の間をも厭《いと》わず百姓の仕事を励んだ。本家は代々の年寄役でもあったので、若輩ながらにその役をも勤めた。旅人相手の街道に目をつけて、旅籠屋《はたごや》の新築を思い立ったのは、この初代が二十八、九の頃にあたる。その頃の馬籠は、一分か二分の金を借りるにも、隣宿の妻籠か美濃の中津川まで出なければならなかった。師走も押し詰まった頃になると、中津川の備前屋《びぜんや》の親仁《おやじ》が十日あまりも馬籠へ来て泊っていて、町中へ小貸しなどした。その金で漸く村のものが年を越したくらいの土地柄であった。

四人の子供を控えた初代惣右衛門夫婦の小歴史は、馬籠のような困窮な村にあって激しい生活苦と闘った人たちの歴史である。百姓の仕事とする朝草も、春先《はるさき》青草を見かける時分から九月十月の霜をつかむまで毎朝二度ずつは刈り、昼は人並《ひとなみ》に会所の役を勤め、晩は宿泊の旅人を第一にして、その間に少しずつの米商《こめあきな》いもした。かみさんはまたかみさんで、内職に豆腐屋をして、三、四人の幼いものを控えながら夜通し石臼《いしうす》をひいた。新宅の旅籠屋《はたごや》も出来あがる頃は、普請《ふしん》の折に出た木の片《きれ》を燈《とぼ》して、それを油火《あぶらび》に替え、夜番の行燈《あんどん》を軒先へかかげるにも毎朝夜明け前に下掃除を済まし、同じ布で戸障子の敷居などを拭《ふ》いたのも、そのかみさんだ。貧しさに居る夫婦二人のものは、自分の子供らを路頭に立たせまいとの願いから、夜一夜ろくろく安気《あんき》に眠ったこともなかったほど働いた。

その頃、本家の梅屋では隣村湯舟沢から来る人足たちの宿をしていた。その縁故から、初代夫婦は馴染《なじみ》の人足に頼んで、春先の食米《くいまい》三斗ずつ内証で借りうけ、秋米《あきまい》で四斗ずつ返すことにしていた。これは田地を仕付けるにも、旅籠屋《はたごや》片手間では芝草の用意もなりかねるところから、麦で少しずつ刈り造ることに生活の方法を改めたからで。

初代惣右衛門はこんなところから出発した。旅籠屋の営業と、そして骨の折れる耕作と。もともと馬籠には他《ほか》に好い旅籠屋もなかったから、新宅と言って泊る旅人も多く、追々と常得意《じょうとくい》の客もつき、小女まで置き、その奉公人の給金も三分がものは翌年は一両に増してやれるほどになった。飯米《はんまい》一升買の時代の後《あと》には、一俵買の時代も来、後には馬で中津川から呼ぶ時代も来た。新宅桝田屋の主人は最早《もう》ただの百姓でもなかった。旅籠屋営業の外に少しずつ商売などもする町人であった。

二代目惣右衛門はこの夫婦の末子として生れた。親から仕来《しきた》った百姓は百姓として、惣領《そうりょう》にはまだ家の仕事を継ぐ特権もある。次男三男からはそれも望めなかった。十三、四の頃から草苅奉公に出て、末は雲助《くもすけ》にでもなるか。末子と生れたものが成人しても、馬追いか駕籠《かご》かきに極《きま》ったものとされたほどの時代である。そういう中で、二代目惣右衛門は親の側にいて、物心づく頃から草苅奉公にも出されなかったというだけでも、親惣右衛門を徳とした。この二代目がまた、親の仕事を幾倍かにひろげた。

人も知るように、当時の諸大名が農民から収めた年貢米《ねんぐまい》の多くは、大坂の方に輸送されて、金銀に替えられた。大坂は米取引の一大市場であった。次第に商法も手広くやる頃の二代目惣右衛門は、大坂の米相場にも無関心ではなかった人である。彼はまた、優に千両の無尽にも応じたが、それほど実力を積み蓄えた分限者《ぶげんしゃ》は木曾谷中にも彼の外にないと言われるようになった。彼は貧困を征服しようとした親惣右衛門の心をあくまでも持ちつづけた。誇るべき伝統もなく、そうかと言って煩《わずら》わされ易《やす》い過去もなかった。腕一本で、無造作に進んだ。

天明六年は二代目惣右衛門が五十三歳を迎えた頃である。その頃の彼は、大きな造り酒屋の店に坐って、自分の子に酒の一番火入などをさせながら、初代在世の頃からの八十年に亙る過去を思い出すような人であった。彼は親先祖から譲られた家督財産その他一切のものを天からの預り物と考えよと自分の子に誨《おし》えた。彼は金銭を日本の宝の一つと考えよと誨えた。それをみだりに我物《わがもの》と心得て、私用に費そうものなら、いつか「天《てん》道《どう》」に泄《も》れ聞える時が来るとも誨えた。彼は先代惣右衛門の出発点を忘れそうな子孫の末を心配しながら死んだ。

伏見屋の金兵衛は、この惣右衛門親子の衣鉢《いはつ》を継いだのである。そういう金兵衛もまた持ち前の快活さで、家では造り酒屋の外に質屋を兼ね、馬も持ち、田も造り、時には米の売買にもたずさわり、美濃の久々里《くくり》あたりの旗本にまで金を貸した。

二人の隣人――吉左衛門と金兵衛とをよく比べて言う人に、中津川の宮川寛斎がある。この学問のある田舎《いなか》医者に言わせると、馬籠は国境《くにざかい》だ、おそらく町人気質《かたぎ》の金兵衛にも、あの惣右衛門親子にも、商才に富む美濃人の血が混《ま》じり合っているのだろう、そこへ行くと吉左衛門は多分に信濃の百姓であると。

吉左衛門が青山の家は馬籠の裏山にある本陣林のように古い。木曾谷の西のはずれに初めて馬籠の村を開拓したのも、相州《そうしゅう》三浦の方から移って来た青山監物《けんもつ》の第二子であった。ここに一宇を建立《こんりゅう》して、万福寺《まんぷくじ》と名づけたのも、これまた同じ人であった。万福寺殿昌屋《しょうおく》常久禅定門《ぜんじょうもん》、俗名青山次郎左衛門、隠居しての名を道斎と呼んだ人が、自分で建立した寺の墓地に眠ったのは、天正《てんしょう》十二年の昔にあたる。

「金兵衛さんの家と、俺《おれ》の家とは違う。」

と吉左衛門が自分の悴《せがれ》に言って見せるのも、その家族の歴史を指す。そういう吉左衛門が青山の家を継いだ頃は、十六代も連なり続いて来た木曾谷での最も古い家族の一つであった。

遠い馬籠の昔は委《くわ》しく知るよしもない。青山家の先祖が木曾に入ったのは、木曾義昌《よしまさ》の時代で、おそらく福島の山村氏よりも古い。その後この地方の郷士《ごうし》として馬籠その他数ケ村の代官を勤めたらしい。慶長年代の頃、石田三成が西国の諸侯をかたらって濃州《のうしゅう》関ケ原へ出陣の折、徳川台徳院は中仙道を登って関ケ原の方へ向った。その時の御先立《おさきだち》には、山村甚兵衛、馬場半左衛門、千村平右衛門などの諸士を数える。馬籠の青山庄三郎、またの名重長《しげなが》（青山二代目）もまた、徳川方に味方し、馬籠の砦《とりで》に籠って、犬山勢を防いだ。当時犬山城の石川備前は木曾へ討手《うって》を差向けたが、木曾の郷士らが皆徳川方の味方をすると聞いて、激しくも戦わないで引き退いた。その後、青山の家では帰農して、代々本陣、庄屋、問屋の三役を兼ねるようになったのも、当時の戦功によるものであるという。

青山家の古い屋敷は、もと石屋の坂を下りた辺にあった。由緒《ゆいしょ》のある武具馬具なぞは、寛永年代の馬籠の大火に焼けて、二本の鎗《やり》だけが残った。その屋敷跡には代官屋敷の地名も残ったが、尾張《おわり》藩への遠慮から、享保《きょうほう》九年の検地の時以来、代官屋敷の字《あざ》を石屋に改めたともいう。その辺は岩石の間で、附近に大きな岩があったからで。

子供の時分の半蔵を前に坐らせて置いて、吉左衛門はよくこんな古い話をして聞かせた。彼はまた、酒の上の機嫌《きげん》の好い心持なぞから、表玄関の長押《なげし》の上に掛けてある古い二本の鎗の下へ小忰《こせがれ》を連れて行って、

「御覧、御先祖さまが見ているぞ。悪戯《いたずら》するとこわいぞ。」

と戯《たわむ》れた。

隣家の伏見屋なぞにない古い伝統が年若な半蔵の頭に深く刻みつけられたのは、幼い頃から聞いたこの父の炬燵話《こたつばなし》からで。自分の伜に先祖のことでも語り聞かせるとなると、吉左衛門の眼はまた特別に輝いたものだ。

「代官造りという言葉は、地名で残っている。吾家《うち》の先祖が代官を勤めた時分に、田地を手造りにした場所だというので、それで代官造りさ。今の町田《まちだ》がそれさ。その時分には、毎年五月に村中の百姓を残らず集めて植付をした。その日に吾家《うち》から酒を一斗出した。酔って田圃《たんぼ》の中に倒れるものがあれば、その年は豊年としたものだそうだ。」

この話もよく出た。

吉左衛門の代になっても、本陣へ出入りの百姓の家は十三軒ほどある。その多くは主従の関係に近い。吉左衛門が隣家の金兵衛とも違って、村中の百姓を殆んど自分の子のように考えているのも、由来する源は遠かった。

二

「また、黒船ですぞ。」

七月の二十六日には、江戸からの御隠使《ごおんし》が十二代将軍徳川家慶《いえよし》の薨去《こうきょ》を伝えた。道中奉行から、普請《ふしん》鳴物《なりもの》類一切停止の触《ふ》れも出た。この街道筋では中津川の祭礼のある頃に当ったが、狂言も稽古ぎりで、舞台の興行なしに謹慎《きんしん》の意を表することになった。問屋九太夫の「また、黒船ですぞ」が、吉左衛門をも金兵衛をも驚かしたのは、それから僅かに三日過ぎのことであった。

「一体、きょうは幾日です。七月の二十九日じゃありませんか。公儀の御隠使が見えてから、まだ三日にしかならない。」

と言って吉左衛門は金兵衛と顔を見合わせた。長崎へ着いたというその唐人船が、亜米利加《アメリカ》の船ではなくて、他《ほか》の異国の船だという噂《うわさ》もあるが、それさえこの山の中では判然《はっきり》しなかった。多くの人は、先に相州浦賀の沖合へあらわれたと同じ唐人船だとした。

「長崎の方がまた大変な騒動だそうですよ。」

と金兵衛は言ったが、俄《にわ》かに長崎奉行の通行があるというだけで、先荷《さきに》物《もつ》を運んで来る人たちの話はまちまちであった。奉行は通行を急いでいるとのことで、道割もいろいろに変って来るので、宿場宿場では継立てに難渋した。八月の一日には、この街道では栗色なめしの鎗を立てて江戸方面から進んで来る新任の長崎奉行、幕府内でも有数の人材に数えらるる水野筑後《ちくご》の一行を迎えた。

ちょうど、吉左衛門が羽織を着更《きか》えに、大急ぎで自分の家へ帰った時のことだ。妻のおまんは刀に脇差《わきざし》なぞをそこへ取出して来て勧《すす》めた。

「いや、馬籠の駅長で、俺は沢山だ。」

と吉左衛門は言って、晴れて差せる大小も身に着けようとしなかった。今まで通りの丸腰で、着慣れた羽織だけに満足して、やがて奉行の送り迎えに出た。

諸公役が通過の時の慣例のように、吉左衛門は長崎奉行の駕籠《かご》の近く挨拶《あいさつ》に行った。旅を急ぐ奉行は乗物からも降りなかった。本陣の前に駕籠を停めさせてのほんの御小休《おこやすみ》であった。料紙を載《の》せた三宝《さんぼう》なぞがそこへ持ち運ばれた。その時、吉左衛門は、駕籠の側に跪《ひざまず》いて、言葉も簡単に、

「当宿本陣の吉左衛門でございます。お目通りを願います。」

と声を掛けた。

「おお、馬籠の本陣か。」

奉行の砕けた挨拶だ。

水野筑後は二千石の知行《ちぎょう》ということであるが、特にその旅は十万石の格式で、重大な任務を帯びながら遠く西へと通り過ぎた。

街道は暮れて行った。会所に集まった金兵衛はじめ、その他の宿役人もそれぞれ家の方へ帰って行った。隣宿落合まで荷をつけて行った馬方なぞも、長崎奉行の一行を見送った後で、ぽつぽつ馬を引いて戻って来る頃だ。

子供らは街道に集まっていた。夕空に飛びかう蝙蝠《こうもり》の群を追い廻しながら、遊び戯れているのもその子供らだ。山の中のことで、夜鷹《よたか》も啼《な》き出す。往来一つ隔てて本陣とむかい合った梅屋の門口には、夜番の軒行燈《のきあんどん》の燈火《あかり》もついた。

一日の勤めを終った吉左衛門は、しばらく自分の家の外に出て、山の空気を吸っていた。やがておまんが二人の下女を相手に働いている炉辺《ろばた》の方へ引返して行った。

「半蔵は。」

と吉左衛門はおまんにたずねた。

「今、今、仙十郎さんと二人でここに話していましたよ。あなた、異人の船がまたやって来たというじゃありませんか。半蔵は誰に聞いて来たんですか、オロシャの船だと言う。仙十郎さんはアメリカの船だと言う。オロシャだ、いやアメリカだ、そんなことを言い合って、また二人で屋外《そと》へ出て行きましたよ。」

「長崎あたりのことは、てんで様子が分らない――なにしろ、きょうは俺も草臥《くたぶ》れた。」

山家らしい風呂と、質素な夕飯とが、この吉左衛門を待っていた。ちょうど、その八月朔日《ついたち》は吉左衛門が生れた日にも当っていた。誰しもその日となるといろいろ思い出すことが多いように、吉左衛門もまた長い駅路の経験を胸に浮べた。雨にも風にもこの交通の要路を引き受け、旅人の安全を第一に心掛けて、馬方《うまかた》、牛方《うしかた》、人足の世話から、道路の修繕、助郷《すけごう》の掛合《かけあい》まで、街道一切の面倒を見て来たその心づかいは言葉にも尽せないものがあった。

吉左衛門は炉辺《ろばた》にいて、妻のおまんが温めて出した一本の銚子《ちょうし》と、到来物の鮎《あゆ》の塩焼とで、自分の五十五歳を祝おうとした。彼はおまんに言った。

「きょうの長崎奉行には俺も感心したねえ。水野筑後《ちくご》の守《かみ》――あの人は二千石の知行取りだそうだが、きょうの御通行は十万石の格式だぜ。非常に破格な待遇さね。一足飛びに十万石の格式なんて、今まで聞いたこともない。それだけでも、徳川様の代《よ》は変って来たような気がする。それゃ泰平無事な日なら、いくら無能のものでも上に立つ御武家様で威張っていられる。一旦、事ある場合に際会して御覧――」

「なにしろあなた、この唐人船の騒ぎですもの。」

「こういう時世になって来たのかなあ。」

寛《くつろ》ぎの間《ま》と名づけてあるのは、一方はこの炉辺につづき、一方は広い仲《なか》の間《ま》につづいている。吉左衛門が自分の部屋として臥起《ねお》きをしているのもその寛ぎの間だ。そこへも行って周囲を見廻しながら、

「しかし、御苦労、御苦労。」

と吉左衛門は繰りかえした。おまんはそれを聞きとがめて、

「あなたは誰に言っていらっしゃるの。」

「俺か。誰も御苦労とも言ってくれるものがないから、俺は自分で自分に言ってるところさ。」

おまんは苦笑いした。吉左衛門は言葉をついで、

「でも、世の中は妙なものじゃないか。名古屋の殿様のために、御勝手向きの御世話でもしてあげれば、苗字帯刀御免ということになる。三十年この街道の世話をしても、誰も御苦労とも言い手がない。この俺に取っては、眼に見えない街道の世話の方がどれほど骨が折れたか知れないがなあ。」

そこまで行くと、それから先には言葉がなかった。

馬籠の駅長としての吉左衛門は、これまでにどれほどの人を送ったり迎えたりしたか

知れない。彼も殺風景な仕事に齷齪《あくせく》として来たが、すこしは風雅の道を心得ていた。この街道を通るほどのものは、どんな人でも彼の眼には旅人であった。

遠からず来る半蔵の結婚の日のことは、既にしばしば吉左衛門夫婦の話に上る頃であった。隣宿妻籠《つまご》の本陣、青山寿平次《じゅへいじ》の妹、お民という娘が半蔵の未来の妻に選ばれた。この忰の結婚には、吉左衛門も多くの望みをかけていた。早くも青年時代にやって来たような濃い憂鬱が半蔵を苦《くるし》めたことを想って見て、もっと生活を変えさせたいと考えることは、その一つであった。六十六歳の隠居半六から家督を譲り受けたように、吉左衛門自身もまた勤められるだけ本陣の当主を勤めて、後から来るものに代《よ》を譲って行きたいと考えることも、その一つであった。半蔵の結婚は、やがて馬籠の本陣と、妻籠の本陣とを新たに結びつけることになる。二軒の本陣はもともと同姓を名乗るばかりでなく、遠い昔は相州三浦の方から来て、先ず妻籠に落ち着いた、青山監物《けんもつ》を父祖とする兄弟関係の間柄でもある、と言い伝えられている。二人の兄弟は二里ばかりの谷間をへだてて分れ住んだ。兄は妻籠に。弟は馬籠に。何百年来のこの古い関係をもう一度新しくして、末頼母《すえたのも》しい寿平次を半蔵の義理ある兄弟と考えて見ることも、その一つであった。

この縁談には吉左衛門は最初からその話を金兵衛の耳に入れて、相談相手になってもらった。吉左衛門が半蔵を同道して、親子二人連れで妻籠の本陣を訪ねに行って来た時のことも、先ずその報告をもたらすのは金兵衛の許《もと》であった。ある日、二人は一緒になって、秋の祭礼までには間に合わせたいという舞台普請の話などから、若い人たちの噂《うわさ》に移って行った。

「吉左衛門さん、妻籠の御本陣の娘さんはおいくつにおなりでしたっけ。」

「十七さ。」

その時、金兵衛は指を折って数えて見て、

「して見ると、半蔵さんとは六つ違いでおいでなさる。」

好い一対の若夫婦が出来上るであろうという風にそれを吉左衛門に言って見せた。そういう金兵衛にしても、吉左衛門にしても、二十三歳と十七歳とで結びつく若夫婦をそれほど早いとは考えなかった。早婚は一般に当り前の事と思われ、むしろ好い風習とさえ見做《みな》されていた。当時の木曾谷には、新郎十六歳、新婦は十五歳で行われるような早い結婚もあって、それすら人は別に怪しみもしなかった。

「しかし、金兵衛さん、あの半蔵のやつがもう祝言だなんて、早いものですね。わたしもこれで、平素《ふだん》はそれほどにも思いませんが、こんな話が持ち上ると、自分でも年を取ったかと思いますよ。」

「なにしろ、吉左衛門さんもお大抵《たいてい》じゃない。あなたのところのお嫁取りなんて、御本陣と御本陣の御婚礼ですからねえ。」

「半蔵さま——お前さまのところへは、妻籠の御本陣からお嫁さまが来《こ》さっせるそうだなし。お前さまも大きくならっせいたものだ。」

半蔵のところへは、こんなことを言いに寄る出入りのおふき婆さんもある。おふきは乳母として、幼い時分の半蔵の世話をした女だ。まだちいさかった頃の半蔵を抱き、その背中に載せて歩いたりしたのもこの女だ。半蔵の縁談が纏まったことは、本陣へ出入りの百姓の誰にも勝《ま》して、この婆さんを悦ばせた。

おふきはまた、今の本陣の「姉《あね》さま」(おまん)のいないところで、半蔵の側へ来て歯のかけた声で言った。

「半蔵さま、お前さまは何も知らっせまいが、俺《おれ》はお前さまのお母さまをよく覚えている。お袖《そで》さま——美しい人だったぞなし。あれほどの容色《きりょう》は江戸にもないと言って、通る旅の衆が評判したくらいの人だったぞなし。あのお袖さまが煩《わずら》って亡くなったのは、あれはお前さまを生んでから二十日ばかり過ぎだったずら。俺はお前さまを抱いて、お母《つか》さまの枕もとへ連れて行ったことがある。あれがお別れだった。三十二の歳の惜しい盛りよなし。それから、お前さまはまた、間もなく黄疸《おうだん》を病まっせる。あの時は助かるまいと言われたくらいよなし。大旦那(吉左衛門)の御苦労も一通りじゃあらすか。あのお母《つか》さまが今まで達者でいて、今度のお嫁取りの話なぞを聞かっせいたら、どんなだずら――」

半蔵も生みの母を想像する年頃に達していた。また、一人で両親を兼ねたような父吉左衛門が養育の辛苦を想像する年頃にも達していた。しかしこのおふき婆さんを見る度に、多く思い出すのは少年の日のことであった。子供の時分の彼が、あれが好きだったとか、これが好きだったとか、そんな食物のことをよく覚えていて、木曾の焼米《やきごめ》の青いにおい、蕎麦粉《そばこ》と里芋の子で造る芋焼餅《いもやきもち》なぞを数えて見せるのも、この婆さんであるから。

山地としての馬籠は森林と岩石との間であるばかりでなく、村の子供らの教育のことなぞにかけては耕されない土も同然であった。この山の中に生れて、周囲には名を書くことも知らないようなものの多い村民の間に、半蔵は学問好きな少年としての自分を見つけたものである。村にはろくな寺小屋もなかった。人を化《ばか》す狐や狸、その他種々《さまざま》な迷信はあたりに暗く跋扈《ばっこ》していた。そういう中で、半蔵が人の子を教えることを思い立ったのは、まだ彼が未熟な十六歳の頃からである。ちょうど今の隣家の鶴松が桝田屋の子息《むすこ》などと連立って通って来るように、多い年には十六、七人からの子供が彼の許《もと》へ読書習字珠算などの稽古に集まって来た。峠からも、荒町からも、中のかやからも。時には隣村の湯舟沢、山口からも。年若な半蔵は自分を育てようとするばかりでなく、同時に無学な村の子供を教えることから始めたのであった。

山里にいて学問することも、この半蔵には容易でなかった。良師のないのが第一の困難であった。信州上田の人で児玉政雄という医者が一頃《ひところ》馬籠に来て住んでいたことがある。その人に『詩経』の句読《くとう》を受けたのは、半蔵が十一歳の時にあたる。小雅の一章になって、児玉は村を去ってしまって、最早《もはや》就いて学ぶべき師もなかった。馬籠の万福寺には桑園《そうえん》和尚のような禅僧もあったが、教えて倦《う》まない人ではなかった。十三歳の頃、父吉左衛門に就いて『古文真宝』の句読を受けた。当時の半蔵はまだそれほど勉強する心があるでもなく、ただ父の側にいて習字をしたり写本をしたりしたに過ぎない。そのうちに自ら奮って『四書』の集註を読み、十五歳には『易書』や『春秋』の類《たぐい》にも通じるようになった。寒さ、暑さを厭《いと》わなかった独学の苦心が、それから十六、七歳の頃まで続いた。父吉左衛門は和算を伊那の小野村の小野甫邦《ほほう》に学んだ人で、その術には達していたから、半蔵も算術のことは父から習得した。村には、やれ魚釣りだ碁将棋《ごしょうぎ》だと言って時を送る若者の多かった中で、半蔵独《ひと》りはそんな方に眼もくれずまた話相手の友達もなくて、読書をそれらの遊戯に代えた。幸い一人の学友を美濃の中津川の方に見出したのはその頃からである。蜂谷《はちや》香蔵《こうぞう》と言って、もっと学ぶことを半蔵に説き勧めてくれたのも、この香蔵だ。二人の青年の早い友情が結ばれはじめてからは、馬籠と中津川との三里あまりの間を遠しとしなかった。ちょうど中津川には宮川寛斎がある。寛斎は香蔵が姉の夫にあたる。医者ではあるが、漢学に達していて、また国学にも精《くわ》しかった。馬籠の半蔵、中津川の香蔵――二蔵は互に競《きそ》い合って寛斎の指導を受けた。

「自分は独学で、そして固陋《ころう》だ。もとよりこんな山の中にいて見聞も寡《すくな》い。どうかして自分のようなものでも、もっと学びたい。」

と半蔵は考え考えした。古い青山のような家に生れた半蔵は、この師に導かれて、国学に心を傾けるようになって行った。二十三歳を迎えた頃の彼は、言葉の世界に見つけた学問の歓びを通して、賀茂真淵《かものまぶち》、本居宣長《もとおりのりなが》、平田篤胤《ひらたあつたね》などの諸先輩が遺《のこ》して置いて行った大きな仕事を想像するような若者であった。

　黒船は、実にこの半蔵の前にあらわれて来たのである。

三

その年、嘉永六年の十一月には、半蔵が早い結婚の話も妻籠の本陣宛《あ》てに結納の品を贈るほど運んだ。

最早《もはや》恵那山へは雪が来た。ある日、おまんは裏の土蔵の方へ行こうとした。山家のならわしで、めぼしい器物という器物は皆土蔵の中に持ち運んである。皿何人前、膳何人前などと箱書したものを出したり入れたりするだけでも、主婦の一役《ひとやく》だ。ちょうど、そこへ会所の使が福島の役所からの差紙《さしがみ》を置いて行った。馬籠の庄屋宛てだ。おまんはそれを渡そうとして、夫を探した。

「大旦那は。」

と下女にきくと、

「蔵《くら》の方へお出《いで》だぞなし。」

という返事だ。おまんはその足で、母屋《もや》から勝手口の横手について裏の土蔵の前まで歩いて行った。石段の上には夫の脱いだ下駄もある。戸前の錠もはずしてある。夫もやはり同じ思いで、婚礼用の器物でも調べているらしい。おまんは土蔵の二階の方にごとごと音のするのを聞きながら梯子《はしご》を登って行って見た。そこに吉左衛門がいた。

「あなた、福島からお差紙《さしがみ》ですよ。」

吉左衛門は僅かの閑《ひま》の時を見つけて、その二階に片付け物なぞをしていた。壁によせて幾つとなく古い本箱の類《たぐい》も積み重ねてある。日頃彼の愛蔵する俳書、和漢の書籍なぞもそこに置いてある。その時、彼はおまんから受取ったものを窓に近く持って行って読んで見た。

その差紙には、海岸警衛のため公儀の物入《ものいり》も莫大《ばくだい》だとある。国恩を報ずべき時節であると言って、三都の市中は勿論《もちろん》、諸国の御料所、在方《ざいかた》村々まで、めいめい冥加《みょうが》のため上納金を差出せとの江戸からの達しだということが書いてある。それにはまた、浦賀表《うらがおもて》へアメリカ船四艘、長崎表《ながさきおもて》へオロシャ船四艘交易のため渡来したことが断ってあって、海岸防禦のためとも書き添えてある。

「これは国恩金の上納を命じてよこしたんだ。」と吉左衛門はおまんに言って見せた。「外は風雨《しけ》だと言うのに、内では祝言の支度だ――しかしこの御差紙《おさしがみ》の様子では、俺も一肌脱がずばなるまいよ。」

その時になって見ると、半蔵の祝言を一つのくぎりとして、古い青山の家にもいろいろな動きがあった。年老いた吉左衛門の養母は祝言のごたごたを避けて、土蔵に近い位置にある隠居所の二階に隠れる。新夫婦の居間にと定められた店座敷へは、畳屋も通って来る。長いこと勤めていた下男も暇を取って行って、そのかわり佐吉という男が今度新たに奉公に来た。

おまんが梯子《はしご》を降りて行った後、吉左衛門はまた土蔵の明り窓に近く行った。鉄格子を通して射し入る十一月の光線もあたりを柔かに見せている。彼は独りで手を揉《も》んで、福島から差紙のあった国防献金のことを考えた。徳川幕府あって以来いまだかつて聞いたこともないような、公儀の御金庫《おかねぐら》が既に空っぽになっているという内々《ないない》の取沙汰《とりざた》なぞが、その時、胸に浮んだ。昔気質《むかしかたぎ》の彼はそれらの事を思い合せて、若者の前でも何でもお構いなしに何事も大袈裟《おおげさ》に触れ廻るような人たちを憎んだ。そこから子に対する心持をも引き出されて見ると、年もまだ若く心も柔かく感じ易い半蔵なぞに、今から社会の奥を覗《のぞ》かせたくないと考えた。いかなる人間同志の醜《みにく》い秘密にも、その刺戟に耐えられる年頃に達するまでは、ゆっくり支度させたいと考えた。権威はどこまでも権威として、子の前には神聖なものとして置きたいとも考えた。おそらく隣家の金兵衛とても、親としてのその心持に変りはなかろう。そんなことを思い案じながら、吉左衛門はその蔵の二階を降りた。

かねて前触《まえぶれ》のあった長崎行の公儀衆も、やがて中津川泊りで江戸の方角から街道を進んで来るようになった。空は晴れても、大雪の来た後であった。野尻宿《のじりしゅく》の継所《つぎしょ》から落合まで通し人足七百五十人の備えを用意させるほどの公儀衆が、さくさく音のする雪の道を踏んで、長崎へと通り過ぎた。この通行が三日も続いた後には、妻籠の本陣からその同じ街道を通って、新しい夜具のぎっしり詰まった長持《ながもち》なぞが吉左衛門の家へ担ぎ込まれて来た。

吉日として選んだ十二月の一日が来た。金兵衛は朝から本陣へ出掛けて来て、吉左衛門と一緒に客の取持ちをした。台所でもあり応接間でもある広い炉辺《ろばた》には、手伝いとして集まって来ているお玉、お喜佐、おふきなどの笑い声も起った。

仙十郎も改まった顔付でやって来た。寛《くつろ》ぎの間《ま》と店座敷の間を往ったり来たりして、半蔵を退屈させまいとしていたのもこの人だ。この取込みの中で、金兵衛はちょっと半蔵を見に来て言った。

「半蔵さん、誰かお前さんの呼びたい人がありますかい。」

「お客にですか。宮川寛斎先生に中津川の香蔵さん、それに景蔵さんも呼んであげたい。」

浅見景蔵は中津川本陣の相続者で、同じ町に住む香蔵を通して知るようになった半蔵の学友である。景蔵はもと漢学の畠の人であるが、半蔵らと同じように国学に志すようになったのも、寛斎の感化であった。

「それは半蔵さん、言うまでもなし。中津川の御連中は明日ということにして、もう使が出してありますよ。あの二人は黙っておいたって、向うから祝いに来てくれる人たちでさ。」

側にいた仙十郎は、この二人の話を引き取って、

「俺も――そうだなあ――もう一度祝言の仕直しでもやりたくなった。」

と笑わせた。

山家にはめずらしい冬で、一度は八寸も街道に積った雪が大雨のために溶けて行った。その後には、金兵衛のような年配《ねんぱい》のものが子供の時分から聞き伝えたこともないと言うほどの暖かさが来ていた。寒がりの吉左衛門ですら、その日は炬燵《こたつ》や火鉢でなしに、煙草盆の火だけで済ませるくらいだ。この陽気は本陣の慶事を一層楽しく思わせた。

午後に、寿平次兄妹《きょうだい》がすでに妻籠の本陣を出発したろうと思われる頃には、吉左衛門は定紋付《じょうもんつき》の社祚姿《かみしもすがた》で、表玄関前の広い板の間を歩き廻った。下男の佐吉もじっとしていられないという風で、表門を出たり入ったりした。

「佐吉、めずらしい陽気だなあ。この分じゃ妻籠の方も暖かいだろう。」

「そうよなし。今夜は門の前で篝《かがり》でも焚かずと思って、俺は山から木を背負《しょ》って来た。」

「こう暖かじゃ、篝にも及ぶまいよ。」

「今夜は高張《たかはり》だけにせずか、なし。」

そこへ金兵衛も奥から顔を出して、一緒に妻籠から来る人たちの噂をした。

「一昨日《おととい》の晩でさ。」と金兵衛は言った。「桝田屋の儀助さんが夜行で福島へ出張したところが、往還の道筋にはすこしも雪がない。茶屋へ寄って、店先へ腰掛けても、凍《こご》えるということがない。どうもこれは世間一統の陽気でしょう。あの儀助さんがそんな話をしていましたっけ。」

「金兵衛さん――前代未聞の冬ですかね。」

「いや、全く。」

日の暮れる頃には、村の人たちは本陣の前の街道に集まって来て、梅屋の格子先あたりから問屋の石垣の辺へかけて黒山を築いた。土地の風習として、花嫁を載せて来た駕《か》籠《ご》はいきなり門の内へ入らない。峠の上まで出迎えたものを案内にして、寿平次らの一行は先ず門の前で停まった。提灯《ちょうちん》の灯《ひ》に映る一つの駕籠を中央にして、木曾の「なかのりさん」の唄が起った。荷物をかついで妻籠から供をして来た数人のものが輪を描きながら、唄の節につれて踊りはじめた。手を振り腰を動かす一つの影の次には、また他《ほか》の影が動いた。この鄙《ひな》びた舞踏の輪は九度も花嫁の周囲《まわり》を廻った。

その晩、盃をすました後《あと》の半蔵はお民と共に、冬の夜とも思われないような時を送った。半蔵がお民を見るのは、それが初めての時でもない。彼はすでに父と連れ立って、妻籠にお民の家を訪ねたこともある。この二人の結びつきは当人同志の選択からではなくて、ただ父兄の選択に任せたのであった。親子の間柄でも、当時は主従の関係に近い。それほど二人は従順であったが、しかし決して安閑としてはいなかった。初めて二人が妻籠の方で顔を見合せた時、すべてをその瞬間に決定してしまった。長くかかって見るべきものではなくて、一目に見るべきものであったのだ。

店座敷は東向きで、戸の外には半蔵の好きな松の樹もあった。新しい青い部屋の畳は、鶯《うぐいす》でも啼き出すかと思われるような温暖《あたたか》い空気に香って、夜遊び一つしたことのない半蔵の心を逆上《のぼ》せるばかりにした。彼は知らない世界にでも入って行く思いで、若さとおそろしさのために震えているようなお民を自分の側に見つけた。

「お父《とっ》さん——わたしのためでしたら、祝いはなるべく質素にして下さい。」

「それはお前に言われるまでもない。質素は俺も賛成だねえ。でも、本陣には本陣の慣例《しきたり》というものもある。呼ぶだけのお客はお前、どうしたって呼ばなけりゃならない。まあ、俺に任せておけ。」

半蔵が父とこんな言葉をかわしたのは、客振舞《きゃくぶるまい》の続いた三日目の朝である。思いがけない尾張藩の徒士目附《かちめつけ》と作事方《さくじかた》とがその日の午前に馬籠の宿《しゅく》に着いた。来る三月には尾張藩主が木曾路を経て江戸へ出府のことに決定したという。この役人衆の一行は、冬のうちに各本陣を見分《けんぶん》するためということであった。

こういう場合に、なくてならない人は金兵衛と問屋の九太夫とであった。万事扱い慣れた二人は、吉左衛門の当惑顔を看《み》て取った。先ず二人で梅屋の方へ役人衆を案内した。金兵衛だけが吉左衛門のところへ引返して来て言った。

「先ずありがたかった。もう少しで、この取込みの中へ乗込まれるところでした。オット。皆さま、当宿本陣には慶事がございます、取込んでおります、恐れ入りますが梅屋の方でしばらく御休みを願いたい、そうわたしが言いましてね。そこは御役人衆も心得たものでさ。御昼の支度もあちらで差上げることにして来ましたよ。」

梅屋と本陣とは、呼べば応えるほどの対《むか》い合った位置にある。午後に、徒士目附《かちめつけ》の一行は梅屋で出した福草履《ふくぞうり》にはきかえて、乾いた街道を横ぎって来た。大きな髷《まげ》のにおい、帯刀の威、袴の摺《す》れる音、それらが役人らしい挨拶と一緒になって、本陣の表玄関には時ならぬ厳《いかめ》しさを見せた。やがて、吉左衛門の案内で、部屋部屋の見分があった。

吉左衛門は徒士目附にたずねた。

「甚だ恐縮ですが、中納言《ちゅうなごん》様の御通行は来春のようにうけたまわります。当宿ではどんな心支度《こころじたく》をいたしたものでしょうか。」

「さあ、ことによると御昼食《おひる》を仰せ付けられるかも知れない。」

婚礼の祝いは四日も続いて、最終の日の客振舞にはこの慶事に来て働いてくれた女たちから、出入りの百姓、会所の定使《じょうづかい》などまで招かれて来た。大工も来、畳屋も来た。日頃吉左衛門や半蔵のところへ油じみた台箱《だいばこ》を提《さ》げて通って来る髪結《かみゆい》直次までが、その日は羽織着用でやって来て、膳の前にかしこまった。

町内の小前《こまえ》のものの前に金兵衛、髪結直次の前に仙十郎、涙を流してその日の来たことを喜んでいるようなおふき婆さんの前には吉左衛門が坐って、それぞれ取持ちをする頃は、酒も始まった。吉左衛門はおふきの前から、出入りの百姓たちの前へ動いて、

「さあ、やっとくれや。」

とそこにある銚子を持ち添えて勧めた。百姓の一人は膝をかき合せながら、

「俺《おれ》にかなし。どうも大旦那に御酌《おしやく》していただいては申し訳がない。」

隣席にいる他《ほか》の百姓が、その時、吉左衛門に話しかけた。

「大旦那――こないだの上納金のお話よなし。他《ほか》の事とも違いますから、一同申し合せをして、御受けをすることにしましたわい。」

「ああ、あの国恩金のことかい。」

「それが大旦那、百姓はもとより、豆腐屋、按摩《あんま》まで上納するような話ですで、俺たちも見ていられすか。十八人で二両二分とか、五十六人で三両二分とか、村でも思い思いに納めるようだが、俺たちは七人で、一人が一朱ずつと話を纏《まと》めましたわい。」

仙十郎は酒をついで廻っていたが、ちょうどその百姓の前まで来た。

「止《よ》せ。こんな席で上納金の話なんか。伊勢の神風の一つも吹いて御覧、そんな唐人船なぞはどこかへ飛んでしまう。くよくよするな。それよりか、一杯行こう。」

「どうも旦那はえらいことを言わっせる。」と百姓は仙十郎の盃をうけた。

「上の伏見屋の旦那。」と遠くの席から高い声で相槌《あいづち》を打つものもある。「俺もお前さまに賛成だ。徳川さまの御威光で、四艘や五艘ぐらいの唐人船が何だなし。」

酒が廻るにつれて、こんな話は古風な石場《いしば》搗《づ》きの唄なぞに変りかけて行った。この地方のものは、一体に酒に強い。誰でも飲む。若い者にも飲ませる。おふき婆さんのような年をとった女ですら、なかなか隅へは置けないくらいだ。そのうちに仙十郎が半蔵の前へ行って坐った頃は、かなりの上機嫌になった。半蔵も方々から来る祝いの盃をことわりかねて、顔を紅くしていた。

やがて、仙十郎は声高く唄い出した。

木曾のナ
なかのりさん、
木曾の御嶽《おんたけ》さんは
なんちゃらほい、
夏でも寒い。
よい、よい、よい。

半蔵とは対い合に、お民の隣には仙十郎の妻で半蔵が異母妹にあたるお喜佐も来て膳に着いていた。お喜佐は眼を細くして、若い夫のほれぼれとさせるような声に耳を傾けていた。その声は一座のうちの誰よりも清《すず》しい。

「半蔵さん、君の前でわたしが唄うのは今夜初めてでしょう。」

と仙十郎は軽く笑って、また手拍子を打ちはじめた。百姓の仲間からおふき婆さんまでが右に左に身体《からだ》を振り動かしながら手を拍《う》って調子を合せた。塩辛《しおから》い声を振り揚げる髪結《かみゆい》直次の音頭《おんど》取《と》りで、鄙《ひな》びた合唱がまたその後に続いた。

　　袷《あわせ》ナ
なかのりさん、
袷やりたや
なんちゃらほい、
足袋添えて。
よい、よい、よい。

本陣とは言っても、吉左衛門の家の生活は質素で、芋焼餅《いもやきもち》なぞを冬の朝の代用食とした。祝言《しゅうげん》のあった六日目の朝には、最早客振舞《きゃくぶるまい》の取込みも静まり、一日がかりの後片付けも済み、出入りの百姓たちもそれぞれ引取って行った後なので、おまんは炉辺《ろばた》にいて家の人たちの好きな芋焼餅を焼いた。

店座敷に休んだ半蔵もお民もまだ起き出さなかった。

「いつも早起きの若旦那が、この二、三日はめずらしい。」

そんな声が二人の下女の働いている勝手口の方から聞えて来る。しかしおまんは奉公人の言うことなぞに頓着《とんじゃく》しないで、ゆっくり若い者を眠らせようとした。そこへおふき婆さんが新夫婦の様子を見に屋外《そと》から入って来た。

「姉《あね》さま。」

「あい、おふきか。」

おふきは炉辺にいるおまんを見て入口の土間のところに立ったまま声をかけた。

「姉さま。俺は今朝早く起きて、山の芋を掘りに行って来た。大旦那も半蔵さまもお好きだで、こんなものを提《さ》げて来た。店座敷ではまだ起きさっせんかなし。」

おふきは藁苞《わらづと》につつんだ山の芋にも温かい心を見せて、半蔵の乳母として通《かよ》って来た日と同じように、やがて炉辺へ上った。

「おふき、お前は好いところへ来てくれた。」とおまんは言った。「きょうは若夫婦に御幣餅《ごへいもち》を祝うつもりで、胡桃《くるみ》を取りよせておいた。お前も手伝っておくれ。」

「ええ、手伝うどころじゃない。農家も今は閑《ひま》だで。御幣餅とはお前さまも好いところへ気がつかっせいた。」

「それに、若夫婦のお相伴《しょうばん》に、お隣の子息《むすこ》さんでも呼んであげようかと思ってさ。」

「あれ、そうかなし。それじゃ俺が伏見屋へちょっくら行って来る。そのうちには店座敷でも起きさっせるずら。」

気候はめずらしい暖かさを続けていて、炉辺も楽しい。黒く煤《すす》けた竹筒、魚の形、その自在鍵《じざいかぎ》の天井から吊るしてある下では、あかあかと炉の火が燃えた。おふきが隣家まで行って帰って見た頃には、半蔵とお民とが起きて来ていて、二人で松薪《まつまき》をくべていた。渡金《わたしがね》の上に載せてある芋焼餅も焼きざましになった頃だ。おふきはその里芋の子の白くあらわれたやつを温め直して、大根おろしを添えて、新夫婦に食べさせた。

「お民、お出《いで》。髪でも直しましょう。」

おまんは奥の坪庭に向いた小座敷のところへお民を呼んだ。妻籠《つまご》の本陣から来た娘を自分の嫁として、「お民、お民」と名を呼んで見ることもおまんにはめずらしかった。大人の世界を覗《のぞ》いて見たばかりのようなお民は、いくらか羞《はじらい》を含みながら、十七の初島田の祝いの折に妻籠の知人から贈られたという櫛箱《くしばこ》なぞをそこへ取出して来ておまんに見せた。

「どれ。」

おまんは襷掛《たすきが》けになって、お民を古風な鏡台に向わせ、人形でも扱うようにその髪をといてやった。まだ若々しく、娘らしい髪の感覚は、おまんの手にあまるほどあった。

「まあ、長い髪の毛だこと。そう言えば、わたしも覚えがあるが、これで眉でも剃り落す日が来て御覧――あの里帰りというものは妙に昔の恋しくなるものですよ。もう娘の時分ともお別れですねえ。女は誰でもそうしたものですからねえ。」

おまんはいろいろに言って見せて、左の手に油じみた髪の根元を堅く握り、右手に木曾名物のお六櫛《ろくぐし》というやつを執《と》った。額から鬢《びん》の辺へかけて、梳手《すきて》の力がはいる度に、お民は眼を細くして、これから長く姑《しゅうとめ》として仕えなければならない人のするままに任せていた。

「熊や。」

とその時、おまんは側へ寄って来る黒毛の猫の名を呼んだ。熊は本陣に飼われていて、誰からも可愛がられるが、ただ年老いた隠居からは憎まれていた。隠居が熊を憎むのは、みんなの愛がこの小さな動物にそそがれるためだともいう。どうかすると隠居は、おまんや下女たちの見ていないところで、人知れずこの黒猫に拳固《げんこ》を見舞うことがある。おまんはお民の髪を結いながらそんな話までして、

「吾家《うち》のおばあさんも、あれだけ年をとったかと思いますよ。」

とも言い添えた。

やがて本陣の若い「御新造《ごしんぞ》」に似合わしい髪のかたちが出来上った。儀式ばった晴の

装いは脱《と》れて、さっぱりとした蒔絵《まきえ》の櫛《くし》なぞがそれに代った。林檎《りんご》のように紅くて、そして生々《いきいき》としたお民の頬は、まるで別の人のように鏡の裡《なか》に映った。

「髪は出来ました。これから部屋の案内です。」

というおまんの後について、間もなくお民は家の内部《なか》を隅々までも見て廻った。生家《さと》を見慣れた眼で、この街道に生えたような家を見ると、お民にはいろいろな似よりを見出すことも多かった。奥の間、仲の間、次の間、寛《くつろ》ぎの間《ま》という風に、部屋部屋に名のつけてあることも似ていた。上段の間という部屋が一段高く造りつけてあって、本格な床の間、障子から、白地に黒く雲形を織出したような高麗縁《こうらいべり》の畳まで、この木曾路を通る諸大名諸公役《くやく》の客間に宛《あ》ててあるところも似ていた。

熊は鈴の音をさせながら、おまんやお民の行くところへ随《つ》いて来た。二人が西向きの仲の間の障子の方へ行けば、そこへも来た。この黒毛の猫は新来の人をも畏《おそ》れないで、まだ半分お客さまのようなお民の裾にも纏《まと》いついて戯れた。

「お民、来て御覧。きょうは恵那山がよく見えますよ。妻籠の方はどうかねえ、木曾川の音が聞えるかねえ。」

「ええ、日によってよく聞えます。わたしどもの家は河の直《す》ぐ側でもありませんけれど。」

「妻籠じゃそうだろうねえ。ここでは河の音は聞えない。そのかわり、恵那山の方で鳴る風の音が手に取るように聞えますよ。」

「それでも、まあ好い眺めですこと。」

「そりゃ馬籠はこんな峠の上ですから、隣の国まで見えます。どうかするとお天気の好い日には、遠い伊吹山まで見えることがありますよ――」

林も深く谷も深い方に住み慣れたお民は、この馬籠に来て、西の方に明るく開けた空を見た。何もかもお民にはめずらしかった。僅かに二里を隔てた妻籠と馬籠とでも、言葉の訛《なま》りからしていくらか違っていた。この村へ来て味《あじわ》うことの出来る紅い「ずいき」の漬物なぞも、妻籠の本陣では造らないものであった。

まだ半蔵夫婦の新規な生活は始まったばかりだ。午後に、おまんは一ト通り屋敷の内《なか》を案内しようと言って、土蔵の大きな鍵を提げながら、今度は母屋《もや》の外の方へお民を連れ出そうとした。

炉辺《ろばた》では山家らしい胡桃《くるみ》を割る音がしていた。おふきは二人の下女を相手に、堅い胡桃の核《たね》を割って、御幣餅の支度に取り掛っていた。その時、上《あが》り端《はな》にある杖をさがして、おまんやお民と一緒に裏の隠居所まで歩こうと言い出したのは隠居だ。このおばあさんも一頃よりは健康を持ち直して、食事のたびに隠居所から母屋へ通っていた。

馬籠の本陣は二棟に分れて、母屋《もや》、新屋《しんや》より成り立つ。新屋は表門の並びに続いて、直ぐ街道と対い合った位置にある。別に入口のついた会所(宿役人詰め所)と問屋場の建物がそこにある。石垣の上に高く隣家の伏見屋を見上げるのもその位置からで、大小幾つかの部屋がその裏側に建て増してある。多人数の通行でもある時には客間に当てられるのもそこだ。おまんは雨戸のしまった小さな離れ座敷をお民に指《さ》して見せて、そこにも本陣らしい古めかしさがあることを話し聞かせた。ずっと昔からのこの家の習慣で、女が見るものを見る頃は家族のものからも離れ、独りで煮焚きまでして、そこに籠り暮すという。

「お民、来て御覧。」

と言いながら、おまんは隠居所の階下《した》にあたる味噌納屋《みそなや》の戸をあけて見せた。味噌、たまり、漬物の桶なぞがそこにあった。おまんは土蔵の前の方へお民を連れて行って、金網の張ってある重い戸を開け、薄暗い二階の上までも見せて廻った。おまんの古い長持と、お民の新しい長持とが、そこに置き並べてあった。

土蔵の横手について石段を降りて行ったところには、深い掘井戸を前に、米倉、木小屋なぞが並んでいる。そこは下男の佐吉の世界だ。佐吉も案内顔に、伏見屋寄りの方の裏木戸を押して見せた。街道と並行した静かな村の裏道がそこに続いていた。古い池のある方に近い木戸を開けて見せた。本陣の稲荷《いなり》の祠《ほこら》が樫《かし》や柊《ひいらぎ》の間に隠れていた。

その晩、家のもの一同は炉辺に集まった。隠居はじめ、吉左衛門から、佐吉まで一緒になった。隣家の伏見家からは少年の鶴松も招かれて来て、半蔵の隣に坐った。おふきが炉で焼く御幣餅の香気はあたりに満ち溢れた。

「鶴さん、これが吾家《うち》の嫁ですよ。」

とおまんは隣家の子息《むすこ》にお民を引合せて、串差《くしざし》にした御幣餅をその膳に載せてすすめた。こんがりと狐色に焼けた胡桃醤油《くるみだまり》のうまそうなやつは、新夫婦の膳にも上った。吉左衛門夫婦はこの質素な、しかし心の籠った山家料理で、半蔵やお民の前途を祝福した。

第二章

一

十曲峠《じつきよくとうげ》の上にある新茶屋には出迎えのものが集まった。今度いよいよ京都本山の許しを得、僧智現の名も松雲と改めて、馬籠万福寺の跡を継ごうとする新住職がある。組頭笹屋の庄兵衛はじめ、五人組仲間、その他のものが新茶屋に集まったのは、この人の帰国を迎えるためであった。

山里へは旧暦二月末の雨の来る頃で、年も安政元年と改まった。一同が待ち受けている和尚は、前の晩のうちに美濃手賀野村の松源寺までは帰って来ているはずで、村からはその朝早く五人組の一人を発《た》たせ、人足も二人つけて松源寺まで迎えに出してある。そろそろあの人たちも帰って来ていい頃だった。

「きょうは御苦労さま。」

出迎えの人たちに声をかけて、本陣の半蔵もそこへ一緒になった。半蔵は父吉左衛門の名代《みょうだい》として、小雨の降る中をやって来た。

こうした出迎えにも、古い格式のまだ崩れずにあった当時には、誰と誰は何処までというようなことをやかましく言ったものだ。例えば、村の宿役人仲間は馬籠の石屋の坂あたりまでとか、五人組仲間は宿はずれの新茶屋までとかという風に。しかし半蔵はそんなことに頓着《とんじゃく》しない男だ。のみならず、彼はこうした場処に来て腰掛けるのが好きで、ここへ来て足を休めて行く旅人、馬をつなぐ馬方、または土足のまま茶屋の囲炉裏《いろり》ばたに踏込《ふんご》んで木曾風な「めんぱ」(木製割籠《わりご》)を取り出す人足なぞの話にまで耳を傾けるのを楽みにした。

馬籠の百姓総代とも言うべき組頭庄兵衛は茶屋を出たり入ったりして、和尚の一行を待ち受けたが、やがてまた仲間のものの側へ来て腰掛けた。御休処《おやすみどころ》とした古い看板や、あるものは青くあるものは茶色に諸講中のしるしを染め出した下げ札などの掛った茶屋の軒下から、往来一つ隔てて向うに翁塚《おきなつか》が見える。芭蕉の句碑もその日の雨に濡れて黒い。

間もなく、半蔵のあとを追って、伏見屋の鶴松が馬籠の宿の方からやって来た。鶴松も父金兵衛の名代という改まった顔付だ。

「お師匠さま。」

「君も来たのかい。御覧、翁塚の好くなったこと。あれは君のお父さんの建てたんだよ。」

「わたしは覚えがない。」

半蔵が少年の鶴松を相手にこんな言葉をかわしていると、庄兵衛も思い出したように、

「そうだずら、鶴さまは覚えがあらっせまい。」

と言い添えた。

小雨は降ったり休《や》んだりしていた。松雲和尚の一行はなかなか見えそうもないので、半蔵は鶴松を誘って、新茶屋の周囲を歩きに出た。路傍《みちばた》に小高く土を盛り上げ、榎《えのき》を植えて、里程を示すたよりとした築山《つきやま》がある。駅路時代の一里塚だ。その辺は信濃と美濃の国境《くにざかい》にあたる。西よりする木曾路の一番最初の入口でもある。

しばらく半蔵は峠の上にいて、学友の香蔵や景蔵の住む美濃の盆地の方に思いを馳《は》せた。今更《いまさら》関東関西の諸大名が一大合戦に運命を決したような関ケ原の位置を引合に出すまでもなく、古くから東西両勢力の相接触する地点と見做《みな》されたのも隣の国である。学問に、宗教に、商業に、工芸に、いろいろなものがそこに発達したのに不思議はなかったかも知れない。すくなくもそこに修業時代を送って、そういう進んだ地方の空気の中に僧侶としてのたましいを鍛えて来た松雲が、半蔵には羨《うらや》ましかった。その隣の国に比

べると、この山里の方にあるものはすべて遅い。あだかも、西から木曾川を伝わって来る春が、両岸に多い欅《けやき》や雑木の芽を誘いながら、一ケ月もかかって奥へ奥へと進むように。万事がその通り後《おく》れていた。

その時、半蔵は鶴松を顧みて、

「あの山の向うが中津川だよ。美濃は好い国だねえ。」

と言って見せた。何かにつけて彼は美濃尾張の方の空を恋しく思った。

もう一度半蔵が鶴松と一緒に茶屋へ引き返して見ると、ちょうど伏見屋の下男がそこへやって来るのに逢った。その男は庄兵衛の方を見て言った。

「吾家《うち》の旦那はお寺の方でお待ち受けだげな。和尚さまはまだ見えんかなし。」

「俺は先刻《さつき》から来て待ってるが、なかなか見えんよ。」

「弁当持ちの人足も二人出掛けたはずだが。」

「あの衆は、いずれ途中で待ち受けているずらで。」

半蔵がこの和尚を待ち受ける心は、やがて西から帰って来る人を待ち受ける心であった。彼が家と万福寺との縁故も深い。最初にあの寺を建立して万福寺と名づけたのも青山の家の先祖だ。しかし彼は今度帰国する新住職のことを想像し、その人の尊信する宗教のことを想像し、人知れずある予感に打たれずにはいられなかった。早い話が、彼は中津川の宮川寛斎に就いた弟子である。寛斎はまた平田派の国学者である。この彼が日頃先輩から教えらるることは、暗い中世の否定であった。中世以来学問道徳の権威としてこの国に臨んで来た漢学《からまな》び風の因習からも、仏の道で教えるような物の見方からも離れよということであった。それらのものの深い影響を受けない古代の人の心に立ち帰って、もう一度心寛《こころゆた》かにこの世を見直せということであった。一代の先駆、荷田春満《かだのあずままろ》をはじめ、賀茂真淵、本居宣長、平田篤胤、それらの諸大人が受け継ぎ受け継ぎして来た一大反抗の精神はそこから生れて来ているということであった。彼に言わせると、「物学びするともがら」の道は遠い。もしその道を追い求めて行くとしたら、彼が今待ち受けている人に、その人の信仰に、行く行く反対を見出すかも知れなかった。

こんな本陣の子息《むすこ》が待つとも知らずに、松雲の一行は十曲峠の険しい坂路を登って来て、予定の時刻よりおくれて峠の茶屋に着いた。

松雲は、出迎えの人たちの予想に反して、それほど旅窶《たびやつ》れのした様子もなかった。六年の長い月日を行脚《あんぎや》の旅に送り、更に京都本山まで出掛けて行って来た人とは見えなかった。一行六、七人のうち、こちらから行った馬籠の人足たちの外に、中津川からは宗泉寺の老和尚も松雲に附添って来た。

「これは恐れ入りました。ありがとうございました。」

と言いながら松雲は笠《かさ》の紐《ひも》をといて、半蔵の前にも、庄兵衛たちの前にも御辞儀をした。

「鶴さんですか。見ちがえるように大きくおなりでしたね。」

とまた松雲は言って、そこに立つ伏見屋の子息《むすこ》の前にも御辞儀をした。手賀野村からの雨中の旅で、笠も草鞋《わらじ》も濡れて来た松雲の道中姿は、先ず半蔵の眼をひいた。

「この人が万福寺の新住職か。」

と半蔵は心の中で思わずにいられなかった。和尚としては年も若い。まだ三十そこそこの年配にしかならない。そういう彼よりは六つか七つも年長《としうえ》にあたるくらいの青年の僧侶だ。取りあえず峠の茶屋に足を休めるとあって、京都の旅の話なぞがぽつぽつ松雲の口から出た。京都に十七日、名古屋に六日、それから美濃路廻りで三日目に手賀野村の松源寺に一泊――それを松雲は持前《もちまえ》の禅僧らしい調子で話し聞かせた。ものの小半時《こはんとき》も半蔵が一緒にいるうちに、とてもこの人を憎むことの出来ないような善良な感じのする心の持主を彼は自分の側に見つけた。

やがて一同は馬籠の本宿をさして新茶屋を離れることになった。途中で松雲は庄兵衛

を顧みて、

「ほ。見ちがえるように道路が好くなっていますな。」

「この春、尾州の殿様が江戸へ御出府だげな。お前さまはまだ何も御存じなしか。」

「その話はわたしも聞いて来ましたよ。」

「新茶屋の境から峠の峯まで道普請よなし。尾州からはもう宿割《しゅくわり》の役人まで見えていますぞ。道造りの見分《けんぶん》、見分で、みんないそがしい思いをしましたに。」


噂のある名古屋の藩主(尾張慶勝《よしかつ》)の江戸出府は三月のはじめに迫っていた。来る日の通行の混雑を思わせるような街道を踏んで、一同石屋の坂あたりまで帰って行くと、村の宿役人仲間がそこに待ち受けるのに逢った。問屋の九太夫をはじめ、桝田屋の儀助、蓬萊屋の新七、梅屋の与次衛門、いずれも裃《かみしも》着用に雨傘《あまがさ》をさしかけて松雲の一行を迎えた。

当時の慣例として、新住職が村へ帰り着くところは寺の山門ではなくて、先ず本陣の玄関だ。出家の身としてこんな歓迎を受けることはあながち松雲の本意ではなかったけれども、万事は半蔵が父の計らいに任せた。附添として来た中津川の老和尚の注意もあって、松雲が装束を着更《きか》えたのも本陣の一室であった。乗物、先箱《さきばこ》、台傘《だいがさ》で、この新住職が吉左衛門の家を出ようとすると、それを見ようとする村の子供たちはぞろぞろ寺の道まで附いて来た。

万福寺は小高い山の上にある。門前の墓地に茂る杉の木立の間を通して、傾斜をなした地勢に並び続く民家の板屋根を望むことの出来るような位置にある。松雲が寺への帰参は、沓《くつ》ばきで久しぶりの山門をくぐり、それから方丈へ通って、一礼座了で式が済んだ。わざとばかりの饂飩振舞《うどんぶるまい》の後には、隣村の寺方《てらかた》、村の宿役人仲間、それに手伝いの人たちなぞもそれぞれ引取って帰って行った。

「和尚さま。」

と言って松雲の側へ寄ったのは、長いことここに身を寄せている寺男だ。その寺男は主人が留守中のことを思い出し顔に、

「よっぽど伏見屋の金兵衛さんには、お礼を言わっせるがいい。お前さまがお留守の間にもよく見舞いにお出《いで》て、本堂の廊下には大きな新しい太鼓が掛ったし、すっかり屋根の葺替《ふきかえ》も出来ました。あの萱《かや》だけでも、お前さま、五百二十把《ば》からかかりましたよ。まあ、俺《おれ》は何からお話していいか。村へ大風の来た年には鐘つき堂が倒れる。その度に、金兵衛さんのお骨折りも一通りじゃあらすか。」

松雲はうなずいた。

諸国を遍歴して来た眼でこの境内《けいだい》を見ると、これが松雲には馬籠の万福寺であったか

と思われるほど小さい。長い留守中は、ここへ来て世話をしてくれた隣村の隠居和尚任せで、何となく寺も荒れて見える。方丈には、あの隠居和尚が六年も眺め暮したような古い壁もあって、そこには達磨《だるま》の画像が帰参の新住職を迎え顔に掛っていた。

「寺に大地小地なく、住持に大地小地あり。」

この言葉が松雲を励ました。

松雲は周囲を見廻した。彼には心に掛るかずかずのことがあった。当時の戸籍簿とも言うべき宗門帳《しゅうもんちょう》は寺で預かってある。あの帳面もどうなっているか。位牌堂《いはいどう》の整理もどうなっているか。数えて来ると、何から手を着けていいかも分らないほど種々雑多な事が新住職としての彼を待っていた。毎年の献鉢《けんぱち》を例とする開山忌の近づくことも忘れてはならなかった。彼は考えた。ともかくも明日からだ。朝早く身を起すために何かの目的を立てることだ。それには二人の弟子や寺男任せでなしに、先ず自分で庭の鐘楼《しょうろう》に出て、十八声の大鐘を撞《つ》くことだと考えた。

翌朝は雨もあがった。松雲は夜の引き明けに床を離れて、山から来る冷い清水に顔を洗った。法鼓、朝課は後廻しとして、先ず鐘楼の方へ行った。恵那山を最高の峯としてこの辺一帯の村々を支配して立つような幾つかの山嶽も、その位置からは隠れてよく見えなかったが、遠くかすかに鳴きかわす鶏の声を谷の向うに聞きつけることは出来た。

まだ本堂の前の柊《ひいらぎ》も暗い。その時、朝の空気の静かさを破って、澄んだ大鐘の音が起った。力を籠《こ》めた松雲の撞き鳴らす音だ。その音は谷から谷を伝い、畠から畠を匍《は》って、まだ動きはじめない村の水車小屋の方へも、半分眠っているような馬小屋の方へもひびけて行った。

二

ある朝、半蔵は妻の側に眼をさまして、街道を通る人馬の物音を聞きつけた。妻のお民は、と見ると、まだ娘のような顔をして、寝心地《ねごこち》の好い春の暁《あかつき》を寝惜んでいた。半蔵は妻の眼をさまさせまいとするように、自分独《ひと》り起き出して、新婚後二人の居間となっている本陣の店座敷の戸を明けて見た。

旧暦三月はじめのめずらしい雪が戸の外へ来た。暮から例年にない暖かさだと言われたのが、三月を迎えてかえってその雪を見た。表庭の塀《へい》の外は街道に接していて、雪を踏んで行く人馬の足音がする。半蔵は耳を澄ましながらその物音を聞いて、かねて噂《うわさ》のあった尾張藩主の江戸出府がいよいよ実現されることを知った。

「尾州の御先荷《おさきに》がもうやって来た。」

と言って見た。

宿継ぎ差立《さした》てについて、尾張藩から送られて来た駄賃金《だちんがね》が馬籠の宿だけでも金四十一両に上った。駄賃金は年寄役金兵衛が預かったが、その金高を聞いただけでも今度の通行のかなり大袈裟《おおげさ》なものであることを想像させる。半蔵はうすうす父からその話を聞いて知っていたので、部屋にじっとしていられなかった。台所に行って顔を洗うと直ぐ雪の降る中を屋外《そと》へ出て見ると、会所では朝早くから継立てが始まる。後から後からと坂路を上って来る人足たちの後《うしろ》には、鈴の音に歩調を合せるような荷馬の群が続く。朝のことで、馬の鼻息は白い。時には勇ましい嘶《いなな》きの声さえ起る。村の宿役人仲間でも一番先に家を出て、雪の中を奔走していたのは問屋の九太夫であった。

前の年の六月に江戸湾を驚かしたアメリカの異国船は、また正月からあの沖合にかかっている頃で、今度は四隻の軍艦を八、九隻に増して来て、武力にも訴えかねまじき勢で、幕府に開港を迫っているとの噂すら伝わっている。全国の諸大名が江戸城に集まって、交易を許すか許すまいかの大評定《だいひょうじょう》も始まろうとしているという。半蔵はその年の正月二十五日に、尾州から江戸送りの大筒《おおづつ》の大砲や、軍用の長持が二十二棹《さお》もこの街道に続いたことを思い出し、一人持ちの荷物だけでも二十一荷もあったことを思い出して、眼の前を通る人足や荷馬の群を眺めていた。

半蔵が家の方へ戻って行って見ると、吉左衛門はゆっくりしたもので、炉辺《ろばた》で朝茶をやっていた。その時、半蔵はきいて見た。

「お父さん、今朝《けさ》着いたのはみんな尾州の荷物でしょう。」

「そうさ。」

「この荷物は幾日ぐらい続きましょう。」

「さあ、三日も続くかな。この前に唐人船の来た時は、上のものも下のものも大狼狽《おおあわて》さ。今度は戦争にはなるまいよ。何にしても尾州の殿様も御苦労さまだ。」

馬籠の本陣親子が尾張藩主に特別の好意を寄せていたのは、ただあの殿様が木曾谷や尾張地方の大領主であるというばかりではない。吉左衛門には、時に名古屋まで出張する折なぞには藩主の御目通りを許されるほどの親しみがあった。半蔵は半蔵で、『神祇《じんぎ》宝典《ほうてん》』や『類聚日本紀《るいじゅうにほんぎ》』などを撰《えら》んだ源敬公以来の尾張藩主であるということが、彼の心をよろこばせたのであった。彼はあの源敬公の仕事を水戸の義公に結びつけて想像し、『大日本史』の大業を成就したのもそういう義公であり、僧の契沖《けいちゅう》をして『万葉代匠記』を撰ばしめたのもこれまた同じ人であることを想像し、その想像を儒仏の道がまだこの国に渡って来ない以前のまじりけのない時代にまでよく持って行った。彼が自分の領主を思う心は、当時の水戸の青年がその領主を思う心に似ていた。

その日、半蔵は店座敷に籠って、この深い山の中に住むさみしさの前に頭を垂れた。障子《しょうじ》の外には、塀に近い松の枝をすべる雪の音がする。それが恐ろしい響を立てて庭の上に落ちる。街道から聞えて来る人馬の足音も、絶えたかと思うとまた続いた。

「こんな山の中にばかり引込んでいると、何だか俺は気でも違いそうだ。みんな、のんきなことを言ってるが、そんな時世じゃない。」

と考えた。

そこへお民が来た。お民はまだ十八の春を迎えたばかり、妻籠本陣への里帰りを済ました頃から眉を剃り落していて、いくらか顔のかたちはちがったが、動作は一層生々《いきいき》として来た。

「あなたの好きなねぶ茶をいれて来ました。あなたはまた、何をそんなに考えておいでなさるの。」

とお民がきいた。ねぶ茶とは山家で手造りにする飲料である。

「俺か。俺は何も考えていない。ただ、こうしてぼんやりしている。お前と俺と、二人一緒になってから百日の余にもなるが――そうだ、百日どころじゃないや、もう四ケ月にもなるんだ――その間、俺は何をしていたかと思うようだ。阿爺《おやじ》の好きな煙草の葉を刻んだことと、祖母《おばあ》さんの看病をしたことと、まあそれくらいのものだ。」

半蔵は新婚のよろこびに酔ってばかりもいなかった。学業の怠りを嘆くようにして、それをお民に言って見せた。

「わたしはお節句のことを話そうと思うのに、あなたはそんなに考えてばかりいるんですもの。だって、もう三月は来てるじゃありませんか。この御通行が済むまでは、どうすることも出来ないじゃありませんか。」

新婚のそもそもは、娘の昔に別れを告げたばかりのお民に取って、むしろ苦痛でさえもあった。それが新しい歓びに変って来た頃から、とかく店座敷を離れかねている。いつの間にか半蔵の膝はお民の方へ向いた。彼はまるで尻餅《しりもち》でもついたように、後ろ手を畳の上に落して、それで身を支えながら、妻籠から持って来たという記念の雛人形の話なぞをするお民の方を眺めた。手織縞《ておりじま》でこそあれ、当時の風俗のように割合に長くひいた裾の着物は彼女に似合って見える。剃り落した眉のあとも、青々として女らしい。半蔵の心をよろこばせたのは、殊《こと》にお民の手だ。この雪に燃えているようなその娘らしい手だ。彼は妻と二人ぎりでいて、その手に見入るのを楽みに思った。

実に突然に、お民は夫の側で啜《すす》り泣きを始めた。

「ほら、あなたはよくそう言うじゃありませんか。わたしに学問の話なぞをしても、ちっとも訳が解らんなんて。そりゃ、あのお母さん(姑《しゅうとめ》、おまん)の真似はわたしには出来ない。今まで、妻籠の方で、誰もわたしに教えてくれる人はなかったんですもの。」

「お前は機《はた》でも織っていてくれれば、それでいいよ。」

お民は容易に啜り泣きを止めなかった。半蔵は思いがけない涙を聞きつけたという風に、側へ寄って妻をいたわろうとすると、

「教えて。」

と言いながら、しばらくお民は夫の膝に顔をうずめていた。

ちょうど本陣では隠居が病みついている頃であった。あの婆さんも最早《もう》老衰の極度にあった。

「おい、お民、お前は祖母《おばあ》さんをよく看《み》てくれよ。」

と言って、やがて半蔵は隠居の臥《ね》ている部屋の方へお民を送り、自分でも気を取り直した。

いつでも半蔵が心のさみしい折には、日頃慕《した》っている平田篤胤の著書を取り出して見るのを癖のようにしていた。『霊《たま》の真柱《まはしら》』、『玉だすき』、それから講本の『古道大意』なぞは読んでも読んでも飽きるということを知らなかった。大判の薄藍色《うすあいいろ》の表紙から、必ず古代紫の糸で綴《と》じてある本の装幀《そうてい》までが、彼には好ましく思われた。『静《しず》の岩屋《いわや》』、『西籍概論《さいせきがいろん》』の筆記録から、三百部を限りとして絶版になった『毀誉《きよ》相半ばする書』の

ような気吹《いぶき》の舎《や》の深い消息までも、不便な山の中で手に入れているほどの熱心さだ。平田篤胤は天保十四年に歿している故人で、この黒船騒ぎなぞをもとより知りようもない。あれほどの強さに自国の学問と言語の独立を主張した人が、嘉永安政の代に生きるとしたら――すくなくもあの先輩はどうするだろうとは、半蔵のような青年の思いを潜めなければならないことであった。

新しい機運は動きつつあった。全く気質を相異《あいこと》にし、全く傾向を相異にするようなものが、殆んど同時に踏み出そうとしていた。長州萩《はぎ》の人、吉田松陰は当時の厳禁たる異国への密航を企てて失敗し、信州松代《まつしろ》の人、佐久間象山はその件に連坐して獄に下ったとの噂すらある。美濃の大垣あたりに生れた青年で、異国の学問に志し、遠く長崎の方へ出発したという人の話なぞも、決してめずらしいことではなくなった。

「黒船。」

雪で明るい部屋の障子に近く行って、半蔵はその言葉を繰り返して見た。遠い江戸湾のかなたには、実に八、九艘もの黒船が来てあの沖合に掛っていることを胸に描いて見た。その心から、彼は尾張藩主の出府も容易でないと思った。

木曾寄せの人足七百三十人、伊那の助郷《すけごう》千七百七十人、この人数合せて二千五百人を動かすほどの大通行が、三月四日に馬籠の宿を経て江戸表へ下ることになった。宿場に集まった馬の群だけでも百八十四、馬方百八十人にも上った。

松雲和尚は万福寺の方にいて、長いこと留守にした方丈にもろくろく落ちつかないうちに、三月四日を迎えた。前の晩に来たはげしい雷鳴もおさまり、夜中頃から空も晴れて、人馬の継ぎ立てはその日の明け方から始まった。

尾張藩主が出府と聞いて、寺では徒弟僧も寺男もじっとしていない。大領主のさかんな通行を見ようとして裏山越しに近在から入り込んで来る人たちは、門前の石段の下に小径《こみち》の続いている墓地の間を急ぎ足に通る。

「お前たちも行って殿様をお迎えするがいい。」

と松雲は二人の弟子にも寺男にも言った。

旅にある日の松雲はかなりわびしい思いをして来た。京都の宿で患《わずら》いついた時は、書きにくい手紙を伏見屋の金兵衛に宛てて、余分な路銀の心配までかけたこともある。もし無事に行脚《あんぎや》の修業を終る日が来たら、村のためにも役に立とう、貧しい百姓の子供をも教えよう、そう考えて旅から帰って来た。周囲にある空気のあわただしさ。この動揺の中に僧侶の身をうけて、どうして彼は村の幼く貧しいものを育てて行こうかとさえ思った。

「和尚さま。」

と声をかけて裏口から入って来たのは、日頃、寺へ出入の洗濯婆さんだ。腰に鎌をさし、藁草履《わらぞうり》をはいて、男のような頑丈《がんじょう》な手をしている山家の女だ。

「お前さまはお留守居かなし。」

「そうさ。」

「俺《おれ》は今まで畠にいたが、餅草《もちぐさ》どころじゃあらすか。きょうのお通りは正五つ時《しょういつどき》だげな。殿様は下町の笹屋の前まで馬に騎《の》っておいでで、それから御本陣までお歩行《ひろい》だげな。お前さまも出て見さっせれや。」

「まあ、わたしはお留守居だ。」

「こんな日にお寺に引込んでいるなんて、そんなお前さまのような人があらすか。」

「そう言うものじゃないよ。用事がなければ、親類へも行かない。それが出家の身なんだもの。わたしはお寺の番人だ。それで沢山だ。」

婆さんは鉄漿《おはぐろ》の剝《は》げかかった半分黒い歯を見せて笑い出した。庭の土間での立ち話もそこそこにして、また裏口から出て行った。

やがて正五つ時も近づく頃になると、寺の門前を急ぐ人の足音も絶えた。物音一つしなかった。何もかも鳴りをひそめて、静まりかえったようになった。ちょうど例年より早くめずらしい陽気は谷間に多い花の蕾《つぼみ》をふくらませている。馬に騎りかえて新茶屋あたりから進んで来る尾張藩主が木曾路の山ざくらのかげに旅の身を見つけようという頃だ。松雲は戸から外へ出ないまでも、街道の両側に土下座する村民の間を縫って御先《おさき》案内をうけたまわる問屋の九太夫をも、まのあたり藩主を見ることを光栄としてありがたい仕合せだとささやき合っているような宿役人仲間をも、うやうやしく大領主を自宅に迎えようとする本陣親子をも、ありありと想像で見ることが出来た。

方丈もしんかんとしていた。まるでそこいらは空っぽのようになっていた。松雲はただ一人黙然《もくねん》として、古い壁にかかる達磨《だるま》の画像の前に坐りつづけた。

三

何となく雲脚《くもあし》の早さを思わせるような諸大名諸公役の往来は、それからも続きに続いた。尾張藩主の通行ほど大がかりではないまでも、土州、雲州、讃州なぞの諸大名は西から。長崎奉行永井岩之丞《いわのじよう》の一行は東から。五月の半ばには、八百人の同勢を引き連れた肥後の家老長岡監物《けんもつ》の一行が江戸の方から上って来て、いずれも鉄砲持参で、一人ずつ腰弁当でこの街道を通った。

仙洞御所《せんとうごしょ》の出火の噂《うわさ》、その火は西陣までの町通りを焼き尽して天明年度の大火よりも大変だという噂が、京都方面から伝わって来たのもその頃だ。

この息苦しさの中で、年若な半蔵なぞが何物かを求めて止《や》まないのにひきかえ、村の長老たちの願いとしていることは、結局現状の維持であった。黒船騒ぎ以来、諸大名の往来は激しく、伊那あたりから入り込んで来る助郷《すけごう》の数もおびただしく、その弊害は覿面《てきめん》に飲酒賭博《とばく》の流行にあらわれて来た。庄屋としての吉左衛門が宿役人らの賛成を得て、賭博厳禁ということを言い出し、それを村民一同に言い渡したのも、その年の馬市が木曾福島の方で始まろうとする頃にあたる。

「あの時分はよかった。」

年寄役の金兵衛が吉左衛門の顔を見る度に、よくそこへ持ち出すのも、「あの時分」だ。同じ駅路の記憶につながれている二人の隣人は、まだまだ徳川の代が平和であった時分のことを忘れかねている。新茶屋に建てた翁塚、伏見屋の二階に催した供養の俳諧、蓬萊屋の奥座敷でうんと食ったアトリ三十羽に茶漬三杯――「あの時分」を思い出させるようなものは何かにつけて恋しかった。この二人には、山家が山家でなくなった。街道は厭《いと》わしいことで満されて来た。もっとゆっくり隣村の湯舟沢や、山口や、あるいは妻籠からの泊り客を家に迎え、こちらからも美濃の落合の祭礼や中津川あたりの狂言を見に出掛けて行って、すくなくも二日や三日は泊りがけで親戚知人の家の客となって来るようでなくては、どうしても二人には山家のような気がしなかった。

その年の祭礼狂言をさかんにするということが、やがて馬籠の本陣で協議された。組頭庄兵衛もこれには賛成した。ちょうど村では金兵衛の胆煎《きもい》りで、前の年の十月あたりに新築の舞台普請をほぼ終っていた。附近の山の中に適当な普請木《ふしんぎ》を求めることから、舞台の棟上《むなあ》げ、投げ餅の世話まで、多くは金兵衛の骨折で出来た。その舞台は万福寺の境内に近い裏山の方に造られて、最早楽しい秋の祭の日を待つばかりになっていた。

この地方で祭礼狂言を興行する歴史も古い。それだけ土地の人たちが歌舞伎そのものに寄せている興味も深かった。当時の南信から濃尾地方へかけて、演劇の最も発達した中心地は、近くは飯田、遠くは名古屋であって、市川海老蔵《えびぞう》のような江戸の役者が飯田の舞台を踏んだこともめずらしくない。それを聞く度に、この山の中に住む好劇家連は女中衆まで引き連れて、大平峠《おおだいら》を越しても見に行った。あの蘭《あららぎ》、広瀬あたりから伊那の谷の方へ出る深い森林の間も、好い芝居を見たいと思う男や女には、それほど遠い道ではなかったのである。金兵衛もその一人だ。彼は秋の祭の来るのを待ちかねて、その年の閏《うるう》七月にしばらく村を留守にした。伏見屋もどうしたろう、そう言って吉左衛門などが噂《うわさ》をしているところへ、豊川、名古屋、小牧、御嶽《おんたけ》、大井を経て金兵衛親子が無事に帰って来た。その折の土産話《みやげばなし》が芝居好きな土地の人たちを羨《うらや》ましがらせた。名古屋の若宮の芝居では八代目市川団十郎が一興行を終ったところであったけれども、橘町《たちばなちょう》の方には同じ江戸の役者三桝《みます》大五郎、関三十郎、大谷広右衛門などの一座がちょうど舞台に上る頃であったという。

九月も近づいて来る頃には、村の若いものは祭礼狂言の稽古に取りかかった。荒町からは十一人も出て舞台へ通う村の道を造った。かねて金兵衛が秘蔵子息《ひぞうむすこ》のために用意した狂言用の大小の刀も役に立つ時が来た。彼は鶴松ばかりでなく、上の伏見屋の仙十郎をも舞台に立たせ、日頃の溜飲《りゅういん》を下げようとした。好ましい鬘《かずら》を子にあてがうためには、一分二朱ぐらいの金は惜しいとは思わなかった。

狂言番組。式三番叟《しきさんばそう》。碁盤太平記。白石噺《しらいしばなし》三の切り。小倉色紙《おぐらしきし》。最後に戻り籠《もどりかご》。このうち式三番叟と小倉色紙に出る役と、その二役は仙十郎が引きうけ、戻り籠に出る難波治郎作の役は鶴松がすることになった。金兵衛がはじめて稽古場へ見物に出掛ける頃には、ともかくも村の若いものでこれだけの番組を作るだけの役者が揃った。

その年の祭の季節には、馬籠以外の村々でもめずらしい賑《にぎわ》いを呈した。各村は殆んど競争の形で、神輿《みこし》を引き出そうとしていた。馬籠でさかんにやると言えば、山口でも、湯舟沢でも負けてはいないという風で。中津川での祭礼狂言は馬籠よりも一月ほど早く催されて、その折は本陣のおまんも仙十郎と同行し、金兵衛はまた吉左衛門と揃って押し掛けて行って来た。眼にあまる街道一切の塵埃《ほこり》ッぽいことも、この賑かな祭の気分には埋《うず》められそうになった。

そのうちに、名古屋の方へ頼んでおいた狂言衣裳《いしょう》の荷物が馬で二駄も村に届いた。舞台へ出る稽古最中の若者らは他村に敗《ひけ》を取るまいとして、振付《ふりつけ》は飯田の梅蔵に、唄《うた》は名古屋の治兵衛に、三味線は中村屋鍵蔵《かぎぞう》に、それぞれ依頼する手筈《てはず》をさだめた。祭の楽しさはそれを迎えた当日ばかりでなく、それを迎えるまでの日に深い。浄瑠璃《じょうるり》方《かた》がすでに村へ入り込んだとか、化粧方が名古屋へ飛んで行ったとか、そういう噂が伝わるだけでも、村の娘たちの胸には歓びが湧いた。こうなると、金兵衛はじっとしていられない。毎日のように舞台へ詰めて、桟敷《さじき》をかける世話までした。伏見屋の方でも鶴松に初舞台を踏ませるとあって、お玉の心づかいは一通りでなかった。中津川からは親戚の女まで来て衣裳ごしらえを手伝った。

「今日も好いお天気だ。」

そう言って、金兵衛が伏見屋の店先から街道の空を仰いだ頃は、旧暦九月の二十四日を迎えた。例年祭礼狂言の初日だ。朝早くから金兵衛は髪結の直次を呼んで、年齢《とし》相応の髷《まげ》に結わせた。五十八歳まで年寄役を勤続して、村の宿役人仲間での年長者と言われる彼も、白い元結《もとゆい》で堅く髷の根を締めた時は、さすがにさわやかな、祭の日らしい心持に返った。剃り立てた顋《あご》のあたりも青く生々《いきいき》として、平素の金兵衛よりもかえって若々しくなった。

「鶴、うまくやっておくれよ。」

「大丈夫だよ。お父さん、安心しておいでよ。」

伏見屋親子はこんな言葉をかわした。

そこへ仙十郎もちょっと顔を出しに来た。金兵衛はこの義理ある甥《おい》の方を見た時にも言った。

「仙十郎もしっかり頼むぜ。式三番と言えば、お前、座頭《ざがしら》の勤める役だぜ。」

仙十郎は美濃の本場から来て、上の伏見屋を継いだだけに、こうした祭の日なぞには別の人かと見えるほど快活な男を発揮した。彼はこんな山の中に惜しいと言われるほどの美貌で、その享楽的な気質は造り酒屋の手伝いなぞにはあまり向かなかった。

「さあ。きょうは、うんと一つ暴れてやるぞ。村の舞台が抜けるほど踊りぬいてやるぞ。」

仙十郎の言草《いいぐさ》だ。

まだ狂言の蓋も開けないうちから、金兵衛の心は舞台の楽屋の方へも、桟敷《さじき》の方へも行った。だんだら模様の烏帽子《えぼし》を冠《かぶ》り、三番叟らしい寛濶《かんかつ》な狂言の衣裳をつけ、鈴を手にした甥の姿が、彼の眼に見えて来た。戻り籠に出る籠かき姿の子が杖でもついて花道にかかる時に、桟敷の方から起る喝采《かっさい》は、必ず「伏見屋」と来る。そんな見物の掛け声まで、彼の耳の底に聞えて来た。

「ほんとに、俺はこんな馬鹿な男だ。」

金兵衛はそれを自分で自分に言って、束にして掛けた杉の葉のしるしも酒屋らしい伏見屋の門口を、出たり入ったりした。

三日続いた狂言はかなりの評判をとった。たとい村芝居でも仮借はしなかったほど藩の検閲は厳重で、風俗壊乱、その他の取締りにと木曾福島の役所の方から来た見届け奉行なぞも、狂言の成功を祝って引き取って行ったくらいであった。

到るところの囲炉裏《いろり》ばたでは、しばらくこの狂言の話で持ち切った。何しろ一年に一度の楽しい祭のことで、顔立ちから仕草《しぐさ》から衣裳《いしょう》まで三拍子揃った仙十郎が三番叟の美しかったことや、十二歳で初舞台を踏んだ鶴松が難波治郎作のいたいけであったことなぞは、村の人たちの話の種になって、そろそろ大根引きの近づく頃になっても、まだその噂は絶えなかった。

旧暦十一月の四日は冬至《とうじ》の翌日である。多事な一年も、どうやら滞《とどこお》りなく定例の恵比《えび》須《す》講《こう》を過ぎて、村では冬至を祝うまでに漕ぎつけた。そこへ地震だ。あの家々に簾《すだれ》を掛けて年寄から子供まで一緒になって遊んだ祭の日から数えると、僅か四十日ばかりの後に、何時《いつ》止むとも知れないようなそんな地震が村の人たちを待っていようとは。

吉左衛門の家では一同裏の竹藪へ立ち退《の》いた。おまんも、お民も、皆足袋跣足《たびはだし》で、半蔵に助けられながら木小屋の裏に集まった。その時は、隠居は最早《もはや》この世にいなかった。七十三の歳まで生きたあのおばあさんも、孫のお民が帯祝いの日に逢《あ》わず仕舞《じまい》に、ましてお民に男の児の生れたことも、生れる間もなくその児の亡くなったことも、そんな慶事と不幸とが殆んど同時にやって来たことも知らず仕舞に、その年の四月には既に万福寺の墓地の方に葬られた人であった。

「あなた、遠くへ行かないで下さいよ。皆と一緒にいて下さいよ。」

とおまんが吉左衛門のことを心配する側には、産後三十日あまりにしかならないお民が青ざめた顔をしていた。また揺れて来たと言う度に、下男の佐吉も二人の下女までも、互いに顔を見合せて眼の色を変えた。

太い青竹の根を張った藪の中で、半蔵は帯を締め直した。父と連れ立ってそこいらへ見廻りに出た頃は、本陣の界隈《かいわい》に住むもので家の中にいるものは殆んどなかった。隣家のことも気にかかって、吉左衛門親子が見舞に行くと、伏見屋でもお玉や鶴松なぞは舞台下の日刈小屋《ひがりごや》の方に立ち退いた後だった。さすがに金兵衛は沈着《おちつ》いたもので、その不安の中でも下男の一人を相手に家に残って、京都から来た飛脚に駄賃を払ったり、判取帳をつけたりしていた。

「どうも今年は正月の元日から、いやに陽気が暖かで、おかしいおかしいと思っていましたよ。」

それを吉左衛門が言い出すと、金兵衛も想い当るように、

「それさ。元日に草履ばきで年始が勤まったなんて、木曾じゃ聞いたこともない。おまけに、寺道の向うに椿《つばき》が咲き出す、若餅《わかもち》でも搗《つ》こうという時分に蓬《よもぎ》が青々としてる。あれはみんなこの地震の来る知らせでしたわい。なにしろ、吉左衛門さん、吾家《うち》じゃ仙十郎の披露を済ましたばかりで、まあお蔭であれも組頭のお仲間入が出来た。わたしも先祖への顔が立った、そう思って祝いの道具を片付けているところへ、この地震でしょ

う。」

「申年《さるどし》の善光寺の地震が大きかったなんて言ったってとても比べものにはなりますまいよ。ほら、寅年《とらどし》六月の地震の時だって、こんなじゃなかった。」

「いや、こんな地震は前代未聞にも、なんにも。」

取りあえず宿役人としての吉左衛門や金兵衛が相談したことは、老人女子供以外の町内のものを一定の場所に集めて、火災盗難等からこの村を護ることであった。場所は問屋と伏見屋の前に決定した。そして村民一同お日待《ひまち》をつとめることに申し合せた。天変地異に驚く山の中の人たちの間には、春以来江戸表や浦賀辺を騒がしたアメリカの船をも、長崎から大坂の方面にたびたび押し寄せたというオロシャの船をも、さては仙洞御所《せんとうごしょ》の出火までも引合に出して、この異変を何かの前兆に結びつけるものもある。夜一夜、誰もまんじりとしなかった。半蔵もその仲間に加わって、産後の妻の身を案じたり、竹藪や背戸田に野宿する人たちのことを思ったりして、太陽の登るのを待ち明した。

翌日は雪になったが、揺り返しはなかなか止まなかった。問屋、伏見屋の前には二組に分れた若者たちが動いたり集まったりして、美濃の大井や中津川辺は馬籠よりも大地震だとか、隣宿の妻籠も同様だとか、どこから聞いて来るともなくいろいろな噂を持っては帰って来た。恵那山《えなさん》、川上山《かおれやま》、鎌沢山《かまざわやま》のかなたには大崩れが出来て、それが根の上あたりから望まれることを知らせに来るのも若い連中だ。その時になると、稀に見る賑《にぎわ》いだったと言われた祭の日の歓びも、狂言の評判も、すべて地震の騒ぎの中に浚《さら》われたようになった。

揺り返し、揺り返しで、不安な日がそれから六日も続いた。宿《しゅく》では十八人ずつの夜番が交替に出て、街道から裏道までを警戒した。祈禱のためと言って村の代参を名古屋の熱田神社へも送った。そのうちに諸方からの通知がぽつぽつ集まって来て、今度の大地震が関西地方に殊《こと》に劇《はげ》しかったことも分った。東海道岡崎宿あたりへは海嘯《つなみ》がやって来て、新井の番所なぞは海嘯のために浚われたことも分って来た。

熱田からの代参の飛脚が村をさして帰って来た頃には、怪しい空の雲行きもおさまり、そこいらもだいぶ穏かになった。吉左衛門は会所の定使《じょうづかい》に言いつけて、熱田神社祈禱の札を村中軒別に配らせていると、そこへ金兵衛の訪ねて来るのに逢った。

「吉左衛門さん、もうわたしは大丈夫と見ました。時に、明日は十一月の十日にもなりますし、仏事をしたいと思って、お茶湯《ちゃとう》の支度に取りかかりましたよ。御都合が好かったら、あなたにも出席して頂きたい。」

「お茶湯とは君も好いところへ気がついた。こんな時の仏事は、さぞ身にしみるだろうねえ。」

その時、金兵衛は一通の手紙を取り出して吉左衛門に見せた。舌代《ぜつだい》として、病中の松雲和尚から金兵衛に宛てたものだ。それには、伏見屋の仏事にも弟子を代理として差出すという詫びからはじめて、こんな非常時には自分のようなものでも村の役に立ちたいと思い、行脚《あんぎゃ》の旅にある頃からそのことを心がけて帰って来たが、生憎《あいにく》と病に臥《ふ》していてそれの出来ないのが残念だという意味を書いてある。寺でも経堂その他の壁は落ち、土蔵にもエミ(亀裂)を生じたが、お蔭で一人の怪我《けが》もなくて済んだと書いてある。本陣の主人へもよろしくと書いてある。

「いや、和尚さまもお堅い、お堅い。」

「なにしろ六年も行脚に出ていた人ですから、旅の疲れぐらいは出ましょうよ。」

それが吉左衛門の返事だった。

「お宅では。」

「まだみんな裏の竹藪です。ちょっと、おまんにも逢ってやって下さい。」

そう言って吉左衛門が金兵衛を誘って行ったところは、おそろしげに壁土の落ちた土蔵の側だ。木小屋を裏へ通りぬけると、暗いほど茂った竹藪がある。その辺に仮小屋を造りつけ、戸板で囲って、大切な品だけは母屋《もや》の方から運んで来てある。そこにおまんや、お民なぞが避難していた。

「わたしはお民さんがお気の毒でならない。」と金兵衛は言った。「妻籠からお嫁にいらしって、翌年にはこの大地震なんて全くやり切れませんねえ。」

おまんはその話を引き取って、「お宅でも、皆さんお変りもありませんか。」

「ええ、まあお蔭で。たった一人面白い人物がいまして、これだけは無事とは言えないかも知れません。実は吾家《うち》で使ってる源吉のやつですが、この騒ぎの中で時々どこかへいなくなってしまう。あれはすこし足りないんですよ。あれはアメリカという人相ですよ。」

「アメリカという人相はよかった。金兵衛さんの言いそうなことだ。」

と吉左衛門も傍にいて笑った。

こんな話をしているところへ、生家《さと》の親たちを見に来る上の伏見屋のお喜佐、半蔵夫婦を見に来る乳母のおふき婆さん、いずれも立ち退き先からそこへ一緒になった。主従の関係もひどくやかましかった封建時代に、下男や下女までそこへ膝を突き合わせて、目上目下の区別もなく、互いに食うものを分け、互いに着るものを心配し合う光景は、こんな非常時でなければ見られなかった図だ。

村民一同が各自の家に帰って寝るようになったのは、漸《ようや》く十一月の十三日であった。はじめて地震が来た日から数えて実に十日目に当る。夜番に、見廻りに、極く困窮な村民の救恤《きゅうじゅつ》に、その間、半蔵もよく働いた。彼は伏見屋から大阪地震の絵図なぞを借りて来て、それを父と一緒に見たが、震災の実際は噂よりも大きかった。大地震の区域は伊勢の山田辺から志州の鳥羽にまで及んだ。東海道の諸宿でも、出火、潰《つぶ》れ家《や》など数えきれないほどで、宮の宿から吉原の宿までの間に無難なところは僅かに二宿しかなかった。

やがて、その年初めての寒さも山の上へやって来るようになった。一切を沈黙させるような大雪までが十六日の暮方から降り出した。その翌日は風も立ち、すこし天気の好い時もあったが、夜はまた大雪で、およそ二尺五寸も積った。石を載せた山家の板屋根は皆さびしい雪の中に埋《うず》もれて行った。

「九太夫さん、どうもわたしは年廻りが好くないと思う。」

「どうでしょう、馬籠でも年を祭り替えることにしては。」

「そいつはおもしろい考えだ。」

「この街道筋でも祭り替えるような噂で、村によってはもう松を立てたところもあるそうです。」

「早速、年寄仲間や組頭の連中を呼んで、相談して見ますか。」

本陣の吉左衛門と問屋の九太夫とがこの言葉をかわしたのは、村へ大地震の来た翌年安政二年の三月である。

流言。流言には相違ないが、その三月は実に不吉な月で、悪病が流行するか、大風が吹くか、大雨が降るか乃至《ないし》大饑饉が来るか、いずれ天地の間に恐しい事が起る。もし年を祭り替えるなら、その災難から逃れることが出来る。こんな噂が何処の国からともなくこの街道に伝わって来た。九太夫が言い出したこともこの噂からで。

やがて宿役人らが相談の結果は村中へ触れ出された。三月節句の日を期して年を祭り替えること。その日及びその前日は、農事その他一切の業務を休むこと。こうなると、流言の影響も大きかった。村では時ならぬ年越しの支度で、暮のような餅搗《もちつ》きの音が聞えて来る。松を立てた家もちらほら見える。「そえご」と組み合せた門松の大きなのは本陣の前にも立てられて、日頃出入りの小前《こまえ》のものは勝手の違った顔付でやって来る。その中の一人は、百姓らしい手を揉《も》み揉み吉左衛門にたずねた。

「大旦那、ちょっくら物を伺いますが、正月を二度すると言えば、年を二つ取ることだずら。村の衆の中にはそんなことを言って、魂消《たまげ》てるものもあるわなし。俺《おれ》の家じゃ、お前さま、去年の暮に女の児が生れて、まだ数え歳二つにしかならない。あれも三つと勘定したものかなし。」

「待ってくれ。」

この百姓の言うようにすると、吉左衛門自身は五十七、五十八と一時に年を二つも取ってしまう。伏見屋の金兵衛なぞは、一足飛びに六十歳を迎える勘定になる。

「馬鹿なことを言うな。正月の遣り直しと考えたらいいじゃないか。」

そう吉左衛門は至極真面目《まじめ》に答えた。

一年のうちに正月が二度もやって来ることになった。まるで嘘《うそ》のように。気の早い連中は、屠蘇《とそ》を祝え、雑煮を祝えと言って、節句の前日から正月のような気分になった。当日は村民一同夜のひきあけに氏神諏訪社《すわしゃ》への参詣を済まして来て、先ず吉例として本陣の門口に集まった。その朝も、吉左衛門は麻の社袴《かみしも》着用で、にこにこした眼、大きな鼻、静かな口に、馬籠の駅長らしい表情を見せながら、一同の年賀を受けた。

「へい、大旦那、明けましてお目出度うございます。」

「あい、目出度いのい。」

これも一時の気休めであった。

その年、安政二年の十月七日には江戸の大地震を伝えた。この山の中のものは彦根の早飛脚からそれを知った。江戸表は七分通り潰《つぶ》れ、おまけに大火を引き起して、大部分焼失したという。震災後一年に近い地方の人たちに取って、この報知《しらせ》は全く他事《ひとごと》ではなかった。もっとも、馬籠のような山地でもかなりの強震を感じて、最初にどしんと来た時は皆屋外《そと》へ飛び出したほどであった。それからの昼夜幾回とない微弱な揺り返しは、八十余里を隔てた江戸方面からの余波と分った。

江戸大地震の影響は避難者の通行となって、次第にこの街道にもあらわれて来た。村では遠く江戸から焼け出されて来た人たちに物を与えるものもあり、またそれを見物するものもある。月も末になる頃には、吉左衛門は家のものを集めて、江戸から届いた震災の絵図をひろげて見た。一鶯斎国周《いちおうさいくにちか》画、あるいは芳綱《よしつな》画として、浮世絵師の筆になった悲惨な光景がこの世ながらの地獄のようにそこに描き出されている。下谷《したや》広小路から金龍山《きんりゅうざん》の塔までを遠見にして、町の空には六ケ所からも火の手が揚《あが》っている。右に左にと逃げ惑う群衆は、京橋四方蔵《しほうぐら》から竹河岸《たけがし》あたりに続いている。深川方面を描いたものは武家、町家一面の火で、煙につつまれた火見櫓《ひのみやぐら》も物凄い。眼も眩《くら》むばかりだ。

半蔵が日頃その人たちのことを想望していた水戸の藤田東湖、戸田蓬軒《ほうけん》なぞも、この大地震の中に巻き込まれた。おそらく水戸ほど当時の青年少年の心を動かしたところはなかったろう。彰考館の修史、弘道館の学問は言うまでもなく、義公、武公、烈公のような人たちが相続いてその家に生れた点で。御三家の一つと言われるほどの親藩でありながら、大義名分を明かにした点で。『常陸帯《ひたちおび》』を書き『回天詩史』を書いた藤田東湖はこの水戸を支える主要な人物の一人として、少年時代の半蔵の眼にも映じたのである。あの『正気《せいき》の歌』なぞを諳誦した時の心は変らずにある。そういう藤田東湖は、水戸内部の動揺が漸くしげくなろうとする頃に、開港か攘夷《じょうい》かの舞台の序幕の中で、倒れて行った。

「東湖先生か。せめてあの人だけは生かしておきたかった。」

と半蔵は考えて、あの藤田東湖の死が水戸に取っても大きな損失であろうことを想って見た。

やがて村へは庚申講《こうしんこう》の季節がやって来る。半蔵はそのめっきり冬らしくなった空を眺めながら、自分の二十五という歳も空しく暮れて行くことを思い、街道の片隅に立ちつくす時も多かった。

四

安政三年は馬籠の万福寺で、松雲和尚が寺小屋を開いた年である。江戸の大地震後一年目という年を迎え、震災の噂《うわさ》もやや薄らぎ、この街道を通る避難者も見えない頃になると、何となくそこいらは嵐《あらし》の通り過ぎた後のようになった。当時の中心地とも言うべき江戸の震災は、たしかに封建社会の空気を一転させた。嘉永《かえい》六年の黒船騒ぎ以来、続きに続いた一般人心の動揺も、震災の打撃のために一時取り沈められたようになった。もっとも、尾張藩主が江戸出府後の結果も明かでなく、すでに下田の港は開かれたとの噂も伝わり、交易を非とする諸藩の抗議には幕府の老中もただただ手を拱《こまね》いているとの噂すらある。しかしこの地方としては、一時の混乱も静まりかけ、街道も次第に整理されて、米の値までも安くなった。

各村倹約の申渡《もうしわた》しとして、木曾福島からの三人の役人が巡廻して来た頃は、山里も震災の後らしい。土地の人たちは正月の味噌《みそ》搗《つ》きに取りかかる頃から、その年の豊作を待ち構え、あるいは杉苗植付の相談なぞに余念もなかった。

ある一転機が半蔵の内部《なか》にも萌《きざ》して来た。その年の三月には彼も父となっていた。お民は彼の側で、二人の間に生れた愛らしい女の児を抱くようになった。お条《くめ》というのがその児の名で、それまで彼の知らなかったちいさなものの動作や、物を求めるような泣き声や、無邪気な欠《あく》びや、無心なほほえみなぞが、何となく一人前になったという心持を父としての彼の胸の中に喚《よ》び起すようになった。その新しい経験は、今までのような遠いところにあるものばかりでなしに、もっと手近なものに彼の眼を向けさせた。

「俺はこうしちゃいられない。」

そう思って、辺鄙《へんぴ》な山の中の寂しさ不自由さに突き当る度に、半蔵は自分の周囲を見廻した。

「おい、峠の牛方衆《うしかたしゅう》——中津川の荷物がさっぱり来ないが、どうしたい。」

「当分休みよなし。」

「とぼけるなよ。」

「俺が何を知らすか。当分の間、角十《かどじゅう》の荷物を附け出すなと言って、仲間のものから差留《さしとめ》が来た。俺は一向知らんが、仲間のことだから、どうもよんどころない。」

「困りものだなあ。荷物を附け出さなかったら、お前たちはどうして食うんだ。牛《うし》行司《ぎょうじ》に逢ったらよくそう言ってくれ。」

往来の真ン中で、尋ねるものは問屋の九太夫、答えるものは峠の牛方だ。

最初、半蔵にはこの事件の真相がはっきり摑《つか》めなかった。今まで入荷《いりに》出荷《でに》とも附送《つけおく》りを取扱って来た中津川の問屋角十に対抗して、牛方仲間が団結し、荷物の附け出しを拒んだことは彼にも分った。角十の主人、角屋十兵衛が中津川からやって来て、伏見屋の金兵衛にその仲裁を頼んだことも分った。事件の当事者なる角十と、峠の牛行司二人の間に立って、六十歳の金兵衛が調停者として起《た》ったことも分った。双方示談の上、牛馬共に今まで通りの出入りをするように、それにはよく双方の不都合を問いただそうというのが金兵衛の意思らしいことも分った。西は新茶屋から東は桜沢まで、木曾路の荷物は馬ばかりでなく、牛の背で街道を運搬されていたので。

荷物送り状の書き替え、駄賃の上刎《うわは》ね——駅路時代の問屋の弊害はそんなところに潜んでいた。角十ではそれがはなはだしかったのだ。その年の八月、小草山の口明けの日から三日に亙って、金兵衛は毎日のように双方の間に立って調停を試みたが、紛争は解けそうもない。中津川からは角十側の人が来る。峠からは牛行司の利三郎、それに十二兼村《じゅうにかねむら》の牛方までが、呼び寄せられる。峠の組頭、平助は見るに見かねて、この紛争の中へ飛び込んで来たが、それでも埒《らち》は明きそうもない。

半蔵が本陣の門を出て峠の方まで歩き廻りに行った時のことだ。崖《がけ》に添うた村の裏道には、村民の使用する清い飲料水が樋《とい》をつたって溢れるように流れて来ている。そこは半蔵の好きな道だ。その辺には好い樹蔭があったからで。途中で彼は峠の方からやって来る牛方の一人に行き逢った。

「お前たちもなかなか遣《や》るねえ。」

「半蔵さま。お前さまも聞かっせいたかい。」

「どうも牛方衆は苦手《にがて》だなんて、平助さんなぞはそう言ってるぜ。」

「冗談でしょう。」

その時、半蔵は峠の組頭から聞いた言葉を思い出した。いずれ中津川からも人が出張しているから、篤《とく》と評議の上、随分一札《いっさつ》も入れさせ、今後無理非道のないように取扱いたい、それが平助を通して聞いた金兵衛の言葉であることを思い出した。

「まあ、そこへ腰を掛けろよ。場合によっては、吾家《うち》の阿父《おやじ》に話してやってもいい。」

牛方は杉の根元にあった古い切株を半蔵に譲り、自分はその辺の樹蔭にしゃがんで、路傍《みちばた》の草をむしりむしり語り出した。

「この事件は、お前さま、昨日や今日に始まったことじゃあらすか。角十のような問屋は断りたい。もっと他の問屋に頼みたい、そのことはもう四、五年も前から、下海道辺の問屋でも今渡《いまど》(水陸荷物の集散地)の問屋仲間でも、荷主まで一緒になって、みんな申し合せをしたことよなし。ところが今度という今度、角十の遣り方がいかにも不実だ、そう言って峠の牛行司が二人とも怒ってしまったもんだで、それからこんなことになりましたわい。伏見屋の旦那の量見じゃ、『俺《おれ》が出たら』と思わっせるか知らんが、この事件がお前さま、そうやすやすと片付けられすか。そりゃ峠の牛方仲間は言うまでもないこと、宮《みや》の越《こし》の弥治衛門に弥吉から、水上村の牛方や、山田村の牛方まで、その他《ほか》アンコ馬まで申し合せをしたことですで。まあ、見ていさっせれ――牛方もなかなか粘りますぞ。一体、角十は他の問屋よりも強慾すぎるわなし。それがそもそも事の起りですで。」

半蔵はいろいろにしてこの牛方事件を知ることに努めた。彼が手に入れた「牛方より申し出の箇条」は次のようなものであった。

一、これまで駄賃の儀、すべて送り状は包み隠し、控えの付《つけ》にて駄賃等書き込みにして、別に送り状を認《したた》め荷主方へ附送《つけおく》りのこと多く、右にては一同掛念《けねん》止み申さず。今後は有体《ありてい》に、実意になし、送り状も御見せ下さるほど万事親切に御取計い下さらば、一同安心致すべきこと。

一、牛方共のうち、平生《へいぜい》心安き者は荷物もよく、また駄賃等も御贔屓《ごひいき》あり。しかるに向きに合わぬ牛方、並《ならび》に丸亀屋《まるがめや》出入りの牛方共には格別不取扱いにて、有合せし荷物も早速には御渡しなく、願い奉る上ならでは附送《つけおく》り方《かた》に御廻し下さらず、これも御出入り牛方同様に不憫《ふびん》を加え、荷物も早速御出し下さるよう御取計いありたきこと。(もっとも、寄せ荷物なき時は拠《よんどころ》なく、その節はいずれなりとも御取計いありたし。)

一、大豆売買の場合、これを一駄四百五十文と問屋の利分を定め、その余は駄賃として牛方共に下されたきこと。

一、送り荷の運賃、運上《うんじよう》は一駄一分《いちぶ》割《わり》と御定めもあることなれば、その余を駄賃として残らず牛方共へ下さるよう、今後御取極めありたきこと。

一、通し送り荷駄賃、名古屋より福島まで半分《はんぶ》割《わり》の運上引き去り、その余は御刎《おは》ねなく下されたきこと。

一、荷物送り出しの節、心安き牛方にても、初めて参り候《そうろう》牛方にても、同様に御扱い下され、すべて今渡《いまど》の問屋同様に、依怙《えこ》贔屓《ひいき》なきよう願いたきこと。

一、すべて荷物、問屋に長く留め置き候ては、荷主催促に及び、はなはだ牛方にて迷惑難渋仕《つかまつ》り候間、早速附送り方、御取計い下され候よう願いたきこと。

一、このたび組定《くみじよう》とりきめ候上は、双方堅く相守り申すべく、万一問屋無理非道の儀を取計い候わば、その節は牛方共に於いて問屋を替え候とも苦しからざるよう、その段御引合い下されたく候こと。

これは調停者の立ち場から書かれたもので、牛方仲間がこの箇条書をそっくり認めるか、どうかは、峠の牛行司でも何とも言えないとのことであった。果して、水上村から強い抗議が出た。八月十日の夜、峠の牛方仲間のものが伏見屋へ見えての話に、右の書付を一同に読み聞かせたところ、少々腑《ふ》に落ちないところもあるから、いずれ仲間共で別の案文を認《したた》めた上のことにしたい、それまで右の証文は二人の牛行司の手に預かっておくというようなことで、またまた交渉は行き悩んだらしい。

ちょうど、中津川の医者で、半蔵が旧《ふる》い師匠にあたる宮川寛斎が桝田屋の病人を見に馬籠へ頼まれて来た。この寛斎からも、半蔵は牛方事件の成り行きを聞くことが出来た。牛方仲間に言わせると、とかく角十の取扱い方には依怙《えこ》贔屓《ひいき》があって、駄賃書込み等の態度は不都合もはなはだしい、このまま双方得心ということにはどうしても行きかねる、今一応仲間のもので相談の上、伏見屋まで挨拶しようという意向であるらしい。牛方仲間は従順ではあったが、決して屈してはいなかった。

到頭《とうとう》、この紛争は八月の六日から二十五日まで続いた。長引けば長引くほど、事件は牛方の側に有利に展開した。下海道の荷主が六、七人も角十を訪れて、峠の牛方と同じようなことは何も言わないで、今まで世話になった礼を述べ、荷物問屋のことは他の新問屋へ依頼すると言って、御辞儀をしてさっさと帰って行った時は、角屋十兵衛も呆気《あっけ》に取られたという。その翌日には、六人の瀬戸物商人が中津川へ出張して来て、新規の問屋を立てることに談判を運んでしまった。

中津川の和泉屋《いずみや》は、半蔵から言えば親しい学友蜂谷《はちや》香蔵《こうぞう》の家である。その和泉屋が角十に替って問屋を引受けるなぞも半蔵に取っては不思議な縁故のように思われた。揉みに揉んだこの事件が結局牛方の勝利に帰したことは、半蔵にいろいろなことを考えさせた。あらゆる問屋が考えて見なければならないような、こんな新事件は彼の足許《あしもと》から動いて来ていた。ただ、彼ら、名もない民は、それを意識しなかったまでだ。

生みの母を求める心は、早くから半蔵を憂鬱にした。その心は友達を慕《した》わせ、師とする人を慕わせ、親のない村の子供にまで深い哀憐《あわれみ》を寄せさせた。彼がまだ十八歳の頃に、この馬籠の村民が木曾山の厳禁を犯して、多分の木を盗んだり背伐《せぎ》りをしたりしたという科《とが》で、村から六十一人もの罪人を出したことがある。その村民が彼の家の門内に呼びつけられて、福島から出張して来た役人の吟味を受けたことがある。彼は庭の隅の梨の木のかげに隠れて、腰縄手錠をかけられた不幸な村民を見ていたことがあるが、貧窮な黒鍬《くろくわ》や小前《こまえ》のものを思う彼の心は既にその頃から養われた。馬籠本陣のような古い歴史のある家柄に生れながら、彼の眼が上に立つ役人や権威の高い武士の方に向わないで、いつでも名もない百姓の方に向い、従順で忍耐深いものに向い向いしたというのも、一つは継母《ままはは》に仕えて身を慎《つつし》んで来た少年時代からの心の満たされがたさが彼の内部《なか》に奥深く潜んでいたからで。この街道に荷物を運搬する牛方仲間のような、下層にあるものの動きを見つけるようになったのも、その彼の眼だ。

五

「御免下さい。」

馬籠の本陣の入口には、伴《とも》を一人連れた訪問の客があった。

「妻籠からお客さまが見えたぞなし。」

という下女の声を聞きつけて、お民は奥から囲炉裏《いろり》ばたへ飛んで出て来て見た。兄の寿平次だ。

「まあ、兄さん、よくお出掛けでしたねえ。」

とお民は言って、奥にいる姑《しゅうとめ》のおまんにも、店座敷にいる半蔵にもそれと知らせた。

広い囲炉裏ばたは、台所でもあり、食堂でもあり、懇意なものの応接間でもある。山家らしい焚火で煤《すす》けた高い屋根の下、黒光りのするほど古い太い柱の側で、やがて主客の挨拶があった。

「これさ。そんなところに腰掛けていないで、草鞋《わらじ》でもおぬぎよ。」

おまんは本陣の「姉《あね》さま」らしい調子で、寿平次の供をして来た男にまで声を掛けた。二里ばかりある隣村からの訪問者でも、供を連れて山路《やまみち》を踏んで来るのが当時の風習であった。ちょうど、木曾路は山の中に多い栗の落ちる頃で、妻籠から馬籠までの道は楽しかったと、供の男はそんなことをおまんにもお民にも語って見せた。

間もなくお民は明るい仲の間を片付けて、秋らしい西の方の空の見えるところに席をつくった。馬籠と妻籠の両本陣の間には、宿場の連絡をとる上から言っても絶えず往来がある。半蔵が父の代理として木曾福島の役所へ出張する折なぞは必ず寿平次の家を訪れる。その日は半蔵もめずらしくゆっくりやって来てくれた寿平次を自分の家に迎えたわけだ。

「先ず、わたしの失敗話《しくじりばなし》から。」

と寿平次が言い出した。

お民は仲の間と囲炉裏ばたの間を往ったり来たりして、茶道具なぞをそこへ持ち運んで来た。その時、寿平次は言葉をついで、

「ほら、この前、お訪ねした日ですねえ。あの帰りに、藤蔵さんの家の上道を塩野へ出ましたよ。いろいろな細い道があって、自分ながらすこし迷ったかと思いますね。それから林の中の道を廻って、下り坂の平蔵さんの家の前へ出ました。狸にでも化かされたように、ぼんやり妻籠へ帰ったのが八つ時頃でしたさ。」

半蔵もお民も笑い出した。

寿平次はお民と二人ぎりの兄妹で、その年の正月に漸く二十五歳厄除《やくよ》けのお日待《ひまち》を祝ったほどの年頃である。先代が木曾福島へ出張中に病死してからは、早く妻籠の本陣の若主人となっただけに、年齢《とし》の割合にはふけて見え、口のききようも大人びていた。彼は背の低い男で、肩の幅で着ていた。一つ上の半蔵とそこへ対《むか》い合ったところは、どっちが年長《としうえ》か分らないくらいに見えた。年頃から言っても、二人は好い話相手であった。

「時に、半蔵さん、今日はめずらしい話を持って来ました。」と寿平次は眼をかがやかして言った。

「どうもこの話は、ただじゃ話せない。」

「兄さんも、勿体《もったい》をつけること。」とお民は側に聞いていて笑った。

「お民、まあ何でもいいから、お父《とう》さんやお母《つか》さんを呼んで来ておくれ。」

「兄さん、お喜佐さんも呼んで来ましょうか。あの人も仙十郎さんと別れて、今じゃ家にいますから。」

「それがいい、この話はみんなに聞かせたい。」

吉左衛門はちょうど屋外《そと》から帰って来て、先ず半蔵の口から寿平次の失敗話《しくじりばなし》というのを聞いた。

「お父さん、寿平次さんは塩野から下り坂の方へ出たと言うんですがね、どこの林をそんなに歩いたものでしょう。」

「きっと梅屋林の中だぞ。寿平次さんも狸に化かされたか。そいつは大笑いだ。」

「山の中らしいお話ですねえ。」

とおまんもそこへ来て言い添えた。その時、お喜佐も挨拶に来て、母の側にいて、寿平次の話に耳を傾けた。

「兄さん、すこし待って。」

お民は別の部屋に寝かしておいた乳呑児《ちのみご》を抱きに行って来た。眼をさまして母親を探す児の泣き声を聞きつけたからで。

「へえ、粂《くめ》を見てやって下さい。こんなに大きくなりました。」

「おお、これは好い女の児だ。」

「寿平次さん、御覧なさい。もうよく笑いますよ。女の児は智慧のつくのも早いものですねえ。」

とおまんは言って、お民に抱かれている孫娘の頭を撫《な》でて見せた。

その日、寿平次が持って来た話というは、供の男を連れて木曾路を通り過ぎようとしたある旅人が妻籠の本陣に泊り合せたことから始まる。偶然にも、その客は妻籠本陣の定紋を見つけて、それが自分の定紋と同じであることを発見する。窠《か》に木瓜《もっこう》がそれである。客は主人を呼びよせて物を尋ねようとする。そこへ寿平次が挨拶に出る。客は定紋の暗合に奇異な思いがすると言って、まだこの外に替え紋はないかと尋ねる。丸《まる》に三《み》つ引《びき》がそれだと答える。客はいよいよ不思議がって、ここの本陣の先祖に相州の三浦から来たものはないかと尋ねる。答は、その通り。その先祖は青山監物《けんもつ》とは言わなかったか、とまた客が尋ねる。正にその通り。その時、客は思わず膝を打って、さてさて世には不思議なこともあればあるものだという。そういう自分は相州三浦に住む山上七郎左衛門というものである。かねて自分の先祖のうちには、分家して青山監物と名のった人があると聞いている。その人が三浦から分れて、木曾の方へ移り住んだと聞いている。して見ると、われわれは親類である。その客の言葉は、寿平次に取っても深い驚きであった。到頭、一夜の旅人と親類の盃《さかずき》までかわして、系図の交換と再会の日とを約束して別れた。この奇遇のもとは、妻籠と馬籠の両青山家に共通な窠に木瓜と、丸に三つ引の二つの定紋からであった。それから系図を交換して見ると、二つに割った竹を合わせたようで、妻籠の本陣なぞに伝わらなかった祖先が青山監物以前にまだまだ遠く続いていることが分ったという。

「これにはわたしも驚かされましたねえ。自分らの先祖が相州の三浦から来たことは聞いていましたがね、そんな古い家がまだ立派に続いているとは思いませんでしたねえ。」と寿平次が言い添えて見せた。

「ハーン。」吉左衛門は大きな声を出して唸《うな》った。

「寿平次さん、吾家《うち》のこともそのお客に話してくれましたか。」と半蔵が言った。

「話したとも。青山監物に二人の子があって、兄が妻籠の代官をつとめたし、弟は馬籠の代官をつとめたと話しておいたさ。」

何百年となく続いて来た青山の家には、もっと遠い先祖があり、もっと古い歴史があった。しかも、それがまだまだ立派に生きていた。おまん、お民、お喜佐、そこに集まっている女たちも皆何がなしに不思議な思いに打たれて、寿平次の顔を見まもっていた。

「その山上さんとやらは、どんな人柄のお客さんでしたかい。」とおまんが寿平次にきいた。

「なかなか立派な人でしたよ。なんでも話の様子では、よほど古い家らしい。相州の方へ帰ると直《す》ぐ系図と一緒に手紙をくれましてね、是非一度訪ねて来てくれと言ってよこしましたよ。」

「お民、店座敷へ行って、わたしの机の上にある筆と紙を持っといで。」半蔵は妻に言いつけておいて、更に寿平次の方を見て言った。「もう一度、その山上という人の住所を言って見てくれませんか。忘れないように、書いておきたいと思うから。」

半蔵は紙をひろげて、まだ若々しくはあるが見事な筆で、寿平次の言う通りを写し取った。

相州三浦、横須賀在、公郷村《くごうむら》

山上七郎左衛門

「寿平次さん。」と半蔵は更に言葉をつづけた。「それで君は――」

「だからさ。半蔵さんと二人で、一つその相州三浦を訪ねて見たらと思うのさ。」

「訪ねて行って見るか。えらい話になって来た。」

しばらく沈黙が続いた。

「山上の方の系図も、持って来て見せて下さると好かった。」

「後から届けますよ。あれで見ると、青山の家は山上から分れる。山上は三浦家から出ていますね。つまりわたしたちの遠い祖先は鎌倉時代に活動した三浦一族の直系らしい。」

「相州三浦の意味もそれで読める。」と吉左衛門は言葉を挿《はさ》んだ。

「寿平次さん、もし相州の方へ出掛けるとすれば、君は何時頃《いつごろ》のつもりなんですか。」

「十月の末あたりはどうでしょう。」

「そいつは俺も至極《しごく》賛成だねえ。」と吉左衛門も言い出した。「半蔵も思い立って出掛けて行って来るがいいぞ。江戸も見て来るがいい——ついでに、日光あたりへも参詣して来るがいい。」

その晩、おまんは妻籠から来た供の男だけを帰らせて、寿平次を引きとめた。半蔵は店座敷の方へ寿平次を誘って、昔風な行燈《あんどん》のかげで遅くまで話した。青山氏系図として馬籠の本陣に伝わったものをもそこへ取出して来て、二人でひろげて見た。その中にはこの馬籠の村の開拓者であるという祖先青山道斎のことも書いてあり、家中女子ばかりになった時代に妻籠の本陣から後見に来た百助《ももすけ》というような隠居のことも書いてある。

道斎から見れば、半蔵は十七代目の子孫にあたった。その晩は半蔵は寿平次と枕を並べて寝たが、父から許された旅のことなぞが胸に満ちて、よく眠られなかった。

偶然にも、半蔵が江戸から横須賀の海の方まで出て行って見る思いがけない機会はこんな風にして恵まれた。翌日、まだ朝のうちに、お民は万福寺の墓地の方へ寿平次と半蔵を誘った。寿平次は久しぶりで墓参りをして行きたいと言い出したからで。お民が夫と共に看病に心を砕いたあの祖母《おばあ》さんも最早そこに長く眠っているからで。

半蔵と寿平次とは一歩先《ひとあしさき》に出た。二人は本陣の裏木戸から、隣家の伏見屋の酒蔵《さかぐら》について、暗いほど茂った苦竹《まだけ》と淡竹《はちく》の藪の横へ出た。寺の方へ通う静かな裏道がそこにある。途中で二人はお民を待ち合せたが、煙の立つ線香や菊の花なぞを家から用意して来たお民と、お粂を背中にのせた下女とが細い流れを渡って、田圃《たんぼ》の間の寺道を踏んで来るのが見えた。

小山の上に立つ万福寺は村の裏側から浅い谷一つ隔てたところにある。墓地はその小川に添うて山門を見上げるような傾斜の位置にある。そこまで行くと、墓地の境内もよく整理されていて、以前の住職の時代とは大違いになった。村の子供を集めてちいさく寺小屋をはじめている松雲和尚の許《もと》へは、本陣へ通学することを遠慮するような髪結の娘や、大工の忰《せがれ》なぞが手習草紙を抱いて、毎日通って来ているはずだ。隠れたところに働く和尚の心は墓地の掃除にまでよく行き届いていた。半蔵はその辺に立てかけてある竹箒《たけぼうき》を執って、古い墓石の並んだ前を掃《は》こうとしたが、僅かに落ち散っている赤ちゃけた杉の古葉を取り捨てるぐらいで用は足りた。和尚の心づかいと見えて、その辺の草までよく毟《むし》らせてあった。すべて清い。

やがて寿平次もお民も亡くなった隠居の墓の前に集まった。

「兄さん、おばあさんの名は生きてる時分からおじいさんと並べて刻んであったんですよ。ただそれが赤くしてあったんですよ。」

とお民は言って、下女の背中にいるお粂《くめ》の方をも顧みて、

「御覧、ののさんだよ。」

と言って見せた。

古く苔蒸《こけむ》した先祖の墓石は中央の位置に高く立っていた。何百年の雨にうたれ風にもまれて来たその石の面《おもて》には、万福寺殿昌屋常久禅定門の文字が読まれる。青山道斎がそこに眠っていた。あだかも、自分で開拓した山村の発展と古い街道の運命とを長い眼でそこに眺め暮して来たかのように。

寿平次は半蔵に言った。

「いかにも昔の人のお墓らしいねえ。」

「この戒名は万福寺を建立した記念でしょう。まだこの外にも、村の年寄の集まるところがなくちゃ寂しかろうと言って、薬師堂を建てたのもこの先祖だそうですよ。」

二人の話は尽きなかった。

裏側から見える村の眺望は、その墓場の前の位置から、杉の木立の間に展《ひら》けていた。半蔵は寿平次と一緒に青い杉の葉のにおいを嗅ぎながら、しばらくそこに立って眺めた。そういう彼自身の内部《なか》には、父から許された旅のことを考えて見たばかりでも、最早別の心持が湧き上って来た。その心持から、彼は住み慣れた山の中をいくらかでも離れて見るようにして、あそこに柿の梢《こずえ》がある、ここに白い壁があると、寿平次に指して言って見せた。恵那山の麓に隠れている村の眺望は、妻籠から来て見る寿平次をも飽きさせなかった。

「寿平次さん、旅に出る前にもう一度ぐらい逢えましょうか。」

「いろいろな打ち合せは手紙でも出来ましょう。」

「なんだかわたしは夢のような気がする。」

こんな言葉をかわしておいて、その日の午後に寿平次は妻籠をさして帰って行った。

長いこと見聞の寡《すくな》いことを嘆き、自分の固陋《ころう》を嘆いていた半蔵の若い生命《いのち》も、漸《ようや》く一歩《ひとあし》踏み出して見る機会を捉えた。その時になって見ると、江戸は大地震後一年目の復興最中である。そこには国学者としての平田鉄胤《かねたね》もいる。鉄胤は篤胤大人《あったねうし》の相続者である。かねて平田篤胤歿後の門人に加わることを志していた半蔵には、これは得がたい機会でもある。のみならず、横須賀海岸の公郷村《くごうむら》とは、黒船上陸の地点から遠くないところとも聞く。半蔵の胸は踴《おど》った。

第三章

一

「蜂谷《はちや》君、近いうちに、自分は江戸から相州三浦方面へかけて出発する。妻《つま》の兄、妻籠《ご》本陣の寿平次と同行する。この旅は横須賀在の公郷村《くごうむら》に遠い先祖の遺族を訪ねるためであるが、江戸をも見たい。自分は長いこと籠り暮した山の中を出て、初めての旅に上ろうとしている。」

こういう意味の手紙を半蔵は中津川にある親しい学友の蜂谷香蔵宛に書いた。

「君に悦んでもらいたいことがある。自分はこの旅で、かねての平田入門の志を果そうとしている。最近に自分は佐藤信淵《のぶひろ》の著書を手に入れて、あのすぐれた農学者が平田大人《うし》と同郷の人であることを知り、また、いかに大人《うし》の深い感化を受けた人であるかをも知った。本居《もとおり》、平田諸大人の国学ほど世に誤解されているものはない。古代の人に見るようなあの直《す》ぐな心は、もう一度この世に求められないものか。どうかして自分らはあの出発点に帰りたい。そこからもう一度この世を見直したい。」

という意味をも書き添えた。

馬籠《まごめ》のような狭い片田舎では半蔵の江戸行の噂《うわさ》が村の隅までも直ぐに知れ渡った。半蔵が幼少な時分からのことを知っていて、遠い旅を案じてくれる乳母《うば》のおふきのような婆さんもある。おふきは半蔵を見に来た時に言った。

「半蔵さま、男はそれでもいいぞなし。何処へでも出掛けられて。まあ、女の身になって見さっせれ。なかなかそんな訳にいかすか。俺《おれ》も山の中にいて、江戸の夢でも見ずかい。この辺鄙《へんぴ》な田舎には、お前さま、せめて一生の中に名古屋でも見て死にたいなんて、そんなことを言う女もあるに。」

江戸をさして出発する前に、半蔵は平田入門のことを一応は父にことわって行こうとした。平田篤胤《あつたね》はすでに故人であったから、半蔵が入門は先師歿後の門人に加わることであった。それだけでも彼は一層自分をはっきりさせることであり、また同門の人たちと交際する上にも多くの便宜があろうと考えたからで。

父、吉左衛門はもう長いことこの悴《せがれ》を見まもって来て、行く行く馬籠の本陣を継ぐべき半蔵が寝食を忘れるばかりに平田派の学問に心を傾けて行くのを案じないではなかった。しかし吉左衛門は根が好学の人で、自分で学問の足りないのを嘆いているくらいだから、

「お前の学問好きも、そこまで来たか。」

と言わないばかりに半蔵の顔を眺めて、結局子の願いを容《い》れた。

当時平田派の熱心な門人は全国を通じて数百人に上ると言われ、南信から東美濃の地方へかけてもその流れを汲むものは少くない。篤胤の遺した仕事はおもに八人のすぐれた弟子に伝えられ、その中でも特に選ばれた養嗣《ようし》として平田家を継いだのが当主鉄胤《かねたね》であった。半蔵が入門は、中津川の宮川寛斎の紹介によるもので、いずれ彼が江戸へ出た上は平田家を訪ねて、鉄胤からその許しを得ることになっていた。

「お父《とっ》さんに賛成して頂いて、ほんとにありがたい。長いこと私はこの日の来るのを待っていたようなものですよ。」

と半蔵は先輩を慕《した》う真実を顔にあらわして言った。同じ道を踏もうとしている中津川の浅見景蔵も、蜂谷香蔵も、さぞ彼のために悦んでくれるだろうと父に話した。

「まあ、何も試みだ。」

と吉左衛門は持前の大きな本陣鼻の上へ皺《しわ》を寄せながら言った。父は半蔵からいろい

ろと入門の手続きなぞを聞いたのみで、そう深入りするなとも言わなかった。

安政の昔は旅も容易でなかった。木曾谷の西のはずれから江戸へ八十三里、この往復だけにも百六十六里の道は踏まねばならない。その間、峠を四つ越して、関所を二つも通らねばならない。吉左衛門は関西方面に明るいほど東の方の事情に通じてもいなかったが、それでも諸街道問屋の一人として江戸の道中奉行所へ呼び出されることがあって、そんな用向きで二、三度は江戸の土を踏んだこともある。この父は、いろいろ旅の心得になりそうなことを子に教えた。寿平次のような好い連れがあるにしても、若い者二人ぎりではどうあろうかと言った。遠く江戸から横須賀辺までも出掛けるには、伴《とも》の男を一人連れて行けと勧《すす》めた。当時の旅行者が馬や人足を雇い、一人でも多く連れのあるのをよろこび、なるべく隊伍をつくるようにしてこの街道を往ったり来たりするのも、それ相応の理由がなくては叶《かな》わぬことを父は半蔵に指摘して見せた。

「独り旅のものは宿屋でも断られるぜ。」

とも注意した。

かねて妻籠の本陣とも打合せの上、出発の日取りも旧暦の十月上旬に繰りあげてあった。いよいよその日も近づいて、継母のおまんは半蔵のために青地の錦の守り袋を縫い、妻のお民は晒木綿《さらし》の胴巻なぞを縫ったが、それを見る半蔵の胸には何となく前途の思いが厳《おごそ》かに迫って来た。遠く行くほどのものは、河止めなぞの故障の起らないかぎり、たとい強い風雨を冒《おか》しても必ず予定の宿《しゅく》までは辿《たど》り着けと言われている頃だ。遊山《ゆさん》半分に出来る旅ではなかった。

「佐吉さん、お前は半蔵さまのお供だそうなのい。」

「あい、半蔵さまもそう言ってくれるし、大旦那からもお許しが出たで。」

おふきは誰よりも先に半蔵の門出を見送りに来て、最早本陣の囲炉裏《いろり》ばたのところで旅支度をしている下男の佐吉を見つけた。佐吉は雇われて来てからまだ年も浅く、半蔵といくつも違わないいくらいの若さであるが、今度江戸への供に選ばれたことをこの上もない悦《よろこ》びにして、留守中主人の家の炉で焚《た》くだけの松薪《まつまき》なぞはすでに山から木小屋へ運んで来てあった。

いよいよ出発の時が来た。半蔵は青い河内木綿《かわちもめん》の合羽《かっぱ》を着、脚絆《きゃはん》をつけて、すっかり道中姿になった。旅の守り刀は綿更紗《めんざらさ》の袋で鍔元《つばもと》を包んで、それを腰にさした。

「さあ、これだ。これさえあれば、どんな関所でも通られる。」

と吉左衛門は言って、一枚の手形を半蔵の前に置いた。関所の通り手形だ。それには安政三年十月として、宿役人の署名があり、馬籠宿の印が押してある。

「このお天気じゃ、明日も霜でしょう。半蔵も御苦労さまだ。」

という継母にも、女の児《こ》のお粂《くめ》を抱きながら片手に檜木笠《ひのきがさ》を持って来てすすめる妻にも別れを告げて、やがて半蔵は勇んで家を出た。おふきは、眼に一ぱい涙を溜めながら、本陣の女衆と共に門口に出て見送った。

峠には、組頭平助の家がある。名物栗こわめしの看板をかけた休茶屋もある。吉左衛門はじめ、組頭庄兵衛、その他《ほか》隣家の鶴松のような半蔵の教え子たちは、峠の上まで一緒に歩いた。当時の風習として、その茶屋で一同別れの酒を酌《く》みかわして、思い思いに旅するものの心得になりそうなことを語った。出発のはじめは誰しも心がはやって思わず荒く踏み立てるものである、とかくはじめは足を大切にすることが肝要だ、と言うのは庄兵衛だ。旅は九日路のものなら、十日かかって行け、と言って見せるのはそこへ来て一緒になった平助だ。万福寺の松雲和尚さまが禅僧らしい質素な法衣に茶色の袈裟《けさ》がけで、わざわざ見送りに来たのも半蔵の心をひいた。

「夜道は気をつけるがいいぜ。なるべく朝は早く立つようにして、日の暮れるまでには次の宿《しゅく》へ着くようにするがいいぜ。」

この父の言葉を聞いて、間もなく半蔵は佐吉と共に峠の上から離れて行った。この山地には俗に「道知らせ」と呼んで、蛍《ほたる》の形したやさしい虫があるが、その青と紅のあざやかな色の背を見せたやつまでが案内顔に、街道を踏んで行く半蔵たちの行く先に飛んだ。

隣宿妻籠の本陣には寿平次がこの二人を待っていた。その日は半蔵も妻籠泊りときめて、一夜をお民の生家《さと》に送って行くことにした。寿平次を見る度に半蔵の感ずることは、よくその若さで本陣庄屋問屋三役の事務を処理して行くことであった。寿平次の部屋には、先代からつけて来たという覚帳《おぼえちょう》がある。諸大名宿泊の折の人数、旅籠賃《はたごちん》から、入用《いりよう》の風呂何本、火鉢何個、燭台何本というようなことまで、事こまかに記しつけてある。当時の諸大名は、各自に寝具、食器の類《たぐい》を携帯して、本陣へは部屋代を払うという風であったからで。寿平次の代になってもそんな面倒臭いことを一々書きとめて、後日の参考とすることを怠っていない。半蔵が心深く眺めたのもその覚帳だ。

「寿平次さん、今度の旅は佐吉に供をさせます。そのつもりで馬籠から連れて来ました。あれも江戸を見たがっていますよ。君の荷物はあれに担《かつ》がせて下さい。」

この半蔵の言葉も寿平次をよろこばせた。

翌朝、佐吉は誰よりも一番早く起きて、半蔵や寿平次が眼をさました頃には、二足の草鞋《わらじ》をちゃんとそろえておいた。自分用の檜木笠《ひのきがさ》、天秤棒《てんびんぼう》まで用意した。それから囲炉裏ばたにかしこまって、主人らの支度の出来るのを待った。寿平次は留守中のことを脇本陣の扇屋の主人、得右衛門に頼んでおいて、柿色の地に黒羅紗《くろらしゃ》の襟《えり》のついた合羽《かっぱ》を身につけた。関所の通り手形も半蔵と同じように用意した。

妻籠の隠居はもう好い年のおばあさんで、孫にあたる寿平次をそれまでに守り立てた人である。お民の女の児の噂を半蔵にして、寿平次に迎えた娵《よめ》のお里にはまだ子がないことなどを言って見せる人である。隠居は家の人たちと一緒に門口に出て、寿平次を見送る時に言った。

「お前にはもうすこし背をくれたいなあ。」

この言葉が寿平次を苦笑させた。隠居は背の高い半蔵に寿平次を見比べて、江戸へ行って恥をかいて来てくれるなという風にそれを言ったからで。

半蔵や寿平次は檜木笠を冠《かぶ》った。佐吉も荷物を担いでその後についた。同行三人のものはいずれも軽い草鞋で踏み出した。

二

木曾十一宿はおおよそ三つに分けられて、馬籠《まごめ》、妻籠《つまご》、三留野《みどの》、野尻《のじり》を下《しも》四宿といい、須原《すはら》、上松《あげまつ》、福島《ふくしま》を中《なか》三宿といい、宮《みや》の越《こし》、藪原《やぶはら》、奈良井《ならい》、贄川《にえがわ》を上《かみ》四宿という。半蔵らの進んで行った道はその下四宿から奥筋への方角であるが、こうして揃って出掛けるということが既にめずらしいことであり、興も三人の興で、心づかいも三人の心づかいであった。あそこの小屋の前に檜木の実が乾してあった、ここに山の中らしい耳の尖った茶色な犬がいた、とそんなことを語り合って行く間にも楽しい笑い声が起った。一人の草鞋《わらじ》の紐が解けたと言えば、他の二人はそれを結ぶまで待った。

深い森林の光景が展《ひら》けた。妻籠から福島までの間は寿平次のよく知っている道で、福島の役所からの差紙《さしがみ》でもある折には半蔵も父吉左衛門の代理としてこれまで幾度《いくたび》となく往来したことがある。幼い時分から街道を見る眼を養われた半蔵らは、馬方や人足や駕《か》籠《ご》かきなぞの隠れたところに流している汗を行く先に見つけた。九月から残った蠅《はえ》は馬にも人にも取りついて、それだけでも木曾路の旅らしい思いをさせた。

「佐吉、どうだい。」

「俺《おれ》は足は達者だが、お前さまは。」

「俺も歩くことは平気だ。」

寿平次と連れ立って行く半蔵は佐吉を顧みて、こんな言葉をかわしては、また進んだ。秋も過ぎ去りつつあった。色づいた霜葉《しもは》は谷に満ちていた。季節が季節なら、木曾川の水流を利用して山から伐《き》り出した材木を流しているさかんな活動のさまがその街道から望まれる。小谷狩《こたにがり》にはやや遅く、大川狩《おおかわがり》にはまだ早かった。河原には堰《せき》を造る日傭《ひよう》の群の影もない。木鼻《きはな》、木尻《きじり》の作業もまだ始まっていない。諸役人が沿岸の警戒に出て、どうかすると、鉄砲まで持ち出して、盗木流材を取締ろうとするような時でもない。半蔵らの踏んで行く道は最早幾度《いくたび》か時雨《しぐれ》の通り過ぎた後だった。気のおけないものばかりの旅で、三人はときどき路傍《みちばた》の草の上に笠を敷いた。小松の影を落している川の中洲《なかず》を前にして休んだ。対岸には山が迫って、檜木、椹《さわら》の直立した森林がその断層を覆《おお》うている。尖った三角を並べたように重なり合った木と木の梢《こずえ》の感じも深い。奥筋の方から渦巻き流れて来る木曾川の水は青緑の色に光って、乾いたり濡れたりしている無数の白い花崗石《みかげいし》の間に躍っていた。

その年は安政の大地震後初めての豊作と言われ、馬籠の峠の上のような土地ですら一部落で百五十俵からの増収があった。木曾も妻籠から先は、それらの自然の恵みを受くべき田畠とてもすくない。中三宿となると、次第に谷の地勢も狭まって、僅かの河岸の傾斜、僅かの崖の上の土地でも、それを耕地に宛ててある。山のなかに成長して樹木も半分友達のような三人には、そこの河岸に莢《さや》を垂れた皂莢《さいかち》の樹がある、ここの崖の上に枝の細い棗《なつめ》の樹があると、指して言うことが出来た。土地の人たちが路傍に設けた意匠もまたしおらしい。あるところの石垣の上は彼らの花壇であり、あるところの崖の下は二十三夜もしくは馬頭観音なぞの祭壇である。

この谷の中だ。木曾地方の人たちが山や林を力にしているのに不思議はない。当時の木曾山一帯を支配するものは尾張藩で、巣山《すやま》、留山《とめやま》、明山《あきやま》の区域を設け、そのうち明山のみは自由林であっても、許可なしに村民が五木を伐採することは禁じられてあった。言って見れば、檜木《ひのき》、椹《さわら》、明檜《あすひ》、高野槙《こうやまき》、欟《ねずこ》の五種類が尾張藩の厳重な保護のもとにあったのだ。半蔵らは、名古屋から出張している諸役人の心が絶えずこの森林地帯に働いていることを知っていた。一石栃《いちこくとち》にある白木《しらき》の番所から、上松《あげまつ》の陣屋の辺へかけて、諸役人の眼の光らない日は一日もないことを知っていた。

しかし、巣山、留山とは言っても、絶対に村民の立ち入ることを許されない区域は極少部分に限られていた。自由林は木曾山の大部分を占めていた。村民は五木の厳禁を犯さないかぎり、意のままに明山を跋渉《ばっしょう》して、雑木を伐採したり薪炭《しんたん》の材料を集めたりすることが出来た。檜木笠、めんぱ(木製割籠《わりご》)、お六櫛《ろくぐし》、諸種の塗物《ぬりもの》――村民がこの森林に仰いでいる生活の資本《もとで》もかなり多い。耕地も少く、農業も難渋で、そうかと言って塗物渡世《とせい》の材料も手に入れがたいところでは、「御免《ごめん》の檜物《ひもの》」と称《とな》えて、毎年千数百駄ずつの檜木を申し受けている村もある。あるいはまた、そういう木材で受け取らない村々では、慶長年度の昔から谷中一般人民に許された白木六千駄のかわりに、それを「御切《おき》替《かえ》」と称えて、代金で尾張藩から分配されて来た。これらは皆、歴史的に縁故の深い尾張藩が木曾山保護の精神にもとづく。どうして、山や林なしに生きられる地方ではないのだ。半蔵らの踏んで行ったのも、この大きな森林地帯を貫いている一筋道だ。寝覚《ねざめ》まで行くと、上松の宿の方から荷をつけて来る牛の群が街道に続いた。

「半蔵さま、どちらへ。」

とその牛方仲間から声を掛けるものがある。見ると、馬籠の峠のものだ。この界隈《かいわい》に顔を知られている牛行司利三郎だ。その牛行司は福島から積んで来た荷物の監督をして、美濃の今渡《いまど》への通し荷を出そうとしているところであった。

その時、寿平次が尋ね顔に佐吉の方をふりかえると、佐吉は笑って、

「峠の牛よなし。」

と無造作に片付けて見せた。

「寿平次さん、君も聞いたでしょう。あれが牛方事件の張本人《ちょうほんにん》でさ。」

と言って、半蔵は寿平次と一緒に、その荒い縞《しま》の廻《まわ》し合羽《がっぱ》を着た牛行司の後姿を見送った。

下民百姓の眼をさまさせまいとすることは、長いこと上に立つ人たちが封建時代に執《と》って来た方針であった。しかし半蔵はこの街道筋に起って来た見のがしがたい新しい現象として、あの牛方事件から受け入れた感銘を忘れなかった。不正な問屋を相手に血戦を開き、抗争の意気で起《た》って来たのもあの牛行司であったことを忘れなかった。彼は旅で思いがけなくその人から声を掛けられて見ると、たとい自分の位置が問屋側にあるとしても、そのために下層に黙って働いているような牛方仲間を笑えなかった。

木曾福島の関所も次第に近づいた。三人ははらはら舞い落ちる木の葉を踏んで、更に山深く進んだ。時には岩石が路傍に迫って来ていて、高い杉の枝は両側から覆いかぶさり、昼でも暗いような道を通ることはめずらしくなかった。谷も尽きたかと見えるところまで行くと、またその先に別の谷が展けて、そこに隠れている休茶屋の板屋根からは青々とした煙が立ち昇った。桟《かけはし》、合渡《ごうど》から先は木曾川も上流の勢に変って、山坂の多い道はだんだん谷底へと降《くだ》って行くばかりだ。半蔵らはある橋を渡って、御嶽《おんたけ》の方へ通う山道の分れるところへ出た。そこが福島の城下町であった。

「いよいよ御関所ですかい。」

佐吉は改まった顔付で、主人らの後から声を掛けた。

福島の関所は木曾街道中の関門と言われて、大手橋の向うに正門を構えた山村氏の代官屋敷からは、河一つ隔てた町はずれのところにある。「出女《でおんな》、入《い》り鉄砲《でっぽう》」と言った昔は、西よりする鉄砲の輸入と、東よりする女の通行をそこで取締った。殊《こと》に女の旅は厳重を極めたもので、髪の長いものはもとより、そうでないものも尼《あま》、比丘尼《びくに》、髪切《かみきり》、少女《おとめ》などと通行者の風俗を区別し、乳まで探って真偽を確めたほどの時代だ。これは江戸を中心とする参覲交代《さんきんこうたい》の制度を語り、一面にはまた婦人の位置のいかなるものであるかを語っていた。通り手形を所持する普通の旅行者に取って、何の憚《はばか》るところはない。それでもいよいよ関所にかかるとなると、その手前から笠や頭巾《ずきん》を脱《ぬ》ぎ、思わず襟を正したものであるという。

福島では、半蔵らは関所に近く住む植松菖助《しょうすけ》の家を訪ねた。父吉左衛門からの依頼で、半蔵はその人に手紙を届けるはずであったからで。菖助は名古屋藩の方に聞えた宮谷家から後妻を迎えている人で、関所を預《あずか》る主な給人《きゅうにん》であり、砲術の指南役であり、福島でも指折の武士の一人であった。ちょうど非番の日で、菖助は家にいて、半蔵らの立ち寄ったことをひどく悦んだ。この人は伏見屋あたりへ金の融通を頼むために、馬籠の方へ見えることもある。それほど武士も生活には骨の折れる時になって来ていた。

「好い旅をして来て下さい。時に、お二人とも手形をお持ちですね。ここの関所は堅いというので知られていまして、大名のお女中方でも手形のないものは通しません。とにかく、私が御案内しましょう。」

と菖助は言って、餞別のしるしにと先祖伝来の秘法による自家製の丸薬なぞを半蔵にくれた。

平袴《ひらばかま》に紋付の羽織で大小を腰にした菖助の後について、半蔵らは関所にかかった。そこは西の門から東の門まで一町ほどの広さがある。一方は傾斜の急な山林に倚《よ》り、一方は木曾川の断崖に臨んだ位置にある。山村甚兵衛代理格の奉行、加番の給人らが四人も調《しら》べ所《しょ》の正面に控えて、その側には足軽が二人ずつ詰めていた。西に一人、東に二人の番人が更にその要害の好い門の側を堅めていた。半蔵らは門内に敷いてある米石《こめいし》を踏んで行って、先着の旅行者たちが取調べの済むまで待った。由緒のある婦人の旅かと見えて、門内に駕籠を停めさせ、乗物のまま取調べを受けているのもあった。

半蔵らはかなりの時を待った。そのうちに、

「髪長《かみなが》、御一人《ごいちにん》。」

と乗物の側で起る声を聞いた。駕籠で来た婦人はいくらかの袖《そで》の下《した》を番人の妻に握らせて、型のように通行を許されたのだ。半蔵らの順番が来た。調べ所の壁に掛る突棒《つくぼう》、さす叉《また》なぞのいかめしく眼につくところで、階段の下に手をついて、かねて用意して来た手形を役人たちの前にささげるだけで済んだ。

菖助にも別れを告げて、半蔵がもう一度関所の方を振り返った時は、いかにすべてが形式的であるかをそこに見た。

鳥居峠はこの関所から宮の越、藪原二宿を越したところにある。風は冷くても、日はかんかん照りつけた。前途の遠さは曲りくねった坂道に行き悩んだ時よりも、かえってその高い峠の上に御嶽《おんたけ》遥拝所なぞを見つけた時にあった。そこは木曾川の上流とも別れて行くところだ。

「寿平次さん、江戸から横須賀まで何里とか言いましたね。」

「十六里さ。わたしは道中記でそれを調べておいた。」

「江戸までの里数を入れると、九十九里ですか。」

「まあ、ざっと百里というものでしょう。」

供の佐吉も、この主人らの話を引き取って、

「まだこれから先に木曾二宿もあるら。江戸は遠いなし。」

こんな言葉をかわしながら、三人とも日暮れ前の途を急いで、やがてその峠を降りた。

「お泊りなすっておいでなさい。奈良井のお宿《やど》はこちらでございます。浪花講《なにわこう》の御《お》定宿《じようやど》はこちらでございます。」

しきりに客を招く声がする。街道の両側に軒を並べた家々からは、競《きそ》うようにその招き声が聞える。半蔵らが鳥居峠を降りて、その麓にある奈良井に着いた時は、他の旅人らも思い思いに旅籠屋《はたごや》を物色しつつあった。

半蔵はかねて父の懇意にする庄屋仲間の家に泊めてもらうことにして、寿平次や佐吉をそこへ誘った。往来の方へ突き出したようなどこの家の低い二階にもきまりで表廊下が造りつけてあって、馬籠や妻籠に見る街道風の屋造りはその奈良井にもあった。

「半蔵さん、わたしはもう胼胝《まめ》をこしらえてしまった。」

と寿平次は笑いながら言って、草鞋《わらじ》のために水腫《みずば》れのした足を盥《たらい》の中の湯に浸した。

半蔵も同じように足を洗って、広い囲炉裏ばたから裏庭の見える座敷へ通された。きのこ、豆、唐辛《とうがらし》、紫蘇《しそ》なぞが障子の外の縁に乾してあるようなところだ。気のおけない家だ。

「静かだ。」

寿平次は腰にした道中差《どうちゅうざし》を部屋の床の間へ預ける時に言った。その静かさは、河の音の耳につく福島あたりにはないものだった。そこの庄屋の主人は、半蔵が父とはよく福島の方で顔を合せると言い、この同じ部屋に吉左衛門を泊めたこともあると言い、そんな縁故からも江戸行の若者をよろこんで歓待《もてな》そうとしてくれた。ちょうど鳥屋《とや》のさかりの頃で、木曾名物の小鳥でも焼こうと言ってくれるのもそこの主人だ。鳥居峠の鶫《つぐみ》は名高い。鶫ばかりでなく、裏山には駒鳥《こまどり》、山郭公《やまほととぎす》の声が聴かれる。仏法僧《ぶっぽうそう》も来て鳴く。ここに住むものは、表の部屋に向うの鳥の声を聴き、裏の部屋にこちらの鳥の声を聴く。そうしたことを語り聞かせるのもまたそこの主人だ。

半蔵らは同じ木曾路でもずっと東寄りの宿場の中に来ていた。鳥居峠一つ越しただけでも、親たちや妻子のいる木曾の西のはずれはにわかに遠くなった。しかしそこは何となく気の落着く山の裾で、旅の合羽《かっぱ》も脚絆《きゃはん》も脱いでおいて、田舎風な風呂に峠道の汗を忘れた時は、いずれも活き返ったような心地《ここち》になった。

「ここの家は庄屋を勤めてるだけなんですね。本陣問屋は別にあるんですね。」

「そうらしい。」

半蔵と寿平次は一風呂浴びた後のさっぱりした心地で、奈良井の庄屋の裏座敷に互いの旅の思いを比べ合った。朝晩はめっきり寒く、部屋には炬燵《こたつ》が出来ているくらいだ。寿平次は下女が提げて来てくれた行燈《あんどん》を引きよせて、そのかげに道中の日記や矢立《やたて》を取り出した。藪原《やぶはら》で求めた草鞋《わらじ》が何文、峠の茶屋での休みが何文というようなことまで細《こまか》くつけていた。

「寿平次さん、君はそれでも感心ですね。」

「どうしてさ。」

「妻籠の方でもわたしは君の机の上に載ってる覚帳を見て来ました。君にはそういう綿密なところがある。」

どうして半蔵がこんなことを言い出したかというに、本陣庄屋問屋の仕事は将来に彼を待ち受けていたからで。二人は十八歳の頃から、既にその見習いを命ぜられていて、福島の役所への出張といい、諸大名の送り迎えといい、二人が少年時代から受けて来た薫陶《くんとう》はすべてその準備のためでないものはなかった。半蔵がまだ親の名跡《みょうせき》を継がないのに比べると、寿平次の方は既に青年の庄屋であるの違いだ。

半蔵は嘆息して、

「吾家《うち》の阿爺《おやじ》の心持はわたしによく解る。家を放擲《ほうてき》してまで学問に没頭するようなものよりも、好い本陣の跡継を出したいというのが、あの人の本意なんでさ。阿爺ももう年を取っていますからね。」

「半蔵さんは溜息ばかり吐《つ》いてるじゃありませんか。」

「でも、君には事務の執《と》れるように具《そな》わってるところがあるから好い。」

「そう君のように、むずかしく考えるからさ。庄屋としては民意を代表するし、本陣問屋としては諸街道の交通事業に参加すると想って見たまえ。とにかく、働き甲斐《がい》はありますぜ。」

囲炉裏《いろり》ばたの方で焼く小鳥の香気は、やがて二人のいる座敷の方まで通って来た。夕飯には、下女が来て広い炬燵板《こたついた》の上を取片付け、そこを食卓の代りとしてくれた。一本つけてくれた銚子、串差《くしざし》にして皿の上に盛られた鶫《つぐみ》、すべては客を扱い慣れた家の主人の心づかいからであった。その時、半蔵は次の間に寛《くつろ》いでいる佐吉を呼んで、

「佐吉、お前もここへお膳を持って来ないか。旅だ。今夜は一杯やれ。」

この半蔵の「一杯」が佐吉をほほえませた。佐吉は年若ながらに、半蔵よりも飲める口であったから。

「俺《おれ》は囲炉裏ばたで頂かず。その方が勝手だで。」

と言って佐吉は引きさがった。

「寿平次さん、わたしはこんな旅に出られたことすら、不思議のような気がする。実に一切から離れますね。」

「もうすこし君は楽な気持でも好くはありませんか。まあ、その盃でも乾すさ。」

若いもの二人は旅の疲れを忘れる程度に盃を重ねた。主人が馳走《ちそうぶ》振りの鶫も食った。焼きたての小鳥の骨を噛む音も互いの耳には楽しかった。

「しかし、半蔵さんもよく話すようになった。以前には、ほんとに黙っていたようですね。」

「自分でもそう思いますよ。今度の旅じゃ、わたしも平田入門を許されて来ました。吾家《うち》の阿爺《おやじ》もああいう人ですから、快く許してくれましたよ。わたしも、これで弟でもあると、家はその弟に譲って、もっと自分の勝手な方へ出て行って見たいんだけれど。」

「今から隠居でもするようなことを言い出した。半蔵さん——君は結局、宗教にでも行くような人じゃありませんか。わたしはそう思って見ているんだが。」

「そこまではまだ考えていません。」

「どうでしょう、平田先生の学問というものは宗教じゃないでしょうか。」

「そうも言えましょう。しかし、あの先生の説いたものは宗教でも、その精神はいわゆる宗教とはまるきり別のものです。」

「まるきり別のものは好かった。」

炬燵話《こたつばなし》に夜はふけて行った。ひっそりとした裏山に、奈良井川の上流に、そこへはもう東木曾の冬がやって来ていた。山気は二人の身にしみて、翌朝もまた霜かと思わせた。

追分の宿まで行くと、江戸の消息はすでにそこでいくらか分った。同行三人のものは、塩尻、下諏訪から和田峠を越え、千曲川《ちくまがわ》を渡って、木曾街道と善光寺道との交叉点にあたるその高原地の上へ出た。そこに住む追分の名主《なぬし》で、年寄役を兼ねた文太夫は、かねて寿平次が先代とは懇意にした間柄で、そんな縁故から江戸行の若者らの素通りを許さなかった。

名主文太夫は、野半天《のばんてん》、割羽織《わりばおり》に、捕縄《とりなわ》で、御領私領の入れ交った十一ケ村の秣場《まぐさば》を取締っているような人であった。その地方にある山林の枯痛《かれいた》み、風折れ、雪折れ、あるいは枝卸《えだおろ》しなどの見廻りをしているような人であった。半蔵らはこの客好きな名主の家に引き留められて、佐久の味噌汁や堅い地大根《じだいこん》の沢庵《たくあん》なぞを味《あじわ》いながら、赤松、落葉松《からまつ》の山林の多い浅間山腹がいかに郷里の方の谿《たに》と相違するかを聞かされた。曠野《こうや》と、焼石と、砂と、烈風と、土地の事情に精通した名主の話は尽きるということを知らなかった。しかし、そればかりではない。半蔵らが追分に送った一夜の無意味でなかったことは、思いがけない江戸の消息までもそこで知ることが出来たからで。その晩、文太夫が半蔵や寿平次に取り出して見せた書面は、ある松代《まつしろ》の藩士から借りて写し取っておいたというものであった。嘉永《かえい》六年六月十一日附として、江戸屋敷の方にいる人の書き送ったもので、黒船騒ぎ当時の様子を伝えたものであった。

「この度《たび》、異国船渡り来り候《そうろう》につき、江戸表は殊《こと》の外《ほか》なる儀にて、東海道筋よりの早注進《はやちゅうしん》矢のごとく、依て諸国御大名ところどころの御堅《おかた》め仰《おお》せ付《つ》けられ候。然るところ、異国船神奈川沖へ乗り入れ候おもむき、御老中御屋敷へ注進あり。右につき、夜分急に御登城にて、それぞれ御下知仰せ付けられ、七日夜までに出陣の面々は左の通り。

一、松平越前守《えちぜんのかみ》様、（越前福井藩主）品川御殿山お堅め。

一、細川越中守《えっちゅうのかみ》様、（肥後熊本藩主）大森村お堅め。

一、松平大膳太夫《だいぜんだゆう》様、（長州藩主）鉄砲洲《てっぽうず》及び佃島《つくだじま》。

一、松平阿波守《あわのかみ》様、（阿州徳島藩主）御浜御殿《おはまごてん》。

一、酒井雅楽頭《うたのかみ》様、(播州姫路藩主)深川一円。

一、立花左近将監《さこんしょうげん》様。伊豆大島一円。松平下総守《しもうさのかみ》様、安房《あわ》上総《かずさ》の両国。その他、川越城主松平大和守《やまとのかみ》様をはじめ、万石以上にて諸所にお堅めのため出陣の御大名数を知らず。

公儀御目付《おめつけ》役、戸川中務少輔《なかつかさしょうゆう》様、松平十郎兵衛様、右御両人は異国船見届けのため、陣場見廻り仰せ付けられ、六日夜浦賀表へ御出立《ごしゅったつ》にこれあり候。

さて、この度の異国船、国名相尋ね候ところ、北亜米利加《アメリカ》と申すところ。大船四艘着船。もっとも船の中より、朝夕一両度ずつ大筒《おおづつ》など打ち放し申し候よし。町人並《ならび》に近在のものは賦役《ふえき》に遣《つか》わされ、海岸の人家も大方はうち潰《つぶ》して諸家様のお堅め場所となり、民家の者ども妻子を引き連れて立《た》ち退《の》き候もあり、米石《べいこく》日に高く、目も当てられず。実に戦国の習い、是非もなき次第にこれあり候。八日の早暁にいたり、御触れの文面左の通り。

一、異国船万一にも内海へ乗入れ、非常の注進これあり候節は、老中より八代洲河岸《やしろすがし》火消役へ相達し、同所にて平日の出火に紛れざるよう早鐘うち出《いだ》し申すべきこと。

一、右の通り、火消役にて早鐘うち出し候節は、出火の通り相心得、登城の道筋その他相堅め候よう致すべきこと。
一、右に就いては、江戸場末まで早鐘行き届かざる場合もこれあるべく、万石以上の面々に於いては早半鐘《はやはんしょう》相鳴らし申すべきこと。
右のおもむき、御用番御老中よりも仰せられ候。取りあえず当地のありさま申し上げ候。以上。」

実に、一息に、かねて心に掛《かか》っていたことが半蔵の胸の中を通り過ぎた。これだけの消息も、木曾の山の中までは届かなかったものだ。すくなくも、半蔵が狭い見聞の世界へは、漠然とした噂としてしか入って来なかったものだ。あの彦根の早飛脚が一度江戸の噂を伝えてからの混雑、狼狽《ろうばい》そのものとも言うべき諸大名がおびただしい通行、それから引き続きこの街道に起って来た種々な変化の意味も、その時思い合わされた。

「寿平次さん、君はこの手紙をどう思いますね。」

「さあ、わたしもこれほどとは思わなかった。」

半蔵は寿平次と顔を見合せたが、激しい精神《こころ》の動揺は隠せなかった。

三

郷里を出立《しゅったつ》してから十一日目に三人は板橋の宿を望んだ。戸田川の舟渡しを越して行くと、木曾街道もその終点で尽きている。そこまで辿《たど》り着くと江戸も近かった。

十二日目の朝早く三人は板橋を離れた。江戸の中心地まで二里と聞いただけでも、三人が踏みしめて行く草鞋《わらじ》の先は軽かった。道中記の頼りになるのも板橋までで、巣鴨《すがも》の立場《たてば》から先は江戸の絵図にでもよる外はない。安政の大地震後一年目で、震災当時多く板橋に避難したという武家屋敷の人々も既に帰って行った頃であるが、仮小屋の屋根、傾いた軒、新たに修繕の加えられた壁なぞは行く先に見られる。三人は右を見、左を見して、本郷森川宿から神田明神の横手に添い、筋違見附《すじかいみつけ》へと取って、復興最中の町に入った。

「これが江戸か。」

半蔵らは八十余里の道を辿って来て、漸くその筋違の広場に、見附の門に近い高札場《こうさつば》の前に自分らを見つけた。広場の一角に配置されてある大名屋敷、向うの町の空に高い火見櫓《ひのみやぐら》までがその位置から望まれる。諸役人は騎馬で市中を往来すると見えて、鎗持《やりもち》の奴《やっこ》、その他の従者を従えた馬上の人が、その広場を横ぎりつつある。遽《にわ》かに講武所の創設されたとも聞く頃で、旗本、御家人《ごけにん》、陪臣《ばいしん》、浪人に至るまでも稽古の志望者を募るなその物々しい空気が満《み》ち溢《あふ》れていた。

半蔵らがめざして行った十一屋という宿屋は両国の方にある。小網町《こあみちょう》、馬喰町《ばくろちょう》、日本橋数寄屋町《すきやちょう》、諸国旅人の泊る定宿《じょうやど》もいろいろある中で、半蔵らは両国の宿屋を選ぶことにした。同郷の人が経営しているというだけでもその宿屋は心易《こころやす》く思われたからで。ちょうど、昌平橋《しょうへいばし》から両国までは船で行かれることを教えてくれる人もあって、三人とも柳の樹の続いた土手の下を船で行った。噂に聞く浅草橋まで行くと、筋違で見たような見附の門はそこにもあった。両国の宿屋は船の着いた河岸《かし》からごちゃごちゃとした広小路を通り抜けたところにあって、十一屋とした看板からして堅気風な家だ。まだ昼前のことで、大きな風呂敷包を背負《しょ》った男、帳面をぶらさげて行く小僧なぞが、その辺の町中を往《い》ったり来たりしていた。

「皆さんは木曾の方から。まあ、ようこそ。」

と言って迎えてくれる若いかみさんの声を聞きながら、半蔵も寿平次も草鞋の紐を解いた。そこへ荷を卸《おろ》した佐吉の側で、二人とも長い道中の後の棒のようになった足を洗った。

「漸く、漸く。」

二階の部屋へ案内された後で、半蔵は寿平次と顔を見合せて言ったが、まだ二人とも脚絆《きゃはん》をつけたままだった。

「ここまで来ると、さすがに陽気は違いますなあ。宿屋の女中なぞはまだ袷《あわせ》を着ていますね。」

と寿平次も言って、その足で部屋の内《なか》を歩き廻った。

半蔵が江戸へ出た頃は、木曾の青年でこの都会に学んでいるという人の噂も聞かなかった。ただ一人、木曾福島の武居拙蔵、その人は漢学者としての古賀侗庵《どうあん》に就き、塩谷宕陰《しおのやとういん》、松崎慊堂《こうどう》にも知られ、安井息軒《そっけん》とも交りがあって、しばらく御茶の水の昌平黌《しょうへいこう》に学んだが、親は老い家は貧しくて、数年前に郷里の方へ帰って行ったという噂だけが残っていた。

半蔵もまだ若かった。青年として生くべき道を求めていた彼には、そうした方面の人の噂にも心をひかれた。それにも勝《ま》して彼の注意をひいたのは、幕府で設けた蕃書調所《ばんしょしらべしょ》なぞの既に開かれていると聞くことだった。箕作阮甫《みつくりげんぽ》、杉田成卿《せいけい》なぞの蘭学者を中心に、諸人所蔵の蕃書の翻訳がそこで始まっていた。

この江戸へ出て来て見ると、日に日に外国の勢力の延びて来ていることは半蔵なぞの想像以上である。その年の八月には三隻の英艦までが長崎に入ったことの報知《しらせ》も伝わっている。品川沖には御台場《おだいば》が築かれて、多くの人の心に海防の念を喚《よ》び起したとも聞く。外国御用掛《ごようがかり》の交代に、江戸城を中心にした交易大評定《こうえきだいひょうじょう》の噂に、震災後めぐって来た一周年を迎えた江戸の市民は毎日のように何かの出来事を待ち受けるかのようでもある。両国へ着いた翌日、半蔵は寿平次と二人で十一屋の二階にいて、遠く町の空に響いて来る大砲調練の音なぞを聴きながら、旅に疲れたからだを休めていた。佐吉も階下《した》で別の部屋に休んでいた。同郷と聞いてはなつかしいと言って、半蔵たちのところへ話し込みに来る宿屋の隠居もある。その話好きな隠居は、木曾の山の中を出て江戸に運命を開拓するまでの自分の苦心なぞを語った末に、

「あなた方に江戸の話を聞かせろと仰《おっしゃ》られても、わたしも困る。」

と断って、何と言っても忘れがたいのは嘉永六年の六月に十二代将軍の薨去《こうきょ》を伝えた頃だと言い出した。

受売りにしても隠居の話は精《くわ》しかった。ちょうど亜米利加《アメリカ》のペリイが初めて浦賀に渡来した翌日あたりは、将軍は病の床にあった。強い暑さに中《あた》って、多勢の医者が手を尽

しても、将軍の疲労は日に日に増すばかりであった。将軍自身にも最早《もはや》起てないことを知りながら、押して老中を呼んで、今回の大事は開闢《かいびやく》以来の珍事である、自分も深く心を痛めているが、不幸にして大病に冒され、如何《いかん》ともすることが出来ないと語ったという。就いては、水戸の隠居(烈公)は年来海外のことに苦心して、定めし好い了簡《りようけん》もあろうから、自分の死後外国処置の件は隠居に相談するようにと言いおいたという。亜米利加《アメリカ》の軍艦が内海に乗り入れたのは、その夜のことであった。宿直のものから、ただ今《いま》伊勢(老中阿部)登城、ただ今備後《びんご》(老中牧野)登城と上申するのを聞いて、将軍は直《す》ぐにこれへ呼べと言い、「肩衣《かたぎぬ》、肩衣」と求めた。その時将軍は既に疲れ切っていた。極度に困《くる》しんで、精神も次第に恍惚《こうこつ》となるほどだった。それでも人に扶《たす》けられて、いつものように正しく坐り直し、肩衣を着けた。それから老中を呼んで、二人の言うことを聞こうとしたが、亜米利加《アメリカ》の軍艦がまたにわかに外海へ出たという再度の報知《しらせ》を得たので、二人の老中も拝謁《はいえつ》を請うには及ばないで引き退いた。翌日、将軍は休息の部屋で薨《こう》じた。

十一屋の隠居はこの話を日頃出入りする幕府奥詰の医者で喜多村瑞見《ずいけん》という人から聞いたと半蔵らに言い添えて見せた。更に言葉を継いで、

「わたしはあの公方様《くぼうさま》の話を思い出すと、涙が出て来ます。何にしろ、あなた、初め

て異国の船が内海に乗り入れた時の江戸の騒ぎはありませんや。諸大名は火事具足《かじぐそく》で登城するか、持場持場を堅めるかというんでしょう。火の用心の御触れは出る。鉄砲や具足《ぐそく》の値は平常《ふだん》の倍になる。海岸の方に住んでるものは、みんな荷物を背負《しょ》って逃げましたからね。わたしもこんな宿屋商売をして見ていますが、世の中はあれから変りましたよ。」

半蔵も、寿平次も、この隠居の出て行った後で、ともかくも江戸の空気の濃い町中に互いの旅の身を置き得たことを感じた。木曾の山の中にいて想像したと、出て来て見たとでは、実に大した相違であることをも感じた。

「半蔵さん、今日は国へ手紙でも書こう。」

「わたしも一つ、馬籠へ出すか。」

「半蔵さん、君はそれじゃ佐吉を連れて、明日《あす》平田先生を訪ねるとしたまえ。」

取りあえずそんな相談をして、その日一日は二人とも休息することにした。旅に限りがあって、そう長い江戸の逗留《とうりゅう》は予定の日取りが許さなかった。まだこれから先に日光行、横須賀行も二人を待っていた。

寿平次は手を鳴らして宿のかみさんを呼んだ。もうすこし早く三人が出て来ると、夷講《えびすこう》に間に合って、大伝馬町《おおてんまちょう》の方に立つべったら市の賑《にぎわ》いも見られたとかみさんはいう。芝居は、と尋ねると、市村、中村、森田三座とも狂言名題《なだい》の看板が出たばかりの頃で、茶屋のかざり物、燈籠《とうろう》、提灯《ちょうちん》、つみ物なぞは、あるいは見られても、狂言の見物には月の替るまで待てという。当時売出しの作者の新作で、世話に砕けた小団次の出し物が見られようかともいう。

「朔日《ついたち》の顔見世は明けの七《なな》つ時《どき》でございますよ。太夫の三番叟《さんばそう》でも御覧になるんでしたら、暗いうちからお起きにならないと、間に合いません。」

「江戸の芝居見物も一日がかりですね。」

こんな話の出るのも、旅らしかった。

夕飯後、半蔵はかねて郷里を出る時に用意して来た一通の書面を旅の荷物の中から取り出した。

「どれ、一つ寿平次さんに見せますか。これが明日《あす》持って行く誓詞です。」

と言って寿平次の前に置いた。

誓　詞

「この度《たび》、御門入り願い奉り候《そうろう》ところ、御許容なし下され、御門人の列に召し加えられ、本懐の至りに存じ奉《たてまつ》り候。然《しか》る上は、専《もは》ら皇国の道を尊信致し、最も敬神の儀怠慢致すまじく、生涯師弟の儀忘却仕《つかまつ》るまじき事。

公の御制法に相背《あいそむ》き候儀は申すに及ばず。すべて古学を申し立て、世間に異様の行いを致し、人の見聞を驚かし候ようの儀これあるまじく、殊更《ことさら》師伝と偽《いつわ》り奇怪の説など申し立て候儀、一切仕るまじき事。

御流儀に於いては、秘伝口授など申す儀、かつてこれなき段、堅く相守り、左様《さよう》の事申し立て候儀これあるまじく、すべて鄙劣《ひれつ》の振舞《ふるまい》を致し古学の名を穢《けが》し申すまじき事。

学の兄弟相替らず随分睦《むつ》まじく相交《あいまじわ》り、互いに古学興隆の志を相励み申すべく、我執《がしゅう》を立て争論など致し候儀これあるまじき事。

右の条々、謹《つつし》んで相守り申すべく候。若《も》し違乱に及び候わば、八百万《やおよろず》の天津神《あまつかみ》、国《くに》津神《つかみ》、明らかに知ろしめす可《べ》きところ也《なり》。仍《よっ》て、誓詞如件《くだんのごとし》。」

安政三年十月　　信州、木曾、馬籠村

平田鉄胤《かねたね》大人　　青山半蔵

御《おん》許《もと》

「これはなかなかやかましいものだ。」

「まだその外に、名簿を出すことになっています。行年《こうねん》何歳、父は誰、職業は何、誰の紹介ということまで書いてあるんです。」

その時、半蔵は翌朝の天気を気づかい顔に戸の方へ立って行った。隅田川に近い水辺の夜の空がその戸に見えた。

「半蔵さん。」と寿平次はまた側へ来て坐り直した相手の顔を眺めながら、「君の誓詞には古学ということがしきりに出て来ますね。一体、国学をやる人はそんなに古代の方に目標を置いてかかるんですか。」

「そりゃ、そうさ。君。」

「過去はそんなに意味がありますかね。」

「君のいう過去は死んだ過去でしょう。ところが、篤胤先生なぞの考えた過去は生きてる過去です。明日は、明日はッて、みんな明日を待ってるけれど、そんな明日は何時《いつ》まで待っても来やしません。今日は、君、瞬《また》く間に通り過ぎて行く。過去こそ真《まこと》じゃありませんか。」

「君のいうことは分ります。」

「しかし、国学者だって、そう一概に過去を目標に置こうとはしていません。中世以来は濁って来ていると考えるんです。」

「待ってくれたまえ。わたしはそう精《くわ》しいことも知りませんがね、平田派の学問は偏《かた》より過ぎるような気がして仕方がない。こんな時世になって来て、そういう古学はどんなものでしょうかね。」

「そこですよ。外国の刺戟を受ければ受けるほど、わたしたちは古代の方を振り返って見るようになりました。そりゃ、わたしばかりじゃありません、中津川の景蔵さんや香蔵さんだっても、そうです。」

どうやら定めない空模様だった。さびしくはあるが、そう寒くない時雨《しぐれ》の来る音も戸の外にした。

江戸は、初めて来て見る半蔵らに取って、どれほどの広さに伸びている都会とも、ちょっと見当のつけられなかったような大きなところである。そこに住む老若男女の数はかつて正確に計算せられたことがないと言うものもあるし、およそ二百万の人口はあろうと言うものもある。半蔵が連れと一緒に、この都会に足を踏み入れたのは武家屋敷の多い方面で、その辺は割合に人口も稀薄なところであった。両国まで来て初めて町の深さに入って見た。それも僅かに江戸の東北にあたる一つの小さな区域というにとどまる。

数日の滞在の後には、半蔵も佐吉を供に連れて山下町の方に平田家を訪問し、持参した誓詞の外に、酒魚料、扇子壱箱を差し出したところ、先方でも快く祝い納めてくれた。平田家では、彼の名を誓詞帳(平田門人の台帳)に書き入れ、先師歿後の門人となったと心得よと言って、束脩《そくしゅう》も篤胤大人《あつたねうし》の霊前に供えた。彼は日頃敬慕する鉄胤から、以来懇意にするように、学事にも出精するようにと言われて帰って来たが、その間に寿平次は猿若町《さるわかちょう》の芝居見物などに出掛けて行った。その頃になると、二人はあちこちと見て廻った町々の知識から、八百八町《はっぴゃくやちょう》からなるというこの大きな都会の拡がりをいくらか窺《うかが》い知ることが出来た。町中にある七つの橋を左右に見渡すことの出来る一石橋《いちこくばし》の上に立って見た時。国への江戸土産《みやげ》に、元結《もとゆい》、油、楊枝《ようじ》の類《たぐい》を求めるなら、親父橋《おやじばし》まで行けと十一屋の隠居に教えられて、あの橋の畔《たもと》から鎧《よろい》の渡《わた》しの方を望んで見た時。眼に入るかぎり無数の町家がたて込んでいて、高い火見櫓《ひのみやぐら》、並んだ軒、深い暖簾《のれん》から、到るところの河《か》岸《し》に連なり続く土蔵の壁まで——そこから纏《まと》まって来る色彩の黒と白との調和も江戸らしかった。

しかし、世は封建時代だ。江戸大城の関門とも言うべき十五、六の見附をめぐりにめぐる内濠《うちぼり》はこの都会にある橋々の下へ流れ続いて来ている。その外廓《そとがわ》には更に十ケ所の関門を設けた外濠《そとぼり》がめぐらしてある。何程《どれほど》の家族を養い、何程《どれほど》の土地の面積を占め、何程《どれほど》の庭園と樹木とを有《も》つかと思われるような、諸国大小の大名屋敷が要所要所に配置されてある。どこに親藩の屋敷を置き、どこに外様大名《とざまだいみょう》の屋敷を置くかというような意匠の用心深さは、日本国の縮図を見る趣《おもむき》もある。言って見れば、ここは大きな関所だ。町の角には必ず木戸があり、木戸の側には番人の小屋がある。あの木曾街道の関所の方では、そこにいる役人が一切の通行者を監視するばかりでなく、役人同志が互いに監視し合っていた。どうかすると、奉行その人ですら下役から監視されることをまぬかれなかった。それを押しひろげたような広大な天地が江戸だ。

半蔵らが予定の日取もいつの間にか尽きた。いよいよ江戸を去る前の日が来た。半蔵としては、この都会で求めて行きたい書籍の十が一をも手に入れず、思うように同門の人も訪ねず、賀茂《かも》の大人《うし》が旧居の跡も見《み》ず仕舞《じまい》であっても、ともかくも平田家を訪問して、こころよく入門の許を得、鉄胤《かねたね》はじめその子息《むすこ》さんの延胤《のぶたね》とも交りを結ぶ端緒《いとぐち》を得たというだけにも満足して、十一屋の二階でいろいろと荷物を片付けにかかった。

半蔵が部屋の廊下に出て見た頃は夕方に近い。

「半蔵さん、きょうは独りで町へ買物に出て、それは好い娘を見て来ましたぜ。」

と言って寿平次は国への江戸土産にするものなぞを手に提《さ》げながら帰って来た。

「君にはかなわない。直《す》ぐにそういうところへ眼がつくんだから。」

半蔵はそれを言いかけて、思わず顔を染めた。二人は宿屋の二階の欄《てすり》に身を倚《よ》せて、眼につく風俗なぞを話し合いながら、しばらくそこに旅らしい時を送った。髪を結綿《ゆいわた》というものにして、紅《あか》い鹿《か》の子《こ》の帯なぞをしめた若いさかりの娘の洗練された風俗も、こうした都会でなければ見られないものだ。国の方で素枯《すが》れた葱《ねぎ》なぞを吹いている年頃の女が、ここでは酸漿《ほおずき》を鳴らしている。渋い柿色の「けいし」を小脇にかかえながら、唄の稽古にでも通うらしい小娘のあどけなさ。黒繻子《くろじゅす》の襟のかかった着物を着て水茶屋の暖簾《のれん》のかげに物思わしげな女のなまめかしさ。極度に爛熟《らんじゅく》した江戸趣味は、最早《もはや》行くところまで行き尽したかとも思わせる。

やがて半蔵は佐吉を呼んだ。翌朝出掛けられるばかりに旅の荷物を纏《まと》めさせた。町へは鰯《いわし》を売りに来た、蟹《かに》を売りに来たと言って、物売りの声がする度に聴耳《ききみみ》を立てるのも佐吉だ。佐吉は、山下町の方の平田家まで供をした折のことを言い出して、主人と二人で帰りの昼支度にある小料理屋へ立ち寄ろうとしたことを寿平次に話した末に、そこの下足番の客を呼ぶ声が高い調子であるには驚かされたと笑った。

「へい、いらっしゃい。」

と佐吉は木訥《ぼくとつ》な調子で、その口調を真似《まね》て見せた。

「あのへい、いらっしゃいには、俺も弱った。そこへ立ちすくんでしまったに。」

とまた佐吉は笑った。

「佐吉、江戸にもお別れだ。今夜は一緒に飯でもやれ。」

と半蔵は言って、三人して宿屋の台所に集まった。夕飯の膳が出た。佐吉がそこへかしこまったところは、馬籠の本陣の囲炉裏《いろり》ばたで、どんどん焚火《たきび》をしながら主従一同食事する時と少しも変らない。十一屋では膳部も質素なものであるが、江戸にもお別れだという客の好みとあって、その晩にかぎり刺身もついた。木曾の山の中のことにして見たら、深い森林に住む野鳥を捕え、熊、鹿、猪などの野獣の肉を食い、谷間の土に巣をかける地蜂《じばち》の子を賞美し、肴《さかな》と言えば塩辛いさんまか、鰯《いわし》か、一年に一度の塩鰤《しおぶり》が膳につくのは年取りの祝いの時ぐらいに極《きま》ったものである。それに比べると、ここにある鮪《まぐろ》の刺身の新鮮な紅《あか》さはどうだ。その皿に刺身のツマとして添えてあるのも、繊細を極めたものばかりだ。細い緑色の海髪《うご》。小さな茎のままの紫蘇《しそ》の実。黄菊。一つまみの大根おろしの上に青く置いたような山葵《わさび》。

「こう三人揃《そろ》ったところは、どうしても山の中から出て来た野蛮人ですね。」

赤い襟を見せた給仕の女中を前に置いて、寿平次はそんなことを言い出した。

「こんな話があるで。」と佐吉も膝をかき合せて、「木曾福島の山村様が江戸へ出る度《たび》に、山猿、山猿と人にからかわれるのが、くやしくて仕方がない。ある日、口の悪い人たちを屋敷に招《よ》んだと思わっせれ。そこが、お前さま、福島の山村様だ。これが木曾名物の焼栗だと言って、生《なま》の栗を火鉢の灰の中にくべて、ぽんぽんはねるやつをわざと鏃《やじり》で掻き廻したげな。」

「野性を発揮したか。」

と寿平次が噴き出すと、半蔵はそれを打ち消すように、

「しかし、寿平次さん、こう江戸のように開け過ぎてしまったら、動きが取れますまい。わたしたちは山猿でいい。」

と言って見せた。

食後にも三人は、互いの旅の思いを比べ合った。江戸の水茶屋には感心した、と言うのは寿平次であった。思いがけない屋敷町の方で読書の声を聞いて来た、と言うのは半蔵であった。

その晩、半蔵は寿平次と二人枕を並べて床に就いたが、夜番の拍子木の音なぞが耳について、よく眠らなかった。枕もとにあるしょんぼりとした行燈《あんどん》のかげで、敷いて寝た道中用の脇差を探って見て、また安心して蒲団《ふとん》をかぶりながら、平田家を訪ねた日のことなぞを考えた。あの鉄胤から古学の興隆に励めと言われて来たことを考えた。世は濁り、江戸は行き詰り、一切のものが実に雑然紛然として互いに叫びを挙げている中で、

どうして国学者の夢などをこの地上に実現し得られようと考えた。

「自分のような愚かなものが、どうして生きよう。」

そこまで考えつづけた。

翌朝は、なるべく早く出立しようということになった。時が来て、半蔵は例の青い合《かっ》羽《ば》、寿平次は柿色の合羽に身をつつんで、すっかり支度が出来た。佐吉は既に草鞋《わらじ》の紐《ひも》を結んだ。三人とも出掛けられるばかりになった。

十一屋の隠居はそこへ飛んで出て来て、

「オヤ、これはどうも、お粗末さまでございました。どうかまた、お近いうちに。」

と手を揉みながら言う。江戸生れで、まだ木曾を知らないというかみさんまでが、隠居の側にいて、

「ほんとに、木曾の方はおなつかしい。」

と別れ際に言い添えた。

十一屋のあるところから両国橋まではほんの一歩《ひとあし》だ。江戸の名残《なご》りに、隅田川を見て行こう、と半蔵が言い出して、やがて三人で河岸の物揚場の近くへ出た。早い朝のことで、大江戸はまだ眠りから覚めきらないかのようである。ちょうど、渦巻き流れて来る隅田川の水に乗って、川上の方角から橋の下へ降って来る川船があった。あたりに舫《もや》っ

ている大小の船がまだ半分夢を見ている中で、先ず水の上へ活気をそそぎ入れるものは、その船頭たちの掛声だ。十一屋の隠居の話で、半蔵らはそれが埼玉川越の方から伊勢町河岸へと急ぐ便船であることを知った。

「日の出だ。」

言い合わせたようなその声が起った。三人は互いに雀躍《こおどり》して、本所《ほんじょ》方面の初冬らしい空に登る太陽を迎えた。紅《あか》くはあるが、そうまぶしく輝《かがや》かない。木曾の奥山に住み慣れた人たちは、谷間からだんだん空の明るくなることは知っていても、こんな日の出は知らないのだ。間もなく三人は千住《せんじゅ》の方面をさして、静かにその橋のたもとからも離れて行った。

四

千住から日光への往復九十里、横須賀への往復に三十四里、それに江戸と木曾との間の往復の里程を加えると、半蔵らの踏む道はおよそ二百九十里からの旅である。

日光への寄り道を済まして、もう一度三人が千住まで引き返して来た頃は、旅の空で旧暦十一月の十日過ぎを迎えた。その時は、千住から直《す》ぐに高輪《たかなわ》へと取り、札《ふだ》の辻《つじ》の大木戸、番所を経て、東海道へと続く袖《そで》が浦《うら》の岸へ出た。噂に聞く御台場《おだいば》、五つの堡塁《ほるい》からなるその建造物は既に工事を終って、沖合の方に遠く近く姿をあらわしていた。大森の海岸まで行って、半蔵はハッとした。初めて眼に映る蒸汽船——徳川幕府が阿蘭陀《オランダ》政府から購い入れたという外輪型《がいりんがた》の観光丸がその海岸から望まれた。

到頭《とうとう》、半蔵らの旅は深い藍色《あいいろ》の海の見えるところまで行った。神奈川から金沢へと進んで、横須賀行の船の出る港まで行った。客や荷物を待つ船頭が波打ち際で船の支度をしているところまで行った。

「何だか遠く来たような気がする。郷里《くに》の方でも、みんなどうしていましょう。」

「さあ、ねえ。」

「わたしたちが帰って行く時分には、もう雪が村まで来ていましょう。」

「なんだぞなし。きっと、今朝はサヨリ飯でもたいて、こっちの噂でもしているぞなし。」

三人はこんなことを語り合いながら、金沢の港から出る船に移った。海は動いて行く船の底で躍った。最早《もはや》、半蔵らはこれから尋ねて行こうとする横須賀在、公郷村《くごうむら》の話で持ち切った。五百年からの歴史のある古い山上《やまがみ》の家族がそこに住むかと語り合った。三浦一族の子孫にあたるという青山家の遠祖が、あの山上の家から分れて、どの海を渡り、どの街道を通って、遠く木曾谷の西のはずれまで入って行ったものだろうと語り合った。

当時の横須賀はまだ漁村である。船から陸を見て行くことも生れて初めてのような半蔵らには、その辺を他の海岸に比べて言うことも出来なかったが、大島小島の多い三浦半島の海岸に沿うて旅を続けていることを想って見ることは出来た。ある岬のかげまで行った。海岸の方へ伸びて来ている山の懐《ふところ》に抱かれたような位置に、横須賀の港が隠れていた。

公郷村とは、船の着いた漁師町から物の半道と隔っていなかった。半蔵らは横須賀まで行って、山上の噂を耳にした。公郷村に古い屋敷と言えば、土地の漁師にまでよく知られていた。三人がはるばる尋ねて行ったところは、木曾の山の中で想像したとは大違いなところだ。長閑《のどか》なことも想像以上だ。ほのかな鶏の声が聞えて、漁師たちの住む家々の屋根からは静かに立ち昇る煙を見るような仙郷だ。

妻籠本陣青山寿平次殿へ、短刀一本。ただし、古刀。銘なし。馬籠本陣青山半蔵殿へ、蓬萊《ほうらい》の図《ず》掛物一軸。ただし、光琳《こうりん》筆。山上家の当主、七郎左衛門は公郷村の住居《すまい》の方にいて、こんな記念の二品までも用意しながら、二人の珍客を今か今かと待ち受けていた。

「もうお客さまも見えそうなものだぞ。誰かそこいらまで見に行って来い。」

と家に使っている男衆に声を掛けた。

半蔵らが百里の道も遠しとしないで尋ねて来るという報知《しらせ》は七郎左衛門をじっとさせておかなかった。彼は古い大きな住宅の持主で、二十畳からある広間を奥の方へ通り抜け、人一人隠れられるほどの太い大極柱《だいこくばしら》の側《わき》を廻って、十五畳、十畳と二部屋続いた奥座敷の内《なか》をあちこちと静かに歩いた。そこは彼が客をもてなすために用意して待っていたところだ。心を籠《こ》めた記念の二品は三宝に載せて床の間に置いてある。先祖伝来の軸物などは客待ち顔に壁の上に掛っている。

七郎左衛門の家には、三浦氏から山上氏、山上氏から青山氏と分れて行った精《くわ》しい系図をはじめ、祖先らの遺物と伝えらるる古い直垂《ひたたれ》から、武具、書画、陶器の類《たぐい》まで、何百年となく保存されて来たものはかなり多い。彼が客に見せたいと思う古文書なぞは、取り出したら際限《きり》のないほど長櫃《ながびつ》の底に埋《うず》まっている。あれもこれもと思う心で、彼は奥座敷から古い庭の見える方へ行った。松林の多い裏山つづきに樹木をあしらった昔の人の意匠がそこにある。硬質な岩の間に躑躅《つつじ》、楓《かえで》なぞを配置した苔蒸《こけむ》した築山《つきやま》がそこにある。どっしりとした古風な石燈籠が一つ置いてあって、その辺には円く厚ぼったい

「つわぶき」なぞも集めてある。遠い祖先の昔はまだそんなところに残って、子孫の眼の前に息づいているかのようでもある。

「まあ、客が来たら、この庭でも見て行ってもらおう。これは自分が子供の時分から眺めて来た庭だ。あの時分から殆んど変らない庭だ。」

こんなことを思いながら待ち受けている処へ、半蔵と寿平次の二人が佐吉を供に連れて着いた。その時、七郎左衛門は家のものを呼んで袴を持って来させ、その上に短い羽織を着て、古い鎗《やり》なぞの正面の壁の上に掛っている玄関まで出て迎えた。

「これは。これは。」

七郎左衛門は驚きに近いほどの悦びの籠った調子で言った。

「これ、お供の衆。まあ草鞋《わらじ》でも脱いで、上って下さい。」

と彼の家内までそこへ出て言葉を添える。案内顔な主人の後について、寿平次は改まった顔付、半蔵も眉をあげながら奥の方へ通った後で、佐吉は二人の脱いだ草鞋の紐など結び合せた。

やがて、奥座敷では主人と寿平次との一別以来の挨拶、半蔵との初対面の挨拶なぞがあった。主人の引き合せで、幾人の家の人が半蔵らのところへ挨拶に来るとも知れなかった。これは悴《せがれ》、これはその弟、これは嫁、と主人の引合せが済んだ後には、まだ幼い子供たちが眼を円くしながら、かわるがわるそこへ御辞儀をしに出て来た。

「青山さん、わたしどもには三夫婦も揃っていますよ。」

この七郎左衛門の言葉が先ず半蔵らを驚かした。

古式を重んずる歓待《もてなし》のありさまが、間もなくそこに展《ひら》けた。土器《かわらけ》なぞを三宝の上に載せ、挨拶かたがた入って来る髪の白いおばあさんの後からは、十六、七ばかりの孫娘が瓶子《へいじ》を運んで来た。

「おお、おお、好い子息《むすこ》さん方だ。」

とおばあさんは半蔵の前にも、寿平次の前にも挨拶に来た。

「取りあえず一つお受け下さい。」

とまたおばあさんは言いながら、三つ組の土器《かわらけ》を白木の三宝のまま丁寧に客の前に置いて、それから冷酒《れいしゅ》を勧めた。

「改めて親類のお盃とやりますかな。」

そういう七郎左衛門の愉快げな声を聞きながら、先ず年若な寿平次が土器を受けた。続いて半蔵も冷酒を飲み乾《ほ》した。

「でも、不思議な御縁じゃありませんか。」と七郎左衛門はおばあさんの方を見て言った。「わたしが妻籠の青山さんのお宅へ一晩泊めて頂いた時に、同じ定紋《じょうもん》から昔が分りましたよ。ええ、丸《まる》に三《み》つ引《びき》と、窠《か》に木瓜《もっこう》とでさ。さもなかったら、わたしは知らずに通り過ぎてしまうところでしたし、わざわざ御二人で訪ねて来て下さるなんて、こんなめずらしいことも起って来やしません。こうしてお盃を取りかわすなんて、何だか夢のような気もします。」

「そりゃ、お前さん、御先祖さまが引き合せて下すったのさ。」

おばあさんは、おばあさんらしいことを言った。

相州三浦の公郷村まで動いたことは、半蔵に取って黒船上陸の地点に近いところまで動いて見たことであった。

その時になると、半蔵は浦賀に近いこの公郷村の旧家に身を置いて、あの追分の名主《なぬし》文太夫から見せてもらって来た手紙も、両国十一屋の隠居から聞いた話も、すべてそれを胸に纏《まと》めて見ることが出来た。江戸から踏んで来た松並樹の続いた砂の多い街道は、三年前丑年《うしどし》の六月に亜米利加《アメリカ》のペリイが初めての着船を伝えた頃、早飛脚の織るように往来したところだ。当時木曾路を通過した尾張藩の家中、続いて彦根の家中などがおびただしい同勢で山の上を急いだのも、この海岸一帯の持場持場を堅めるため、あるいは浦賀の現場へ駆けつけるためであったのだ。

そういう半蔵はここまで旅を一緒にして来た寿平次にたんと御礼を言ってもよかった。もし寿平次の誘ってくれることがなかったら、容易にはこんな機会は得られなかったかも知れない。供の佐吉にも感謝していい。雨の日も風の日も長い道中を一緒にして、影の形に添うように何くれと主人の身をいたわりながら、ここまでやって来たのも佐吉だ。お蔭と半蔵は平田入門のこころざしを果し、江戸の様子をも探り、日光の地方をも見、いくらかでもこれまでの旅に開けて来た耳でもって、七郎左衛門のような人の話を聴くことも出来た。

半蔵の前にいる七郎左衛門は、事あるごとに浦賀の番所へ詰めるという人である。この内海へ乗り入れる一切の船舶は一応七郎左衛門のところへ断りに来るというほど土地の名望を集めている人である。

古風な盃の交換も済んだ頃、七郎左衛門の家内の茶菓などをそこへ運んで来て言った。

「あなた、茶室の方へでも御案内したら。」

「そうさなあ。」

「あちらの方が落ち着いて好くはありませんか。」

「いろいろお話を伺いたいこともある。とにかく、吾家《うち》にある古い系図をここでお目に掛けよう。それから茶室の方へ御案内するとしよう。」

そう七郎左衛門は答えて、一丈も二丈もあるような巻物を奥座敷の小襖《こぶすま》から取り出して来た。その長巻の軸を半蔵や寿平次の前にひろげて見せた。

この山上の家がまだ三浦の姓を名乗っていた時代の遠い先祖のことがそこに出て来た。三浦の祖で鎮守府将軍であった三浦忠通《ただみち》という人の名が出て来た。衣笠城《きぬがさじょう》を築き、この三浦半島を領していた三浦平太夫という人の名も出て来た。治承《じしょう》四年の八月に、八十九歳で衣笠城に自害した三浦大介義明《おおすけよしあき》という人の名も出て来た。宝治《ほうじ》元年の六月、前将軍頼経《よりつね》を立てようとして事覚《あらわ》れ、討手のために敗られて、一族共に法華堂で自害した三浦若狭守泰村《わかさのかみやすむら》という人の名なぞも出て来た。

「ホ。半蔵さん、御覧なさい。ここに三浦兵衛尉《ひょうえのじょう》義勝とありますよ。この人は従五位下だ。元弘《げんこう》二年新田義貞を輔《たす》けて、鎌倉を攻め、北条高時の一族を滅《ほろぼ》す、先世の讐《あだ》を復《かえ》すというべしとしてありますよ。」

「みんな戦場を駆け廻った人たちなんですね。」

寿平次も半蔵も互いに好奇心に燃えて、その精《くわ》しい系図に見入った。

「つまり三浦の家は一度北条早雲に滅されて、それからまた再興したんですね。」と七郎左衛門は言った。「五千町の田地を貰って、山上と姓を改めたともありますね。昔はこの辺を公郷《くごう》の浦とも、大田津とも言ったそうです。この半島には油壺《あぶらつぼ》というところがありますが、三浦道寸父子の墓石なぞもあそこに残っていますよ。」

やがて半蔵らはこの七郎左衛門の案内で、茶室の方へ通う庭の小径《こみち》のところへ出た。裏山つづきの稲荷《いなり》の祠《ほこら》などが横手に見える庭石の間を登って、築山《つきやま》をめぐる位置まで出た頃に、寿平次は半蔵を顧みて言った。

「驚きましたねえ。この山上の二代目の先祖は楠家から養子に来ていますよ。毎年正月には楠公の肖像を床の間に掛けて、鏡餅《かがみもち》や神酒《みき》を供えるというじゃありませんか。」

「わたしたちの家が古いと思ったら、ここの家はもっと古い。」

松林の間に海の見える裏山の茶室に席を移してから、七郎左衛門は浦賀の番所通いの話などを半蔵らの前で始めた。二千人の水兵を載《の》せた亜米利加《アメリカ》の艦隊が初めて浦賀に入港した当時のことがそれからそれと引き出された。

七郎左衛門の話は精しい。彼は水師提督ペリイの坐乗した三本マストの旗艦ミスシッピイ号をも目撃した人である。浦賀の奉行がそれと知った時は、直ぐに要所要所を堅め、ここは異国の人と応接すべき場所でない、亜米利加《アメリカ》大統領の書翰《しよかん》を呈したいとあるなら長崎の方へ行けと諭《さと》した。けれども、亜米利加《アメリカ》が日本の開国を促《うなが》そうとしたは決して一朝一夕のことではないらしい。先方は断然たる決心をもって迫って来た。もし浦賀で国書を受取ることが出来ないなら、江戸へ行こう。それでも要領を得ないなら、艦隊は自由行動を執ろう。この脅迫の影響は実に大きかった。のみならずペリイは測量艇隊を放って浦賀附近の港内を測量し、更に内海に向わしめ、軍艦がそれを掩護《えんご》して観音崎から走水《はしりみず》の附近にまで達した。浦賀奉行とペリイとの久里が浜での会見がそれから開始された。海岸に幕を張り、弓矢、鉄砲を用意し、五千人からの護衛の武士が出て万一の場合に具えた。なにしろ先方は二千人からの水兵が上陸して、列をつくって進退する。軍艦から打ち出す大筒《おおづつ》の礼砲は近海から遠い山々までも轟《とどろ》き渡る。かねての約束の通り、奉行は一言をも発しないで国書だけを受取って、ともかくも会見の式を終った。その間約半時《はんとき》ばかり。ペリイは大いに軍容を示して、日本人の高い鼻をへし折ろうとでも考えたものか、脅迫がましい態度がそれからも続きに続いた。全艦隊は小柴沖から羽田沖まで進み、はるかに江戸の市街を望み見るところまでも乗り入れて、それから退帆《たいはん》の折に、万一国書を受けつけないなら非常手段に訴えるという言葉を残した。そればかりではない。日本であくまで開国を肯《がえん》じないなら、武力に訴えてもその態度を改めさせなければならぬ、日本人はよろしく国法によって防戦するがいい、米国は必ず勝って見せる、就いては二本の白旗を贈る、戦に敗《ま》けて講和を求める時にそれを掲げて来るなら、その時は砲撃を中止するであろうとの言葉を残した。

「わたしは亜米利加《アメリカ》の船を見ました。一度目にやって来た時は九艘も見ました。左様《さよう》、二度目の時なぞは三ケ月もあの沖合に掛っていましたよ。そりゃ、あなた、日本の国情がどうあろうと、こっちの言分《いいぶん》が通るまでは動かないという風に――槓杆《てこ》でも動かない巌のような権幕《けんまく》で。」

これらの七郎左衛門の話は、半蔵にも、寿平次にも、容易ならぬ時代に際会したことを悟らせた。当時の青年として、この不安はまた当然覚悟すべきものであることを思わせた。同時に、この仙郷のような三浦半島の漁村へも、そうした世界の新しい暗い潮が遠慮なく打ち寄せて来ていることを思わせた。

「時に、お話はお話だ。わたしの茶も怪しいものですが、折角《せっかく》お出下《いで》すったのですから、一服立てて進ぜたい。」

そう言いながら、七郎左衛門はその茶室にある炉《ろ》の前に坐り直した。そこにある低い天井も、簡素な壁も、静かな窓も、海の方から聞えて来る濤《なみ》の音も、すべてはこの山上の主人がたましいを落ち着けるためにあるかのように見える。

「なにしろ青山さんたちは、お二人ともまだ若いのが羨《うらや》ましい。これからの時世はあなた方を待っていますよ。」

七郎左衛門は手にした袱紗《ふくさ》で夏目の蓋《ふた》を掃《は》き浄《きよ》めながら言った。匂いこぼれるような青い挽茶《ひきちゃ》の粉は茶碗に移された。湯と水とに対する親しみの力、貴賤貧富の外にある空《むな》しさ、渋さと甘さと濃さと淡さとを一つの茶碗に盛り入れて、泡も汁も一緒に溶け合ったような高い茶の香気を嗅《か》いで見た時は、半蔵も寿平次もしばらくそこに旅の身を忘れていた。

母屋《もや》の方からは風呂の沸いたことを知らせに来る男があった。七郎左衛門は起ちがけに、その男と寿平次とを見比べながら、

「妻籠の青山さんはもうお忘れになったかも知れない。」

「へい、手前は主人のお供をいたしまして、木曾のお宅へ一晩泊《と》めて頂いたものでございますよ。」

その男は手をもみもみ言った。

夕日は松林の間に満ちて来た。海も光った。いずれこの夕焼では翌朝も晴だろう、一同海岸に出て遊ぼう、網でも引かせよう、ゆっくり三浦に足を休めて行ってくれ、そんなことを言って客をもてなそうとする七郎左衛門が言葉のはしにも古里の人の心が籠《こも》っていた。まったく、木曾の山村を開拓した青山家の祖先に取っては、ここが古里なのだ。

裏山の崖の下の方には、岸へ押し寄せ押し寄せする潮が全世界をめぐる生命の脈搏《みゃくはく》のように、間《ま》をおいては響き砕けていた。半蔵も寿平次もその裏山の上の位置から去りかねて、海を望みながら松林の間に立ちつくした。

五

異国——亜米利加《アメリカ》をも露西亜《ロシヤ》をも含めた広い意味での欧羅巴《ヨーロッパ》——支那でもなく朝鮮でもなく印度でもない異国に対するこの国の人の最初の印象は、決して後世から想像するような好ましいものではなかった。

もし当時のいわゆる黒船、あるいは唐人船が、二本の白旗をこの国の海岸に残して置いて行くような人を乗せて来なかったなら。もしその黒船が力に訴えても開国を促そうとするような人でなしに、真に平和修好の使節を乗せて来たなら。古来この国に住むものは、そう異邦から渡って来た人たちを毛嫌いする民族でもなかった。むしろそれらの人たちを歓び迎えた早い歴史をさえ持っていた。支那、印度は知らないこと、この日本の関するかぎり、もし真に相互の国際の義務を教えようとして渡来した人があったなら、歓んでそれを学ぼうとしたに違いない。また、これほど深刻な国内の動揺と狼狽《ろうばい》と混乱とを経験せずに済んだかも知れない。不幸にも、欧羅巴《ヨーロッパ》人は世界に亙っての土地征服者として、先ずこの島国の人の眼に映った。「人間の組織的な意志の壮大な権化《ごんげ》、人間の合理的な利益のためにはいかなる原始的な自然の状態にあるものをも克服し尽そうというごとき勇猛な目的を決定するもの」――それが黒船であったのだ。

当時この国には、紅毛《こうもう》という言葉があり、毛唐人《けとうじん》という言葉があった。当時のそれは割合に軽い意味での毛色の変った異国の人というほどにとどまる。一種の可笑味《おかしみ》をまじえた言葉でさえある。黒船の載せた外国人があべこべにこの国の住民を想像して来たように、決してそれほど未開な野蛮人をば意味しなかった。

しかし、この国には嘉永年代よりずっと以前に、既に欧羅巴《ヨーロッパ》人が渡って来て、二百年も交易を続けていたことを忘れてはならない。この先着の欧羅巴《ヨーロッパ》人の中には葡萄牙《ポルトガル》人もあったが、主として阿蘭陀《オランダ》人であった。彼ら阿蘭陀《オランダ》人は長崎蘭医の大家として尊敬されたシイボルトのような人ばかりではなかったのだ。彼らがこの国に来て交易からおさめた利得は、年額の小判十五万両ではきくまいという。諸種の毛織物、羅紗《らしゃ》、精巧な「びいどろ」、「ぎやまん」の器、その他の天産及び人工に係る珍品を欧羅巴《ヨーロッパ》からも暹羅《シャム》からも東印度地方からも輸入して来て、この国の人に取り入るためにいかなる機会をも見逃さなかったのが彼らだ。自由な貿易商としてよりも役人の奴隷扱いに甘んじたのが彼らだ。港の遊女でも差向ければ、異人はどうにでもなる、そういう考えを役人に抱かせたのも、また、その先例を開かせたのも彼らだ。

この阿蘭陀人《オランダ》が先ず日本を世界に吹聴《ふいちょう》した。事実、阿蘭陀人《オランダ》はこの国に向っても、欧羅巴《ヨーロッパ》の紹介者であり、通訳者であり、欧羅巴人《ヨーロッパ》同志としての激しい競争者でもあった。亜米利加《アメリカ》のペリイが持参した国書にすら、一通の蘭訳を添えて来たくらいだ。この国の最初の外交談判もおもに蘭語によってなされた。すべてはこの通り阿蘭陀《オランダ》というものを通してであって、直接に亜米利加人《アメリカ》と会話を交え得るものはなかったのである。

この言葉の不通だ。まして東西道徳の標準の相違だ。どうして先方の話すこともよく解らないものが、亜米利加人《アメリカ》、露西亜人《ロシヤ》、英吉利人《イギリス》と阿蘭陀人《オランダ》とを区別し得られよう。長崎に、浦賀に、下田に、続々到着する新しい外国人が、これまでの阿蘭陀人《オランダ》の執った態度をかなぐり捨てようとは、どうして知ろう。全く対等の位置に立って、一国を代表する使節の威厳を損ずることなしに、重い使命を果しに来たとは、どうして知ろう。この国のものは、欧羅巴《ヨーロッパ》そのものを静かによく見得るような先ず最初の機会を失った。迫り来るものは、誠意のほども測りがたい全くの未知数であった。求めらるるものは幾世紀もかかって積み重ね積み重ねして来たこの国の文化ではなくて、この島に産する硫黄、樟脳、生糸、それから金銀の類《たぐい》なぞが、その最初の主なる目的物であったのだ。

十一月下旬のはじめには、半蔵らは二日ほど逗留した公郷村をも辞し、山上の家族にも別れを告げ、七郎左衛門から記念として贈られた古刀や光琳の軸なぞをそれぞれ旅の荷物に納めて、故郷の山へ向おうとする人たちであった。おそらく今度の帰り途《みち》には、国を出て二度目に見る陰暦十五夜の月も照らそう。その旅の心は、熱い寂しい前途の思いと一緒になって、若い半蔵の胸にまじり合った。別れ際に、七郎左衛門は街道から海の見えるところまで送って来て、下田の方の空を半蔵らに指して見せた。最早異国の人は粗末な板画《はんが》などで見るような、そんな遠いところにいる人たちばかりではなかった。相模灘《さがみなだ》をへだてた下田の港の方には、最初の亜米利加《アメリカ》領事ハリス、その書記ヒュウスケンが相携えて既に海から陸に上り、長泉寺を仮の領事館として、赤と青と白とで彩《いろど》った星条の国旗を高くそこに掲げていた頃である。

第四章

一

　中津川の商人、万屋《よろずや》安兵衛、手代《てだい》嘉吉、同じ町の大和屋李助《りすけ》、これらの人たちが生糸売込みに眼をつけ、開港後まだ間もない横浜へとこころざして、美濃《みの》を出発して来たのはやがて安政六年の十月を迎えた頃である。中津川の医者で、半蔵の旧《ふる》い師匠にあたる宮川寛斎も、この一行に加わって来た。もっとも、寛斎はただの横浜見物ではなく、やはり出稼ぎの一人として――万屋安兵衛の書役《かきやく》という形で。

　一行四人は中津川から馬籠峠を越え、木曾街道を江戸へと取り、一ト先ず江戸両国の十一屋に落ち着き、あの旅籠屋《はたごや》を足溜《あしだま》りとして、それから横浜へ出ようとした。木曾出身で世話好きな十一屋の隠居は、郷里に縁故の深い美濃衆のためにも何かにつけて旅の便宜を計ろうとするような人だ。この隠居は以前に馬籠本陣の半蔵を泊め、今また寛斎の宿をして、弟子と師匠とを江戸に迎えるということは、これも何かの御縁であろうなど話した末に言った。

「皆さまは神奈川泊りのつもりでお出掛けになりませんと、浜にはまだ旅籠屋《はたごや》もございますまいよ。神奈川の牡丹屋《ぼたんや》、あそこは古くからやっております。牡丹屋なら一番安心でございますぞ。」

こんな隠居の話を聞いて、やがて一行四人のものは東海道筋を横浜へ向った。

横浜もさみしかった。地勢としての横浜は神奈川より岸深《きしぶか》で、海岸には既に波止場も築出《つきだ》されていたが、いかに言ってもまだ開けたばかりの港だ。たまたま入港する外国の貿易船があっても、船員はいずれも船へ帰って寝るか、さもなければ神奈川まで来て泊った。下田を去って神奈川に移った英国、米国、仏国、阿蘭陀《オランダ》等の諸領事はさみしい横浜よりも賑《にぎや》かな東海道筋をよろこび、一旦仮寓と定めた本覚寺その他の寺院から動こうともしない。こんな事情を看《み》て取った寛斎らは、やはり十一屋の隠居から教えられた通りに、神奈川の牡丹屋に足をとどめることにした。

この出稼ぎは、美濃から来た四人のものに取って、かなりの冒険とも思われた。中津川から神奈川まで、百里に近い道を馬の背で生糸の材料を運ぶということすら容易でない。おまけに、相手は、全く知らない異国の人たちだ。

当時、異国のことについては、実にいろいろな話が残っている。ある異人が以前に日本へ来た時、この国の女を見て懸想《けそう》した。異人はその女を欲しいと言ったが、許されなかった。そんなら女の髪の毛を三本だけくれろと言うので、仕方なしに三本与えた。ところが、どうやらその女は異人の魔法にでもかかったかして、到頭《とうとう》異国へ往《い》ってしまったという。その次に来た異人がまた、女の髪の毛を三本と言い出したから、今度は篩《ふるい》の毛を三本抜いて与えた。驚くべきことには、その篩が天に登って、異国へ飛んで往ったともいう。これを見たものはびっくりして、これは必ず切支丹《キリシタン》に相違ないと言って、皆大《おお》いに恐懼《おそれ》を抱いたとの話もある。

異国に対する無智が、およそいかなる程度のものであったかは、黒船から流れ着いた空壜《あきびん》の話にも残っている。亜米利加《アメリカ》のペリイが来航当時のこと、多くの船員を乗せた軍艦からは空壜を海の中へ投げ棄てた。その投げ棄てられたものが風のない時は、底の方が重く口ばかり海面に出ていて、水がその中に這入《はい》るから、浪のまにまに自然と海岸に漂着する。それを拾って黙って家に持ちかえるものは罰せられた。だから、こういうものが流れ着いたと言って、一々届け出なければならない。その時の役人の言葉に、これは先方で毒を入れておくものに相違ない、もしこの中に毒が入っていたら大変だ、さもなければこんなものを流す道理もない、きっと毒が盛ってあって日本人を苦《くるし》めようという軍略であろう、就いては一ケ所捨て置く場所を設ける、心得違いのものがあって万一届け出ない場合があったら直ちに召捕るとの厳しい触れを出したものだ。そこであっちの村から五本、こっちの村から三本、と続々届け出るものがある。役人らは毎日それを取り上げ、一軒の空屋を借り受け、そのなかに積んで置いて、厳重な戸締りをした。それが異人らの日常飲用する酒の空罎であるということすら分らなかったという。

すべてこの調子だ。籐椅子《とういす》が風のために漂着したと言っては不思議がり、寝椅子が一箇漂着したと言っては不思議がった。ペリイ出帆の翌日、亜米利加《アメリカ》側から幕府への献上物の中には、罎詰、缶詰、その他の箱詰があり、浦賀奉行への贈物があったが、これらの品々は江戸へ伺い済みの上で、浦賀の波止場で焼き棄てたくらいだ。後日の祟《たた》りを畏《おそ》れたのだ。実際、寛斎が中津川の商人について神奈川へ出て来たのは、そういう黒船の恐怖からまだ離れ切ることが出来なかった頃である。

ちょうど、時は安政大獄の後にあたる。彦根の城主、井伊掃部頭直弼《いいかもんのかみなおすけ》が大老の職に就いた頃は、どれほどの暗闘と反目とがそこにあったか知れない。彦根と水戸。紀州と一橋《ひとつばし》。幕府内の有司と有司。その結果は神奈川条約調印の是非と、徳川世子の継嗣問題とに絡《から》んであらわれて来た。しかもそれらは大きな抗争の序幕であったに過ぎぬ。井伊大老の期するところは沸騰《ふっとう》した国論の統一にあったろうけれど、彼は世にも稀に見る闘士として政治の舞台にあらわれて来た。いわゆる反対派の張本人なる水戸の御隠居(烈公)を初め、それに荷担《かたん》した大名有司らが謹慎や蟄居《ちっきょ》を命ぜられたばかりでなく、強い圧迫は京都を中心に渦巻き始めた新興勢力の苗床《なえどこ》にまで及んで行った。京都にある鷹司《たかつかさ》、近衛《このえ》、三条の三公は落飾《らくしょく》を迫られ、その他の公卿たちの関東反対の嫌疑のかかったものは皆謹慎を命ぜられた。老女と言われる身で、囚人として江戸に護送されたものもある。民間にある志士、浪人、百姓、町人などの捕縛と厳刑とが続きに続いた。一人は切腹に、一人は獄門に、五人は死罪に、七人は遠島に、十一人は追放に、九人は押込《おしこめ》に、四人は所払《ところばらい》に、三人は手鎖《てじょう》に、七人は無構《かまいなし》に、三人は急度《きっと》叱《しか》りに。勤王攘夷の急先鋒と目された若狭《わかさ》の梅田雲浜《うんぴん》のように、獄中で病死したものが別に六人もある。水戸の安島《あじま》帯刀《たてわき》、越前の橋本左内、京都の頼鴨崖《らいおうがい》、長州の吉田松陰なぞは、いずれも恨《うらみ》を呑んで倒れて行った人たちである。

こんな周囲の空気の中で、誰もがまだ容易に信用しようともしない外国人の中へ、中津川の商人らは飛び込んで来た。神奈川条約はすでに立派に調印されて、外国貿易は公然の沙汰となっている。生糸でも売込もうとするものに取って、何の憚《はばか》るところはない。寛永十年以来の厳禁とされた五百石以上の大船を造ることも許されて、海は最早事実に於いて解放されている。遠い昔の航海者の夢は、二百何十年の長い鎖国の後に、また生き還るような新しい機運に向って来ている。

寛斎がこの出稼ぎに来た頃は六十に近かった。田舎医者としての彼の漢方で治療の届くかぎりどんな患者でも診《み》ないことはなかったが、中にも眼科を得意にし、中津川の町よりも近在廻りを主にして、病家から頼まれれば峠越しに馬籠へも行き、三留野《みどの》へも行き、蘭《あららぎ》、広瀬から清内路《せいないじ》の奥までも行き、余暇さえあれば本を読み、弟子を教えた。学問のある奇人のように言われて来たこの寛斎が医者の玄関も中津川では張り切れなくなったと言って、信州飯田の在に隠退しようと考えるようになったのも、つい最近のことである。今度一緒に来た万屋《よろずや》の主人は日頃彼が世話になる病院先のことであり、生糸売込みも余程の高に上ろうとの見込みから、彼の力に出来るだけの手伝いもして、その利得を分けてもらうという約束で来ている。彼ももう年をとって、何かにつけて心細かった。最後の「隠れ家」に余生を送るより外の願いもなかった。

さしあたり寛斎の仕事は、安兵衛らを助けて横浜貿易の事情をさぐることであった。新参の西洋人は内地の人を引きつけるために、何でも買い込む。どうせ初めは金を捨てなければいけないくらいのことは外国商人も承知していて、気に入らないものでも買って見せる。江戸の食詰者《くいつめもの》で、二進《にっち》も三進《さっち》も首の廻らぬ連中なぞは、一つ新開地の横浜へでも行って見ようという気分で出掛けて来る時だ。そういう連中が持って来るような、二文か三文の資本《もとで》で仕入れられる玩具《おもちゃ》の類《たぐい》でさえ西洋人にはめずらしがられた。徳川大名の置物とさえ言えば、仏壇の蠟燭立《ろうそくだて》を造りかえたような、いかがわしい骨董品《こっとうひん》でさえ二両の余に売れたという。まだ内地の生糸商人はいくらも入り込んでいない。万屋安兵衛、大和屋李助なぞに取って、これは見逃せない機会だった。

だんだん様子が分って来た。神奈川在留の西洋人は諸国領事から書記まで入れて、およそ四十人は来ていることが分った。紹介してもらおうとさえ思えば、適当な売込商の得られることも分った。覚束《おぼつか》ないながらも用を達《た》すぐらいの通弁は勤まるというものも出て来た。

やがて寛斎は安兵衛らと連れ立って、一人の西洋人を見に行った。二十戸ばかりの異人屋敷、最初の居留地とは名ばかりのように隔離した一区域が神奈川台の上にある。そこに住む英国人で、ケウスキイという男は、横浜の海岸通りに新しい商館でも建てられるまで神奈川に仮住居《かりずまい》するという貿易商であった。初めて寛斎の眼に映るその西洋人は、羅紗の丸羽織を着、同じ羅紗の股引《ももひき》をはき、羽織の紐のかわりに釦《ぼたん》を用いている。手まわりの小道具一切を衣裳のかくしに納れているのも、異国の風俗だ。例えば手拭は羽織のかくしに入れ、金入れは股引のかくしに入れ、時計は胴着のかくしに入れて鎖を釦の穴に掛けるという風に。履物《はきもの》も変っている。獣の皮で造った靴が日本で言って見るなら雪駄《せった》の代りだ。

安兵衛らの持って行って見せた生糸の見本は、ひどくケウスキイを驚かした。これほど立派な品なら何程《どれほど》でも買おうと言うらしいが、先方の言うことは燕のように早口で、こまかいことまでは通弁にもよく分らない。ケウスキイはまた、安兵衛らの結い立ての髷《まげ》や、すっかり頭を円《まる》めている寛斎の医者らしい風俗をめずらしそうに眺めながら、煙草なぞをそこへ取り出して、客にも勧めれば自分でもうまそうに服《の》んで見せた。寛斎が近く行って見たその西洋人は、髪の毛色こそ違い、眸《ひとみ》の色こそ違っているが、黒船の聯想と共に起って来るような恐ろしいものでもない。幽霊でもなく、化物でもない。やはり血の気の通っている同じ人間の仲間だ。

「糸目百匁あれば、一両で引取ろうと言っています。」

この売込商の言葉に、安兵衛らは力を得た。百匁一両は前代未聞の相場であった。早い貿易の様子も分り、糸の値段も分った。この上は一日も早く神奈川を引揚げ、来る年の春までには出来るだけ多くの糸の仕入れもして来よう。このことに安兵衛と李助は一致した。二人が見本のつもりで持って来て、牡丹屋の亭主に預かってもらった糸まで約束が出来て、その荷だけでも一箇につき百三十両に売れた。

「宮川先生、あなただけは神奈川に残っていてもらいますぜ。」

と安兵衛は言ったが、それはもとより寛斎も承知の上であった。

「先生も一人で、鼠にでも引かれないようにして下さい。」

手代の嘉吉は嘉吉らしいことを言って、置いて行く後の事を堅く寛斎に託した。中津川と神奈川の連絡を取ることは、一切寛斎の手に委《まか》せられた。

二

十一月を迎える頃には、寛斎は一人牡丹屋の裏二階に残った。

「何だか俺は島流しにでもなったような気がする。」

と寛斎は言って、時には孤立のあまり、海の見える神奈川台へ登りに行った。坂になった道を登れば神奈川台の一角に出られる。眼にある横浜もさびしかった。あるところは半農半漁の村民を移住させた町であり、あるところは運上所(税関)を中心に掘立小屋の並んだ新開の一区域であり、あるところは埋立てと縄張りの始まったばかりのような畑と田圃の中である。弁天の杜《もり》の向うには、ところどころにぽつんぽつん立っている樹木が眼につく。全体に湿っぽいところで、まだ新しい港の感じも浮ばない。

長くは海も眺めていられなくて、寛斎は逃げ帰るように自分の旅籠屋《はたごや》へ戻った。二階の窓で聞く鴉《からす》の声も港に近い空を思わせる。その声は郷里にある妻や、子や、やがては旧い弟子たちの方へ彼の心を誘った。

古い桐の机がある。本が置いてある。その側には弟子たちが集まっている。馬籠本陣の子息《むすこ》がいる。中津川和泉屋の子息がいる。中津川本陣の子息も来ている。それは十余年前に三人の弟子の顔のよく揃った彼の部屋の光景である。馬籠の青山半蔵、中津川の蜂谷香蔵、同じ町の浅見景蔵――あの三人を寛斎が戯れに三蔵と呼んで見るのを楽《たのし》みにしたほど、彼の許《もと》へ本を読みに通って来たかずかずの若者の中でも、末頼母《すえたのも》しく思った弟子たちである。殊に香蔵は彼が妻の弟にあたる親戚の間柄でもある。みんなどういう人になって行くかと見ている中にも、半蔵の一本気と正直さと来たら、一度これが自分らの行く道だと見さだめをつけたら、それを改めることも変えることも出来ないのが半蔵だ。

考え続けて行くと、寛斎は側にいない三人の弟子の前へ今の自分を持って行って、何か弁解せずにはいられないような矛盾した心持に打たれて来た。

「待てよ、いずれあの連中は俺の出稼ぎを疑問にしているに相違ない。」

「金銀欲《ほ》しからずというは、例の漢《から》ようの虚偽《いつわり》にぞありける。」

この大先達の言葉、『玉かつま』の第十二章にある本居宣長のこの言葉は、今の寛斎に取っては何より有力な味方だった。金も欲しいと思いながら、それを欲しくないようなことを言うのは、例の漢学者流の虚偽だと教えてあるのだ。

「誰だって金の欲しくないものはない。」

そこから寛斎のように中津川の商人について、横浜出稼ぎということも起って来た。本居大人のような人には虚心坦懐というものがある。その人の前には何でも許される。しかし、血気壮《さか》んで、単純なものは、あの寛大な先達のように貧しい老人を許しそうもない。

そういう寛斎は、本居、平田諸大人の歩いた道を辿《たど》って、早くも古代復帰の夢想を抱いた一人である。この夢想は、京都を中心に頭を持ち上げて来た勤王家の新しい運動に結びつくべき運命のものであった。彼の教えた弟子の三人が三人とも、勤王家の運動に心を寄せているのも、実は彼が播《ま》いた種だ。今度の大獄に連坐した人たちはいずれもその渦中に立っていないものはない。その中には、六人の婦人さえまじっている。感じ易い半蔵らが郷里の方でどんな刺戟を受けているかは、寛斎はそれを予想でありありと見ることが出来た。

その時になって見ると、旧い師匠と弟子との間には既に余程の隔《へだた》りがある。寛斎から見れば、半蔵らの学問はますます実行的な方向に動いて来ている。彼も自分の弟子を知らないではない。古代の日本人に見るような「雄心《おごころ》」を振い起すべき時がやって来た、さもなくて、この国創《はじ》まって以来の一大危機とも言うべきこんな艱難《かんなん》な時を歩めるものではないという弟子の心持も解る。

新たな外来の勢力、五ケ国も束になってやって来た欧羅巴《ヨーロッパ》の前に、果してこの国を解放したものかどうかのやかましい問題は、その時になってまだ日本国中の頭痛の種になっていた。先入主となった黒船の強い印象は容易にこの国の人の心を去らない。横浜、長崎、函館の三港を開いたことは井伊大老の専断であって、朝廷の許しを待ったものではない。京都の方面も騒がしくて、賢い帝《みかど》の心を悩ましていることも一通りでないと言い伝えられている。開港か、攘夷《じょうい》か。これほど矛盾を含んだ言葉もない。また、これほど当時の人たちの悩みを言いあらわした言葉もない。前者を主張するものから見れば攘夷は実に頑執妄排であり、後者を主張するものから見れば開港は屈従そのものである。

どうかして自分らの内部《なか》にあるものを護り育てて行こうとしているような心ある人たちは、いずれもこの矛盾に苦しみ、時代の悩みを悩んでいたのだ。

牡丹屋の裏二階からは、廊下の廂《ひさし》に近く枝をさし延べている椎《しい》の樹の梢《こずえ》が見える。寛斎はその静かな廊下に出て、独《ひと》りで手を揉んだ。

「俺も、平田門人の一人として、こんな恐ろしい大獄に無関心でいられるはずもない。しかし、俺には、あきらめというものが出来た。」

「さぞ、御退屈さまでございましょう。」

そう言って、牡丹屋の年とった亭主はよく寛斎を見に来る。東海道筋にあるこの神奈川の宿は、古いといえば古い家で、煙草盆は古風な手提《てさ》げのついたのを出し、大きな菓子鉢には扇子形の箸入《はしいれ》を添えて出すような宿だ。でも、わざとらしいところは少しもなく、客扱いも親切だ。

寛斎は日に幾度《いくたび》となく裏二階の廊下を往《い》ったり来たりするうちに、眼につく椎《しい》の風情《ふぜい》から手習いすることを思いついた。枝に枝のさした冬の木に眺め入っては、しきりと習字を始めた。そこへ宿の亭主が来て見て、

「オヤ、御用事の外はめったに御出掛けにならないと思いましたら、御手習いでございますか。」

「六十の手習いとはよく言ったものさね。」

「手前どもでも初めての孫が生れまして、昨晩は七夜《しちや》を祝いました。いろいろごだごだいたしました。さだめし、おやかましかろうと存じます。」

こんな言葉も、この亭主の口から聞くと、ありふれた世辞とは響かなかった。横浜の海岸近くに大きな玉楠《たまぐす》の樹が繁っている、世にやかましい神奈川条約はあの樹の下で結ばれたことなぞを語って見せるのも、この亭主だ。あの辺は駒形水神の杜《もり》と呼ばれるところで、玉楠の枝には巣をかける白い鴉《からす》があるが、毎年冬の来る頃になると何処《どこ》ともなく飛び去ると言って見せるのも、この亭主だ。生糸の売込みとは何と言っても好いところへ眼をつけたものだ、外国貿易も最早売ろうと買おうと勝手次第だ、それでも御紋付の品々、雲上の明鑑、武鑑、兵学書、その他甲冑《かっちゅう》刀剣の類《たぐい》は厳禁であると数えて見せるのも、この亭主だ。

旧暦十二月のさむい日が来た。港の空には雪がちらついた。例のように寛斎は宿の机にむかって、遠く来ている思いを習字にまぎらわそうとしていた。そこへ江戸両国の十一屋から届いたと言って、宿の年とったかみさんが二通の手紙を持って来た。その時、かみさんは年老いた客をいたわり顔に、盆に載せた丼《どんぶり》を階下《した》から女中に運ばせた。見ると、寛斎の好きなうどんだ。

「うどんの御馳走ですか。や、そいつはありがたい。」

「これはうでまして、それからダシで煮て見ました。お塩で味がつけてございます。これが一番さっぱりしているかと思いますが、一つ召上って見て下さい。」

「うどんとは好い物を造って下すった。わたしはお酒の方ですがね、寒い日にはこれがまた何よりですよ。」

「さあ、お口に合いますか、どうですか。手前どもではよくこれをこしらえまして、年寄に食べさせます。」

牡丹屋ではすべてこの調子だ。

一通の手紙は木曾から江戸を廻って来たものだ。馬籠の方にいる伏見屋金兵衛からのめずらしい消息だ。最愛の一人息子、鶴松の死がその中に報じてある。鶴松も弱かった子だ。あの少年のからだは、医者としての寛斎も診てよく知っている。馬籠の伏見屋から駕籠《かご》で迎いが来る度に、寛斎は薬箱を提《さ》げて、美濃と信濃の国境《くにざかい》にあたる十曲峠をよく急いだものだ。筆まめな金兵衛はあの子が生前に寛斎の世話になった礼から始めて、どうかして助けられるものならの願いから、あらゆる加持祈禱を試み、わざわざ多賀の大社まで代参のものをやって病気全快を祈らせたことや、あるいは金毘羅大権現《こんぴらだいごんげん》へ祈願のために落合の大橋から神酒《みき》一樽を流させたことまで、口説《くど》くように書いてよこした。病気の手当ては言うまでもなく、寛斎留守中は大垣の医者を頼み、折柄《おりから》木曾路を通行する若州《じやくしゆう》の典医、水戸姫君の典医にまで縋《すが》って診察を受けさせたことも書いてよこした。到頭養生も叶《かな》わなかったという金兵衛の残念がる様子が眼に見えるように、その手紙の中にあらわれている。

平素懇意にする金兵衛が六十三歳でこの打撃を受けたということは、寛斎に取って他事《ひとごと》とも思われない。今一通の手紙は旧い馴染《なじみ》のある老人から来た。それにはまた、筆に力もなく、言葉も短く、ことの外に老い衰えたことを訴えて、生きているというばかりのような心細いことが書いてある。ただ、昔を思う度に人恋しい、最早生前に面会することもあるまいかと書いてある。「貴君には、いまだ御往生もなされず候《そうろう》よし、」ともある。

「いまだ御往生もなされず候よしは、ひどい。」

と考えて、寛斎は哭《な》いていいか笑っていいか分らないようなその手紙の前に頭を垂《た》れた。

寛斎の周囲にある旧知も次第に亡くなった。達者で働いているものは数えるほどしかない。今度十七歳の鶴松を先に立てた金兵衛、半蔵の父吉左衛門――指を折って見ると、そういう人たちは最早幾人も残っていない。追々の無常の風に吹き立てられて、早く美濃へ逃げ帰りたいと思うところへ、横浜の方へは浪士来襲の噂すら伝わって来た。

三

到頭《とうとう》、寛斎は神奈川の旅籠屋《はたごや》で年を越した。彼の日課は開港場の商況を調べて、それを中津川の方へ報告することで、その都度《つど》万屋からの音信にも接したが、かんじんの安兵衛らはまだ何時《いつ》神奈川へ出向いて来るとも分らない。

年も万延《まんえん》元年と改まる頃には、日に日に横浜への移住者がふえた。寛斎が海を眺めに神奈川台へ登って行って見ると、その度《たび》に港らしい賑《にぎや》かさが増している。弁天寄りの沼地は埋立てられて、そこに貸長屋が出来、外国人の借地を願い出るものが二、三十人にも及ぶと聞くようになった。吉田橋架《か》け替えの工事も始まっていて、神奈川から横浜の方へ通う渡し舟も見える。ある日も寛斎は用達《ようたし》のついでに、神奈川台の上まで歩いたが、何となく野毛山《のげやま》も霞んで見え、沖の向うに姿をあらわしている上総《かずさ》辺の断崖には遠い日があたって、さびしい新開地に春のめぐって来るのもそんなに遠いことではなかろうかと思われた。

時には遠く海風を帆にうけて、あだかも夢のように、寛斎の視野のうちに入って来るものがある。日本最初の使節を乗せた咸臨丸《かんりんまる》が亜米利加《アメリカ》へ向けて神奈川沖を通過した時だ。徳川幕府が阿蘭陀《オランダ》政府から購い入れたというその小さな軍艦は品川沖から出帆して来た。艦長木村摂津守《きむらせっつのかみ》、指揮官勝麟太郎《かつりんたろう》をはじめ、運用方、測量方から火夫水夫まで、一切西洋人の手を借りることなしに、阿蘭陀《オランダ》人の伝習を受け初めてから漸く《ようや》五年にしかならない航海術で、とにもかくにも大洋を乗り切ろうという日本人の大胆さは、寛斎を驚かした。薩摩《さつま》の沖で以前に難船して徳川政府の保護を受けていた亜米利加《アメリカ》の船員らも、咸臨丸で送り還されるという。その軍艦は港の出入りに石炭を焚《た》くばかり、航海中はただ風を便りに運転せねばならないほどの小型のものであったから、煙も揚《あ》げずに神奈川沖を通過しただけが、いささか物足りなかった。大変な評判で、神奈川台の上には人の黒山を築いた。不案内な土地の方へ行くために、使節の一行は何千何百足の草鞋《わらじ》を用意して行ったか知れないなぞという噂がその後《あと》に残った。当時二十六、七歳の青年福沢諭吉が木村摂津守のお供という格で、その最初の航海に上って行ったという噂なぞも残った。

二月に入って、寛斎は江戸両国十一屋の隠居から思いがけない便りを受取った。それには隠居が日頃出入りする幕府奥詰の医師を案内して、横浜見物に出向いて来るとある。その節は、宜《よろ》しく頼むとある。

旅の空で寛斎が待ち受けた珍客は、喜多村瑞見《ずいけん》と言って、幕府奥詰の医師仲間でも製薬局の管理をしていた人である。汽船観光丸の試乗者募集のあった時、瑞見もその募りに応じようとしたが、時の御匙《おさじ》法師に睨《にら》まれて、譴責《けんせき》を受け、蝦夷《えぞ》移住を命ぜられたという閲歴をもった人である。この瑞見は二年ほど前に家を挙げ蝦夷の方に移って、函館開港地の監督なぞをしている。今度函館から江戸までちょっと出て来たついでに、新開の横浜をも見て行きたいというので、そのことを十一屋の隠居が通知してよこしたのだ。瑞見は供の男を一人連れ、十一屋の隠居を案内にして、天気の好い日の夕方に牡丹屋《ぼたんや》へ着いた。神奈川には奉行組頭もある、そういう役人の家よりもわざわざ牡丹屋のような古い旅籠屋《はたごや》を選んで微行で瑞見のやって来たことが寛斎をよろこばせた。逢って見ると、思の外、年も若い。三十二、三ぐらいにしか見えない。

「きょうのお客さまは名高い人ですが、お目に掛って見ると、まだお若い方のようですね。」

と牡丹屋の亭主が寛斎の袖を引いて言ったくらいだ。

翌日は寛斎と牡丹屋の亭主とが先に立って、江戸から来た三人を先ず神奈川台へ案内し、黒い館門《やかたもん》の木戸を通って、横浜道へ向った。番所のあるところから野毛山《のげやま》の下へ出るには、内浦に沿うて岸を一廻りせねばならぬ。程ケ谷《ほどや》からの道がそこへ続いて来ている。野毛には奉行の屋敷があり、越前の陣屋もある。そこから野毛橋を渡り、土手通りを過ぎて、仮の吉田橋から関内《かんない》に入った。

「横浜もさびしいところですね。」

「わたしの来た時分には、これよりもっとさびしいところでした。」

瑞見と寛斎とは歩きながら、こんな言葉をかわして、高札場の立つあたりから枯《か》れ枯《が》れな太田新田の間の新道を進んだ。

瑞見は遠く蝦夷《えぞ》の方で採薬、薬園、病院、疏水《そすい》、養蚕《ようさん》等の施設を早く目論《もくろ》んでいる時で、函館の新開地にこの横浜を思い比べ、牡丹屋の亭主を顧みてはいろいろと土地の様子をきいた。当時の横浜関内は一羽の蝶のかたちに譬《たと》えられる。海岸へ築《つ》き出した二ケ所の波止場はその触角であり、中央の運上所附近はそのからだであり、本町通りと商館の許可地は左右の翅《はね》にあたる。一番左の端にある遊園で、樹木の繁った弁天の境内は、蝶の翅に置く唯一の美しい斑紋とも言われよう。しかしその翅の大部分はまだ田圃《たんぼ》と沼地だ。そこには何か開港一番の思いつきででもあるかのように、およそ八千坪からの敷地からなる大規模な遊女屋の一廓も展《ひら》けつつある。横浜にはまだ市街の連絡もなかったから、一丁目ごとに名主を置き、名主の上に総年寄を置き、運上所側《わき》の町会所で一切の用事を取扱っていると語り聞かせるのも牡丹屋の亭主だ。

やがて、その日同行した五人のものは横浜海岸通りの波止場に近いところへ出た。西洋の船にならって造った二本マストもしくは一本マストの帆前船から、従来あった五大《ごだい》力《りき》の大船、種々な型の荷船、便船、漁《いさ》り船《ぶね》、小舟まで、あるいは碇泊したりあるいは動いたりしているごちゃごちゃとした光景が、鴉の群れ飛ぶ港の空気と煙とを通してそこに望まれた。二ケ所の波止場、水先案内の職業、運上所で扱う税関と外交の港務などは、全く新しい港のために現われて来たもので、ちょうど入港した一艘の外国船も周囲の単調を破っている。

その時、牡丹屋の亭主は波止場の位置から、向うの山下の方角を瑞見や寛斎に指して見せ、旧横浜村の住民は九十戸ばかりの竈《かまど》を挙げてそちらの方に退却を余儀なくされたと語った。それほどこの新開地に内外人の借地の請求が頻繁《ひんぱん》となって来た意味を通わせた。大岡川の川尻《かわじり》から増徳院脇へかけて、長さ五百八十間ばかりの堀川の開鑿《かいさく》も始まったことを語った。その波止場の位置まで行くと、海から吹いて来る風からして違う。し

ばらく瑞見は入港した外国船の方を望んだまま動かなかった。やがて、寛斎を顧みて、

「やっぱり好く出来ていますね。同じ汽船でも外国のはどこか違いますね。」

「喜多村先生のお供はかなわない。」とその時、十一屋の隠居が横鎗《よこやり》を入れた。

「どうしてさ。」

「いつまででも船なぞを眺めていらっしゃるから。」

「しかし、十一屋さん、早くわれわれの国でもああいう好い船を造りたいじゃありませんか。今じゃ薩州《さつしゅう》でも、土州《どしゅう》でも、越前《えちぜん》でも、二、三艘ぐらいの汽船を持っていますよ。それがみんな外国から買った船ばかりでさ。十一屋さんは昌平丸という船のことをお聞きでしたろうか。あれは安政二年の夏に、薩州侯が三本マストの大船を一艘造らせて、それを献上したものでさ。幕府に三本マストの大船が出来たのは、あれが初めてだと思います。ところが、どうでしょう。昌平丸を作る時分には、まだ螺旋釘《ねじくぎ》を使うことを知らない。真ッ直ぐな釘ばかりで造ったもんですから、大風雨《おおあらし》の来た年に、品川沖でばらばらに解けて壊《こわ》れてしまいました。」

「先生はなかなか精《くわ》しい。」

「函館の方にだって、二本マストの帆前船がまだ二艘しか出来ていません。一艘は函館丸。もう一艘の船の方は亀田丸。高田屋嘉兵衛の呼び寄せた人で、豊治という船大工

があれを造りましたがね。」

「先生は函館で船の世話までなさるんですか。」

「まあ、そんなものでさ。でも、こんな藪医者に掛っちゃかなわないなんて、函館の方の人は皆そう言っていましょうよ。」

この「藪医者」には、側に立って聞いている寛斎も唸《うな》った。

入港した外国船を迎え顔な西洋人なぞが、いつの間にか寛斎らの周囲に集まって来た。波止場には九年母《くねんぼ》の店をひろげて売っている婆さんがある。その傍に背中の子供をおろして休んでいる女がある。道中差《どうちゅうざし》を一本腰にぶちこんで、草鞋《わらじ》ばきのまま、何か資本《もとで》の掛《かか》らない商売でも見つけ顔に歩き廻っている男もある。おもしろい丸帽を冠《かぶ》り、辮髪《べんぱつ》を垂れ下げ、金入れらしい袋を背負《しょ》いながら、上陸する船客を今か今かと待ち受けているような支那人の両替商もある。

見ると、定紋のついた船印《ふなじるし》の旗を立てて、港の役人を乗せた船が外国船から漕《こ》ぎ帰って来た。その後から、二、三の艀《はしけ》が波に揺られながら岸の方へ近づいて来た。横浜とはどんな処《ところ》かと内々想像して来たような眼付のもの、全く生い立ちを異《こと》にし気質を異にしたようなもの、本国から来たもの、東洋の植民地の方から来たもの、それらの雑多な冒険家が無遠慮に海から陸《おか》へ上って来た。いずれも生命《いのち》掛《が》けの西洋人ばかりだ。上陸するものの中にはまだ一人の婦人を見ない。中には、初めて日本の土を踏むと言いたそうに、連れの方を振り返るものもある。叔父甥《おじおい》なぞの間柄かと見えて、迎えるものと迎えらるるものとが男同志互いに抱き合うのもある。その二人は、寛斎や瑞見の見ている前で、熱烈な頬ずりをかわした。

瑞見はなかなかトボケた人で、この横浜を見に来たよりも、実は牛肉の試食に来たと白状する。こんな註文を出す客のことで、あちこち引張り廻されるのは迷惑らしい上に、案内者側の寛斎の方でもなるべく日のあるうちに神奈川へ帰りたかった。いつでも日の傾きかけるのを見ると、寛斎は美濃《みの》の方の空を思い出したからで。

横浜も海岸へ寄った方は既に区劃の整理が出来、新道はその間を貫いていて、町々の角には必ず木戸を見る。帰り路には、寛斎らは本町一丁目の通りを海岸の方へ取って、渡し場のあるところへ出た。そこから出る舟は神奈川の宮下というところへ着く。わざわざ野毛山の下の方を遠廻りして帰って行かないでも済む。牡丹屋の亭主はその日の夕飯にと言って瑞見から註文のあった肉を横浜の町で買い求めて来て、それを提《さ》げながら一緒に神奈川行の舟に移った。

「横浜も鴉の多いところですね。」

「蝦夷《えぞ》の方ではゴメです。海の鷗《かもめ》の一種です。あの鳴声を聞くと、いかにも北海らしい気持が起って来ますよ。そう言えば、この横浜にはもう外国の宣教師も来てるというじゃありませんか。」

「一人。」

「なんでも、神奈川の古いお寺を借りて、去年の秋から来ている亜米利加《アメリカ》人があります。ブラウンといいましたっけか。横浜へ着いた最初の宣教師です。狭い土地ですから直《す》ぐ知れますね。」

「一体、切支丹《キリシタン》宗は神奈川条約ではどういうことになりましょう。」

「そりゃ無論内地のものには許されない。ただ、宣教師がこっちへ来ている西洋人仲間に布教するのは自由だということになっていましょう。」

「神奈川へは亜米利加《アメリカ》の医者も一人来ていますよ。」

「ますます世の中は多事だ。」

誰が語るともなく、誰が答えるともなく、こんな話が舟の中で出た。

牡丹屋へ帰り着いてから、しばらく寛斎は独りいる休息の時を持った。例の裏二階から表側の廊下へ出ると、神奈川の町の一部が見える。晩年の彼を待ち受けているような信州伊那の豊かな谷と、現在の彼の位置との間には、まだ余程の隔りがある。彼も最後の「隠れ家」に辿《たど》り着くには、どんな寂しい路でも踏まねばならない。それにしても、安政大獄以来の周囲にある空気の重苦しさは寛斎の心を不安にするばかりであった。ますます厳重になって行く町々の取締り方と、志士や浪人の気味の悪いこの沈黙とはどうだ。既に直接行動に訴えたものすらある。前の年の七月の夜には横浜本町で二人の露西《ロシ》亜《ヤ》の海軍士官が殺され、同じ年の十一月の夕には港崎町《こうざきまち》の脇で仏国領事の雇人が刺され、最近には本町一丁目と五丁目の間で船員と商人との二人の阿蘭陀《オランダ》人が殺された。それほど横浜の夜は暗い。外国人の入り込む開港場へ海から何か這《は》うようにやって来る闇の恐ろしさは、それを経験したものでなければ解らない。彼は瑞見のような人をめずらしく案内して、足許の明るいうちに牡丹屋へ帰って来て好かったと考えた。

「お夕飯のお支度が出来ましてございます。」

という女中に誘われて、寛斎もその晩は例になく庭に向いた階下の座敷へ降りた。瑞見や十一屋の隠居なぞとそこで一緒になった。

「喜多村先生や宮川先生の前ですが、横浜の遊女屋にはわたしもたまげました。」と言い出すのは十一屋だ。

「すこし繁昌して来ますと、直《す》ぐその土地に出来るものは飲食店と遊廓です。」と牡丹屋の亭主も夕飯時の挨拶に来て、相槌《あいづち》を打つ。

牛鍋《ぎゅうなべ》は庭で煮た。女中が七輪を持ち出して、飛石の上でそれを煮た。その鍋を座敷へ持ち込むことは、牡丹屋のお婆さんがどうしても承知しなかった。

「臭《くさ》い、臭い。」

奥の方では大騒ぎする声すら聞える。

「ここにも西洋嫌いがあると見えますね。」

と瑞見が笑うと、亭主はしきりに手を揉んで、

「いえ、そういう訳でもございませんが、吾家《うち》のお袋なぞはもう驚いております。牛の臭気《におい》が籠《こも》るのは困るなんて、しきりにそんなことを申しまして。この神奈川には、あなた、肉屋の前を避《よ》けて通るような、そんな年寄もございます。」

その時、寛斎は自分でも好きな酒をはじめながら、瑞見の方を見ると、客も首を延ばし、なみなみとついである方へ尖らした口唇《くちびる》を持って行く盃の持ち方からしてどうもただではないので、この人は話せると思った。

「こんな話がありますよ。」と瑞見は思い出したように、「あれは一昨年《おととし》の七月のことでしたか、エルヂンという英吉利《イギリス》の使節が蒸汽船を一艘幕府に献上したいと言って、軍艦で下田から品川まで来ました。まあ品川の人たちとしては折角《せっかく》の使節を欵待《もてな》すという

意味でしたろう。その翌日に、品川の遊女を多勢で軍艦まで押し掛けさしたというものです。さすがに向うでも面喰《めんくら》ったと見えて、後《あと》になっての言草《いいぐさ》がいい。あれは何者だ、一体日本人は自分の国の女をどう心得ているんだろうッて、いかにも英吉利《イギリス》人の言いそうなことじゃありませんか。」

「先生。」と十一屋は膝を乗り出した。「わたしはまたこういう話を聞いたことがあります。こっちの女が歯を染めたり、眉を落したりしているのを見ると、西洋人は非常に厭《いや》な気がするそうですね。ほんとうでしょうか。まあ、わたしたちから見ると、優しい風俗だと思いますがなあ。」

「気味悪く思うのはお互いでしょう。事情を知らない連中と来たら、いろいろなことをこじつけて、やれ幕府の上役のものは西洋人と結託してるの、何のッて、悪口ばかり。鎖攘《さじょう》、鎖攘(鎖港攘夷の略)――あの声はどうです。わたしに言わせると、幕府が鎖攘を知らないどころか、あんまり早く鎖攘し過ぎてしまった。蕃書は禁じて読ませない、洋学者は遠ざけて近づけない、その方針を好いとしたばかりじゃありません、国内の人材まで鎖攘してしまった。御覧なさい、前には高橋作左衛門を鎖攘する。土生玄碩《はぶげんせき》を鎖攘する。後には渡辺崋山、高野長英を鎖攘する。その結果はと言うと、日本国中を実に頑固なものにしちまいました。外国のことを言うのも恥だなんて思わせるようにまで

――」

「先生、肉が煮えました。」

と十一屋は瑞見の話を遮《さえぎ》った。

女中が白紙を一枚ずつ客へ配りに来た。肉を突ッついた箸《はし》はその紙の上に置いてもらいたいとの意味だ。煮えた牛鍋は庭から縁側の上へ移された。奥の部屋に、牡丹屋の家の人たちがいる方では、障子を開けひろげるやら、籠った空気を追い出すやらの物音が聞える。十一屋はそれを聞きつけて、

「女中さん、そう言って下さい。今にこちらのお婆さんでも、おかみさんでも、このにおいを嗅《か》ぐと飛んで来るようになりますよッて。」

十一屋の言草《いいぐさ》だ。

「どれ、わたしも一つ薬喰《くすりぐ》いとやるか。」

と寛斎は言って、うまそうに煮えた肉のにおいを嗅いだ。好きな酒を前に、しばらく彼も一切を忘れていた。盃の相手には、こんな頼母《たのも》しい人物も幕府方にあるかと思われるような客がいる。おまけに、初めて味《あじわ》う肉もある。

四

当時、全国に浪打《なみう》つような幕府非難の声からすれば、横浜や函館の港を開いたことは幕府の大失策である。東西人種の相違、道徳の相違、風俗習慣の相違から来るものを一概に未開野蛮として、人を喰った態度で臨んで来るような西洋人に、そうやすやすとこの国の土を踏ませる法はない。開港が東照宮の遺志に反《そむ》くはおろか、朝廷尊崇の大義にすら悖《もと》ると歯ぎしりを噛むものがある。

しかし、瑞見に言わせると、幕府のことほど世に誤り伝えられているものはない。開港の事情を知るには、神奈川条約の実際の起草者なる岩瀬肥後守に行くに越したことはない。それには先ず幕府で監察(目付《めつけ》)の役を重んじたことを知ってかかる必要がある。

監察とは何か。この役は禄《ろく》もそう多くないし、位もそう高くない。しかし、諸司諸職に関係のないものはないくらいだから、極めて権威がある。老中はじめ三奉行の重い役でも、監察の同意なしには事を決めることが出来ない。どうかして意見のちがうのを顧みずに断行することがあると、監察は直接に将軍なり老中なりに面会して思うところを述べ立てても、それを止めることも出来ない。およそ人の昇進に何が羨《うらや》ましがられるかと言って、監察の右に出るものはない。その人を得ると得ないとで一代の盛衰に関する役目であることも想い知られよう。嘉永《かえい》年代、亜米利加《アメリカ》の軍艦が渡って来た日のように、外国関係の一大事変に当っては、幕府の上のものも下のものも皆強い衝動を受けた。その衝動が非常な任撰を行わせた。人材を登庸《とうよう》しなければ駄目だということを教えたのも、またその刺戟だ。従来親子共に役に就いているものがあれば、子は賢くても父に超えることは出来なかったのが旧い規則だ。それを改めて、三人のものが監察に抜擢《ばってき》せられた。その中の一人が岩瀬肥後なのだ。

岩瀬肥後は名を忠震《ただなり》といい、字《あざな》を百里という。築地に屋敷があったところから、号を蟾州《せんしゅう》とも言っている。心あるものはいずれもこの人を推《お》して、幕府内での第一の人とした。例えば阿蘭陀《オランダ》から観光船を贈って来た時に矢田堀景蔵、勝麟太郎なぞを小普請《こぶしん》役から抜いて、それぞれ航海の技術を学ばせたのも彼だ。下曾根金三郎、江川太郎左衛門には西洋の砲術を訓練させる。箕作阮甫《みつくりげんぽ》、杉田玄端《げんたん》には蕃書取調所の教育を任せる。そういう類《たぐい》のことは殆んど数えきれない。松平河内、川路左衛門、大久保右近、水野筑後、その他の長老でも同輩でも、いやしくも国事に尽す志のあるものには誠意をもって親しく交らないものはなかったくらいだ。各藩の有為な人物をも延《ひ》いて、身をもって時代に当ろうとしたのも彼だ。

瑞見に言わせると、幕府有司《ゆうし》の殆んどすべてが英米仏露をひきくるめて一概に毛唐人《けとうじん》と言っていたような時に立って、百方その間を周旋し、いくらかでも明るい方へ多勢を導こうとしたものの摧心《さいしん》と労力とは想像も及ばない。岩瀬肥後はそれをなした人だ。最初の米国領事ハリスが来航して、いよいよ和親貿易の交渉を始めようとした時、幕府の有司はみな尻込《しりご》みして、一人として背負《しょ》って立とうとするものがない。皆手を拱《こまね》いて、岩瀬肥後を推した。そこで彼は一身を犠牲にする覚悟で、江戸と下田の間を往復して、数ケ月もかかった後に漸く草稿の出来たのが安政の年の条約だ。

草稿は出来た。諸大名は江戸城に召集された。その時、井伊大老が出で、和親貿易の避けがたいことを述べて、委細は監察の岩瀬肥後に述べさせるから、篤《とく》と聴いた後で諸君各自の意見を述べられるようにと言った。そこで大老は退《ひ》いて、彼が代って諸大名の前に進み出た。その時の彼の声はよく徹《とお》り、言うこともはっきりしていて、誰一人異議を唱えるものもない。いずれも時宜《じぎ》に適《かな》った説だとして、悦《よろこ》んで退出した。ところが数日後に諸大名各自の意見書を出す頃になると、ことごとく前の日に言ったことを覆《くつがえ》して、彼の説を破ろうとするものが出て来た。それは多く臣下の手になったものだ。君侯といえどもそれを制することが出来なかったのだ。そこで彼は水戸の御隠居や、尾州《びしゅう》の徳川慶勝《よしかつ》や、松平春嶽《しゅんがく》、鍋島閑叟《かんそう》、山内容堂《やまのうちようどう》の諸公に説いて、協力して事に当ることを求めた。岩瀬肥後の名が高くなったのもその頃からだ。

しかし、条約交渉の相手方なる欧羅巴《ヨーロッパ》人が次第に態度を改めて来たことをも忘れてはならない。来るものも来るものも、皆ペリイのような態度の人ばかりではなかったのだ。亜米利加《アメリカ》領事ハリス、その書記ヒュウスケン、英吉利《イギリス》の使節エルヂン、その書記オリファント、これらの人たちはいずれも日本を知り、日本の国情というものをも認めた。中には、日本に来た最初の印象は思いがけない文明国の感じであったとさえ言った人もある。すべてこれらの事情は、岩瀬肥後のようにその局に当った人以外には多く伝わらない。それにつけても、彼にはいろいろな逸話がある。彼が頭脳《あたま》の良かった証拠には、英吉利《イギリス》の使節らが彼の聡明さに驚いたというくらいだ。彼は英吉利《イギリス》人から聴いた言葉を心覚えに自分の扇子に書きつけておいて、その次の会見の折には、かなり正確にその英語を発音したという。英吉利《イギリス》人の方では、また彼のすることを見て、日本の扇子は手帳にもなり、風を送る器《うつわ》にもなり、退屈な時の手慰みにもなると言ったという話もある。

もともと水戸の御隠居はそう頑《かたくな》な人ではない。尊王攘夷という言葉は御隠居自身の筆になる水戸弘道館の碑文から来ているくらいで、最初のうちこそ御隠居も外国に対しては、何でも一つ撃《う》ち懲《こら》せという方にばかり志《こころざし》を向けていたらしいが、だんだん岩瀬肥後の説を聞いて大《おおい》に悟られるところがあった。御隠居はもとより英明な生れつきの人だから、今日の外国は古《いにしえ》の夷狄《いてき》ではないという彼の言葉に耳を傾けて、無謀の戦はいたずらにこの国を害するに過ぎないことを回顧するようになった。その時、御隠居は彼に一つの喩《たと》え話《ばなし》を告げた。ここに一人の美しい娘がある。その娘にしきりに結婚を求めるものがある。再三拒んで容易に許さない。男の心がますます動いて来た時になって、始めて許したら、その二人の愛情はかえって濃《こま》やかで、多情な人の速《すみや》かに受《う》け容《い》れるものには勝ろうというのである。実際、あの御隠居が断乎《だんこ》として和親貿易の変更すべきでないことを彼に許した証拠には、こんな娘の喩《たと》えを語ったのを見ても分る。御隠居が既にこの通り、外交の止むを得ないことを認めて、他の親藩にも外様《とざま》の大名にも説き勧めるくらいだ。それまで御隠居を動かして鎖攘《さじょう》の説を唱えた二人の幕僚、藤田東湖、戸田蓬軒なども遠見《とおみ》のきく御隠居の見識に服して、自分らの説を改めるようになった。そこへ安政の大地震が来た。一藩の指導者は二人とも圧死を遂げた。御隠居は一時に両《ふた》つの翼を失ったけれども、その老いた精神はますます明るいところへ出て行った。御隠居の長い生涯のうちでも岩瀬肥後に逢った頃は特別の時代で、御隠居自身の内部に起って来た外国というものの考え直しもその時代に行われた。

しかし、岩瀬肥後に取っては、彼が一生のつまずきになるほどの一大珍事が出来《しゅったい》した。十三代将軍(徳川家定《いえさだ》)は生来多病で、物言うことも滞りがちなくらいであった。どうしても好い世嗣《よつ》ぎを定めねばならぬ。この多事な日に、内は諸藩の人心を鎮め、外は各国に応じて行かねばならぬ。徳川宗室を見渡したところ、その任に耐えそうなものは、一橋慶喜《ひとつばしよしのぶ》の外にない。殊《こと》に一代の声望並ぶもののないような水戸の御隠居が現にその父親であるのだから、諸官一同申し合せて、慶喜擁立のことを上請することになった。岩瀬肥後はその主唱者なのだ。水戸はもとより、京都方面まで異議のあろうはずもない。ところがこれには反対の説が出て、血統の近い紀州慶福《よしとみ》を立てるのが世襲伝来の精神から見て正しいと唱え出した。その声は大奥の深い簾《すだれ》の内からも出、水戸の野心と陰謀を疑う大名有司の仲間からも出た。この形勢を看《み》て取った岩瀬肥後は、血統の近いものを立てるという声を排斥して、年長で賢いものを立てるのが今日の急務であると力説し、老中奉行らもその説に賛成するものが多く、それを漏《も》れ聞いた国内の有志者たちも皆大《おお》いに喜んで、太陽はこれから輝こうと言い合いながら、いずれもその時の来るのを待ち望んだ。意外にも、その上請をしないうちに、将軍は脚気にかかって、僅か五年を徳川十三代の一期として、俄《にわ》かに薨去《こうきょ》した。岩瀬肥後の極力排斥した慶福擁立説がまた盛り返して来た日を迎えて見ると、そこに将軍の遺旨を奉じて起ち上ったのが井伊大老その人であったのだ。

岩瀬肥後の政治生涯はその時を終りとした。水戸の御隠居を始めとして、尾州、越前、土州の諸大名、およそ平生《へいぜい》彼の説に賛成したものは皆江戸城に集まって大老と激しい議論があったが、大老は一切聴き入れなかった。安政大獄の序幕はそこから切って落された。彼はもとより首唱の罪で、厳しい譴責《けんせき》を受けた。屏《しりぞ》けられ、坐らせられ、断りなしに人と往来《ゆきき》することすら禁ぜられた。その時の大老の言葉に、岩瀬輩が軽賤の身でありながら柱石たる我々をさし置いて、勝手に将軍の継嗣《けいし》問題なぞを持ち出した。その罪は憎むべき大逆無道にも相当する。それでも極刑に処せられなかったのは、彼も日本国の平安を謀《はか》って、計画することが図に当り、その尽力の功労は埋《うず》められるものでもないから、非常な寛典を与えられたのであると。

瑞見に言わせると、今度江戸へ出て来て見ても、水戸の御隠居はじめ大老と意見の合わないものはすべて斥《しりぞ》けられている。諸司諸役ことごとく更替して、大老の家《いえ》の子《こ》郎党ともいうべき人たちで占められている。驚くばかりさかんな大老の権威の前には、幕府内のものは皆屏息《へいそく》して、足を累《かさ》ねて立つ思いをしているほどだ。岩瀬肥後も今は向島に蟄居《ちっきょ》して、客にも会わず、号を鷗所《おうしょ》と改めて僅かに好きな書画なぞに日々の憂さを慰めていると聞く。

「幕府のことは最早《もはや》語るに足るものがない。」

と瑞見は嘆息して、その意味から言っても、罪せられた岩瀬肥後を憐《あわれ》んだ。そういう瑞見は、彼自身も思いがけない譴責《けんせき》を受けて、蝦夷移住を命ぜられたのがすこし早かったばかりに、大獄事件の巻添えを喰わなかったというまでである。

十一屋の隠居は瑞見よりも一歩先《ひとあしさき》に江戸の方へ帰って行った。瑞見の方は腹具合を悪くして、寛斎の介抱などを受けていたために、神奈川を立つのが二、三日後《おく》れた。瑞見は蝦夷《えぞ》から同行して来た供の男を連れて、寛斎にも牡丹屋の亭主にも別れを告げる時に言った。

「わたしもまた函館の方へ行って、昼寝でもして来ます。」

こんな言葉を残した。

客を送り出して見ると、寛斎は一層さびしい日を暮すようになった。毎晩のように彗《すい》星《せい》が空にあらわれて怪しい光を放つのは、あれは何かの前兆を語るものであろうなどと、人の噂にろくなことはない。水戸藩へはまた秘密な勅旨《ちよくし》が下った、その使者が幕府の厳重な探偵を避けるため、行脚僧《あんぎやそう》に姿を変えてこの東海道を通ったという流言なぞも伝わって来る。それを見て来たことのようにおもしろがって言い立てるものもある。攘夷を意味する横浜襲撃が諸浪士によって企てられているとの噂も絶えなかった。

暖かい雨は幾度《いくたび》か通り過ぎた。冬中どこかへ飛び去っていた白い鴉《からす》は、また横浜海岸に近い玉楠《たまぐす》の樹へ帰って来る。旧暦三月の季節も近づいて来た。寛斎は中津川の商人らをしきりに待ち遠しく思った。例の売込商を訪ねる度に、貿易諸相場は上値《うわね》を辿《たど》っているとのことで、この調子で行けば生糸六十五匁か七十匁につき金一両の相場もあらわれようとの話が出る。江州《ごうしゅう》、甲州、あるいは信州飯田あたりの生糸商人も追々入り込んで来る模様があるから、なかなか油断はならないとの話もある。神奈川在留の外国商人――中にも英吉利《イギリス》人のケウスキイなどは横浜の将来を見込んで、率先して木造建築の商館なりと打ち建てたいとの意気込みでいるとの話もある。

「万屋《よろずや》さんも、だいぶ御ゆっくりでございますね。」

と牡丹屋の亭主は寛斎を見に裏二階へ上って来る度に言った。

三月三日の朝はめずらしい大雪が来た。寛斎が廊下に出ては眺めるのを楽みにする椎《しい》の枝なぞは、夜から降り積る雪に圧《お》されて、今にも折れそうなくらいに見える。牡丹屋では亭主の孫にあたるちいさな女の児のために初節句を祝うと言って、その雪の中で、白酒だ豆煎《まめい》りだと女中までが大騒ぎだ。割子《わりご》弁当《べんとう》に重詰、客振舞いの酒肴《さけさかな》は旅に来ている寛斎の膳にまでついた。

その日一日、寛斎は椎の枝から溶け落ちる重い音を聞き暮した。やがてその葉が雪に濡れて、かえって一層の輝きを見せる頃には、江戸方面からの人の噂が桜田門外の変事を伝えた。

刺客《しかく》およそ十七人、脱藩除籍の願書を藩邸に投げ込んで永の暇《いとま》を告げたというから、浪人ではあるが、それらの水戸の侍たちが井伊大老の登城を待ち受けて、その首級を挙げた。この変事は人の口から口へと潜むように伝わって来た。刺客はいずれも斬奸《ざんかん》主意書というを懐《ふところ》にしていたという。それには大老を殺害すべき理由を弁明してあったという。

「あの喜多村先生なぞが蝦夷《えぞ》の方で聞いたら、どんな気がするだろう。」

と言って、思わず寛斎は宿の亭主と顔を見合せた。

井伊大老の横死《おうし》は絶対の秘密とされただけに、来《きた》るべき時勢の変革を予想させるかのような底気味の悪い沈黙が周囲を支配した。首級を挙げられた大老を好く言う人は少い。それほどの憎まれ者も、亡くなった後になって見ると、やっぱり大きい人物であったと、一方には言い出した人もある。なるほど、生前の大老はとかくの評判のある人ではあったが、ただ、他人に真似の出来なかったことが一つある。外国交渉のことにかけては、天朝の威をも畏《おそ》れず、各藩の意見のためにも動かされず、断然として和親通商を許した上で、それから上奏の手続きを執った。この一事は天地も容《い》れない大罪を犯したように評するものが多いけれども、もしこの決断がなかったら、日本国はどうなったろう。軽く見積って蝦夷はもとより、対州《つしま》も壱岐《いき》も英米仏露の諸外国に割《さ》き取られ、内地諸所の埠頭《ふとう》は随意に占領され、その上に背負《しょ》い切れないほどの重い償金を取られ、支那の道光時代の末のような姿になって、独立の体面はとても保たれなかったかも知れない。大老がこの至険至難を凌《しの》ぎ切ったのは、この国に取っての大功と言わねばなるまい。こんな風に言う人もあった。ともあれ、大老は徳川世襲伝来の精神を支えていた大極柱《だいこくばしら》の倒れるように倒れて行った。この報知《しらせ》を聞く彦根藩士の憤激、続いて起って来そうな彦根と水戸両藩の葛藤《かっとう》は寛斎にも想像された。前途は実に測りがたかった。

神奈川附近から横浜へかけての町々の警備は一層厳重を極めるようになった。鶴見の橋詰には杉の角柱に大貫《おおぬき》を通した関門が新たに建てられた。夜になると、神奈川にある二ケ所の関門も堅く閉され、三つ所紋の割羽織に裁附袴《たつつけばかま》もいかめしい番兵が三人の人足を先に立てて、外国諸領事の仮寓する寺々から、神奈川台の異人屋敷の方までも警戒した。町々は夜ふけて出歩く人も少く、あたりをいましめる太鼓の音のみが聞えた。

五

漸《ようや》く、その年の閏《うるう》三月を迎える頃になって、万(角万《かくまん》)とした生糸の荷がぽつぽつ寛斎の許《もと》に届くようになった。寛斎は順に来るやつを預かって、適当にその始末をしたが、木曾街道の宿場宿場を経て江戸廻りで届いた荷を見る度に、中津川商人が出向いて来る日の近いことを思った。毎日のように何かの出来事を待ち受けさせるかのような、こんな不安な周囲の空気の中で、よくそれでも生糸の荷が無事に着いたとも思った。

万屋安兵衛が手代の嘉吉を連れて、美濃の方を立って来たのは同じ月の下旬である。二人はやはり以前と同じ道筋を取って、江戸両国の十一屋泊りで、旧暦四月に入ってから神奈川の牡丹屋に着いた。

にわかに寛斎のまわりも賑《にぎや》かになった。旅の落《おと》し差《ざし》を床の間に預ける安兵衛もいる。部屋の片隅に脚絆《きゃはん》の紐を解く嘉吉もいる。二人は寛斎の聞きたいと思う郷里の方の人たちの消息――彼の妻子の消息、彼の知人の消息、彼の旧い弟子たちの消息ばかりでなく、何かこう一口には言ってしまえないが、あの東美濃の盆地の方の空気までも何となく一緒に寛斎のところへ持って来た。

寛斎が起ったり坐ったりしている側で、嘉吉は働き盛りの手代らしい調子で、

「宮川先生も、随分お待ちになったでしょう。なにしろ春蚕《はるご》の済まないうちは、どうすることも出来ませんでした。糸は出揃いませんし。」

と言うと、安兵衛も寛斎をねぎらい顔に、

「いや、よく御辛抱が続きましたよ。こんなに長くなるんでしたら、一度国の方へお帰りを願って、また出て来て頂いてもとは思いましたがね。」

百里の道を往復して生糸商売でもしようという安兵衛には、さすがに思いやりがある。

「どうしても、誰か一人こっちにいないことには、浜の事情もよく分りませんし、人任せでは安心もなりませんし――やっぱり先生に残っていて頂いて好かったと思いました。」

とも安兵衛は言い添えた。

やがて灯《ひ》ともし頃《ごろ》であった。三人は久しぶりで一緒に食事を済ました。町をいましめに来る太鼓の音が聞える。閏《うるう》三月の晦日《みそか》まで隠されていた井伊大老の喪《も》も既に発表されたが、神奈川附近ではなかなか警戒の手をゆるめない。嘉吉は裏座敷から表側の廊下の方へ見に行った。陣笠を冠《かぶ》って両刀を腰にした番兵の先には、弓張提灯《ゆみはりちょうちん》を手にした二人の人足と、太鼓を叩《たた》いて廻る一人の人足とが並んで通ったと言って、嘉吉は眼を光らせながら寛斎のいるところへ戻って来た。

「そう言えば、先生はすこし横浜の匂いがする。」

と嘉吉が戯れて言い出した。

「馬鹿なことを言っちゃいけない。」

この七ケ月ばかりの間、親しい人の誰の顔も見ず、誰の言葉も聞かないでいる寛斎が、どうして旅の日を暮したか。嘉吉の眼がそれを言った。

「そんなら見せようか。」

寛斎は笑って、毎日のように手習いした反古《ほご》を行燈《あんどん》のかげに取り出して来て見せた。過ぐる七ケ月は寛斎に取って、二年にも三年にも当った。旅籠屋《はたごや》の裏二階から見える椎の木より外にこの人の友とするものもなかった。その枝ぶりを眺め眺めするうちに、いつの間にか一変したと言ってもいいほどの彼の書体がそこにあった。

寛斎は安兵衛にも嘉吉にも言った。

「去年の十月頃から見ると、横浜も見ちがえるようになりましたよ。」

糸目六十四匁につき金一両の割で、生糸の手合せも順調に行われた。この手合せは神奈川台の異人屋敷にあるケウスキイの仮宅で行われた。売込商と通弁の男とがそれに立ち合った。売方では牡丹屋に泊っている安兵衛も嘉吉も共に列席して、書類の調製は寛斎が引き受けた。

ケウスキイはめったに笑わない男だが、その時だけは青い瞳の眼に笑みを湛《たた》えて、

「自分は近く横浜の海岸通りに木造の二階屋を建てる。自分の同業者でこの神奈川に来ているものには、英国人バルベルがあり、米国人ホウルがある。しかし、自分は誰よりも先に、あの商館を完成して、そこに英吉利《イギリス》第一番の表札を掲げたい。」

こういう意味のことを通弁に言わせた。

その時、ケウスキイは「解ってくれたか」という顔付をして、安兵衛にも嘉吉にも握手を求め、寛斎の方へも大きな手をさし出した。この英吉利《イギリス》人は寛斎の手を堅く握った。

「手合せは済んだ。これから糸の引渡しだ。」

異人屋敷を出てから安兵衛がホッとしたようにそれを言い出すと、嘉吉も連立って歩きながら、

「旦那、それから、まだありますぜ。請取った現金を国の方へ運ぶという仕事がありますぜ。」

「その事なら心配しなくてもいい。先生が引き受けていて下さる。」

「こいつがまた一仕事ですぞ。」

寛斎は二人の後から神奈川台の土を踏んで、一緒に海の見えるところへ行って立った。眼に入るかぎり、ちょうど港は発展の最中だ。野毛町、戸部町なぞの埋立ても出来、開

港当時百一戸ばかりの横浜に何程《どれほど》の移住者が増したと言って見ることも出来ない。この横浜は来る六月二日を期して、開港一周年を迎えようとしている。その記念には、弁天の祭礼をすら迎えようとしている。牡丹屋の亭主の話によると、神輿《みこし》はもとより、山車《だし》、手古舞《てこまい》、蜘蛛《くも》の拍子舞《ひょうしまい》などいう手踊りの舞台まで張り出して、出来るだけ盛んにその祭礼を迎えようとしている。誰がこの横浜開港をどう非難しようと、まるでそんなことは頓着しないかのように、一旦欧羅巴《ヨーロッパ》の方へ向って開いた港からは、世界の潮が遠慮会釈なくどんどん流れ込むように見えて来た。羅紗《らしゃ》、唐桟《とうざん》、金巾《かなきん》、玻璃《はり》、薬種、酒類なぞがそこから入って来れば、生糸、漆器、製茶、水油、銅及び銅器の類《たぐい》なぞがそこから出て行って、好《よ》かれ悪《あ》しかれ東と西の交換がすでにすでに始まったように見えて来た。郷里の方に待ち受けている妻子のことも、寛斎の胸に浮んで来た。彼の心は中津川の香蔵、景蔵、それから馬籠の半蔵なぞの旧い三人の弟子の方へも行った。あの血気壮《さか》んな人たちが、このむずかしい時をどう乗ッ切るだろうかとも思いやった。

生糸売上げの利得のうち、小判で二千四百両の金を遠く中津川まで送り届けることが寛斎の手に委《ゆだ》ねられた。安兵衛、嘉吉の二人は神奈川に居残って、六月の頃まで商売を続ける手筈《てはず》であったからで。当時、金銀の運搬にはいろいろ難渋した話がある。鯣《するめ》にくるんで乾物の荷と見せかけ、辛《かろ》うじて胡麻《ごま》の蠅《はえ》の難をまぬかれた話もある。武州川越の商人は駕籠《かご》で夜道を急ごうとして、江戸へ出る途中で駕籠かきに襲われた話もある。五十両からの金を携帯する客となると、駕籠かきにはその重さで分るという。こんな不便な時代に、寛斎は二千四百両からの金を預かって行かねばならない。貧しい彼はそれほどの金をかつて見たこともなかったくらいだ。

寛斎は牡丹屋の二階にいた。その前へ来て坐って、手提《てさ》げのついた煙草盆から一服吸いつけたのが安兵衛だ。

「先生に引き受けて頂いて、わたしも安心しました。この役を引き受けて頂きたいばかりに、わざわざ先生を神奈川へお誘いして来たようなものですよ。」

と安兵衛が白状した。

しかし、これは安兵衛に言われるまでもなかった。もとより寛斎も承知の上で来たことだ。

寛斎は前途百里の思いに胸の塞《ふさ》がる心地《ここち》で起ちあがった。迫り来る老年は最早この人の半身に上っていた。右の耳には殆んど聴く力がなく、右の眼の視る力も左のほどには利《き》かなかった。彼はその衰えたからだを起して、最後の「隠れ家」に辿《たど》り着くための冒険に当ろうとした。その時、安兵衛は一人の宰領《さいりょう》を彼のところへ連れて来た。

「先生、この人が一緒に行ってくれます。」

見ると、荷物を護って行くには屈強な男だ。千両箱の荷造りには嘉吉も来て手伝った。四月十日頃には、寛斎は朝早く支度をはじめ、旅の落し差に身を堅めて、七ケ月の侘《わび》しい旅籠屋《はたごや》住居《ずまい》に別れて行こうとする人であった。牡丹屋の亭主の計らいで、別れの盃なぞがそこへ運ばれた。安兵衛は寛斎の前に坐って、先ず自分で一口飲んだ上で、その土器《かわらけ》を寛斎の方へ差した。この水盃は無量の思いでかわされた。

「さあ、退《ど》いた。退《ど》いた。」

という声が起った。廊下に立つ女中なぞの間を分けて、三つの荷が二階から梯子段《はしごだん》の下へ運ばれた。その荷造りした箱の一つ一つは、嘉吉と宿の男とが二人掛りで漸く持上るほどの重さがあった。

「オヤ、もうお立ちでございますか。江戸はいずれ両国のお泊りでございましょう。あの十一屋の隠居にも、どうか宜《よろ》しく仰《おっしゃ》って下さい。」

と亭主も寛斎のところへ挨拶に来た。

馬荷一駄。それに寛斎と宰領とが附き添って、牡丹屋の門口を離れた。安兵衛や嘉吉はせめて宿《しゅく》はずれまで見送りたいと言って、一緒に滝の橋を渡り、阿蘭陀《オランダ》領事館の国旗の出ている長延寺の前を通って、神奈川御台場の先まで随《つ》いて来た。

その時になって見ると、郷里の方にいる旧い弟子たちの思惑《おもわく》もしきりに寛斎の心に掛って来た。彼が一歩踏《ひとあし》み出したところは、往来《ゆきき》するものの多い東海道だ。彼は老鶯《ろうおう》の世を忍ぶ風情《ふぜい》で、とぼとぼとした荷馬の藁沓《わらぐつ》の音を聞きながら、遠く板橋廻りで木曾街道に向って行った。

第五章

一

宮川寛斎が万屋《よろずや》の主人と手代とを神奈川に残しておいて帰国の途に上ったことは、早く美濃の方へ知れた。中津川も狭い土地だから、それがすぐ弟子仲間の香蔵や景蔵の耳に入り、半蔵はまた三里ほど離れた木曾の馬籠の方で、旧《ふる》い師匠が板橋方面から木曾街道を帰って来ることを知った。

横浜開港の影響は諸国の街道筋にまであらわれて来る頃だ。半蔵は馬籠の本陣にいて、既に幾度《いくたび》か銭相場引上げの声を聞き、更にまた小判買の声を聞くようになった。古二朱金、保字金なぞの当時に残存した古い金貨の買占めは地方でも始まった。きのうは馬籠桝田屋へ江州辺の買手が来て貯え置きの保金小判を一両につき一両三分までに買い入れて行ったとか、きょうは中津川大和屋で百枚の保金小判を出して当時通用の新小判二百二十五両を請取ったとか、そんな噂が毎日のように半蔵の耳を打った。金一両で二両一分ずつの売買だ。それどころか、二両二分にも、三両にも買い求めるものがあらわれて来た。半蔵が家の隣に住んで昔気質《むかしかたぎ》で聞えた伏見屋金兵衛なぞは驚いてしまって、まことに心ならぬ浮世ではある、こんな姿で子孫が繁昌するならそれこそ大慶の至りだと皮肉を言ったり、この上どうなって行く世の中だろうと不安な語気を泄《も》らしたりした。

半蔵が横浜貿易から帰って来る旧師を心待ちに待ち受けたのは、この地方の動揺の中だ。

旅人を親切にもてなすことは、古い街道筋の住民が一朝一夕に養い得た気風でもない。椎《しい》の葉に飯《いい》を盛ると言った昔の人の旅情は彼らの忘れ得ぬ歌であり、路傍に立つ古い道祖神は子供の時分から彼らに旅人愛護の精神をささやいている。到るところに三嶽は重なり合い、河川は溢《あふ》れ易《やす》い木曾のような土地に住むものは、殊《こと》にその心が深い。当時に於ける旅行の困難を最もよく知るものは、そういう彼ら自身なのだ。まして半蔵にして見れば、以前に師匠と頼んだ人、平田入門の紹介までしてくれた人が神奈川から百里の道を踏んで、昼でも暗いような木曾の森林の間を遠く疲れて帰って来ようという旅だ。

半蔵は旧師を待ち受ける心で、毎日のように街道へ出て見た。彼も隣宿妻籠本陣の寿平次と一緒に、江戸から横須賀へかけての旅を終って帰って来てから、最早《もう》足掛け三年になる。過ぐる年の大火の後をうけて馬籠の宿もちょうど復興の最中であった。幸いに彼の家や隣家の伏見屋は類焼をまぬかれたが、町の向う側はすっかり焼けて、真先に普《ふ》請《しん》の出来た問屋九太夫の家も眼に新しい。

旧師の横浜出稼ぎに就いては、これまでとても弟子たちの間に問題とされて来たことだ。どうかして晩節を全《まっと》うするように、とは年老いた師匠のために半蔵らの願いとするところで、最初横浜行の噂を耳にした時に、弟子たちの間には寄り寄りその話が出た。わざわざ断って行く必要もなかったと師匠に言われれば、それまでで、往きにその沙汰がなかったにしても、帰りには何とか話があろうと語り合っていた。すくなくも半蔵の心には、あの旧師が自分の家には立ち寄ってくれてせめて弟子だけにはいろいろな打明け話があるものと思っていた。

四月の二十二日には、寛斎も例の馬荷一駄に宰領の附添いで、片側に新しい家の並んだ馬籠の坂道を峠の方から下って来た。寛斎は伏見屋の門口に馬を停め、懇意な金兵衛方に亡くなった鶴松の悔《くや》みを言い入れ、今度横浜を引上げるについては二千四百両からの金を預かって来たこと、万屋安兵衛らの帰国は多分六月になろうということ、生糸売上げも多分の利得のあること、開港場での小判の相場は三両二朱ぐらいには商いの出来ること、そんな話を金兵衛のところに残しておいて、折角《せっかく》待ち受けている半蔵の家へは立ち寄らずに、そそこに中津川の方へ通り過ぎて行った。

このことは後になって隣家から知れて来た。それを知った時の半蔵の手持無沙汰《てもちぶさた》もなかった。旧師を信ずる心の深いだけ、彼の失望も深かった。

二

「どうも小判買の入り込んで来るには驚きますね。今もわたしは馬籠へ来る途中で、落合でもその噂を聞いて来ましたよ。」

こんな話をもって、中津川の香蔵が馬籠本陣を訪ねるために、落合から十曲峠の山道を登って来た。

香蔵は、まだ家督相続もせずにいる半蔵と違い、すでに中津川の方の新しい問屋の主人である。十何年も前に弟子として、義理ある兄の寛斎に就いた頃から見ると、彼も今は男のさかりだ。三人の友達の中でも、景蔵は年長《としうえ》で、香蔵はそれに次ぎ、半蔵が一番若かった。その半蔵が最早《もはや》三十にもなる。

寛斎も今は成金だと戯れて見せるような友達を前に置いて、半蔵は自分の居間としている本陣の店座敷で話した。

銭相場引上げに続いて急激な諸物価騰貴を惹《ひ》き起した横浜貿易の取沙汰《とりざた》ほど半蔵らの心をいらいらさせるものもない。当時、国内に流通する小判、一分判などの異常に良質なことは、米国領事ハリスですら幕府に注意したくらいで、それらの古い金貨を輸出するものは法外な利を得た。幕府で新小判を鋳造し、その品質を落したのは、外国貨幣と釣合を取るための応急手段であったが、それがかえって財界混乱の結果を招いたとも言える。そういう幕府には市場に流通する一切の古い金貨を蒐集《しゅうしゅう》して、それを改鋳《かいちゅう》するだけの能力も信用もなかったからで。新旧小判は同時に市場に行われるような日がやって来た。目先の利に走る内地商人と、この機会を捉えずにはおかない外国商人とがしきりにその間に跳梁《ちょうりょう》し始めた。純粋な小判はどしどし海の外へ出て行って、そのかわりに輸入せらるるものは多少の米弗《ベいドル》銀貨はあるとしても、多くは悪質な洋銀であると言われる。

「半蔵さん、君はあの小判買の声をどう思います。」と香蔵は言った。「今までに君、九十万両ぐらいの小判は外国へ流れ出したと言いますよ。そうです、軽く見積っても九十万両ですとさ。驚くじゃありませんか。まさか幕府の役人だって、異人の言うなりになってる訳でもありますまいがね、支度も何もなしに、いきなり港を開かせられてしまって、その結果はと言うと非常な物価騰貴です。そりゃ一部の人たちは横浜開港で儲《もう》けたかも知れませんが、一般の人民はこんなに生活に苦しむようになって来ましたぜ。」

近づいて来る六月二日、その横浜開港一周年の記念日をむしろ屈辱の記念日として考えるものもあるような、さかんな排外熱は全国に捲き起って来た。眼《ま》のあたりに多くのものの苦しみを見る半蔵らは、一概にそれを偏狭頑固なものの声とは考えられなかった。

「宮川先生のことは、もう何も言いますまい。」と半蔵が言い出した。「わたしたちの衷《ちゅう》情《じょう》としては、今まで通りの簡素清貧に甘んじていて頂きたかったけれど。」

「国学者には君、国学者の立場もあろうじゃありませんか。それを捨てて、ただ儲《もう》けさえすれば好いというものでもないでしょう。」と言うのは香蔵だ。

「一体、先生が横浜なぞへ出掛けられる前に、相談して下さると好かった。こんなにわたしたちを避けなくてもよさそうなものです。」

「出稼ぎの問題には触れてくれるなと言うんでしょう。」

俄《にわ》かな雨で、二人の話は途切れた。半蔵は店座敷の雨戸を繰って、それを一枚ほど閉めずにおき、しばらく友達と二人で表庭にふりそそぐ強い雨を眺めていた。そのうちに雨は座敷へ吹き込んで来る。しまいには雨戸もあけておかれないようになった。

「お民。」

と半蔵は妻を呼んだ。燈火《あかり》なしには話も見えないほど座敷の内は暗かった。お民も最早二十四で、二人子持の若い母だ。奥から行燈《あんどん》を運んで来る彼女の後には、座敷の入口までついて来て客の方をのぞく幼いものもある。

時ならぬ行燈のかげで、半蔵と香蔵の二人は風雨の音をききながら旧師のことを語り合った。話せば話すほど二人はいろいろな心持を引き出されて行った。半蔵にしても香蔵にしても、はじめて古学というものに眼をあけて貰った寛斎の温情を忘れずにいる。旧師も老いたとは考えても、その態度を責めるような心は二人とも持たなかった。飯田の在への隠退が旧師の晩年のためとあるなら、その人の幸福を乱したくないと言うのが半蔵だ。親戚としての関係はとにかく、旧師から離れて行こうと言い出すのが香蔵だ。

国学者としての大きな先輩、本居宣長の遺した仕事はこの半蔵らに一層光って見えるようになって来た。何と言っても言葉の鍵《かぎ》を握ったことはあの大人《うし》の強味で、それが三十五年に亙《わた》る古事記の研究ともなり、健全な国民性を古代に発見する端緒ともなった。儒教という形であらわれて来ている北方支那の道徳、禅宗や道教の形であらわれて来ている南方支那の宗教――それらの異国の借り物をかなぐり捨て、一切の「漢《から》ごころ」をかなぐり捨てて、言挙《ことあ》げということも更になかった神ながらのいにしえの代に帰れと教えたのが大人《うし》だ。大人から見ると、何の道かの道ということは異国の沙汰で、いわゆる仁義礼譲孝悌忠信などというやかましい名をくさぐさ作り設けて、きびしく人間を縛りつけてしまった人たちのことを、もろこしの方では聖人と呼んでいる。それを笑うために出て来た人があの大人だ。大人が古代の探求から見つけて来たものは、「直毘《なおび》の霊《みたま》」の精神で、その言うところを約《つづ》めて見ると、「自然《おのずから》に帰れ」と教えたことになる。より明るい世界への啓示も、古代復帰の夢想も、中世の否定も、人間の解放も、または大人のあの恋愛観も、物のあわれの説も、すべてそこから出発している。伊勢の国、飯高郡《いいだかごおり》の民として、天明寛政の年代にこんな人が生きていたということすら、半蔵らの心には一つの驚きである。早く夜明けを告げに生れて来たような大人は、暗いこの世を後から歩いて来るものの探るに任せておいて、新しい世紀のやがてめぐって来る享和《きょうわ》元年の秋頃には既に過去の人であった。半蔵らに言わせると、あの鈴《すず》の屋《や》の翁《おきな》こそ、「近《ちか》つ代《よ》」の人の父とも呼ばるべき人であった。

香蔵は半蔵に言った。

「今になって、想い当る。宮川先生も君、あれで中津川あたりじゃ国学者の牛耳を執ると言われて来た人ですがね、年をとればとるほど漢学の方へ戻って行かれるような気がする。先生には、まだまだ『漢《から》ごころ』のぬけ切らないところがあるんですね。」

「香蔵さん、そう君に言われると、わたしなぞは何と言っていいか分らない。四書五経から習い初めたものに、なかなか儒教の殻はとれませんよ。」

強雨は止まないばかりか、しきりに雲が騒いで、夕方まで休みなしに吹き通すような強風も出て来た。名古屋から福島行の客で止《や》むを得ず半蔵の家に一宿させてくれと言って来た人さえもある。

香蔵もその晩は中津川の方へ帰れなかった。翌朝になって見ると、風は静まったが、天気は容易に回復しなかった。思いの外の大荒れで、奥筋《おくすじ》の道や橋は損じ、福島の毛附《けづ》け(馬市)も日延べになったとの通知があるくらいだ。

ちょうど半蔵の父、吉左衛門は尾張藩から御勝手《おかって》仕法立ての件を頼まれて、名古屋出張中の留守の時であった。半蔵は家の囲炉裏《いろり》ばたに香蔵を残しておいて、ちょっと会所の見廻りに行って来たが、街道には旅人の通行もなかった。そこへ下男の佐吉も蓑《みの》と笠とで田圃《たんぼ》の見廻りから帰って来て、中津川の大橋が流れ失せたとの噂を伝えた。

「香蔵さん、大橋が落ちたと言いますぜ。もうすこし見合せていたらどうです。」

「この雨にどうなりましょう。」と半蔵が継母のおまんも囲炉裏ばたへ来て言った。

「いずれ中津川からお迎えの人も見えましょうに、それまで見合せていらっしゃるがいい。まあ、そうなさい。」

雨のために、止むなく逗留する友達を慰めようとして、やがて半蔵は囲炉裏《いろり》ばたから奥の部屋の方へ香蔵を誘った。北の坪庭に向いたところまで行って、雨戸をすこし繰って見せると、そこに本陣の上段の間がある。白地に黒く雲形を織り出した高麗縁《こうらいべり》の畳の上には、雨の日の薄暗い光線が射し入っている。木曾路を通る諸大名が客間に宛ててあるのもそこだ。半蔵が横須賀の旅以来、過ぐる三年間の意味ある通行を数えて見ると、彦根よりする井伊《いい》掃部頭《かもんのかみ》、江戸より老中間部《まなべ》下総守《しもうさのかみ》、林大学頭《はやしだいがくのかみ》、監察岩瀬《いわせ》肥後守《ひごのかみ》、等、等――それらの既に横死したりまたは現存する幕府の人物で、あるいは大老就職のため江戸の任地へ赴《おもむ》こうとし、あるいは神奈川条約上奏のため京都へ急ごうとして、その客間に足をとどめて行ったことが、ありありとそこに辿《たど》られる。半蔵はそんな隠れたところにある部屋を友達に覗《のぞ》かせて、眼まぐるしい「時」の歩みをちょっと振り返って見る気になった。

その時、半蔵は唐紙の側に立っていた。わざと友達が上段の間の床に注意するのを待っていた。相州三浦、横須賀在、公郷村《くごうむら》の方に住む山上七郎左衛門から旅の記念にと贈られた光琳の軸がその暗い壁のところに隠れていたのだ。

「香蔵さん、これがわたしの横須賀土産ですよ。」
「そう言えば、君の話にはよく横須賀が出る。これを贈った方がその御本家なんですね。」
「妻籠の本陣じゃ無銘の刀を貰う、わたしの家へはこの掛物を貰って来ました。まったく、あの旅は忘れられない。あれから吾家《うち》へ帰って来た日は、わたしはもう別の人でしたよ――まあ、自分のつもりじゃ、全く新規な生活を始めましたよ。」
半日でも多く友達を引き留めたくている半蔵には、その日の雨はやらずの雨と言ってよかった。彼はその足で、継母や妻の仕事部屋となっている仲の間の側《わき》の廊下を通りぬけて、もう一度店座敷の方に友達の席をつくり直した。
「どれ、香蔵さんに一つわたしのまずい歌をお目にかけますか。」
と言って半蔵が友達の前に取り出したのは、時事を詠じた歌の草稿だ。まだ若々しい筆で書いて、人にも見せずにしまっておいてあるものだ。
あめりかのどるを御国《みくに》のしろかねにひとしき品とさだめしや誰
しろかねにかけておよばぬどるらるをひとしと思ひし人は誰ぞも
国つ物たかくうるともそのしろのいとやすかるを思ひはからで
百八十《ももやそ》の物のこと〴〵たかくうりてわれを富ますとおもひけるかな

土のごと山と掘りくるどるらるに御国《みくに》のたからかへまく惜しも

どるらるにかふるも悲し神国《かみぐに》の人のいとなみ造れるものを

どるらるの品のさだめは大八島国中《くぬち》あまねく問ふべかりしを

しろかねにいたくおとれるどるらるを知りてさておく世こそつたなき

国つ物足らずなりなばどるらるは山とつむとも何にかはせむ

これらの歌に「どる」とか、「どるらる」とかあるのは、外国商人の手によりて輸入せらるる悪質なメキシコ弗《ドル》、香港弗《ホンコンドル》などの洋銀を指す。それは民間に流通するよりも多く徳川幕府の手に入って、一分銀に改鋳せらるるというものである。

「わたしがこんな歌をつくったのはめずらしいでしょう。」と半蔵が言い出した。

「しかし、宮川先生の旧い弟子仲間では、半蔵さんは歌の読める人だと思っていましたよ。」と香蔵が答える。

「それがです、自分でも物になるかと思い初めたのは、横須賀の旅からです。あの旅が歌を引き出したんですね。詠《よ》んで見たら、自分にも詠める。」

「ほら、君が横須賀の旅から贈って下すったのがあるじゃありませんか。」

「でも、香蔵さん、吾家《うち》の阿爺《おやじ》が俳諧を楽《たのし》むのと、わたしが和歌を詠《よ》んで見たいと思うのとでは、だいぶその心持に相違があるんです。わたしはやはり、本居先生の歌にもとづいて、いくらかでも古《むかし》の人の素直《すなお》な心に帰って行くために、歌を詠むと考えたいんです。それほど今の時世に生れたものは、自然なものを失っていると思うんですが、どうでしょう。」

半蔵らはすべてこの調子で踏み出して行こうとした。あの本居宣長の遺した教を祖述するばかりでなく、それを極端にまで持って行って、実行への道をあけたところに、日頃半蔵らが畏敬《いけい》する平田篤胤《ひらたあつたね》の不屈な気魄《きはく》がある。半蔵らに言わせると、鈴の屋の翁には何と言っても天明寛政年代の人の寛闊《かんかつ》さがある。そこへ行くと、気吹《いぶき》の舎大人《やのうし》は狭い人かも知れないが、しかしその迫りに迫って行った追求心が彼らの時代の人の心に近い。そこが平田派の学問の世に誤解され易《やす》いところで、篤胤大人の上に及んだ幕府の迫害もはなはだしかった。『大扶桑国考』、『皇朝無窮暦』などの書かれる頃になると、絶板を命ぜられるはおろか、著述することまで禁じられ、大人《うし》その人も郷里の秋田へ隠退を余儀なくされたが、しかし大人は六十八歳の生涯を終るまで決して屈してはいなかった。同時代を見渡したところ、平田篤胤に比ぶべきほどの必死な学者は半蔵らの眼に映って来なかった。

五月も十日過ぎのことで、安政大獄当時に極刑に処せられたもののうち、あるものの忌日がやって来るような日を迎えて見ると、亡き梅田雲浜《うめだうんぴん》、吉田松陰、頼鴨崖《らいおうがい》なぞの記憶がまた眼前の青葉と共に世人の胸に活《い》き返って来る。半蔵や香蔵は平田篤胤歿後の門人として、あの先輩から学び得た心を抱いて、互いに革新潮流の渦の中へ行こうとこころざしていた。

降りつづける五月の雨は友達の足をとどめさせたばかりでなく、親しみを増させるなかだちともなった。半蔵には新たに一人の弟子が出来て、今は住込みでここ本陣に来ていることも香蔵をよろこばせた。隣宿落合の稲葉屋の子息《むすこ》、林勝重《はやしかつしげ》というのがその少年の名だ。学問する機運に促されてか、馬籠本陣へ通って来る少年も多くある中で、勝重ほど末頼母《たのも》しいものを見ない、と友達に言って見せるのも半蔵だ。時には、勝重は勉強部屋の方から通って来て、半蔵と香蔵とが二人で話しつづけているところへ用をききに顔を出す。短い袴、浅黄色の襦袢《じゅばん》の襟、前髪をとった額越しにこちらを見る少年らしい眼付の若々しさは、半蔵らにもありし日のことを思い出させずにはおかなかった。

「そうかなあ。自分らもあんなだったかなあ。わたしが弁当持ちで、宮川先生の家へ通い初めたのは、ちょうど今の勝重さんの年でしたよ。」

と半蔵は友達に言って見せた。

そろそろ香蔵は中津川の家の方のことを心配し出した。強風強雨が来た後の様子が追々分って見ると、荒町には風のために吹き潰《つぶ》された家もある。峠の村にも半潰れの家があり、棟に打たれて即死した馬さえある。そこいらの畠の麦が残らず倒れたなぞは、風あたりの強い馬籠峠の上にしてもめずらしいことだ。

おまんは店座敷へ来て、

「香蔵さん、お宅の方でも御心配なすっていらっしゃるでしょうが、今日お帰し申したんじゃ、わたしどもが心配です。吾家《うち》の佐吉に風呂でも焚《た》かせますに、もう一日御逗留なすって下さい。年寄の言うことをきいて下さい。」

と言って勧《すす》めた。この継母が入って来ると、半蔵は急に坐り直した。おまんの前では、崩している膝でも坐り直すのが半蔵の癖のようになっていた。

「ごめん下さい。」

と子供に言って見せる声がして、部屋の敷居をまたごうとする幼いものを助けながら、そこへ入って来たのは半蔵の妻だ。娘のお粂《くめ》は五つになるが、下に宗太という弟が出来てから、にわかに姉さんらしい顔付で、お民に連れられながら、客のところへ茶を運んで来た。一心に客の方をめがけて、茶をこぼすまいとしながら歩いて来るその様子も子供らしい。

「まあ、香蔵さん、見てやって下さい。」とおまんは言った。「お粂があなたのところへお茶を持ってまいりましたよ。」

「この児が自分で持って行くと言って、きかないんですもの。」とお民も笑った。

半蔵の家では子供まで来て、雨に逗留《とうりゅう》する客をもてなした。

到頭香蔵は二晩も馬籠に泊った。東美濃から伊那の谷へかけての平田門人らとも互いに連絡を取ること、場合によっては京都、名古屋にある同志のものを応援することを半蔵に約しておいて、三日目には香蔵は馬籠の本陣を辞した。

友達が帰って行った後になって見ると、半蔵は一層わびしい雨の日を山の上に送った。四日目になっても雨は降り続き、風もすこし吹いて、橋の損所や舞台の屋根を修繕するために村中一軒に一人ずつは出た。雨間《あまま》というものがすこしもなく、雲行きは悪く、荒れ気味で安心がならなかった。村には長雨のために、壁がいたんだり、土の落ちたりした土蔵もある。五日目も雨、その日になると、崖になった塩沢あたりの道がぬける。香蔵が帰って行った中津川の方の大橋附近では三軒の人家が流失するという騒ぎだ。日に日に木曾川の水は増し、橋の通行もない。街道は往来止めだ。

漸く五月の十七日頃になって、上り下りの旅人が動き出した。尾張藩の勘定奉行、普請役御目附《ふしんやくおめつけ》、錦織《にしこうり》の奉行、いずれも江戸城本丸の建築用材を見分《けんぶん》のためとあって、この森林地帯へ入り込んで来る。美濃地方が風雨のために延引となっていた長崎御目附の通行がその後に続く。

「黒船騒ぎも、もう沢山だ。」

そう思っている半蔵は、また木曾人足百人、伊那の助郷《すけごう》二百人を用意するほどの長崎御目附の通行を見せつけられた。遠く長崎の港の方には、新たに独逸《ドイツ》の船が入って来て、先着の欧羅巴《ヨーロッパ》諸国と同じような通商貿易の許しを求めるために港内に碇泊しているとの噂もある。

三

七月を迎える頃には、寛斎は中津川の家を養子に譲り、住み慣れた美濃の盆地を見捨て、かねて老後の隠棲《いんせい》の地と定めておいた信州伊那の谷の方へ移って行った。馬籠にはさびしく旧師を見送る半蔵が残った。

「いよいよ先生ともお別れか。」

と半蔵は考えて、本陣の店座敷の戸に倚《よ》りながら、寛斎が引き移って行った谷の方へ思いを馳《は》せた。隣宿妻籠から伊那への通路にあたる清内路《せいないじ》には、平田門人として半蔵から見れば先輩の原信好がある。御坂峠、風越峠なぞの恵那山脈一帯の地勢を隔てた伊那の谷の方には、飯田にも、大川原にも、山吹にも、座光寺にも平田同門の熱心な先輩を数えることが出来る。その中には、篤胤大人《あつたねうし》畢生《ひっせい》の大著でまだ世に出なかった『古史伝《こしでん》』三十一巻の上木《じょうぼく》を思い立つ座光寺の北原稲雄のような人がある。古学研究の筵《むしろ》を開いて、先師遺著の輪講を思い立つ山吹の片桐春一のような人がある。年々寒露の節に入る日を会日と定め、金二分とか、金半分とかの会費を持ち寄って、地方にいて書籍を購読するための書籍講というものを思い立つものもある。

半蔵の周囲には、驚くばかり急激な勢いで、平田派の学問が伊那地方の人たちの間に伝播《でんぱ》し初めた。飯田の在の伴野《ともの》という村には、五十歳を迎えてから先師歿後の門人に加わり、婦人ながらに勤王の運動に身を投じようとする松尾多勢子のような人も出て来た。おまけに、江戸には篤胤大人の祖述者をもって任ずる平田鉄胤のような好い相続者があって、地方にある門人らを指導することを忘れていなかった。一切の入門者がみな篤胤歿後の門人として取扱われた。決して鉄胤の門人とは見做《みな》されなかった。半蔵にして見ると、彼はこの伊那地方の人たちを東美濃の同志に結びつける中央の位置に自分を見出したのである。賀茂真淵《かものまぶち》から本居宣長《もとおりのりなが》、本居宣長から平田篤胤と、諸大人の承《う》け継《つ》ぎ承け継ぎして来たものを消えない学問の燈火《ともしび》に譬《たと》えるなら、彼は木曾のような深い山の中に住みながらも、一方には伊那の谷の方を望み、一方には親しい友達のいる中津川から、落合、附智《つけち》、久々里、大井、岩村、苗木なぞの美濃の方にまで、あそこにも、ここにもと、その燈火を数えて見ることが出来た。

当時の民間にある庄屋たちは、次第にその位置を自覚し始めた。さしあたり半蔵としては、父吉左衛門から青山の家を譲られる日のことを考えて見て、その心支度《こころじたく》をする必要があった。吉左衛門と、隣家の金兵衛とが、二人とも揃って木曾福島の役所宛《あて》に退役願を申し出たのも、その年、万延《まんえん》元年の夏のはじめであったからで。長いこと地方自治の一単位とも言うべき村方《むらかた》の世話から、交通輸送の要路にあたる街道一切の面倒まで見て、本陣問屋庄屋の三役を兼ねた吉左衛門と、年寄役の金兵衛とが二人とも漸く隠退を思う頃は、吉左衛門はすでに六十二歳、金兵衛は六十四歳に達していた。もっとも、父の退役願がすぐに聴き届けられるか、どうかは、半蔵にも分らなかったが。

時には、半蔵は村の見廻りに行って、そこいらを出歩く父や金兵衛に逢う。吉左衛門も最早杖なぞを手にして、新たに養子を迎えたお喜佐(半蔵の異母妹)の新宅を見廻りに行くような人だ。金兵衛は、と見ると、この隣人は袂《たもと》に珠数《じゆず》を入れ、かつては半蔵の教え子でもあった亡き鶴松のことを忘れかねるという風で、位牌所《いはいじよ》を建立するとか、木魚を寄附するとかに、何かにつけて村の寺道の方へ足を運ぼうとするような人だ。問屋の九太夫にも逢う。

「九太夫さんも年を取ったなあ。」

そう想って見ると、金兵衛の家には美濃の大井から迎えた伊之助という養子が出来、九太夫の家にはすでに九郎兵衛という後継《あとつぎ》がある。

半蔵は家に戻ってからも、よく周囲《あたり》を見廻した。妻をも見て言った。

「お民、ことしか来年のうちには、お前も本陣の姉《あね》さまだぜ。」

「分っていますよ。」

「お前にこの家がやれるかい。」

「そりゃ、わたしだって、やれないことはないと思いますよ。」

先代の隠居半六から四十二歳で家督を譲られた父吉左衛門に比べると、半蔵の方はまだ十二年も若い。それでも最早彼の側には、お民のふところへ子供らしい手をさし入れて、乳房を探ろうとする宗太がいる。朴《ほお》の葉に包んでお民の与えた熱い塩結飯《しおむすび》をうまそうに頰張《ほおば》るような年頃のお粂がいる。

半蔵は思い出したように、

「御覧、吾家《うち》の阿爺《おやじ》はことしで勤続二十一年だ、見習いとして働いた年を入れると、実際は三十七、八年にもなるだろう。あれで祖父《おじい》さんもなかなか頑張っていて、本陣庄屋の仕事を阿爺《おやじ》に任せていいとは容易に言わなかった。それほど大事を取る必要もあるんだね。俺なぞは、お前、十七の歳から見習いだぜ。しかし、俺はお前の兄さん(寿平次)のように事務の執《と》れる人間じゃない。お大名を泊めた時の人数から、旅籠賃《はたごちん》がいくらで、燭台が何本と事細かに書き留めておくような、そういうことに適した人間じゃない――俺は、こんな馬鹿な男だ。」

「どうしてそんなことを言うんでしょう。」

「だからさ。今からそれをお前に断っておく。お前の兄さんも面白いことを言ったよ。庄屋としては民意を代表するし、本陣問屋としては諸街道の交通事業に参加すると想って見たまえ、とさ。しかし、俺も庄屋の子だ。平田先生の門人の一人だ。まあ、俺は俺で、やれるところまでやって見る。」

「半蔵さま、福島から御差紙《おさしがみ》(呼び出し状)よなし。ここはどうしても、お前さまに出て頂かんけりゃならん。」

村方のものがそんなことを言って、半蔵のところへやって来た。

村民同志の草山の争いだ。到るところに森林を見る山間の地勢で、草刈る場所も少い土地を争うところから起って来る境界のごたごただ。草山口論ということを約《つづ》めて、「山論《さんろん》」という言葉で通って来たほど、これまでとてもその紛擾《ふんじょう》は木曾山に絶えなかった。

銭相場引上げ、小判買、横浜交易なぞの声につれて、一方には財界変動の機会に乗じ全盛を謳《うた》わるる成金もあると同時に、細民の苦しむこともおびただしい。米も高い。両に四斗五升もした。大豆一駄二両三分、酒一升二百三十二文、豆腐一丁四十二文もした。諸色《しょしき》がこの通りだ。世間一統動揺して来ている中で、村民の心がそう静かにしていられるはずもなかった。山論までが露骨になって来た。

しかし半蔵に取って、大袈裟《おおげさ》に言えば血で血を洗うような、こうした百姓同志の争いほど彼の心に深い悲しみを覚えさせるものもなかった。福島役所への訴訟沙汰にまでなった山論——訴えた方は隣村湯舟沢の村民、訴えられた方は馬籠宿内の一部落にあたる峠村の百姓仲間である。山論が喧嘩になって、峠村のものが鎌十五挺ほど奪い取られたのは過ぐる年の夏のことで、一旦は馬籠の宿役人が仲裁に入り、示談になったはずの一年越しの事件だ。この争いは去年の二百二十日から九月の二十日頃まで、およそ二ケ月にも亙った。その折には隣宿妻籠脇本陣の扇屋得右衛門から、山口村の組頭まで立合に来て、草山の境界を見分するために一同弁当持参で山登りをしたほどであった。ところが、湯舟沢村のものから不服が出て、その結果は福島の役所にまで持ち出されるほど紛《もつ》れたのである。

二人の百姓総代は峠村からも馬籠の下町からも福島に呼び出された。両人のものが役所に出頭して見ると、直ちに入牢を仰せ付けられて、八沢《やさわ》送りとなった。福島からは別に差紙が来て、年寄役附添いの上、馬籠の庄屋に出頭せよとある。今は、半蔵も躊躇《ちゅうちょ》すべき時でない。

「お民、俺はお父さんの名代《みょうだい》に、福島まで行って来る。」

と妻に言って、彼は役所に出頭する時の袴《はかま》の用意なぞをさせた。自分でも着物を改めて、堅く帯をしめにかかった。

「どうも人気が穏かでない。」

父、吉左衛門はそれを半蔵に言って、福島行の支度の出来るのを待った。

この父は自分の退役も近づいたという顔付で、本陣の囲炉裏《いろり》ばたに続いた寛《くつろ》ぎの間《ま》の方へ行って、その部屋の用簞笥《ようだんす》から馬籠湯舟沢両村の古い絵図なぞを取り出して来た。

「半蔵、これも一つの参考だ。」

と言って子の前に置いた。

「双方入合《いりあい》の草刈場所というものは、むずかしいよ。山論、山論で、そりゃ今までだっても随分ごたごたしたが、大抵は示談で済んで来たものだ。」

とまた吉左衛門は軽く言って、早く不幸な入牢者を救えという意味を通わせた。湯舟沢の方の百姓は、組頭とも、都合八人のものが福島の役所に呼び出された。馬籠では、年寄役の儀助、同役与次衛門、それに峠の組頭平助がすでに福島へ向けて立って行った。なお、年寄役金兵衛の名代として、隣家の養子伊之助も半蔵の後から出掛けることになっている。草山口論も今は公《おおやけ》の場処に出て争おうとする御用の山論一条だ。これらの年寄役は互いに代り合って、半蔵の附添いとして行くことになったのだ。

「俺も退役願を出したくらいだから、今度は顔を出すまいよ。」

と父が言葉を添える頃には、峠の組頭平助が福島から引き返して、半蔵を迎えに来た。半蔵は平助の附添いに力を得て、脚絆《きゃはん》に草鞋《わらじ》ばき尻端《しりはしょ》折りの甲斐《かい》甲斐《がい》しい姿になった。

諸国には当時の厳禁なる百姓一揆《いっき》も起りつつあった。しかし半蔵は、村の長老たちが考えるようにそれを単なる農民の謀反《むほん》とは見做《みな》せなかった。百姓一揆の処罰と言えば、軽いものは笞《むち》、入墨《いれずみ》、追払い、重いものは永牢《えいろう》、打首《うちくび》のような厳刑はありながら、進んでその苦痛を受けようとするほどの要求から動く百姓の誠実と、その犠牲的な精神とは、他の社会に見られないものである。当時の急務は、下民百姓を教えることではなくて、あべこべに下民百姓から教えられることであった。

「百姓には言挙《ことあ》げということも更にない。今こそ草山の争いぐらいでこんな内輪喧嘩をしているが、もっと百姓の眼をさます時が来る。」

そう半蔵は考えて、庄屋としての父の名代を勤めるために、福島の役所をさして出掛けて行くことにした。

家を離れてから、彼はそこにいない人たちに呼びかけるように、独り言って見た。

「同志打ちは止せ。今は、そんな時世じゃないぞ。」

四

十三日の後には、福島へ呼び出されたものも用済みになり、湯舟沢峠両村の百姓の間には和解が成り立った。

八沢の牢舎《ろうや》を出たもの、証人として福島の城下に滞在したもの、いずれも思い思いに帰村を急ぎつつあった。十四日目には、半蔵は隣家の伊之助と連れ立って、峠の組頭平助とも一緒に、暑い木曾路を西に帰って来る人であった。

福島から須原泊りで、山論和解の報告をもたらしながら、半蔵が自分の家の入口まで引返して来た時は、ちょうど門内の庭掃除に余念もない父を見た。

「半蔵が帰りましたよ。」

おまんは誰よりも先に半蔵を見つけて、店座敷の前の牡丹《ぼたん》の下あたりを掃いている吉左衛門にそれを告げた。

「お父さん、行って参りました。」

半蔵は表庭の梨の木の幹に笠を立てかけておいて、汗をふいた。その時、簡単に、両村のものの和解をさせて来たあらましを父に告げた。双方入合の草刈場所を定めたこと、新たに土塚を築いて境界をはっきりさせること、最寄りの百姓ばかりがその辺へは鎌を入れることにして、一同福島から引取って来たことを告げた。

「それはまあ、好かった。お前の帰りが遅いから心配していたよ。」

と吉左衛門は庭の箒《ほうき》を手にしたままで言った。

最早秋も立つ。馬籠あたりに住むものがきびしい暑さを口にする頃に、そこいらの石垣の側では蟋蟀《こおろぎ》が鳴いた。半蔵はその年の盆も福島の方で送って来て、更に村民のために奔走しなければならないほどいそがしい思いをした。

やがて両村立合の上で、かねて争いの場処である草山に土塚を築《つ》き立てる日が来た。半蔵は馬籠の惣役人《そうやくにん》と、百姓小前のものを連れて、草いきれのする夏山の道を辿《たど》った。湯舟沢からは、庄屋、組頭四人、百姓全部で、両村のものを合せるとおよそ二百人あまりの人数が境界の地点と定めた深い沢に集まった。

「そんなとろくさいことじゃ、だちかん。」

「うんと高く土を盛れ。」

半蔵の周囲には、口々に言い罵《ののし》る百姓の声が起る。

四つの土塚がその境界に築き立てられることになった。あるものは洞《ほら》が根《ね》先の大石へ見通し、あるものは向う根の松の木へ見通しという風に。そこいらが掘り返される度に、生々《なまなま》しい土の臭気が半蔵の鼻を衝《つ》く。工事が始まったのだ。両村の百姓は、藪蚊《やぶか》の襲い来るのも忘れて、いずれも土塚の周囲に集合していた。

その時、背後《うしろ》から軽く半蔵の肩をたたくものがある。隣村妻籠の庄屋として立合に来た寿平次が笑いながらそこに立っていた。

「寿平次さん、泊っていったらどうです。」

「いや、きょうは連れがあるから帰ります。二里ぐらいの夜道は訳ありません。」

半蔵と寿平次とがこんな言葉をかわす頃は、山で日が暮れた。四番目の土塚を見分する時分には、松明《たいまつ》をともして、漸く見通しをつけたほど暗い。境界の中心と定めた樹木から、ある大石までの間に土手を掘る工事だけは、余儀なく翌日に延ばすことになった。雨にさまたげられた日を間に置いて、翌々日にはまた両村の百姓が同じ場所に集合した。半蔵は妻籠からやって来る寿平次と一緒になって、境界の土手を掘る工事にまで立ち合った。一年越し睨《にら》み合っていた両村の百姓も、いよいよ双方得心ということになり、長い山論もその時になって解決を告げた。

日暮れに近かった。半蔵は寿平次を誘いながら家路をさして帰って行った。横須賀の旅以来、二人は一層親しく往来する。義理ある兄弟であるばかりでなく、やがて二人は新進の庄屋仲間でもある。

「半蔵さん、」と寿平次は石ころの多い山道を歩きながら言った。「すべてのものが露骨になって来ましたね。」

「さあねえ。」と半蔵が答えた。

「でも、半蔵さん、この山論はどうです。いや、草山の争いばかりじゃありません、見るもの聞くものが、実に露骨になって来ましたね。こないだも、水戸の浪人だなんていう人が吾家《うち》へやって来て、さんざん文句を並べた揚句《あげく》に、何か書くから紙と筆を貸せと言い出しました。扇子を二本書かせたところが、酒を五合に、銭を百文、おまけに草鞋《わらじ》一足ねだられましたよ。早速追い出しました。あの浪人はぐでぐでに酔って、その足で扇屋へもぐずり込んで、到頭《とうとう》得右衛門さんの家に寝込んでしまったそうですよ。見たまえ、この街道筋にもえらい事がありますぜ。長崎の御目附が御下りで通行の日でさ。永井様とかいう人の家来が、人足が遅いと言うんで、わたしの村の問屋と口論になって、都合五人で問屋を打ちすえました。あの時は木刀が折れて、問屋の頭には四ケ所も疵《きず》が出来ました。やり方がすべて露骨じゃありませんか。君と二人で相州の三浦へ出掛けた時分さ――あの頃には、まだこんなじゃありませんでしたよ。」

「お師匠さま。」

夕闇の中に呼ぶ少年の声と共に、村の方からやって来る提灯《ちょうちん》が半蔵たちに近づいた。半蔵の家のものは帰りの遅くなるのを心配して、弟子の勝重に下男の佐吉をつけ、途中まで迎えによこしたのだ。

山の上の宿場らしい燈火《あかり》が街道の両側にかがやく頃に、半蔵らは馬籠の本陣に帰り着いた。家にはお民が風呂を用意して、夫や兄を待ち受けているところだった。その晩は、寿平次も山登りの汗を洗い流して、半蔵の部屋に来てくつろいだ。

「木曾は蠅《はえ》の多いところだが、蚊帳《かや》を釣らずに暮らせるのはいい。水の清いのと、涼しいのと、そのせいだろうかねえ。」

と寿平次が兄らしく話しかけることも、お民をよろこばせた。

「お民、お母さんに内証で、今夜はお酒を一本つけておくれ。」

と半蔵は言った。その年になってもまだ彼は継母の前で酒をやることを遠慮している。どこまでも継母に仕えて身を慎《つつし》もうとすることは、彼が少年の日からであって、努めることは第二の天性のようになっている。彼は、経験に富む父よりも、賢い継母のおまんを恐れている。

酒のさかなには、冷豆腐《ひややつこ》、薬味、摺《す》り生薑《しょうが》に青紫蘇。それに胡瓜《きゅうり》もみ、茄子《なす》の新漬ぐらいのところで、半蔵と寿平次とは涼しい風の来る店座敷の軒近いところに、めいめいの膳を控えた。

「ここへ来ると思い出すなあ。あの横須賀行に半蔵さんを誘いに来て、一晩泊めて頂いたのもこの部屋ですよ。」

「あの時分と見ると、江戸も変ったらしい。」

「大変り。こないだも江戸土産を吾家《うち》へ届けてくれた飛脚がありましてね、その人の話には攘夷論が大変な勢いだそうですね。浪人は諸方に乱暴する、外国人は殺される、洋学者という洋学者は脅迫される、江戸市中の唐物店《とうぶつや》では店を壊《こわ》される、実に物凄い世の中になりましたなんて、そんな話をして行きましたっけ。」

「表面だけ見れば、そういうこともあるかも知れません。」

「しかし、半蔵さん、こんなに攘夷なんてことを言い出すようになって来て――それこそ、猫も、杓子《しやくし》もですよ――これで君、いいでしょうかね。」

疲労を忘れる程度に盃を重ねた後で、半蔵はちょっと座を起って、廂《ひさし》から外の方に夜の街道の空を眺めた。田の草取りの季節らしい稲妻の閃《ひらめ》きが彼の眼に映った。

「半蔵さん、攘夷なんていうことは、君の話によく出る『漢《から》ごころ』ですよ。外国を夷狄《いてき》の国と考えて無暗《むやみ》に排斥するのは、やっぱり唐土《もろこし》から教わったことじゃありませんか。」

「寿平次さんはなかなかえらいことを言う。」

「そりゃ君、今日の外国は昔の夷狄《いてき》の国とは違う。貿易も、交通も、世界の大勢で、止むを得ませんさ。わたしたちはもっとよく考えて、国を開いて行きたい。」

その時、半蔵はもとの座にかえって、寿平次の前に坐り直した。

「あああ、変な流行だなあ。」と寿平次は言葉を継いで、やがて笑い出した。「なんぞというと、すぐに攘夷を担《かつ》ぎ出す。半蔵さん。君のお仲間は今日流行の攘夷をどう思いますかさ。」

「流行なんて、そんな寿平次さんのように軽くは考えませんよ。君だってもこの社会の変動には悩んでいるんでしょう。良い小判は浚《さら》って行かれる、物価は高くなる、みんなの生活は苦しくなる——これが開港の結果だとすると、こんな排外熱の起って来るのは無理もないじゃありませんか。」

二人が時を忘れて話し込んでいるうちに、いつの間にか夜は更《ふ》けて行った。酒は疾《と》くにつめたくなり、丼《どんぶり》の中の水に冷した豆腐も崩れた。

五

平田篤胤歿後の門人らは、しきりに実行を思う頃であった。伊那の谷の方の誰彼は白河家を足だまりにして、京都の公卿《くげ》たちの間に遊説を思い立つものがある。すでに出発したものもある。江戸在住の平田鉄胤その人すら動きはじめたとの消息すらある。

当時は井伊大老横死の後をうけて、老中安藤対馬守《あんどうつしまのかみ》を幕府の中心とする時代である。誰が言い出したとも知れないような流言が伝わって来る。和学講談所（主として有職故実《ゆうそくこじつ》を調査する所）の塙《はなわ》次郎という学者は隠《ひそ》かに安藤対馬の命を奉じて北条氏廃帝の旧例を調査しているが、幕府方には尊王攘夷説の根源を断つために京都の主上を幽《ゆう》し奉ろうとする大きな野心がある。こんな信じがたいほどの流言が伝わって来る頃だ。当時の外国奉行堀織部《おりべ》の自殺も多くの人を驚かした。その噂もまた一つの流言を生んだ。安藤対馬は密《ひそ》かに外国人と結託している、英国公使アールコックに自分の愛妾まで与え許している、堀織部はそれを苦諫《くかん》しても用いられないので、刃《やいば》に伏してその意を致したというのだ。流言は一篇の偽作《ぎさく》の諫書にまでなって、漢文で世に行われた。堀織部の自殺を憐むものが続々と出て来て、手向《たむ》けの花や線香がその墓に絶えないというほどの時だ。

誰もがこんな流言を疑い、また信じた。幕府の威信はすでに地を掃《はら》い、人心はすでに徳川を離れて、皇室再興の時期が到来したというような声は、血気壮《さか》んな若者たちの胸を打たずにはおかなかった。

その年の八月には、半蔵は名高い水戸の御隠居（烈公）の薨去《こうきょ》をも知った。吉左衛門親子には間接な主人ながらに縁故の深い尾張藩主（徳川慶勝）をはじめ、一橋慶喜、松平春嶽、山内容堂、その他安政大獄当時に幽屏《ゆうへい》せられた諸大名も追々と謹慎を解かれる日を迎えたが、そういう中にあって、あの水戸の御隠居ばかりは永蟄居《えいちっきょ》を免ぜられたことも知らず仕舞に、江戸駒込の別邸で波瀾の多い生涯を終った。享年六十一歳。あだかも生前の政敵井伊大老の後を追って、時代から沈んで行く夕日のように。

半蔵が年上の友人、中津川本陣の景蔵は、伊那にある平田同門北原稲雄の親戚で、また同門松尾多勢子とも縁つづきの間柄である。この人もしばらく京都の方に出て、平田門人としての立場から多少なりとも国事に奔走したいと言って、半蔵のところへもその相談があった。日頃謙譲な性質で、名聞《みょうもん》を好まない景蔵のような友人ですらそうだ。こうなると半蔵もじっとしていられなかった。

父は老い、街道も日に多事だ。本陣問屋庄屋の仕事は否《いや》でも応《おう》でも半蔵の肩にかかって来た。その年の十月十九日の夜にはまた、馬籠の宿は十六軒ほど焼けて、半蔵の生れた古い家も一晩のうちに灰になった。隣家の伏見屋、本陣の新宅、皆焼け落ちた。風あたりの強い位置にある馬籠峠とは言いながら、三年のうちに二度の大火は、村としても深い打撃であった。

翌文久元年の二月には、半蔵とお民は本陣の裏に焼け残った土蔵の内《なか》に暮していた。土蔵の前にさしかけを造り、板がこいをして、急ごしらえの下竈《したへっつい》を置いたところには、下女が炊事をしていた。土蔵に近く残った味噌納屋《みそなや》の二階の方には、吉左衛門夫婦が孫たちを連れて仮住居《かりずまい》していた。二間ほど座敷があって、かつて祖父半六が隠居所に宛ててあったのもその二階だ。その辺の石段を井戸の方へ降りたところから、木小屋、米倉なぞのあるあたりへかけては、火災をまぬかれた。そこには佐吉が働いていた。

旧暦二月のことで、雪はまだ地にある。半蔵は仮の雪隠《せっちん》を出てから、焼跡の方を歩いて、周囲を見廻した。上段の間、奥の間、仲の間、次の間、寛《くつろ》ぎの間《ま》、店座敷、それから玄関先の広い板の間など、古い本陣の母屋《もや》の部屋部屋は影も形もない。灰寄せの人夫が集まって、釘や金物の類《たぐい》を拾った焼跡には、僅かに街道へ接した塀の一部だけが残った。

さしあたりこの宿場になくて叶《かな》わないものは、会所(宿役人寄合所)だ。幸い九太夫の家は火災をまぬかれたので、仮に会所はそちらの方へ移してある。問屋場の事務も従来吉左衛門の家と九太夫の家とで半月交替に扱って来たが、これも一時九太夫方へ移してある。すべてが仮《かり》で、わびしく、落着かなかった。吉左衛門は半蔵に力を添えて、大工を呼べ、新しい母屋の絵図面を引けなどと言って、普請工事の下相談も既に始まりかけているところであった。

京都にある帝の妹君、和宮《かずのみや》内親王が時の将軍(徳川家茂《いえもち》)へ御降嫁とあって、東山道御通行の触れ書が到来したのは、村ではこの大火後の取込みの最中であった。

宿役人一同、組頭までが福島の役所から来た触れ書を前に置いて、談《はな》し合わねばならないような時がやって来た。この相談には、持病の咳《せき》で籠《こも》り勝ちな金兵衛までが引張り出された。

吉左衛門は味噌納屋の二階から、金兵衛は上の伏見屋の仮住居《かりずまい》から、いずれも仮の会所の方に集まった。その時、吉左衛門は旧い友達を見て、

「金兵衛さん、馬籠の宿でも御通行筋の絵図面を差し出せとありますよ。」

と言って、互いに額を集めた。

本陣問屋庄屋としての仕事はこんな風に、後から後からと半蔵の肩に重く掛って来た。彼は何をさし置いても、年取った父を助けて、西よりする和宮様の御一行をこの木曾路に迎えねばならなかった。

第六章

一

和宮様《かずのみやさま》御降嫁のことが一度《ひとたび》知れ渡ると、沿道の人民の間には非常な感動を喚《よ》び起《おこ》した。従来、皇室と将軍家との間に結婚の沙汰のあったのは、前例のないことでもないが、種々な事情から成り立たなかった。それの実現されるようになったのは全く和宮様を初めとするという。おそらくこれは盛典としても未曾有《みぞう》、京都から江戸への御通行としても未曾有のことであろうと言わるる。今度の御道筋にあたる宿々村々のものがこの御通行を拝し得るというは非常な光栄に相違なかった。

木曾谷、下四宿の宿役人としては、しかしただそれだけでは済まされなかった。彼らは一度は恐縮し、一度は当惑した。多年の経験が教えるように、この街道の輸送に役立つ御伝馬《おてんま》には限りがある。木曾谷中の人足を寄せ集めたところで、その数はおおよそ知れたものである。それにはどうしても伊那地方の村民を動かして、多数な人馬を用意し、この未曾有の大通行に備えなければならない。

木曾街道六十九次の宿場は最早嘉永年度の宿場ではなかった。年老いた吉左衛門や金兵衛がいつまでも忘れかねているような天保年度のそれではもとよりなかった。いつまで伊那の百姓が道中奉行の言うなりになって、これほど大掛りな人馬の徴集に応ずるかどうかは頗《すこぶ》る疑問であった。

馬は四分より一疋出す。人足は五分より一人出す。人馬共に随分丈夫なものを出す。老年、若輩、それから弱馬などは決して出すまい。

これは伊那地方の村民総代と木曾谷にある下四宿の宿役人との間に取りかわされた文化年度以来の契約である。馬の四分とか、人足の五分とかは、石高《こくだか》に応じての歩合を指して言うことであって、村々の人馬はその歩合によって割当を命じられて来た。もっともこの歩合は天保年度になって多少改められたが、人馬徴集の大体の方針には変りがなかった。

宿駅のことを知るには、この厳しい制度のあったことを知らねばならない。これは宿駅常置の御伝馬以外に、人馬を補充し、継立てを応援するために設けられたものであった。この制度がいわゆる助郷《すけごう》だ。徳川政府の方針としては、宿駅附近の郷村にある百姓はみなこれに応ずる義務があるとしてあった。助郷は天下の公役《こうえき》で、進んでその御触当《おふれあて》に応ずべき御定《おさだめ》のものとされていた。この課役を命ずるために、奉行は時に伊那地方を見分した。そして、助郷を勤め得る村々の石高を合計一万三百十一石六斗ほどに見積り、それを各村に割当てた。例えば最も大きな村は千六十四石、最も小さな村は二十四石という風に。天龍川のほとりに住む百姓三十一ケ村、後には六十五ケ村のものは、こんな風にして彼らの鍬《くわ》を捨て、彼らの田園を離れ、伊那から木曾への通路にあたる風越山の山道を越して、御触当あるごとにこの労役に参加して来た。

旅行も困難な時代であるとは言いながら、参覲交代《さんきんこうたい》の諸大名、公用を帯びた御番衆方《おばんしゆうかた》などの当時の通行が、いかに大袈裟《おおげさ》のものであったかを忘れてはならない。徴集の命令あるごとに、助郷を勤める村民は上下二組に分れ、上組は木曾の野尻と三留野の両宿へ、下組は妻籠と馬籠の両宿へと出、交代に朝勤め夕勤めの義務に服して来た。もし天龍川の出水などで川西の村々に差支《さしつかえ》の生じた時は、総助郷で出動するという堅い取極《とりきめ》であった。徳川政府がこの伝馬制度を重く視た証拠には、直接にそれを道中奉行所の管理の下に置いたのでも分る。奉行は各助郷に証人を兼ねるものを出勤させ、また、人馬の公用を保証するためには権威のある印鑑を造って、それを道中宿々にも助郷加宿にも送り、紛《まぎら》わしいものもあらば押え置いて早速注進せよというほどに苦心した。いかんせん、百姓としては、御通行の多い季節がちょうど農業のいそがしい頃にあたる。彼らは従順で、よく忍耐した。中にはそれでも困窮のあまり、山抜け、谷崩れ、出水なその口実にかこつけて、助郷不参の手段を執るような村々をさえ生じて来た。

そこへ和宮様の御通行があるという。本来なら、これは東海道経由であるべきところだが、それが模様替えになって、木曾街道の方を選ぶことになった。東海道筋は頗《すこぶ》る物騒で、志士浪人が途《みち》に御東下を阻止するというような計画があると伝えられるからで。この際、奉行としては道中宿々と助郷加宿とに厳達し、どんな無理をしても人馬を調達させ、供奉《ぐぶ》の面々が西から続々殺到する日に備えねばならない。徳川政府の威信の実際に試さるるような日が、到頭やって来た。

寿平次は妻籠の本陣にいた。彼はその自宅の方で、伊那の助郷六十五ケ村の意向を探りに行った扇屋得右衛門の帰りを待ち受けていた。ちょうど、半蔵が妻のお民も、半年ぶりで実家のおばあさんを見るために、馬籠から着いた時だ。彼女はたまの里帰りという顔付で、母屋の台所口から広い裏庭づたいに兄のいるところへもちょっと挨拶に来た。

「来たね。」

寿平次の挨拶は簡単だ。

そこは裏山につづいた田舎風な庭の一隅だ。寿平次は十間ばかりの矢場をそこに設け、粗末ながらに小屋を造りつけて、多忙な中に閑《ひま》を見つけては弓術に余念もない。庄屋らしい袴をつけ、片肌ぬぎになって、右の手に韘《ゆがけ》の革の紐を巻きつけた兄をそんなところに見つけるのも、お民としてはめずらしいことだった。

お民は持前の快活さで、

「兄さんも、のんきですね。弓なぞを始めたんですか。」

「いくらいそがしいたって、お前、弓ぐらいひかずにいられるかい。」

寿平次は妹の見ている前で、一本の矢を弦に当てがった。折柄《おりから》雨が揚った後の日をうけて、八寸ばかりの的は安土《あづち》の方に白く光って見える。

「半蔵さんも元気かい。」

と妹に話しかけながら、彼は的に向って狙いを定めた。その時、弦を離れた矢は的をはずれたので、彼はもう一本の方を試みたが、二本とも安土の砂の中へ行ってめり込んだ。

この寿平次は安土の方へ一手の矢を抜きに行って、また妹のいるところまで引返して来る時に言った。

「お民、馬籠のお父さん(吉左衛門)や、伏見屋の金兵衛さんの退役願はどうなったい。」

「あの話は兄さん、お聴届けになりませんよ。」

「ほう。退役聴届けがたしか。いや、そういうこともあろう。」

多事な街道のことも思い合わされて、寿平次はうなずいた。

「お民、お前も骨休めだ。まあ二、三日、妻籠で寝て行くさ。」

「兄さんの言うこと。」

兄妹《きょうだい》がこんな話をしているところへ、つかつかと庭を廻って伊那から帰ったばかりの顔を見せたのは、日頃勝手を知った得右衛門である。伊那でも有力な助郷総代を島田村や山村に訪ねるのに、得右衛門はその適任者であるばかりでなく、妻籠脇本陣の主人として、また、年寄役の一人として、寿平次の父が早く亡くなってからは何かにつけて彼の後見役となって来たのもこの得右衛門である。得右衛門の家で造り酒屋をしているのも、馬籠の伏見屋によく似ていた。

寿平次はお民に眼くばせして、そこを避けさせ、母屋《もや》の方へ庭を廻って行く妹を見送った。小屋の荒い壁には弓をたてかけるところもある。彼は韘《ゆがけ》の紐を解いて、その隠れた静かな場所に気の置けない得右衛門を迎えた。

得右衛門の報告は、寿平次が心配して待っていたとおりだった。伊那助郷が木曾にある下四宿の宿役人を通し、あるいは直接に奉行所に宛てて愁訴を企てたのは、その日に始まったことでもない。三十一ケ村の助郷を六十五ケ村で分担するようになったのも、実は愁訴の結果であった。ずっと以前の例によると、助郷を勤める村々は五ケ年を平均して、人足だけでも一ケ年の石高百石につき、十七人二分三厘三毛ほどに当る。しかしこれは天保《てんぽう》年度のことで、助郷の負担は次第に重くなって来ている。殊《こと》に、黒船の渡って来た嘉永《かえい》年代からは、諸大名公役《くえき》らが通行も繁く、その度に徴集されて嶮岨《けんそ》な木曾路を往復することであるから、自然と人馬も疲れ、病人や死亡者を生じ、継立《つぎた》てにも差支えるような村々が出て来た。一体、助郷人足が宿場の勤めは一日であっても、山を越して行くには前の日に村方を出て、その晩に宿場に着き、翌日勤め、継ぎ場の遠いところへ継ぎ送って宿場へ帰ると、どうしてもその晩は村方へ帰りがたい。一日の勤めに前後三日、どうかすると四日を費し、あまつさえ泊りの食物の入費も多く、折返し使わるる途中で小遣銭《こづかいせん》も掛り、その日に取った人馬賃銭はいくらも残らない。殊更《ことさら》遠い村方ではこの労役に堪えがたく、問屋とも相談の上で御触当の人馬を代銭で差し出すとなると、この夫銭《ぶせん》がまた夥《おびただ》しい高に上る。村々の痛みは一通りではない。なかなか宿駅常備の御伝馬ぐらいでは夥しい入用に不足するところから、助郷村々では人馬を多く差し出し、その勤めも続かなくなって来た。おまけに、諸色《しょしき》は高く、農業には後《おく》れ、女や老人任せで田畠も荒れるばかり。こんなことで、どうして百姓の立つ瀬があろう。何とかして村民の立ち行くように、宿方の役人たちにもよく考えて見てもらわないことには、助郷総代としても一同の不平をなだめる言葉がない。今度という今度は、容易に請状《うけじょう》も出しかねるというのが助郷側の言分《いいぶん》である。

「いや、大やかまし。」と得右衛門は言葉をついだ。「そこをわたしがよく説き聞かせて、何とかして皆の顔を立てる、お前たちばかりに働かしちゃおかない。奉行所に願って、助郷を勤める村数を増すことにする。それに尾州藩《びしゅう》だってこんな場合に黙って見ちゃいまい。その方から御手当も出よう。こんな御通行は二度とはあるまいから、と言いましたところが、それじゃ村々のものを集めてよく相談して見ようと先方でも折れて出ましてね、そんな約束でわたしも別れて来ましたよ。」

「そいつはお骨折りでした。早速、奉行所宛《あて》の願書を作ろうじゃありませんか。野尻《のじり》、三留野《みどの》、妻籠《つまご》、馬籠《まごめ》、これだけの庄屋連名で出すことにしましょう。たぶん、半蔵さんもこれに賛成だろうと思います。」

「そうなさるがいい。今度わたしも伊那へ行って、つくづくそう思いました。徳川様の御威光というだけでは、百姓も言うことを聴かなくなって来ましたよ。」

「そりゃ得右衛門さん、遅い。一体、諸大名の行列はもっと省いてもいいものでしょう。そうすれば、助郷も助かる。参覲交代なぞはもう時世後《おく》れだなんて言う人もありますよ。」

「こういう庄屋が出て来るんですからねえ。」

その時、寿平次は「今一手」と言いたげに、小屋の壁にたてかけた弓を取りあげて、弦に松脂《まつやに》を塗っていた。それを見ると、得右衛門も思い出したように、

「伊那の方でもこれが大流行《おおはやり》。武士が刀を質に入れて、庄屋の衆が弓をはじめるか。世の中も変りましたね。」

「得右衛門さんはそう言うけれど、わたしはもっと身体《からだ》を鍛えることを思いつきましたよ。御覧なさい、こう乱脈な世の中になって来ては、蛮勇を振い起す必要がありますね。」

寿平次は胸を張り、両手を高くさし延べながら、的に向って深く息を吸い入れた。左手《ゆんで》の弓を押す力と、右手《めて》の弦をひき絞る力とで、見る見る血潮は彼の頬に上り、腕の筋肉までが隆起して震えた。背こそ低いが、彼も最早三十歳のさかりだ。馬籠の半蔵と競い合って、木曾の「山猿」を発揮しようという年頃だ。その側に立っていて、混ぜ返

すような声を掛けるのは、寿平次から見れば小父《おじ》さんのような得右衛門である。

「ポツン。」

「そうはいかない。」

取りあえず寿平次らは願書の草稿を作りにかかった。第一、伊那方面は当分たりとも増助郷《ましすけごう》にして、この急場を救い、併せて百姓の負担を軽くしたい。次に、御伝馬宿々については今回の御下向のため人馬の継立て方も嵩《かさ》むから、その手当として一宿へ金百両ずつを貸し渡されるよう。但し十ケ年賦にして返納する。当時米穀も払底で、御伝馬を勤めるものは皆難渋の際であるから、右百両の金子で、米、稗《ひえ》、大豆を買入れ、人馬役のものへ割渡したい。一ケ宿、米五十駄、稗五十駄ずつの御救助を仰ぎたい。願書の主意はこれらのことに尽きていた。

下書は出来た。やがて、下四宿の宿役人は妻籠本陣に寄り合うことになった。馬籠からは年寄役金兵衛の名代として、養子伊之助が来た。寿平次、得右衛門、得右衛門が養子の実蔵もそれに列席した。

「当分の増助郷《ましすけごう》は至極《しごく》もっともだとは思いますが、これが前例になったらどんなものでしょう。」

「さあ、こんな御通行はもう二度とはありますまいからね。」

宿役人の間にはいろいろな意見が出た。その時、得右衛門は伊那の助郷総代の意向を伝え、こんな願書を差し出すのも止むを得ないと述べ、前途のことまで心配している場合でないと力説した。

「どうです、願書はこれでいいとしようじゃありませんか。」

と伊之助が言い出して、各庄屋の調印を求めようということになった。

二

例のように寿平次は弓を手にして、裏庭の矢場に隠れていた。彼の胸には木曾福島の役所から来た廻状のことが繰り返されていた。それは和宮様の御通行に関係はないが、当時諸国にやかましくなった神葬祭の一条で、役所からその賛否の問合せが来たからで。

しかし、「うん、神葬祭か」では、寿平次も済まされなかった。早い話が、義理ある兄弟の半蔵は平田門人の一人であり、この神葬祭の一条は平田派の国学者が起した復古運動の一つであるらしいのだから。

「俺は、てっきり国学者の運動と睨《にら》んだ。ほんとに、あのお仲間は何をやり出すか分らん。」

砂を盛り上げ的を置いた安土《あづち》のところと、十間ばかりの距離にある小屋との間を往復しながら、寿平次は独り考えた。

同時代に満足しないということにかけては、寿平次とても半蔵に劣らなかった。しかし人間の信仰と風俗習慣とに密接な関係のある葬祭のことを寺院から取り戻して、それを白紙に改めよとなると、寿平次は腕を組んでしまう。これは水戸の廃仏毀釈《はいぶつきしやく》に一歩を進めたもので、言わば一種の宗教改革である。古代復帰を夢みる国学者仲間がこれほどの熱情を抱いて来たことすら、彼には実に不思議でならなかった。彼は独り言って見た。

「まあ、神葬祭なぞは疑問だ。復古というようなことが、果して今の時世に行われるものかどうかも疑問だ。どうも平田派のお仲間のする事には、何か矛盾がある。」

まだ妹のお民が家に逗留していたので、寿平次は弓の道具を取りかたづけ、的もはずし、やがてそれを提《さ》げながら、自分の妻のお里や妹のいる方へ行って一緒になろうとした。裏庭から母屋の方へ引き返して行くと、店座敷の側《わき》の板の間から、機《はた》を織る筬《おさ》の音が聞えて来ている。

寿平次の家も妻籠の御城山《おしろやま》のように古い。土地の言伝えにも毎月三八の日には村市《むらいち》が立ったという昔の時代から続いて来ている青山の家だ。この家にふさわしいものの一つは、今のおばあさん（寿平次兄妹の祖母）が嫁に来る前からあったというほど古めかしく錆《さ》び黒ずんだ機《はた》の道具だ。深い窓に住むほど女らしいとされていた頃のことで、お里やお民はその機の置いてあるところに集まって、近づいて来る御通行の御噂《おうわさ》をしたり、十四代将軍（徳川家茂）の御台所《みだいどころ》として降嫁せらるるという和宮様はどんな美しい方だろうなぞと語り合ったりしているところだった。

いくらかでも街道の閑《ひま》な時を見て、手仕事を楽《たのし》もうとするこの女たちの世界は、寿平次の眼にも楽しかった。織手のお里は機に腰掛けている。お民はその側にいて同い年齢《おなどし》の嫂《あによめ》がすることを見ている。周囲には、小娘のお粂《くめ》も母親のお民に連れられて馬籠の方から来ていて、手鞠《てまり》の遊びなぞに余念もない。おばあさんはおばあさんで、すこしもじっとしていられないという風で、あれもこしらえてお民に食わせたい、これも食わせたいと言いながら、何かにつけて孫が里帰りの日を楽しく送らせようとしている。

その時、お民は兄の方を見て言った。

「兄さんは弓にばかり凝ってるッて、おばあさんがコボしていますよ。」

「おばあさんじゃないんだろう。お前たちがそんなことを言っているんだろう。俺もどうかしていると見えて、きょうの矢は一本も当らない。そう言えば、半蔵さんは弓でも始めないかなぁ。」

「吾夫《うち》じゃ暇さえあれば本を読んだり、お弟子を教えたりしですよ、男の方もいろいろですねえ。兄さんは私たちの帯の世話までお焼きなさる方《ほう》でしょう。吾夫《うち》と来たら、わたしが何を着ていたって、知りゃしません。」

「半蔵さんはそういう人らしい。」

割合に無口なお里は織りかけた田舎縞《いなかじま》の糸をしらべながら、この兄妹《きょうだい》の話に耳を傾けていた。お民は思い出したように、

「どれ、姉さん、わたしにもすこし織らせて。この機《はた》を見ると、わたしは娘の時分が恋しくてなりませんよ。」

「でも、お民さんはそんなことをしていいんですか。」

とお里に言われて、お民は思わず顔を紅《あか》めた。とかく多病で子供のないのを淋《さみ》しそうにしているお里に比べると、お民の方は肥って、若い母親らしい肉づきを見せている。

「兄さんには、お分りでしょう。」とお民はまた顔を染めながら言った。「わたしもからだの都合で、またしばらく妻籠へは来られないかも知れません。」

「お前たちはいいよ。結婚生活が順調に行ってる証拠だよ。俺のところを御覧、俺が悪いのか、お里が悪いのか、そこは分らないがね、六年にもなってまだ子供がない。俺はお前たちが羨ましい。」

そこへおばあさんが来た。おばあさんは木曾の山の中にめずらしい横浜土産を置いて行った人があると言って、それをお民のいるところへ取り出して来て見せた。

「これだよ。これはお洗濯する時に使うものだそうなが、使い方はこれをくれた人にもよく分らない。あんまり美しいものだから横浜の異人屋敷から買って来たと言って、飯田の商人が土産に置いて行ったよ。」

石鹸《せっけん》という言葉もまだなかったほどの時だ。くれる飯田の商人も、貰う妻籠のおばあさんも、シャボンという名さえ知らなかった。おばあさんが紙の包みをあけて見せたものは、異国の花の形に出来ていて、薄桃色と白とある。

「御覧、好い香気《におい》だこと。」

とおばあさんに言われて、お民は眼を細くしたが、第一その香気《におい》に驚かされた。

「お条、お前も嗅《か》いで御覧。」

お民がその白い方を女の児《こ》の鼻の先へ持って行くと、お条はそれを奪い取るようにして、いきなり自分の口のところへ持って行こうとした。

「これは食べるものじゃないよ。」とお民はあわてて、娘の手を放させた。「まあ、この児は、お菓子と間違えてさ。」

新しい異国の香気《におい》は、そこにいる誰よりも寿平次の心を誘った。めずらしい花の形、横に浮き出している精巧な羅馬《ローマ》文字——それはよく江戸土産に貰う錦絵《にしきえ》や雪駄《せった》なぞの純日本のものにない美しさだ。実に偶然なことから、寿平次は西洋嫌いでもなくなった。古銭を蒐集《しゅうしゅう》することの好きな彼は、異国の銀貨を手に入れて、人知れずそれを愛翫《あいがん》するうちに、そんな古銭にまじる銀貨から西洋というものを想像するようになった。しかし彼はその事を誰にも隠している。

「これはどうして使うものだろうねえ。」とおばあさんはまたお民に言って見せた。「なんでも水に溶かすという話を聞いたから、わたしは一つ煮て見ましたよ。これが、お前、ぐるぐる鍋の中で廻って、そのうちに溶けてしまったよ。棒でかき廻して見たら、すっかり泡になってさ。何だかわたしは気味が悪くなって、鍋ぐるみ土の中へ埋めさせましたよ。ひょっとすると、これはお洗濯するものじゃないかも知れないね。」

「でも、わたしは初めてこんなものを見ました。おばあさんに一つ分けて頂いて、馬籠の方へも持って行って見せましょう。」

とお民が言う。

「そいつは、止した方がいい。」

寿平次は兄らしい調子で妹を押し止《とど》めた。

文久元年の六月を迎える頃で、さかんな排外熱は全国の人の心を煽《あお》り立てるばかりであった。その年の五月には水戸藩浪士らによって、江戸高輪《たかなわ》東禅寺にある英吉利《イギリス》公使館の襲撃さえ行われたとの報知《しらせ》もある。その時、水戸側で三人は闘死し、一人は縛《ばく》に就き、三人は品川で自刃《じじん》したという。東禅寺の衛兵で死傷するものが十四人もあり、一人の書記と長崎領事とは傷《きず》ついたともいう。これほど攘夷《じょうい》の声も険しくなって来ている。どうして飯田の商人がくれた横浜土産の一つでも、うっかり家の外へは持ち出せなかった。

お民が馬籠をさして帰って行く日には、寿平次も半蔵の父に用事があると言って、妹を送りながら一緒に行くことになった。彼には伊那助郷の願書の件で、吉左衛門の調印を求める必要があった。野尻、三留野は既に調印を終り、残るところは馬籠の庄屋のみとなったからで。

ちょうど馬籠の本陣からは、下男の佐吉がお民を迎えに来た。佐吉はお粂《くめ》を背中にのせ、後ろ手に幼いものを守るようにして、足の弱い女の児は自分が引き受けたという顔付だ。お民も支度が出来た。そこで出掛けた。

「寿平次さま、横須賀行を思い出すなし。」

足掛け四年前の旅は、佐吉にも忘れられなかったのだ。

寿平次が村のあるところは、大河の流れに近く、静母《しずも》、蘭《あららぎ》の森林地帯に倚《よ》り、木曾の山中でも最も美しい谷の一つである。馬籠の方へ行くにはこの谷の入口を後《うしろ》に見て、街道に沿いながら二里ばかりの峠を上る。めったに家を離れることのないお民が、兄と共に踏んで行くことを楽しみにするも、この山道だ。街道の両側は夏の日の林で、その奥は山また山だ。木曾山一帯を支配する尾張《おわり》藩の役人が森林保護の目的で、禁止林の盗伐を監視する白木《しらき》の番所も、妻籠と馬籠の間に隠れている。

午後の涼しい片影が出来る頃に、寿平次らは復興最中の馬籠に入った。どっちを向いても火災後の宿場らしく、新築の工事は行く先に始まりかけている。そこに積み重ねた材木がある。ここに木を挽《ひ》く音が聞える。寿平次らは本陣の焼跡まで行って、そこに働いている吉左衛門と半蔵とを見つけた。小屋掛けをした普請場の木の香の中に。

半蔵は寿平次に伴われて来た妻子をよろこび迎えた。会所の新築が出来上ったことをも寿平次に告げて、本陣の焼跡の一隅に、以前と同じ街道に添うた位置に建てられた瓦《かわら》葺《ぶき》の家を指して見せた。会所と称える宿役人の詰め所、それに問屋場なその新しい建物は、何よりも先ずこの宿場になくてならないものだった。

寿平次は半蔵の前に立って、あたりを見廻しながら言った。

「よくそれでもこれだけに工事の支度が出来たと思う。」

「みんな一生懸命になりましたからね。ここまで漕ぎつけたのも、その御蔭だと思いますね。」

吉左衛門はこの二人の話を引き取って、「三年のうちに二度も大火が来て御覧、たいていの村はまいってしまう。まあ、吾家《うち》でも先月の三日に建前《たてまえ》の手斧始《ちょうなはじ》めをしたが、これで石場搗《いしばづ》きの出来るのは二百十日あたりになろう。和宮さまの御通行までには間に合いそうもない。」

その時、寿平次が助郷願書の件で調印を求めに来たことを告げると、半蔵は「まあ、そこへ腰掛けるさ。」と言って、自分でも普請場の材木に腰掛ける。お民はその側を通り過ぎて、裏の立退《たちの》き場所にいる姑《しゅうとめ》（おまん）の方へと急いだ。

「寿平次さん、君は好いことをしてくれた。助郷のことは隣の伊之助さんからも聞きましたよ。阿爺《おやじ》はもとより賛成です。」と半蔵が言う。

「さあ、これから先、助郷もどうなろう。」と吉左衛門も案じ顔に、「これが大問題だぞ。先月の二十二日に、大坂のお目付がお下りという時には、伊那の助郷が二百人出た。

例幣使《れいへいし》(日光への定例の勅使)の時のことを考えて御覧。あれは四月の六日だ。四百人も人足を出せと言われるのに、伊那からは誰も出て来ない。」

「結局、助郷というものは今のままじゃ無理でしょう。」と半蔵は言う。「宿場さえ繁昌すればいいなんて、そんなはずのものじゃないでしょう。何とかして街道附近の百姓が成り立つようにも考えてやらなけりゃ嘘《うそ》ですね。」

「そりゃ馬籠じゃ出来るだけその方針でやって来たがね。結局、東海道あたりと同じように、定助郷《じょうすけごう》にでもするんだが、こいつがまた容易じゃあるまいて。」と吉左衛門が言って見せる。

「一体、」と寿平次もその話を引き取って、「二百人の、四百人のッて、そう多勢の人足を通行のたびに出せと言うのが無理ですよ。」

「ですから、諸大名や公役の通行をもっと簡略にするんですね。」と半蔵が言葉を挿《はさ》んだ。

「だんだんこういう時世になって来た。」と吉左衛門は感じ深そうに言った。「俺の思うには、参覲交代《さんきんこうたい》ということも今にどうかなるだろうよ。こう御通行が頻繁《ひんぱん》にあるようになっちゃ、第一そうは諸藩の財政が許すまい。」

しかし、その結果は。六十三年の年功を積んだ庄屋吉左衛門にも、それから先のこと

は何とも言えなかった。その時、吉左衛門は普請場の仕事にすこし疲れが出たという風で、

「まあ、寿平次さん、調印もしましょうし、お話も聞きましょうに、裏の二階へ来て下さい。おまんにも逢ってやって下さい。」と言って誘った。

隠れたところに働く家族のさまが、この普請場の奥にひらけていた。味噌納屋の前には襷《たすき》がけ手拭かぶりで、下女たちを相手に、見た眼もすずしそうな新茄子《しんなす》を漬けるおまんがいる。その側には二番目の宗太を抱いてやるお民がいる。おまんが漬物桶の板の上で、茄子の蔕《へた》を切って与えると、孫のお粂は早速それを両足の親指のところに挿《はさ》んで、茄子の蔕を馬にして歩き戯《たわむ》れる。裏の木小屋の方からは、梅の実の色づいたのをもいで来て、それをお粂や宗太に分けてくれる佐吉もいる。

「お父《とっ》さん、あなたの退役願いはまだ御聴き届けにならないそうですね。」

「そうさ。退役聴き届けがたしさ。」

寿平次は吉左衛門のことを「お父《とっ》さん」と呼んでいる。その日の夕飯後のことで、一緒に食事した半蔵はちょっと会所の方へ行って来ると言って、父の側にいなかった時だ。

「寿平次さん、」と吉左衛門は笑いながら言った。「吾家《うち》へはその事でわざわざ公役が見えましてね、金兵衛さんと私を前に置いて、いろいろお話がありました。二人とも、せめてもう二、三年は勤めて、役を精出せ、そう言われて、願書をお下げになりました。金兵衛さんなぞは、ありがたく畏《おそ》れ奉って、引き下って来たなんて、後でその話が出ましたっけ。」

そこは味噌納屋の二階だ。大火以来、吉左衛門夫婦が孫を連れて仮住居《かりずまい》しているところだ。寿平次はその遠慮から、夕飯の馳走になった礼を述べ、同じ焼け出された仲間でも上の伏見屋というもののある金兵衛の仮宅の方へ行って泊めてもらおうとした。

「どうもまだわたしも、御年貢《おねんぐ》の納め時が来ないと見えますよ。」

と言いながら、吉左衛門は梯子段の下まで寿平次を送りに降りた。夕方の空に光を放つ星のすがたを見つけて、それを何かの暗示に結びつけるように、寿平次に指して見せた。

「箒星《ほうきぼし》ですよ。午年《うまどし》に北の方へ出たのも、あの通りでしたよ。どうも年廻りが好くないと見える。」

この吉左衛門の言葉を聞き捨てて、寿平次は味噌納屋の前から同じ屋敷つづきの暗い石段を上った。月はまだ出なかったが、星があって涼しい。例の新築された会所の側を通り過ぎようとすると、表には板庇《いたびさし》があって、入口の障子も明いている。寿平次は足をとめて、思わずハッとした。

「どうも半蔵さんばかりじゃなく、伊之助さんまでが賛成だとは意外だ。」

「でも結果から見て悪いと知ったことは、改めるのが至当ですよ。」

こんな声が手に取るように聞える。宿役人の詰め所には人が集まると見えて、灯《ひ》が泄《も》れている。何かがそこで言い争われている。

「そんなことで、先祖以来の祭り事を改めるという理由にはなりませんよ。」

「しかし、人の心を改めるには、どうしてもその源から改めてかからんことには駄目だと思いますね。」

「それは理窟だ。」

「そんなら、六十九人もの破戒僧が珠数《じゅず》つなぎにされて、江戸の吉原や、深川や、品川新宿のようなところへ出入《ではい》りするというかどで、あの日本橋で面《かお》を晒《さ》らされた上に、一ケ寺の住職は島流しになるし、所化《しょけ》の坊主は寺法によって罰せられたというのは。」

神葬祭の一条に関する賛否の意見がそこに戦わされているのだ。賛成者は半蔵や伊之助のような若手で、不賛成を唱えるのは馬籠の問屋九太夫らしい。

「お寺とさえ言えば、無暗《むやみ》とありがたいところのように思って、昔から沢山な土地を寄附したり、先祖の位牌を任せたり、宗門帳まで預けたりして、その結果はすこしも措いて問わないんです。」とは半蔵の声だ。

「これは聞きものだ。」九太夫の声で。

半蔵の意見にも相応の理由はある。彼に言わせると、あの聖徳太子が仏教をさかんに弘《ひろ》め給《たも》うてからは、代々の帝《みかど》がみな法師を尊信し、大寺大伽藍を建てさせ、天下の財用を尽して御信心が篤《あつ》かったが、しかし法師の方でその本分を尽してこれほどの国家の厚意に報いたとは見えない。あまつさえ、後には山法師などという手合《てあい》が日吉《ひえ》七社の神輿《みこし》を舁《かつ》ぎ出して京都の市中を騒がし、あるいは大寺と大寺とが戦争して人を殺したり火を放ったりしたことは数え切れないほどある。平安期以来の皇族公卿《くげ》たちは多く仏門に帰《き》依《え》せられ、出世間の道を願われ、ただただこの世を悲しまれるばかりであったから、救いのない人の心は次第に皇室を離れて、悉《ことごと》く武士の威力の前に屈服するようになった。今はこの国に仏寺も多く、御朱印といい諸大名の寄附といって、寺領となっている土地も広大なものだ。そこに住む出家、比丘尼《びくに》、だいこく、所化《しょけ》、男色の美少年、その他青侍《あおざむらい》にいたるまで、田畑を耕すこともなくて上白《じょうはく》の飯を食い、糸を採り機《はた》を織ることもなくて好い衣裳を着る。諸国の百姓がどんなに困窮しても、寺納を減《へら》して貧民を救おうと思う和尚はない。凶年なぞには別して多く米銭を集めて寺を富まそうとする。百姓に餓死するものはあっても、餓死した僧のあったと聞いたためしはない。長い習慣はおそろしいもので、全国を通じたら何百万からのそれらの人たちが寺院に遊食していても、あたりまえのことのように思われて来た。これはあまりに多くを許し過ぎた結果である。そこで、祭葬のことを寺院から取り戻して、古式に復したら、もっとみんなの眼もさめようと言うのである。

「今日ほど宗教の濁ってしまった時代もめずらしい。」とまた半蔵の声で、「まあ、諸国の神宮寺《じんぐうじ》なぞを覗《のぞ》いて御覧なさい。本地垂跡《ほんじすいじやく》なぞということが唱えられてから、この国の神は大日如来や阿弥陀如来の化身《けしん》だとされていますよ。神仏はこんなに混淆《こんこう》されてしまった。」

「あなたがたはまだ若いな。」と九太夫の声が言う。「そりゃ権現さまもあり、妙見さまもあり、金毘羅《こんぴら》さまもある。神さまだか、仏さまだか分らないようなところは、いくらだってある。あらたかでありさえすれば、それでいいじゃありませんか。」

「ところが、わたしどもはそうは思わないんです。これが末世《まつせ》の証拠だと思うんです。金胎《こんたい》両部なぞの教になると、実際ひどい。仏の力にすがることによって、はじめてこの国の神も救われると説くじゃありませんか。あれは実に神の冒瀆《ぼうとく》というものです。どうしてみんなは、こう平気でいられるのか。話はすこし違いますが、嘉永六年に異国の船が初めて押し寄せて来た時は、わたしの二十三の歳でした。しかしあれを初めての黒船と思ったのは間違いでした。考えて見ると遠い昔から何艘の黒船がこの国に着いたか知れない。まあ、わたしどもに言わせると、伝教《でんぎょう》でも、空海《くうかい》でも——みんな、黒船ですよ。」

「どうも本陣の跡継ぎともあろうものが、こういう議論をする。そんなら、わたしは上の伏見屋へ行って聞いて見る。金兵衛さんはわたしの味方だ。お寺の世話をよくして来たのも、あの人だ。よろしいか、これだけのことは忘れないで下さいよ——馬籠の万福寺は、あなたの家の御先祖の青山道斎が建立したものですよ。」

この九太夫は、平素自分から、「馬籠の九太夫、贄川《にえがわ》の権太夫」と言って、太夫を名のるものは木曾十一宿に二人しかないというほどの太夫自慢だ。それに本来なら、吉左衛門の家が今度の和宮様の御小休み所に宛《あ》てられるところだが、それが普請中とあって、問屋分担の九太夫の家に振り向けられたというだけでも鼻息が荒い。

思わず寿平次は半蔵の声を聞いて、神葬祭の一条が平田《ひらた》篤胤《あつたね》歿後の諸門人から出た改革意見であることを知った。彼は会所の周囲を往ったり来たりして、そこを立ち去りかねていた。

その晩、お民は裏の土蔵の方で、夫の帰りを待っていた。山家にはめずらしく蒸暑い晩で、両親が寝泊りする味噌納屋の二階の方でもまだ雨戸が明いていた。

「あなた、大変遅かったじゃありませんか。」

と言いながら、お民は会所の方からぶらりと戻って来た夫を土蔵の入口のところに迎えた。火災後の仮住居《かりずまい》で、二人ある子供のうち姉のお条は納屋の二階の方へ寝に行き、弟の宗太だけがそこによく眠っている。子供の枕もとには昔風な行燈《あんどん》なぞも置いてある。お民は用意して待っていた山家風なネブ茶に湯をついだ。それを夫にすすめた。

その時、半蔵は子供の寝顔をちょっと覗《のぞ》きに行った後で、熱いネブ茶に咽喉《のど》をうるおしながら言った。「なに、神葬祭のことで、すこしばかり九太夫さんとやり合った。壁を叩くものは手が痛いぐらいは俺も承知してるが、あんまり九太夫さんが解らないから。あの人は大変な立腹で、福島へ出張して申し開きをするなんて、そう言って、金兵衛さんのところへ出掛けて行ったよ。でも、伊之助さんが側にいて、俺の加勢をしてくれたのは、ありがたかった。あの人は頼母《たのも》しいぞ。」

一年のうちの最も短い夜は更《ふ》け易い頃だった。お民の懐妊はまだ眼立つほどでもなかったが、それでもからだをだるそうにして、夫より先に宗太の側へ横になりに行った。妻にも知らせまいとするその晩の半蔵が興奮は容易に去らない。彼は土蔵の入口に近くいて、石段の前の柿の木から通って来る夜風を楽しみながら独り起きていた。そのうちに、お民も眠りがたいかして、寝衣《ねまき》のままでまた夫の側へ来た。

「お民、お前はもっとからだを大事にしなくてもいいのかい。」

「妻籠でもそんなことを言われて来ましたっけ。」

「そう言えば、妻籠ではどんな話が出たね。」

「馬籠のお父さんと半蔵さんとは、好い親子ですって。」

「そうかなあ。」

「兄さんも、わたしも、親には早く別れましたからね。」

「何かい。神葬祭の話は出なかったかい。」

「わたしは何も聞きません。兄さんがこんなことは言っていましたよ。——半蔵さんも夢の多い人ですって。」

「へえ、俺は自分じゃ、夢がすくなさ過ぎると思うんだが——夢のない人の生涯ほど味気《あじき》ないものはない、と俺は思うんだが。」

「ねえ、あなたが中津川の香蔵さんと話すのを側で聞いていますと、吾家《うち》の兄さんと話すのとは違いますねえ。」

「そりゃ、お前、香蔵さんと俺とは同じものだもの。そこへ行くと寿平次さんの方は、俺の内部《なか》にいろいろなものを見つけてくれる。俺はお前の兄さんの顔を見ていると、何か言って見たくなるよ。」

「あなたは兄さんが嫌いですか。」

「どうしてお前はそんなことを言うんだい。寿平次さんと俺とは、同じように古い青山の家に生れて来た人間さ。立ち場は違うかも知れないが、やっぱり兄弟は兄弟だよ。」

半蔵はお民のからだを心配して床に就かせ、自分でも休もうとして、一旦は妻子の側に横になって見た。眠りがたいままに、また起き出して入口の戸を開けて見ると、東南の方角にあたる暗い空は下の方から黄ばんだ色にすこしずつ明るくなって来て、深夜の感じを与える。

遠い先祖代々の位牌、青山家の古い墓地、それらのものを預けてある馬籠の寺のことから、そこに黙って働いている松雲和尚のことがしきりに半蔵には問題の人になって来た。彼はあの万福寺の新住職として松雲を村はずれの新茶屋に迎えた日のことを思い出した。あれは雨のふる日で、六年の長い月日を行脚《あんぎゃ》の旅に送って来た松雲が笠《かさ》も草鞋《わらじ》も濡れながら、西からあの峠の上に着いた時であったことを思い出した。あの頃は彼もまだ若かったが、すでに平田派の国学にこころざしていて、中世以来学問道徳の権威としてこの国に臨んで来た漢学《からまな》び風の因習からも、仏の道で教えるような物の見方からも離れよということを深く心に銘ずる頃であったから、新たに迎える住職のことを想像し、その住職の尊信する宗教のことを想像し、その人にも、その人の信仰にも、行く行くは反対を見出すかも知れないような、ある予感に打たれずにはいられなかったことを思い出した。到頭、その日がやって来たのだ。もっとも、廃仏を意味する神葬祭の一条は福島の役所からの諮問案《しもんあん》で、各村の意見を求める程度にまでしか進んでいなかったが。

いつの間にか暗い空が夏の夜の感じに澄んで来た。青白い静かな光は土蔵の前の冷い石段の上にまで射し入って来た。独り起きている彼の膝の上まで照らすようになった。次第に、月も上った。

八百千年《やおちとせ》ありこしことも諸人《もろびと》の悪《あ》しとし知らば改めてまし

まがごとゝみそなはせなば事ごとに直毘《なおび》の御神《みかみ》直したびてな

眼のまへに始むることもよくしあらば惑ふことなくなすべかりけり

正道《まさみち》に入り立つ徒《とも》よおほかたのほまれそしりはものならなくに

半蔵の述懐だ。

三

旧暦九月も末になって、馬籠峠へは小鳥の来る頃になった。最早《もはや》和宮様御迎えの同勢が関東から京都の方へ向けて、毎日のようにこの街道を通る。そうなると、定例の人足だけでは継立ても行き届かない。道中奉行所の小笠原美濃守は公役として既に宿々の見分に来た。

十月に入ってからは、御通行準備のために奔走する人たちが一層半蔵の眼につくようになった。尾州《びしゅう》方の役人は美濃路から急いで来る。上松の庄屋は中津川へ行く。早駕籠《はやかご》で、夜中に馬籠へ着くものすらある。尾州の領分からは、千人もの人足が隣宿美濃落合の御継《おつ》ぎ所《しょ》(継立ての場所)へ詰めることになって、ひどい吹降《ふきぶ》りの中を人馬共にあの峠の下へ着いたとの報知《しらせ》もある。

「半蔵、どうも人足や馬が足りそうもない。俺はこれから中津川へ打合せに行って、それから京都まで出掛けて行って来るよ。」

「お父さん、大丈夫ですかね。」

親子はこんな言葉をかわした。道中奉行所から渡された御印書によって、越後越中の方面からも六十六万石の高に相当する人足がこの御通行筋へ加勢に来ることになったが、よく調べて見ると、それでも足りそうもないと言う父の話は半蔵を驚かした。

「美濃の方じゃ、お前、伊勢路からも人足を許されて、もう触当《ふれあ》てに出掛けたものもあるというよ。美濃の鵜沼宿《うぬましゆく》から信州本山《もとやま》まで、どうしても人足は通しにするより外に方法がない。俺は京都まで御奉行様の後を追って行って、それをお願いして来る。俺も今度は最後の御奉公のつもりだよ。」

この年老いた父の奮発が、半蔵にはひどく案じられてならなかった。そうかと言って、彼が父に代られる場合でもない。街道には街道で、彼を待っている仕事も多かった。その時、継母のおまんも父の側に来て、

「あなたも御苦労さまです。ほんとに、万事大騒動になりましたよ。」

と案じ顔に言っていた。

吉左衛門はなかなかの元気だった。六十三歳の老体とは言いながら、いざと言えば側にいるものがびっくりするような大きな声で、

「オイ、駕籠《かご》だ。」

と人を呼ぶほどの気力を見せた。

宮様御迎え御同勢の通行で、賑《にぎ》わしい街道の混雑は最早九日あまりも続いた。伊那の百姓は自分らの要求が納《い》れられたという顔付で、二十五人ほどずつ一組になって、既に馬籠へも働きに入り込んで来た。やかましい増助郷《ましすけごう》の問題の後だけに朝勤め夕勤めの人たちを街道に迎えることは半蔵にも感じの深いものがあった。どうして、この多数の応

援があってさえ、続々関東からやって来る御同勢の継立てに十分だとは言えなかったくらいだ。馬籠峠から先は落合に詰めている尾州の人足が出て、御荷物の持運びその他に働くというほどの騒ぎだ。時には、半蔵はこの混雑の中に立って、怪我人《けがにん》を載せた四挺《ちょう》の駕籠が三留野の方から動いて来るのを目撃した。宮様の御泊りに宛てられるという三留野の普請所では、小屋が潰《つぶ》れて、怪我《けが》をした尾張の大工たちが帰国するところであるという。その時になると、神葬祭の一条も、何もかも、この街道の空気の中に埋《うず》め去られたようになった。和宮様御下向の噂があるのみだった。

宮様は親子《ちかこ》内親王という。京都にある帝とは異腹《はらちがい》の御兄妹《ごきょうだい》である。先帝第八の皇女であらせらるるくらいだから、御姉妹も多かった。それがだんだん亡くなられて、御妹としては宮様ばかりになったから、帝の御いつくしみも深かった訳である。宮様は幼い頃から有栖川《ありすがわ》家と御婚約の間柄であったが、それが徳川将軍に降嫁《こうか》せらるるようになったのも、まったく幕府の懇望にもとづく。

もともと公武合体の意見は、当時の老中安藤対馬なぞの創《はじ》めて唱え出したことでもない。天璋院《てんしょういん》といえば、当時すでに未亡人であるが、その人を先の将軍の御台所《みだいどころ》として徳川家に送った薩摩の島津氏なども夙《つと》に公武合体の意見を抱いていて、幕府有司《ゆうし》の中にも、諸藩の大名の中にもこの説に共鳴するものが多かった。言わば、国事の多端で艱難な時にあらわれて来た協調の精神である。幕府の老中らは宮様の御降嫁をもって協調の実を挙ぐるに最も適当な方法であるとし、京都所司代の手を経、関白を通して、それを叡聞《えいぶん》に達したところ、帝《みかど》にはすでに有栖川《ありすがわ》家と御婚約のある宮様のことを思い、かつはとかく騒がしい江戸の空へ年若な女子を遣《つか》わすのは気遣われると仰せられて、御許しがなかった。この御結婚には宮様も御不承知であった。ところが京都方にも、公武合体の意見を抱いた岩倉具視《いわくらともみ》、久我建通《くがたてみち》、千種有文《ちぐさありぶみ》、富小路敬直《とみのこうじひろなお》なぞの有力な人たちがあって、この人たちが堀河の典侍《てんじ》を動かした。堀河の典侍は帝の寵妃《ちょうひ》であるから、この人の奏聞には帝も御耳を傾けられた。宮様には固く辞して応ずる気色もなかったが、だんだん御乳《おち》の人絵島《えしま》の言葉を聞いて、漸く納得せらるるようになった。年若な宮様は健気《けなげ》にも思い直し、自ら進んで激しい婦人の運命に当ろうとせられたのである。

この宮様は婿君《むこぎみ》(十四代将軍、徳川家茂《いえもち》)への引出物《ひきでもの》として、容易ならぬ土産を持参せらるることになった。「蛮夷《ばんい》を防ぐことを堅く約束せよ」との聖旨がそれだ。幕府としては、今日は兵力を動かすべき時機ではないが、今後七、八年乃至《ないし》十年の後を期し、武備の充実する日を待って、条約を引き戻すか、征伐するか、いずれかを選んで叡慮《えいりょ》を安んずるであろうという意味のことが、あらかじめ奉答してあった。

しかし、この稀な御結婚には多くの反対者を生じた。それらの人たちによると、幕府に攘夷の意志のあろうとは思われない。その意志がなくて蛮夷の防禦を誓い、国内人心の一致を説くのは、これ人を欺《あざむ》き自らをも欺くものだというのである。宮様の御降嫁《ごこうか》は、公武の結婚というよりも、むしろ幕府が政略のためにする結婚だというのである。幕府が公武合体の態度を示すために、帝に供御《くご》の資を献じ、親王や公卿に贈金したことも、かえって反対者の心を刺戟した。

「欺瞞だ。欺瞞だ。」

この声は、どんな形になって、どんなところに飛び出すかも知れなかった。西は大津から東は板橋まで、宮様の前後を警衛するもの十二藩、道中筋の道固めをするもの二十九藩――こんな大袈裟《おおげさ》な警衛の網が張られることになった。美濃の鵜飼《うがい》から信州本山《もとやま》までの間は尾州藩、本山から下諏訪までの間は松平丹波守、下諏訪から和田までの間は諏訪因幡守《いなばのかみ》の道固めという風に。

十月の十日頃には、尾州の竹腰山城守が江戸表から出発して来て、本山宿の方面から順に木曾路の道橋を見分し、御旅館や御小休み所に宛てらるべき各本陣を見分した。ちょうど馬籠では、吉左衛門も京都の方へ出掛けた留守の時で、半蔵が父に代ってこの一行を迎えた。半蔵は年寄役金兵衛の附添いで、問屋九太夫の家に一行を案内した。峠へはもう十月らしい小雨が来る。私事ながら半蔵は九太夫と言い争った会所の晩のことを思い出し、父が名代の勤めも辛いことを知った。

「伊之助さん、御継立ての御用米が尾州から四十八俵届きました。これは君のお父さん(金兵衛)に預って頂きたい。」

半蔵が隣家の伊之助と共に街道に出て奔走する頃には、かねて待ち受けていた御用の送り荷が順に到着するようになった。この送り荷は尾州藩の扱いで、奥筋の御泊り宿へ送りつけるもの、その他諸色《しょしき》が沢山な数に上った。日によっては三留野泊りの人足九百人、外に妻籠泊りの人足八百人が、これらの荷物について西からやって来た。

「寿平次さんも、妻籠の方で眼を廻しているだろうなあ。」

それを思う半蔵は、一方に美濃中津川の方で働いている友人の香蔵を思い、この際京都から帰って来ている景蔵を思い、その話をよく伊之助にした。馬籠では峠村の女馬まで狩り出して、毎日のようにやって来る送り荷の継立てをした。峠村の利三郎は牛行司ではあるが、こういう時の周旋にはなくてならない人だった。世話好きな金兵衛はもとより、問屋の九太夫、年寄役の儀助、同役の新七、同じく与次衛門、それらの長老たちから、百姓総代の組頭庄兵衛まで、殆んど村中総がかりで事に当った。その時になって見ると、金兵衛の養子伊之助といい、九太夫の子息《むすこ》九郎兵衛といい、庄兵衛の子息庄助といい、実際に働けるものは最早若手の方に多かった。

十月の二十日は宮様が御東下の途に就かれるという日である。まだ吉左衛門は村へ帰って来ない。半蔵は家のものと一緒に父のことを案じ暮した。最早御一行が江州草津まで動いたという二十二日の明け方になって、吉左衛門は夜通し早駕籠を急がせて来た。京都から名古屋へ廻って来たという父が途中の見聞を語るだけでも、半蔵には多くの人の動きを想像するに十分だった。宮様御出発の日には、帝にも御忍びで桂《かつら》の御所を出て、宮様の御旅装を御覧になったという。

「時に、送り荷はどうなった。」

という父の無事な顔を眺めて、半蔵は尾州から来る荷物の莫大《ばくだい》なことを告げた。それが既に十一日もこの街道に続いていることを告げた。木曾の王滝、西野、末川の辺鄙《へんぴ》な村々、向《むか》い郡《ぐん》の附知村《つけちむら》あたりからも人足を繰り上げて、継立ての困難を凌《しの》いでいることを告げた。

道路の改築もその翌日から始まった。半蔵が家の表も二尺通り石垣を引込め、石垣を取り直せとの見分役《けんぶんやく》からの達しがあった。道路は二間にして、道幅はすべて二間見通しということに改められた。石垣は家ごとに取り崩された。この混雑の後には、御通行当日の大釜の用意とか、膳飯の準備とかが続いた。半蔵の家でも普請中で取り込んでいるが、それでも相応な支度を引受け、上の伏見屋なぞでは百人前の膳飯を引受けた。

やがて道中奉行が中津川泊りで、美濃の方面から下って来た。一切の準備は整ったかと尋ね顔な奉行の視察は、次第に御一行の近づいたことを思わせる。順路の日割によると、二十七日、鵜沼宿《うぬましゅく》御昼食、太田宿御泊りとある。馬籠へは行列拝見の客が山口村からも飯田方面からも入り込んで来て、いずれも宮様の御一行を待ち受けた。

そこへ先駆だ。二十日に京都を出発して来た先駆の人々は、八日目にはもう落合宿から美濃境の十曲峠を越して、馬籠峠の上に着いた。随行する人々の中には、万福寺に足を休めて行くものが百二十人もある。先駆の通行は五つ半時であった。奥筋へ行く千人あまりの尾州の人足がその後に続いて、群衆の中を通った。それを見ると、伊那から来ている助郷の中には腕をさすって、是非とも御輿《おこし》をかつぎたいというものが出て来る。大変な御人気だ。半蔵は父と同じように、麻の裃《かみしも》をつけ、袴の股立《ももだ》ちを取って、親子してその間を奔走した。

「姫君さまの御輿《おこし》なら、俺も一ト肩入れさせてもらいたいな。」

これも篤志家《とくしか》の一人の声だった。

翌日は中津川御泊りの日取りである。その日は雨になって、夜中からひどく降り出した。しかしその大雨の中でも、最早道固めの尾州の家中が続々馬籠へ繰り込んで来るようになったので、吉左衛門も半蔵も全く一晩中眠らなかった。

いよいよ馬籠御通行という日が来た。本陣の仮住居《かりずまい》の方では、おまんが孫の側に眼をさますと、半蔵も父も徹夜でいそがしがって、殆んど家へは寄りつかない。嫁のお民は、と見ると、この人は肩で息をして、若い母らしい前垂《まえだれ》なぞに最早重そうなからだを隠そうとしている。

おまんは佐吉を呼んで、孫のお粂《くめ》をおぶわせ、村はずれに宮様を御迎えさせることにした。そこへ来た新宅のお喜佐(おまんの実の娘、半蔵の異母妹)には宗太をつけて、これも家の下女たちと一緒にやることにした。

「粂さま、お出《いで》。」と佐吉はお粂を背中にのせて、その顔をおまんに見せながら、「これで粂さまも、今日あったことを——ずっと大きくなるまで——覚えていさっせるずらか。」

「なにしろ、六つじゃねえ。」

「覚えてはいさっせまいか。」

「そうばかりでもないよ。」とお喜佐は二人の話を引取って言った。「この児もこれで、夢のようには覚えていないだろうよ。わたしだって、五つの歳のことをかすかに覚えているもの。」

「ほんとに、きょうは生憎《あいにく》な雨だこと。」とおまんは言った。「わたしもお迎えしたいは山々だが、お民がこんなじゃ、どうしようもない。わたしたち二人はお留守居しますよ。」

佐吉はお粂を、お喜佐は宗太をまもりながら、御行列拝見の人々が集まる村はずれの石屋の坂あたりまで行った。なにしろ多勢の御通行で、佐吉らは吉左衛門や半蔵の働いている姿をどこにも見出すことが出来なかった。それに、御通行筋は公私の領分の差別なく、旅館の前後里程三日路の旅人の通行を禁止するほどの警戒ぶりだ。

九つ半時に、姫君を乗せた御輿は軍旅《ぐんりょ》の如きいでたちの面々に前後を護られながら、雨中の街道を通った。厳《いか》めしい鉄砲、纏《まとい》、馬簾《ばれん》の陣立は、殆《ほと》んど戦時に異ならなかった。供奉《ぐぶ》の御同勢はいずれも陣笠、腰弁当で、供男一人ずつ連れながら、その後に随《したが》った。中山大納言、菊亭中納言、千種少将(有文)、岩倉少将(具視)、その他宰相の典侍、命婦《みょうぶ》能登などが供奉の人々の中にあった。京都の町奉行関出雲守《せきいずものかみ》が御輿の先を警護し、御迎えとして江戸から上京した若年寄加納遠江守《かのうとおとうみのかみ》、それに老女らも御供をした。これらの御行列が動いて行った時は、馬籠の宿場も暗くなるほどで、その日の夜に入るまで駅路に人の動きの絶えることもなかった。

「いや、御苦労、御苦労。」

御通行の翌日、吉左衛門は三留野《みどの》の御継ぎ所の方へ行く尾州の竹腰山城守《たけこしやましろのかみ》を見送った後で、いろいろ後始末をするため会所の内《なか》にある宿役人の詰め所にいた。吉左衛門はそこにいる人たちをねぎらうばかりでなく、自分で自分に言うように、

「御苦労、御苦労。」を繰り返した。

連日の過労に加えて、その日も朝から雨だ。一同は疲れて、一人として行儀よくしているものもない。そこには金兵衛もいて、長い街道の世話を思い出したように、

「吉左衛門さんは御存知だが、わたしたちが覚えてから大きな御通行というものは、この街道に三度ありましたよ。一度は水戸の姫君さまの御輿《おこし》入れの時。一度は尾州《びしゅう》の先の殿様が江戸でお亡くなりになって、その御遺骸《ごいがい》がこの街道を通った時。今一度は例の黒船騒ぎで、交易を許すか許さないかの大評定で、尾州の殿様(徳川慶勝)の御出府の時。あの先の殿様の時は、木曾谷中から寄せた七百三十人の人足でも手が足りなくて、伊那

の助郷が千人あまりも出ました。諸方から集めた馬の数が二百二十匹さ。」

「金兵衛さんはなかなか覚えがいい。」と畳の上に頬杖《ほおづえ》つきながら言うものがある。

「まあ、お聞きなさい。今の殿様が江戸へ御出府の時は、木曾寄せの人足が七百三十人、伊那の助郷が千七百七十人、この人数を合わせると二千五百人からの人足が出ましたぜ。あの時、馬籠の宿場に集まった馬の数が百八十匹だったと思う。あれほどの御通行でも和宮さまの場合とは到底比べものにならない。今度のような大きな御通行は、わたしは古老の話にも聞いたことがない。」

「どうです。金兵衛さん、これこそ前代未聞でしょう。」

と混ぜ返すものがある。金兵衛は首を振って、

「いや、前代未聞どころか、この世初まって以来の大御通行だ。」

聞いているものは皆笑った。

いつの間にか吉左衛門は高鼾《たかいびき》だ。彼はその部屋の片隅に横になって、まるで死んだようになってしまった。

その時になって見ると、美濃路から木曾へかけての御継ぎ所で殆んど満足なところはなかった。会所という会所は、あるいは損じ、あるいは破れた。これは道中奉行所の役人も、尾州方の役人も、ひとしく目撃したところである。中津川、三留野の両宿に沢山

な死傷者も出来た。街道には、途中で行倒れになった人足の死体も多く発見された。

御通行後の二日目は、和宮様の御一行も福島、藪原を過ぎ、鳥居峠を越え、奈良井宿御小休み、贄川宿《にえがわじゆく》御昼食の日取である。半蔵と伊之助の二人は連れ立って、その日三留野御継ぎ所の方から馬籠へ引き取って来た。伊之助は伊那助郷の担当役、半蔵も父の名代として、いろいろと後始末をして来た。ちょうど吉左衛門は上の伏見屋に老友金兵衛を訪ねに行っていて、二人茶漬を食いながら、話し込んでいるところだった。そこへ半蔵と伊之助とが帰って来た。

その時だ。伊之助は声を潜めながら、木曾の下四宿から京都方の役人への祝儀として、先方の求めにより二百二十両の金を差し出したことを語った。祝儀金とは名ばかり、これはいかにも無念千万のことであると言って、御継ぎ所に来ていた福島方の役人衆までが口唇《くちびる》を噛んだことを語った。伊那助郷の交渉をはじめ、越後、越中の人足の世話から、御一行を迎えるまでの各宿の人々の心労と尽力とを見る眼があったら、いかに強慾な京都方の役人でもこんな暗い手は出せなかったはずであると語った。

「御通行のどさくさに紛れて、祝儀金を捲き揚げて行くとは――実に、言語《ごんご》に絶した遣り方だ。」

と言って、金兵衛は吉左衛門と顔を見合せた。

若者への関心にかけては、金兵衛とても吉左衛門に劣らなかった。黒船来訪以来はおろか、それ以前からたといいかに封建社会の堕落と不正とを痛感するような時でも、それを若者の目や耳からは隠そう隠そうとして来たのも、この二人の村の長老だ。庄屋風《ふ》情《ぜい》、もしくは年寄役風情として、この親たちが日頃の願いとして来たことは、徳川世襲の伝統を重んじ、どこまでも権威を権威とし、それを子の前にも神聖なものとして、この世をあるがままに譲って行きたかったのである。伊之助が語って見せたところによると、こうした役人の腐敗沙汰にかけては、京都方も江戸方もすこしも異なるところのないことを示していた。二人の親たちは最早《もはや》隠そうとして隠し切れなかった。

六日目になると、宮様御一行は和田宿の近くまで行った頃で、御道固めとして本山まで御見送りをした尾州の家中衆も、思い思いに引き返して来るようになった。奥筋まで御供をした人足たちの中にも、ぽつぽつ帰路に就くものがある。七日目には、最早この街道に初雪を見た。

人一人動いた後は不思議なもので、御年も若く繊弱《かよわ》い宮様のような女性でありながらも、殊《こと》に宮中の奥深く育てられた金枝玉葉の御身で、上方《かみがた》とは全く風俗を異にし習慣を異にする関東の武家へ御降嫁された後には、多くの人心を動かすものが残った。遠く江戸城の方には、御母として仕うべき天璋院も待っていた。十一月十五日には宮様は既に江戸に到着されたはずである。あの薩摩生れの剛気で男勝りな天璋院にも既に御対面せられたはずである。これは稀に見る御運命の激しさだとして、憐《あわれ》みまいらせるものがある。その犠牲的な御心の女らしさを感ずるものもある。二十五日の木曾街道の御長旅は、徳川家のために計る老中安藤対馬らの政略を助けたというよりも、むしろ皇室をあらわす方に役立った。

長いこと武家に圧せられて来た皇室が衰微の裡《うち》にも絶えることなく、また回復の機運に向って来た。この島国の位置が位置で、たとい内には戦乱争闘の憂いの多い時代があったにもせよ、外に向って事を構える場合の割合に少なかった東洋の端に存在したことは、その日まで皇室の平静を保ち得た原因の一つであろうと言うものもある。過去の皇室の衰え方と言えば、諸国に荒廃した山陵を歴訪して勤王の志を起したという蒲生君平《がもうくんぺい》や、京都のさびしい御所を拝して哭《な》いたという高山彦九郎のような人物のあらわれて来たのでも分る。応仁乱後の京都は乱前よりも一層さびれ、公家の生活は苦しくなり、すこし大袈裟《おおげさ》かも知れないが三条の大橋から御所の燈火《あかり》が見えた時代もあったと言わるるほどである。これほどの皇室が、また回復の機運に向って来たことは、半蔵に取って、実に意味深きことであった。

時代は混沌《こんとん》として来た。彦根と水戸とが互いに傷ついてからは、薩州のような雄藩の擡頭《たいとう》となった。関が原の敗戦以来、隠忍に隠忍を続けて来た長州藩がこの形勢を黙って視《み》ているはずもない。しかしそれらの雄藩でも、京都にある帝《みかど》を中心に仰ぎ奉ることなしに、人の心を収めることは出来ない。天朝の威をも畏《おそ》れず、各藩の意見のためにも動かされず、断然として外国に通商を許したというあの井伊大老ですら、幕府の一存を楯《たて》にして単独な行動に出ることは出来なかった。後には上奏の手続きを執《と》った。井伊大老ですらその通りだ。薩長二藩の有志らはいずれも争って京都に入り、あるいは藩主の密書を致したり、あるいは御剣《ぎょけん》を奉献したりした。

一庄屋の子としての半蔵から見ると、これは理由のないことでもない。水戸の『大日本史』に、尾張の『類聚日本紀《るいじゅうにほんぎ》』に、あるいは頼氏の『日本外史』に、大義名分を正そうとした人たちの播《ま》いた種が深くもこの国の人々の心に萌《きざ》して来たのだ。南朝の回想、芳野の懐古、楠氏の崇拝——いずれも人の心の向うところを語っていないものはなかった。そういう中にあって、本居宣長のような先覚者をはじめ、平田一門の国学者が中世の否定から出発して、だんだん帝を求め奉るようになって行ったのは、臣子の情として強い綜合の結果であったが……

年も文久《ぶんきゅう》二年と改まる頃には、半蔵は既に新築の出来た本陣の家の方に引き移っていた。吉左衛門やおまんは味噌納屋の二階から、お民は侘《わび》しい土蔵の仮住居《かりずまい》から、いずれも新しい木の香のする建物の方に移って来た。馬籠の火災後しばらく落合の家の方に帰っていた半蔵が弟子の勝重なぞも、またやって来る。新築の家は、本陣らしい門構えから、部屋部屋の間取りまで、火災以前の建て方によったもので、会所を家の一部に取り込んだところまで似ている。表庭の隅に焼け残った一株の老松も到頭枯れてしまったが、その跡に向いて建てられた店座敷が東南の日を受けるところまで似ている。

美濃境にある恵那山を最高の峯として御坂越《みさかごえ》の方に続く幾《いく》つかの山嶽は、この新築した家の南側の廊下から望まれる。半蔵が子供の時分から好きなのも、この山々だ。さかんな雪崩《なだれ》の音はその廊下の位置から聴かれないまでも、高い山壁から谷まで白く降り埋《うず》める山々の雪を望むことは出来る。ある日も、半蔵は恵那山の上の空に、美しい冬の朝の雲を見つけて、夜ごとの没落からまた朝紅の輝きにと変って行くようなあの太陽に比較すべきものを想像した。ただ御一人の帝、その上を措《お》いて時代を貫く朝日の御勢に譬うべきものは他に見当らなかった。

正月早々から半蔵は父の名代として福島の役所へ呼ばれ、木曾十一宿にある他の庄屋問屋と同じように金百両の分配を受けて来た。この御下げ金は各宿救助の意味のものだ。ちょうど家では二十日正月を兼ねて、暮に生れた男の児《こ》のために小豆粥《あずきがゆ》なぞを祝っていた。お粂、宗太、それから今度生れた児には正己《まさみ》という名がついて、吉左衛門夫婦も最早三人の孫のおじいさん、おばあさんである。お民はまだ産後の床に就いていたが、そこへ半蔵が福島から引き取って来た。和宮様の御通行前に、伊那助郷総代へ約束した手当の金子も、追って尾州藩から下付せらるるはずであることなぞを父に告げた。

「助郷のことは、これからが問題だぞ。今までのような御奉公じゃ百姓が承知しまい。」

と吉左衛門は炬燵《こたつ》の上に手を置きながら、半蔵に言って見せた。

その日半蔵は御下げ金のことで金兵衛の智慧を借りて、御通行の日から残った諸払いをした。やがてその後始末も出来た頃に、人の口から口へと伝わって来る江戸の方の噂が坂下門の変事を伝えた。

決死の壮士六人、あの江戸城の外の御濠《おほり》ばたの柳の樹のかげに隠れていたのは正月十五日とあるから、山家のことで言えば左義長《さぎちょう》の済む頃であるが、それらの壮士が老中安藤対馬の登城を待ち受けて、先ず銃で乗物を狙撃した。それが当らなかったので、一人の壮士が馳せ寄って、刀を抜いて駕籠《かご》を横から突き刺した。安藤対馬は運強く、重傷を被《こうむ》りながらも坂下門内に駆け入って、僅かに身をもって難をまぬかれた。この要撃の光景をまるで見て来たように言い伝えるものがある。

「またか。」

という吉左衛門にも、思わず父と顔を見合せる半蔵の胸にも、桜田事変当時のことが来た。

刺客はいずれも斬奸《ざんかん》趣意書なるものを懐にしていたという。これは幕府の手で秘密に葬られようとしたが、六人の外に長州屋敷へ飛び込んで自刃《じじん》した壮士の懐から出て来たもので明《あきら》かにされ、それからそれへと伝えられるようになった。それには申年《さるどし》の三月に赤心報国の輩《ともがら》が井伊大老を殺害に及んだことは毛頭も幕府に対し異心を挟んだのではないということから書き初めて、彼らの態度を明かにしてあったという。彼らから見れば、井伊大老は夷狄《いてき》を恐怖する心から慷慨《こうがい》忠直の義士を憎み、おのれの威力を示そうがために奸謀を廻らし、天朝をも侮る神州の罪人である、そういう奸臣を倒したなら自然と幕府においても悔いる心が出来て、これからは天朝を尊び夷狄《いてき》を憎み、国家の安危と人心の向背にも注意せらるるであろうとの一念から、井伊大老を目がけたものはいずれも身命を投げ捨てて殺害に及んだのである、ところがその後になっても幕府には一向に悔心の模様は見えない、ますます暴政のつのるようになって行ったのは、幕府役人一同の罪ではあるが、つまりは老中安藤対馬こそその第一の罪魁《ざいかい》であるという意味のことが書いてあったという。その趣意書には、老中の罪状をも挙げて、皇妹和宮様が御結婚のことも、おもてむきは天朝より下し置かれたように取り繕《つくろ》い、公武合体の姿を示しながら、実は奸謀と威力とをもって強奪し奉ったも同様である、これは畢竟《ひつきよう》皇妹を人質にして外国交易の勅諚を強請する手段であり、もしそれも叶わなかったら帝の御譲位をすら謀ろうとする心底であって、実に徳川将軍を不義に引き入れ、万世の後までも悪逆の名を流させようとする行為である、北条足利にもまさる逆謀という外はない、これには切歯痛憤、言うべき言葉もないという意味のことが書いてあったという。その中にはまた、外夷取扱いのことを挙げて、安藤老中は何事も彼らの言うところに従い、日本沿海の測量を許し、この国の形勢を彼らへ教え、江戸第一の要地ともいうべき品川御殿山を残らず彼らに貸し渡し、あまつさえ外夷の応接には骨肉も同様な親切を見せながら、自国にある忠義憂憤の者はかえって仇敵《きゆうてき》のように忌み嫌い、国賊というにも余りあるというような意味のことが書いてあったという。

しかし決死の壮士が書き遺したものは、ただそれだけの意味にとどまらなかった。その中には「明日」への不安が、いろいろと書き籠《こ》めてあったともいう。もし今日のままで弊政を改革することもなかったら、天下の大小名はおのおの幕府を見放して、自己の国のみを固めるようになって行くであろう、外夷の取扱いにさえ手に余る折柄、これはどう処置するつもりであろうという意味のことも書いてあり、万一攘夷を名として旗を挙げるような大名が出て来たら、それこそ実に危急の時である、幕府では皇国の風俗というものを忘れてはならぬ、君臣上下の大義を弁《わきま》えねばならぬ、かりそめにも天朝の叡《えい》意《い》に背くようなところが見えたら、忠臣義士の輩《ともがら》は一人も幕府のために身命を抛《なげう》つものはあるまいという意味のことも書き遺してあったという。

これらの刺客の多くが水戸人であることも分って来た。いずれも三十歳前後の男ざかりで、中には十九歳の青年がこの要撃に加わっていたことも分って来た。安藤対馬の災難は不思議にもその傷が軽くて済んだが、多くの人の同情は生命拾《いのちびろ》いをした老中よりも、現場に斃《たお》れた青年たちの上に集まる。しかし、その人の傷ついた後になって見ると、一方には世間の誤解や無根の流言がこの悲劇を生む因《もと》であったと言って、こんなに思い詰めた壮士らの暴挙を惜むと言い出したものもあった。安藤対馬その人を失ったら、あれほど外交の事に当り得るものは他に見出せない、亜米利加《アメリカ》のハリスにせよ、英吉利《イギリス》のアールコックにせよ、彼らに接して滞ることなく、屈することもなく、外国公使らの専横を挫《くじ》いて、凛然《りんぜん》とした態度を持ち続けたことにかけては、老中の右に出るものはなかったと言い出したものもあった。

幕府には既に憚《はばか》るべき人と、憚るべき実とがない。井伊大老は斃《たお》れ、岩瀬肥後は喀血《かっけつ》して死し、安藤老中までも傷ついた。四方の侮《あなど》りが競うように起って来て、儒者は経典の立ち場から、武士剣客は士道の立ち場から、その他医者、神職、和学者、僧侶なぞの思い思いに勝手な説を立てるものがあっても、幕府ではそれを制することも出来ないようになって来た。この中で、露国の船将が対馬尾崎浦に上陸し駐屯しているとの報知《しらせ》すら伝わった。港は鎖《とざ》せ、欧羅巴《ヨーロッパ》人は打ち攘《はら》え、その排外の風が到るところを吹きまくるばかりであった。

四

一人の旅人が京都の方面から美濃の中津川まで急いで来た。

この旅人は、近くまで江戸桜田邸にある長州の学塾有備館の用掛《ようがかり》をしていた男ざかりの侍である。かねて長州と水戸との提携を実現したいと思い立ち、幕府の嫌疑を避くるため品川沖合の位置を選び、長州の軍艦丙辰丸《へいしんまる》の艦長と共に水戸の有志と会見した閲歴を持つ人である。坂下門外の事変にも多少の関係があって、水戸の有志から安藤老中要撃の相談を持ちかけられたこともあったが、後にはその暴挙に対して危惧《きぐ》の念を抱き、次第に手を引いたという閲歴をも持つ人である。

中津川の本陣では、半蔵が年上の友人景蔵も留守の頃であった。景蔵は平田門人の一人として、京都に出て国事に奔走している頃であったからで。この旅人は恵那山を東に望むことの出来るような中津川の町をよろこび、人の注意を避くるにいい位置にある景蔵の留守宅を選んで、江戸麻布《あざぶ》の長州屋敷から木曾街道経由で上京の途にある藩主(毛利慶親《よしちか》)をそこに待ち受けていた。その目的は、京都の屋敷にある長藩世子《せいし》(定広)の内命を受けて、京都の形勢の激変したことを藩主に報じ、かねての藩論なる公武合体、航海遠略の到底実行せらるべくもないことを進言するためであった。それよりは従来の方針を一変し、大いに破約攘夷を唱うべきことを藩主に説き勧《すす》めるためであった。雄藩擡頭《たいとう》の時機が到ったことは、長いことその機会を待っていた長州人士を雀躍《こおどり》させたからで。

旅にある藩主はそれほど京都の形勢が激変したとは知らない。まして、そんな旅人が世子の内命を帯びて、中津川に自分を待っとは知らない。さきに幕府への建白の結果として、公武間周旋《しゅうせん》の依頼を幕府から受け、いよいよ正式にその周旋を試みようとして江戸を出発して来たのであった。この大名は、日頃の競争者で薩摩に名高い中将斉彬《なりあきら》の弟にあたる島津久光が既にその勢力を京都の方に扶植し始めたことを知り、更に勅使左衛《さえ》門督《もんのかみ》大原重徳《しげのり》を奉じて東下して来たほどの薩摩人の活躍を想像しながら、その年の六月中旬には諏訪に入った。あだかも痲疹《はしか》流行の頃である。一行は諏訪に三日逗留し、同勢四百人ほどを後に残しておいて、三留野泊りで木曾路を上って来た。馬籠本陣の前まで来ると、そこの門前には諸大名通行の折の定例のように、既に用意した札の掲げてあるのを見た。

松平大膳太夫《だいぜんだゆう》様　御休所

松平大膳太夫とあるは、この大名のことで、長門国《ながとのくに》三十六万九千石の領主を意味する。その時、半蔵は出て、一行の中の用人に挨拶した。

「わたしは吉左衛門の忰《せがれ》でございます。父はこの四月から中風《ちゅうぶう》に罹《かか》りまして、今だに床の上に臥《ね》たり起きたりしております。御昼は申し付けてございますが、何か他に御用もありましたら、わたしが承りましょう。」

「御主人は御病気か。それは御大事に。ここから中津川までは何里ほどありましょう。」

「三里と申しております。ここの峠からは下りでございますから、そうお骨は折れません。」

この半蔵の言葉を聞くと、用人は本陣の門の内外を警衛する人たちに向って、

「諸君、中津川まではもう三里だそうですよ。ここで昼食をやって下さい。」

と呼んだ。

馬籠の宿ではその日より十日ほど前に、彦根藩の幼主が江戸出府を送ったばかりの時であった。十六歳の殿様、家老、用人、その時の同勢はおびただしい人数で、行列も立派ではあったが、最早《もはや》先代井伊《いい》掃部頭《かもんのかみ》が彦根の城主としてよくこの木曾路を往来した頃のような気勢は揚らない。そこへ行くと、手段巻《せんだんまき》の柄のついた黒鳥毛の鎗から、永楽通宝の紋じるしまで、はげしい意気込みでやって来た長州人は彦根の人たちといちじるしい対照を見せる。

その日、半蔵は父の名代として、隣家の伊之助や問屋の九郎兵衛と共に、一行を宿はずれの石屋の坂あたりまで見送り、そこから家に引返して来て、父の部屋を覗《のぞ》きに行った。病床から半《なか》ば身を起しかけている吉左衛門は山の中へ来る六月の暑さにも疲れ勝ちであった。半蔵は一度倒れたこの父が恢復期に向いつつあるというだけにもやや胸を撫《な》でおろして、なるべく頭を悩まさせるようなことは父の耳に入れまいとした。京都の方にある景蔵からは、容易ならぬ彼地《かのち》の形勢を半蔵のところへ報じて来た。伏見寺田屋の変をも知らせて来た。王政復古と幕府討伐の策を立てた八人の壮士があの伏見の旅館で

斃《たお》れたことをも知らせて来た。公武間の周旋をもって任ずる千余人の薩摩の精兵が藩主に引率されて来た時は、京都の町々はあだかも戒厳令の下にあったことをも知らせて来た。しかし半蔵は何事も父の耳に入れなかった。夕方に、彼は雪隠《せっちん》へ用を達《た》しに行って、南側の廊下を通った。長州藩主がその日の泊りと聞く中津川の町の方は早く暮れて、遠い夕日の反射が西の空から恵那山の大きな傾斜に映るのを見た。

病後の吉左衛門には、まだ裏の二階へ行って静養するほどの力がない。あの先代半六が隠居所となっていた味噌納屋の二階への梯子段を昇ったり降りたりするには、足許《あしもと》が覚束《おぼつか》なかった。

この父は四月の発病以来、ずっと寛《くつろ》ぎの間《ま》に臥《ね》たり起きたりしている。その部屋は風呂場に近い。家のものが入浴を勧めるには都合が好い。一方は本陣の囲炉裏《いろり》ばたや勝手に続いている。みんなで看護するにも都合が好い。そのかわり朝に晩に用談なぞを持ち込む人たちが出たり入ったりして、半蔵としてはいつまでも父の寝床をその部屋に敷いておくことを好まなかった。どうかすると頭を冷せの、足を温めろのという父を見る度に、半蔵は悲しがった。さびしい病後のつれづれから、父は半蔵に向っていろいろ耳にしたことの説明を求める。六十四歳の晩年になってこんな思いがけない中風《ちゅうぶう》に罹《かか》ったという風に。まだ退役願いも聴き届けられない馬籠の駅長の身で、そうそう半蔵任せにしておかれないという風《ふう》にも。半蔵は京都や江戸にある平田同門の人たちからいろいろな報告を受けて、その度《たび》に山の中に辛抱してはいられぬような心持にもなるが、また思い返しては本陣問屋庄屋の父の代りを勤めた。

中津川の会議が開かれて、長藩の主従が従来の方針を一変し、吉田松陰以来の航海遠略から破約攘夷へと大きく方向の転換を試み始めたのも、それから藩主の上京となって、公卿を訪い朝廷の御機嫌を伺い、すでに勅使を関東に遣わされているから、薩藩と共に叡慮の貫徹に尽力せよとの御沙汰を賜《たまわ》ったのも、六月の二十日から七月へかけてのことであった。薩藩と共に輦下《れんか》警衛の任に当ることにかけては、京都の屋敷にある世子定広がすでにその朝命を拝していた。薩長二藩のこれらの一大飛躍は他藩の注意を惹《ひ》かずにはおかない。漸《ようや》く危惧《きぐ》の念を抱き始めたものもある。強い刺戟を受けたものもある。こういう中にあって、薩長二藩の京都手入れから最も強い刺戟を受けたものは、言うまでもなく幕府側にある人たちであらねばならない。従来幕府は事あるごとに京都に向って干渉するのを常とした。今度勅使の下向《げこう》を江戸に迎えて見ると、かねて和宮様御降嫁《ごこうか》の折に堅く約束した蛮夷《ばんい》防禦《ぼうぎょ》のことが勅旨の第一にあり、併《あわ》せて将軍の上洛、政治の改革にも及んでいて、幕府としては全く転倒した位置に立たせられた。干渉は実に京都から来た。しかも数百名の薩摩《さつま》隼人《はやと》を引率する島津久光を背景にして迫って来た。この干渉は幕府にある上のものにも下のものにも強い衝動を与えた。その衝動は、多年の情実と弊害とを払いのけることを教えた。もっと政治は明るくしなければ駄目だということを教えた。

時代はおそろしい勢で急転しかけて来た。かつて岩瀬肥後が井伊大老と争って、政治生涯を賭《と》してまで擁立しようとした一橋慶喜は将軍の後見に、越前藩主松平春嶽は政事総裁の職に就くようになった。これまで幕府にあってとかくの評判のあった安藤対馬、及びその同伴者なる久世大和《くぜやまと》の二人は退却を余儀なくされた。天朝に対する過去の非礼を陳謝し、協調の誠意を示すという意味で、安藤久世の二人は隠居急度慎《きっとつつし》みの罰の薄暗いところへ追いやられたばかりでなく、あれほどの大獄を起して一代を圧倒した井伊大老ですら追罰を免れなかった。およそ安政、万延《まんえん》の頃に井伊大老を手本とし、その人の家《いえ》の子郎党《ころうとう》として出世した諸有司《ゆうし》の多くは政治の舞台から退却し始めた。あるものは封《ほう》一万石を削られ、あるものは禄《ろく》二千石を削られた。あるものはまた、隠居、蟄居《ちっきょ》、永蟄《えいちっ》居《きょ》、差扣《さしひか》えという風に。

この周囲の空気の中で、半蔵は諸街道宿駅の上にまであらわれて来る何らかの改変を待ち受けながら、父が健康の回復を祈っていた。発病後は父も日頃好きな酒をぱったり止め、煙草もへらし、僅かに俳諧や将棋の本なぞをあけて朝夕の心やりとしている。何かこの父を慰めるものはないか、と半蔵が思っているところへ、ちょうど人足四人持ちで、大きな籠《かご》を本陣の門内へかつぎ入れた宰領があった。

宰領は半蔵の前に立って言った。

「旦那、これは今度、公儀から越前様へ御拝領になった綿羊というものです。めずらしい獣です。わたしたちはこれを送り届けにまいる途中ですが、しばらく御宅の庭で休ませて頂きたい。」

江戸の方からそこへかつがれて来たのは、三疋《さんびき》の綿羊だ。こんな木曾山の中へは初めて来たものだ。早速半蔵はお民を呼んで、表玄関の広い板の間に座蒲団を敷かせ、そこに父の席をつくった。

「みんな、お出《いで》。」

とおまんも孫たちを呼んだ。

「越前様の御拝領かい。」と言いながら、吉左衛門は奥の方から来てそこへ静かに坐った。「越前様といえば、五月の十一日にこの街道をお通りになったじゃないか。俺は寝ていてお目にも掛らなかったが、今度政事総裁職になったのもあの御大名だね。」

ちょっとしたことにも吉左衛門はそれをこの街道に結びつけて、諸大名の動きを読もうとする。

「あなたはそれだから、いけない。」とおまんは言った。「病気する時には病気するがいいなんて自分で言っていながら、そう気を遣うからいけない。まあ、このやさしい羊の眼を御覧なさい。」

街道では痲疹《はしか》の神を送った後で、あちこちに病人や死亡者を出した流行病の煩《わずら》いから、みんな漸く一ト息ついたところだ。その年の渋柿の出来の噂は出ても、京都と江戸の激しい争いなぞはどこにあるかというほど穏《おだや》かな日もさして来ている。宰領の連れて来た三疋の綿羊が籠の中で顔を寄せ、もぐもぐ鼻の先を動かしているのを見ると、動物の好きなお粂や宗太は大騒ぎだ。持病の咳で引き籠り勝ちな金兵衛まで上の伏見屋からわざわざ見に出掛けて来て、いつの間にか本陣の門前には多勢の人だかりがした。

「金兵衛さん、こういうめずらしい羊が日本に渡って来るようになったかと思うと、世の中も変るはずですね。わたしは生れて初めてこんな獣を見ます。」

と吉左衛門は言って、何となく秋めいた街道の空を心深げに眺めていた。

「半蔵、まあ見てくれよ。俺の足はこういうものだよ。」と言って、病み衰えた右の足を半蔵の前に出して見せる頃は、吉左衛門もめっきり元気づいた。早く食事を済ました夕方のことだ。附近の村々へは秋の祭礼の季節も来ていた。

「お父《とっ》さんが病気してから、もう百四十日の余になりますものね。」

半蔵は試みに、自分の前にさし出された父の足を撫《な》でて見た。健脚でこの街道を奔走した頃の父の筋肉は何処へ行ったかというようになった。発病の当時、どっと床に就いたぎり、五十日あまりも安静にしていた揚句《あげく》の人だ。堅く隆起していたような足の「ふくらっぱぎ」も今は子供のそれのように柔かい。

「ひどいものじゃないか。」と吉左衛門は自分の足を仕舞いながら言った。「人が中気すると、右か左か、どっちかをやられると聞いてるが、俺は右の方をやられた。そう言えば、俺は耳まで右の方が遠くなったようだぞ。」と笑って、気を変えて、「しかし、きょうはめずらしく好い気持だ。俺は金兵衛さんのところへお風呂でも貰いに行って来る。」

これほど父の元気づいたことは、ひどく半蔵をよろこばせた。

「お父《とっ》さん、わたしも一緒に行きましょう。」

と彼も起ち上った。

この親子の胸には、江戸の道中奉行所の方から来た達しのことが往来《ゆきき》していた。かねて噂には上っていたが、いよいよ諸大名が参覲交代《さんきんこうたい》制度の変革も事実となって来た。これには幕府の諸有司の中にも反対するものが多かったというが、聡明で物に執着することの少い一橋慶喜と、その相談相手なる松平春嶽とが、惜気《おしげ》もなくこの英断に出た。言うまでもなく、参覲交代の制度は幕府が諸藩を統御するための重大な政策である。これが変革されるということには、深い時代の要求がなくては叶《かな》わない。この一大改革はもう長いこと上にある識者の間に考えられて来たことであろうが、しかし吉左衛門親子のように下から見上げるものに取っても、この改変を余儀なくされるほどの幕府の衰えが眼についた。諸大名が実際の通行に役立つ沿道の人民の声に聴いて課役を軽くしないかぎり、ただ徳川政府の威光というだけでは、多くの百姓も最早動かなくなって来た。

本陣の門を出る時、吉左衛門はそのことを半蔵にきいた。

「お前は今度の御達しをよく読んで見たかい。参覲交代が全廃という訳ではないんだね。」

「お父《とっ》さん、全廃じゃありません。諸大名は三年目ごとに一度、御三家や溜詰《たまりづめ》は一ト月ずつ江戸におれとありますがね、奥方や若様は帰国してもいいと言うんですから、まあ殆んど骨抜きに近いようなものでしょう。」

夕方になるとかく疲れが出て引籠り勝ちな吉左衛門が、その晩のように上の伏見屋まで歩こうと言い出したことは、病後初めての事と言ってもよかった。この父は久し振りで家を出て見るという風で、しばらく門前にたたずんで、まだ暮れ切らない街道の空を眺めた。

「半蔵、この街道はどうなろう。」

「参観交代がなくなった後にですか。」

「そりゃ、お前、参観交代はなくなっても、まるきり街道がなくなりもしまいがね。まあ、金兵衛さんにも逢って、話して見るわい。」

心配して附いて行く半蔵に助けられながら、吉左衛門は坂になった馬籠の町を非常に静かに歩いた。右に問屋、蓬莱屋、左に伏見屋、桝田屋なぞの前後して新築の出来た家々が両側に続いている。その間の宿場らしい道を登って行くと、親子二人のものはある石垣の側で向うからやって来る小前の百姓に逢った。百姓は吉左衛門の姿を見ると、いきなり自分の頬冠りしている手拭を取って、走り寄った。

「大旦那、どちらへ。半蔵さまも御一緒かなし。お前さまがこんなに村を出歩かせるのも、御病気になってから初めてだらずに。」

「あい。お蔭で、日に日にいい方へ向いて来たよ。」

「まあ、俺もどのくらい心配したか知れすかなし。御病気が御病気だから、井戸の水で頭を冷やすぐらいは知れたものだと思って、俺はお前さまのために恵那山までよく雪を取りに行って来たこともある。」

吉左衛門から見れば、これらの小前のものはみんな自分の子供だった。

そこまで行くと、上の伏見屋も近い。ちょうど金兵衛は山口村の祭礼狂言を見に二日泊りで出掛けて行って、その日の午後に帰って来たというところだった。

「おお、吉左衛門さんか。これはおめずらしい。」

と言って、金兵衛は後添《のちぞい》のお玉と共によろこび迎えた。

金兵衛も吉左衛門と同じように、最早退役の日の近いことを知っていた。新築した伏見屋は養子伊之助に譲り、火災後ずっと上の伏見屋の方に残っていて、晩年の支度に余念もない。六十六歳の声を聞いてから、中新田へ杉苗四百本、青野へ杉苗百本の植付けなぞを思い立つ人だ。

「お玉、お風呂を見てあげな。」

という金兵衛の声を聞いて、半蔵は薄暗い湯どのの方へ父を誘った。病後の吉左衛門にとって長湯は大の禁物だった。半蔵は自分でも丸はだかになって、手ばしこく父の背中を流した。その不自由な手を洗い、衰えた足をも洗った。

「お父《とっ》さん、湯ざめがするといけませんよ、またこないだのようなことがあると、大変ですよ。」

病後の父をいたわる半蔵の心づかいも一通りではなかった。

間もなく上の伏見屋の店座敷では、山家風な行燈《あんどん》を置いたところに主客のものが集まって、夜咄《よばなし》にくつろいだ。

「金兵衛さん、わたしも命拾いをしましたよ。」と吉左衛門は言った。「一頃は、これで明日《あした》もあるかと思いましてね、枕に就いたことがよくありましたよ。」

「そう言えば、あの和宮さまの御通行の時分から弱っていらしった。」と金兵衛も茶なぞを勧めながら答える。「吉左衛門さんはあんなに無理をなすって、後でお弱りにならなければいいがッて、お玉ともよくあの時分にお噂しましたよ。」

「もう大丈夫です。ただ筆が持てないのと、箒《ほうき》を持てないのには――これには殆んど閉口です。」

「吉左衛門さんの庭掃除は有名だから。」

金兵衛は笑った。そこへ伊之助も新築した家の方からやって来る。一同の話は宿場の前途に関係の深い今度の参覲交代制度改革のことに落ちて行った。

「助郷にも弱りました。」と言い出すは金兵衛だ。「宮様御通行の時は特別の場合だ、あれは当分の臨機の処置だなんて言ったって、そうは時勢が許さない。一度増助郷《ましすけごう》の例を開いたら、もう今まで通りでは助郷が承知しなくなったそうですよ。」

「そういうことが当然起って来ます。」と吉左衛門が言う。

「現に、」伊之助は二人の話を引き取って、「あの公家衆《くげしゅう》の御通行は四月の八日でしたから、まだこんな改革の御達しの出ない前です。あの時は大湫《おおくて》泊りで、助郷人足六百人の備えをしろと言うんでしょう。みんな雇銭でなけりゃ出て来やしません。」

「いくら公家衆でも、六百人の人足を出せは馬鹿馬鹿しい。」と半蔵は言った。

「それもそうだ。」と金兵衛は言葉をつづける。「あの公家衆の御通行には、差引、四両二分三朱、村方の損になったというじゃありませんか。」

「とにかく、御通行はもっと簡略にしたい。」とまた半蔵は言った。「いずれこんな改革は道中奉行へ相談のあったことでしょう。街道がどういうことになって行くか、そこまではわたしにも言えませんがね。しかし上から見ても下から見ても、参覲交代のような儀式ばった御通行がそう何時《いつ》まで保存の出来るものでもないでしょう。繁文縟礼《はんぶんじょくれい》を省こう、その費用をもっと有益な事に充《あ》てよう、なるべく人民の負担をも軽くしよう――

それがこの改革の御趣意じゃありませんかね。」

「金兵衛さん、君はこの改革をどう思います。今迄江戸の方に人質《ひとじち》のようになってい
た諸大名の奥方や若様が、御国許へ御帰りになると言いますぜ。」

と吉左衛門が言うと、旧い友だちも首をひねって、

「さあ、わたしには解りません。――ただ、驚きます。」

その時になって見ると、江戸から報じて来る文久年度の改革には、ある悲壮な意志の
歴然と動きはじめたものがあった。参覲交代のような幕府に取って最も重大な政策が惜
し気もなく投げ出されたばかりでなく、大赦は行われる、山陵は修復される、京都の方
へ返していいような旧い慣例はどしどし廃された。およそ幕府の力に出来るようなことは、松平春嶽を中心の人物に
し山内容堂を相談役とする新内閣の手で行われるようになった。
封建時代にあるものの近代化は、後世を待つまでもなく、既にその時に始まって来た。
松平春嶽、山内容堂、この二人はそれぞれの立ち場にあり、領地の事情をも異にしてい
たが、時代の趨勢《すうせい》に着眼して早くから幕政改革の意見を抱いたことは似ていた。その就

職以前から幕府に対して同情と理解とを持つことにかけても似ていた。水戸の御隠居、肥前の鍋島閑叟《なべしまかんそう》、薩摩の島津久光の諸公と共に、生前の岩瀬肥後から啓発せらるるところの多かったということも似ていた。あの四十に手が届くか届かないかの若さで早くこの世を去った岩瀬肥後の遺した開国の思想が、その人の死後になってまた働き初めたということにも不思議はない。蕃書調所《ばんしょしらべしょ》は洋書調所(開成所、後の帝国大学の前身)と改称される。江戸の講武所に於ける弓術や犬追物《いぬおうもの》なぞの稽古は廃されて、歩兵、騎兵、砲兵の三兵が設けられる。井伊大老在職の当時に退けられた人材はまたそれぞれの閑却された位置から身を起しつつある。門閥と兵力とにすぐれた会津藩主松平容保《かたもり》は、京都守護職の重大な任務を帯びて、新たにその任地へと向いつつある。

時には、和蘭《オランダ》留学生派遣の噂が夢のように半蔵の耳に入る。二度も火災を蒙った江戸城建築の頃は、まだ井伊大老在職の日で、老中水野越前守が造り残した数百万両の金銀の分銅はその時に費されたといわれ、公儀の御金庫《おかねぐら》はあれから全く底を払ったと言われる。それほど苦しい身代の遣繰《やりく》りの中で、今度の新内閣が和蘭《オランダ》まで新知識を求めさせに遣るというその思い切った方針が、半蔵を驚かした。

ちょうど、父吉左衛門は家にいて、例の寛《くつろ》ぎの間に籠《こも》って、最早退役の日の支度なぞを始めていた。祖父半六は六十六歳まで宿役人を勤め、それから家督を譲って隠居したが、父は六十四歳でそれをするという風に。半蔵はこの父の様子をちょっと覗《のぞ》いた後で、南側の長い廊下を歩いて見た。和蘭《オランダ》留学生の噂を思いながら、独り言って見た。

「黒船は増えるばかりじゃないか知らん。」

到頭、半蔵は父の前に呼ばれて、青山の家に伝わった古い書類なぞを引き渡されるような日を迎えた。父の退役は最早時の問題であったからで。

本陣問屋庄屋の三役を勤めるに必要な公用の記録から、田畑家屋敷に関する反別《たんべつ》、年貢《ねんぐ》、掟年貢《おきてねんぐ》なぞを記しつけた帳面の類《たぐい》までが否応なしに半蔵の前に取り出された。吉左衛門は半蔵に言いつけて、古い箱につけてある革の紐を解かせた。人馬の公用を保証するために、京都の大舎人寮《おおとねりりょう》、江戸の道中奉行所をはじめ、その他全国諸藩から送ってよこしてある大小種々の印鑑がその中から出て来た。宿駅の合印《あいじるし》だ。吉左衛門はまた半蔵に言いつけて、別の箱の紐を解かせた。その中には、遠く慶長享保年代からの御年貢皆済目録があり、代々持ち伝えても破損と散乱との憂いがあるから、後の子孫のために一巻の軸とすると書き添えた先祖の遺筆も出て来た。

「これはお前の方へ渡す。」

父は半蔵の方で言おうとすることを聞き入れようともしなかった。親の譲るものは、子の受け取るべきもの。そう独りできめて、いろいろな事務用の帳面や数十通の書付なぞをそこへ取り出した。村方の関係としては、当時の戸籍とも言うべき宗門人別から、検地、年貢、送籍、縁組、離縁、訴訟の手続きまでを記しつけたもの。

「これも大切な古帳だ。」

と吉左衛門は言って、左の手でそれを半蔵の方へ押しやった。木曾山中の御免荷物として、木材通用の跡を記しつけたものだった。森林保護の目的から伐採を禁じられている五木の中でも、毎年二百駄ずつの檜《ひのき》、椹《さわら》の類《たぐい》の馬籠村にも許されて来たことが、その中に明記してあった。

「何だか俺も遠く来たような気がする。」と吉左衛門は言った。「俺の長い道連れはあの金兵衛さんだが、どうやら喧嘩もせずにここまで来た。まあ、何十年の間、俺は殆んどあの人と言い合ったことがない。ただ二度――そうさ、ただ二度あるナ。一度はお喜佐と仙十郎(上の伏見屋の以前の養子)の間に出来た子供のことで。今一度は古い地所のことで。半蔵は覚えがあろう、あの地所のことでは金兵衛さんが大変な立腹で、一体青山の慾心からこんなことが起る、末長く御懇意に願いたいと思っているのに今からこんな問題が起るようでは孫子の代が案じられるなんて、そう言って俺を攻撃したそうだ。

俺は後になって人からその話を聞いた。何にしろあの時は金兵衛さんが顔色を変えて、俺の家へ古い書付なぞを見せに持ち込んで来た。あれは俺の覚えちがいだったかも知れんが、あんなに金兵衛さんも言わなくても済むことさ。いくら好い友達でも、やっぱりあの人と、俺とは違う。今になって見ると、よく二人はここまで一緒に歩いて来られたものだという気もするね。俺はお前、この通りな人間だし、金兵衛さんと来たら、あの人はなかなか細《こまか》いからね。土蔵の前の梨の木に紙袋《かんぶくろ》をかぶせておいて、大風に落ちた三つの梨のうちで、一番大きい梨の目方が百三匁、外の二つは目方が六十五匁あったと、そう言うような人なんだからね。」

過ぐる年の大火に、馬籠本陣の古い書類も多く焼失した。辛うじて持ち出したもの、土蔵の方へ運んであったものは残った。例の相州三浦にある本家から贈られた光琳《こうりん》の軸、それに火災前から表玄関の壁の上に掛けてあった古い二本の鎗だけは遠い先祖を記念するものとして残った。その時、吉左衛門は『青山氏系図』としてあるものまで取り出して半蔵の前に置いた。

「半蔵、お前も知ってるように、吾家《うち》には出入りをする十三人の百姓がある。中には美濃の方から吾家《うち》へ嫁に来た人に随《つ》いて馬籠に移住した関係のものもある。正月と言えば吾家《うち》へ餅をつきに来たり、松を立てたりしに来るのも、先祖以来の関係からさ。あの百姓たちには眼をかけてやれよ。それから、お前に断っておくが、いよいよ俺も隠居する日が来たら、何事もお前の量見一つで行《や》ってくれ――俺は一切、口を出すまいから。」

父はこの調子だ。半蔵の方でもう村方のことから街道の一切の世話まで引き受けてしまったような口吻《くちぶり》だ。

その日、半蔵は父のいる部屋から店座敷の方へ引きさがって来た。こういう日の来ることは彼も予期していた。長い歴史のある青山の家を引き継ぎ、それを営むということが、もとより彼の心を悦《よろこ》ばせないではない。しかし、実際に彼がこの家を背負《しょ》って立とうとなると、これが果して自分の行くべき道かと考える。国学者としての多くの同志――殊《こと》に友人の景蔵なぞが寝食を忘れて国事に奔走している中で、父は病み、実の兄弟はなし、ただ一人お喜佐のような異腹《はらちがい》の妹に婿養子の祝次郎はあっても、この人は新宅の方にいて彼とはあまり話も合わなかった。

秋らしい日が来ていた。店座敷の障子には、裏の竹林の方からでも飛んで来たかと思われるようなきりぎりすがいて、細長い肢《あし》を伸ばしながら静かに障子の骨の上を這《は》っている。半蔵の眼はそのすずしそうな青い羽を眺めるともなく眺めて、しばらく虫の動きを追っていた。

お民は店座敷へ来て言った。

「あなた、顔色が青いじゃありませんか。」

「そりゃ、お前、生きてる人間だもの。」

これにはお民も二の句が継げなかった。そこへ継母のおまんが一人の男を連れて入って来た。

「半蔵、清助さんがこれから吾家《うち》へ手伝いに通って来てくれますよ。」

和田屋の清助という人だ。半蔵の家のものとは遠縁にあたる。本陣問屋庄屋の雑務を何くれとなく手伝ってもらうには、持って来いという人だ。清助は吉左衛門が見立てた人物だけあって、青々と剃り立てた髯《ひげ》の跡の濃い腮《あご》を撫《な》でて、また福島の役所の方から代替り本役の沙汰もないうちから、新主人半蔵のために祝《いわ》い振舞《ぶるまい》の時の支度なぞを始めた。客は宿役人の仲間の衆。それに組頭一同。当日はわざと粗酒一献《こん》。そんな相談をおまんにするのも、この清助だ。

青山、小竹両家で待たれる福島の役所からの剪紙《きりがみ》(召喚状)が届いたのは、それから間もなかった。それには青山吉左衛門悴、年寄役小竹金兵衛悴、両人にて役所へ罷《まか》り出《いで》よとある。附添役二人、宿方惣代二人同道の上ともある。かねて願っておいた吉左衛門らの退役と隠居が聴き届けられ、跡役は二人の悴たちに命ずると書いてないまでも、その剪紙《きりがみ》の意味は誰にでも読めた。

半蔵も心を決した。彼は隣家の伊之助を誘って、福島をさして出掛けた。木曾路に多い栗の林にぱらぱら時雨《しぐれ》の音の来る頃には、やがて馬籠から行った惣代の一人、桝田屋の相続人小左衛門、それに下男の佐吉なぞと共に、一同連れ立って福島からの帰路に就く人たちであった。彼が奥筋から妻籠まで引き返して来ると、そこの本陣に寿平次が待ち受けていて、一緒に馬籠まで行こうという。

「寿平次さん、到頭わたしも君たちのお仲間入りをしちまいましたよ。」

「みんなで寄ってたかって、半蔵さんを庄屋にしないじゃおかないんです。お父《とっ》さんも、さぞお喜びでしょう。」

寿平次も笑ったり、祝ったりした。

宮様御降嫁の当時、公武一和の説を抱いて供奉《ぐぶ》の列の中にあった岩倉、千種、富小路の三人の公卿が近く差控《さしひかえ》を命ぜられ、つづいて蟄居《ちっきょ》を命ぜられ、すでに落飾《らくしょく》の境涯にあるというほど一変した京都の方の様子も深く心に掛りながら、半蔵は妻籠本陣に一晩泊った後で、また連れと一緒に街道を踏んで行った。妻籠からは、彼は自分を待ち受けてくれる人たちにと思って、念のために帰宅を報じておいた。

寿平次を加えてからの帰路は、一層半蔵に別な心持を起させた。大橋を渡り、橋場というところを過ぎて、下《くだ》り谷《だに》にかかった。歩けば歩くほど新生活のかどでにあるような、ある意識が彼の内部《なか》にさめて行った。

「寿平次さん、君の方へは何か最近に来た便りがありますか――江戸からでも。」

「さあ、最近に驚かされたと言えば、生麦《なまむぎ》事件ぐらいのものです。」

「あの報知《しらせ》はわたしの方へも早く来ました。ほら、横須賀の旅に、あの辺は君と二人で歩いて通ったところなんですがね。」

武州の生麦と言えば、勅使に随行した島津久光の一行、その帰国を急ぐ途中での八月二十一日あたりの出来事は江戸の方から知れて来ていた。あの英人の殺傷事件《さっしょうじけん》を想像しながら、木曾の尾垂《おたる》の沢深い山間《やまあい》を歩いて行くのは薄気味悪くもあるほど、まだその噂は半蔵らの記憶になまなましい。

「寿平次さん、わたしはそれよりも、あの薩摩の同勢の急いで帰ったというのが気になりますよ。あれほどの事件が途中で起ったというのに、それをうっちゃらかしておいて行くくらいですからね。京都の方はどうでしょう。それほど雲行きが変って来たんじゃありませんかね。」

「さあねえ。」

「寿平次さんは岩倉様の蟄居を命ぜられたことはお聞きでしたかい。」

「そいつは初耳です。」

「どうもいろいろなことを纏《まと》めて考えて見ると、何か京都の方には起っている——」

「半蔵さんのお仲間からは何か言って来ますか。今じゃ平田先生の御門人で、京都に集まってる人も随分あるんでしょう。」

「しばらく景蔵さんからも便りがありません。」

「なにしろ世の中は多事だ。これからの庄屋の三年は、お父さん時代の人たちの二十年に当るかも知れませんね。」

二人は話し話し歩いた。

一石栃《いちこくとち》まで帰って行くと、そこは妻籠と馬籠の宿境にも近い。歩き遅れた半蔵らは連れの伊之助や小左衛門なぞに追いついて、峠の峯まで帰って行った。

「へえ、旦那、お目出とうございます。」

半蔵はその峯の上で、そこに自分を待ち受けている峠村の組頭、その他二、三の村のものの声を聞いた。

清水というところまで帰って行った。馬籠の町内にある五人組の重立《おもだ》ったものが半蔵を出迎えた。陣場まで帰って行った。問屋の九郎兵衛、馬籠の組頭で百姓総代の庄助、本陣新宅の祝次郎、その他半蔵が内弟子の勝重から手習子供まで、それに荒町からのものなぞを入れると、十六、七人ばかりの人たちが彼を出迎えた。上町《かみまち》まで帰って行くと、問屋九太夫をはじめ、桝田屋、蓬萊屋、梅屋、いずれも最早《もう》髪の白いそれらの村の長老たちが改まった顔付で、馬籠の新しい駅長をそこに待ち受けていた。

五

「あなたは勤王家《きんのうか》ですか。」

「勤王家かとは何だい。」

「その方の御味方ですかッて、訊《き》いているんですよ。」

「お民、どうしてお前はそんなことを俺にきくんだい。」

半蔵は本陣の奥の上段の間にいた。そこは諸大名が宿泊する部屋に宛ててあるところで、平素はめったに家のものも入らない。お民は仲の間の方から、そこに片付けものをしている夫を見に来た時だ。

「どうしてということもありませんけれど、」とお民は言った。「お母《つか》さんがそんなことを言ってましたから。」

半蔵は妻の顔を眺めながら、「俺は勤王なんてことをめったに口にしたこともない。今日、自分で勤王家だなんて言う人の顔を見ると、俺は噴き出したくなる。そういう人は勤王を売る人だよ。御覧な――ほんとうに勤王に志してるものなら、かるがるしくそんなことの言えるはずもない。」

「わたしはちょっときいて見たんですよ――お母《つか》さんがそんなことを言っていましたからね。」

「だからさ、お前もそんなことを口にするんじゃないよ。」

お民は周囲を見廻した。そこは北向きで、広い床の間から白地に雲形を織り出した高《こう》麗縁《らいべり》の畳の上まで、茶室のような静かさ厳粛さがある。厚い壁を隔てて、街道の方の騒がしい物音もしない。部屋から見える坪庭には、山一つ隔てた妻籠より温暖《あたたか》な冬が来ている。

「そう言えば、これは別の話ですけれど、こないだ兄さん(寿平次)が来た時に、わたしにそう言っていましたよ――平田先生の御門人は、幕府方から眼をつけられているようだから、気をおつけッって。」

「へえ、寿平次さんはそんなことを言っていたかい。」

将軍上洛の前触《まえぶれ》と共に、京都の方へ先行してその準備をしようとする一橋慶喜の通行筋はやはりこの木曾街道で、旧暦十月八日に江戸発駕《はつが》という日取の通知まで来ている頃だった。道橋の見分に、宿割に、その方の役人は既に何回となく馬籠へも入り込んで来た。半蔵はこの山家《やまが》に一橋公を迎える日のあるかと想《おも》って見て、上段の間を歩き廻っていた。

「どれ、お大根でも干して。」

お民は出て行った。山家では沢庵漬《たくあんづけ》の用意なぞにいそがしかった。いずれももう冬支度だ。野菜を貯えたり、赤蕪《あかかぶ》を漬けたりすることは、半蔵の家でも年中行事の一つのようになっていた。その時、半蔵は妻を見送った後で、彼女のそこに残して置いて行った言葉を考えて見た。深い窓にのみ籠り暮しているような継母のおまんが、しかも「わたしはもうお婆さんだ」を口癖にしている五十四歳の婦人で、いつの間に彼の志を看破《みやぶ》ったろうとも考えて見た。その心持から、彼は一層あの賢い継母を畏《おそ》れた。

数日の後、半蔵は江戸の道中奉行所から来た通知を受け取って見て、一橋慶喜の上京がにわかに東海道経由となったことを知った。道普請《みちぶしん》まで命ぜられた木曾路の通行は何かの都合で模様替えになった。その冬の布告によると、将軍上洛の導従が東海道を通行するものが多いから、十二月九日以後は旅人は皆東山道を通行せよとある。

「半蔵さま、来年は街道もごたごたしますぞ。」

「さあ、俺もその覚悟だ。」

清助と半蔵とはこんな言葉をかわした。

年も暮れて行った。明ければ文久《ぶんきゅう》三年だ。その時になって見ると、東へ、東へと向っていた多くの人の足は、全く反対な方角に向うようになった。時局の中心は最早江戸を去って、京都に移りつつあるやに見えて来た。それを半蔵は自分が奔走《ほんそう》する街道の上に読んだ。彼も責任のあるからだとなってから、一層注意深い眼を旅人の動きに向けるようになった。

本馬《ほんま》六十三文、軽尻《からじり》四十文、人足四十二文、これは馬籠から隣宿美濃の落合までの駄賃として、半蔵が毎日のように問屋場の前で聞く声である。将軍上洛の日も近いと聞く新しい年の二月には、彼は京都行の新撰組の一隊をこの街道に迎えた。一番隊から七番隊までの列をつくった人たちが雪の道を踏んで馬籠に着いた。いずれも江戸の方で浪士の募集に応じ、尽忠報国をまっこうに振りかざし、京都の市中を騒がす攘夷党の志士浪人に対抗して、幕府のために粉骨砕身しようという剣客揃いだ。一道の達人、諸国の脱藩者、それから無頼《ぶらい》な放浪者なぞからなる二百四十人からの群の腕が馬籠の問屋場の前で鳴った。

二月も末になって、半蔵のところへは一人の訪問者があった。宵の口を過ぎた頃で、道に迷った旅人なぞの泊めてくれという時刻でもなかった。街道もひっそりしていた。

「旦那、大草仙蔵という方が見えています。」

囲炉裏《いろり》ばたで藁造《わらづく》りをしていた下男の佐吉がそれを半蔵のところへ知らせに来た。

「大草仙蔵?」

「旦那にお目に掛れば分ると言って、囲炉裏ばたの入口の方にお出《いで》たぞなし。」

不思議に思って半蔵は出て見た。京都方面で奔走していると聞いた平田同門の一人が、着流しに雪駄《せった》ばきで、入口の土間のところに立っていた。大草仙蔵とは変名で、実は先輩の暮田正香《くれたまさか》であった。

「青山君、君にお願いがあって来ました。」

と客は言ったが、周囲に気を兼ねて直《す》ぐに切り出そうともしない。この先輩は歩き疲れたという風《ふう》で、上《あが》り端《はな》のところに腰をおろした。ちょうど囲炉裏の方には人もいないのを見すまし、土間の壁の上に高く造りつけてある鶏の鳥屋《とや》まで見上げて、それから切り出した。

「実は、今、中津川から歩いて来たところです。君のお友達の浅見(景蔵)君はお留守ですが、ゆうべはあそこの家に泊めてもらいました。青山君、こんなに遅く上って御迷惑かも知れませんが、今夜一晩御厄介《ごやっかい》になれますまいか。青山君はまだわたしたちのことを何もお聞きになりますまい。」

「しばらく景蔵さんからも便りがありませんから。」

「わたしはこれから伊那の方へ行って身を隠すつもりです。」

客の言葉は短い。事情もよく半蔵には分らない。しかし変名で夜遅く訪ねて来るくらいだ。それに様子もただではない。

「この先輩は幕府方の探偵にでもつけられているんだ。」その考えが閃《ひらめ》くように半蔵の頭へ来た。

「暮田さん、まあこっちへお出《いで》下さい。しばらく待っていて下さい。委《くわ》しいことは後で伺いましょう。」

半蔵は土間にある草履《ぞうり》を突ッかけながら、勝手口から裏の方へ通う木戸を開けた。その戸の外に正香を隠した。

とにかく、厄介な人が舞い込んで来た。村には目証《めあかし》も滞在している。狭い土地で人の口もうるさい。どうしたら半蔵はこの夜道に疲れて来た先輩を救って、同志も多く安全な伊那の谷の方へ落してやることが出来ようと考えた。家には、と見ると、父は正月以来裏の二階へ泊りに行っている。お民は奥で子供らを寝かしつけている。通いで来る清助はもう自宅の方へ帰って行っている。弟子の勝重はまだ若し、佐吉や下女たちでは用が足りない。

「これはお母《つか》さんに相談するにかぎる。」

その考えから、半蔵はありのままな事情を打ち明けて、客をかくまってもらうために継母のおまんを探した。

「平田先生の御門人か。一晩ぐらいのことなら、土蔵の中でもよろしかろう。」

おまんは引き受け顔に答えた。

暮田正香は半蔵と同国の人であるが、かつて江戸に出て水戸藩士藤田東湖の塾に学んだことがあり、東湖歿後に水戸の学問から離れて平田派の古学に眼を見開いたという閲歴を持っている。信州北伊那小野村の倉沢義髄《くらさわよしゆき》を平田鉄胤の講筵に導いたのも、この正香である。後に義髄は北伊那に於ける平田派の先駆をなしたという関係から、南信地方に多い平田門人で正香の名を知らないものはない。

この人を裏の土蔵の方へ導こうとして、おまんは提灯《ちょうちん》を手にしながら先に立って行った。半蔵も莚《ござ》や座蒲団《ざぶとん》なぞを用意してその後についた。

「足許《あしもと》にお気をつけ下さいよ。石段を降りるところなぞがございますよ。」

とおまんは客に言って、やがて土蔵の中に用でもあるように、大きな鍵《かぎ》で錠前をねじあけ、それを静かに抜き取った。金網の張ってある重い戸があくと、そこは半蔵夫婦が火災後しばらく仮住居《かりずまい》にも宛てたところだ。蓙《ござ》でも敷けば、客のいるところぐらい設けられないこともなかった。

「お客さんはお腹《なか》がおすきでしたろうね。」

それとなくおまんが半蔵にきくと、正香はやや安心したという風で、

「いや、支度は途中でして来ました。なにしろ、京都を出る時は、二昼夜歩き通しに歩いて、まるで足が棒のようでした。それから昼は隠れ、夜は歩くというようにして、漸くここまで辿《たど》り着きました。」

おまんは提灯の灯《ひ》を片隅の壁に掛け、その土蔵の中に二人のものを置いて立ち去った。

「半蔵、お客さんの夜具は後から運ばせますよ。」

との言葉をも残した。

「青山君、やりましたよ。」

二人ぎりになった時、正香はそんなことを言い出した。その調子が半蔵には、実に無造作にも、短気にも、突飛《とっぴ》にも、また思い詰めたようにも聞えた。

同志九人、その多くは平田門人あるいは準門人であるが、等持院に安置してある足利

尊氏以下、二将軍の木像の首を抜き取って、二十三日の夜にそれを三条河原に晒《さら》しものにしたという。それには、今の世になってこの足利らが罪状の右に出るものがある、もし旧悪を悔いて忠節を抽《ぬき》んでることがないなら、天下の有志はこぞってその罪を糺《ただ》すであろうとの意味を記し添えたという。ところがこの事を企てた仲間のうちから、会津方(京都守護の任にある)の一人の探偵があらわれて、同志の中には縛《ばく》に就《つ》いたものもある。正香は二昼夜兼行でその難を遁《のが》れて来たことを半蔵の前に白状したのであった。

正香に言わせると、将軍上洛の日も近い。三条河原の光景は、それに対する一つの示威である、尊王の意志の表示である、死んだ武将の木像の首を晒しものにするようなことは子供らしい戯《たわむ》れとも聞えるが、しかしその道徳的な効果は大きい、自分らはそれを狙《ねら》ったのであると。

この先輩の大胆さには、半蔵も驚かされた。「物学びするともがら」の実行を思う心は、そこまで突き詰めて行ったかと考えさせられた。同時に、平田大人歿後の門人と一口には言っても、この先輩に水戸風な学者の影響の多分に残っていることは争えないとも考えさせられた。

「誰か君を呼ぶ声がする。」

正香は戸に近づく人のけはいを聞きとがめるようにして、耳のところへ手をあてがった。半蔵も耳を澄ました。お民だ。彼女は佐吉に手伝わせて客の寝道具をそこへ持ち運んで来た。

「暮田さん、非常にお疲れのようですから、これでわたしも失礼します。お話は明日《あす》伺います。お休み下さい。」

そのまま半蔵は正香の側を離れて、母屋《もや》の方へ帰って行った。どれほどの人の動き始めたとも知れないような京都の方のことを考え、そこにある友人の景蔵のことなぞを考えて、その晩は彼もよく眠られなかった。

翌日の昼過ぎに、半蔵はこっそり正香を見に行った。御膳何人前、皿何人前と箱書きのしてある器物の並んだ土蔵の棚を背後《うしろ》にして、蓙《ござ》を敷いた座蒲団の上に正香がさびしそうに坐っていた。前の晩に見た先輩の近づきがたい様子とも違って、多感で正直な感じのする一人の国学者をそこに見つけた。

その時、半蔵は腰につけて持って行った瓢簞《ふくべ》を取り出した。木盃《もくはい》を正香の前に置いた。くたぶれて来た旅人をもてなすようにして、酒を勧めた。

「ほ。」と正香は眼をまるくして、「君はめずらしいものを御馳走してくれますね。」

「これは馬籠の酒です。伏見屋と桝田屋と、二軒で今造っています。一つ山家の酒を味《あじわ》って見て下さい。」

「どうも瓢簞のように口の小さいものから出る酒は、音からして違いますね。コッ、コッ、コッ、コッ――か。長道中でもして来た時には、これが何よりですよ。」

まるで子供のような歓《よろこ》び方だ。この先輩が瓢簞から出る酒の音を口真似《くちまね》までして歓ぶところは、前の晩に拳《こぶし》を握り固め、五本の指を屈《かが》め、後ろから髻《たぶさ》でも摑むようにして、木像の首を引き抜く手真似をして見せながら等持院での現場の話を半蔵に聞かせたその同じ豪傑とも見えなかった。

それればかりではない。京都麩屋町《ふやまち》の染物屋で伊勢久《いせきゅう》と言えば理解のある義気に富んだ商人として中津川や伊那地方の国学者で知らないもののない人の名が、この正香の口から出る。平田門人、三輪田綱一郎《みわたつないちろう》、師岡正胤《もろおかまさたね》なぞのやかましい連中が集まっていたという二条衣《ころも》の棚《たな》――それから、同門の野代広助《のしろひろすけ》、梅村真一郎、それに正香その人をも従えながら、秋田藩物頭役《ものがしらやく》として入京していた平田鉄胤が寓居《ぐうきょ》のあるところだという錦小路《にしきこうじ》――それらの町々の名も、この人の口から出る。伊那から出て、公卿《くげ》と志士の間の連絡を取ったり、宮廷に近づいたり、鉄胤門下としてあらゆる方法で国学者の運動を助けている松尾多勢子《まつおたせこ》のような婦人とも正香は懇意にして、その人が帯の間に挿《はさ》んでいる短刀、地味な着物に黒繻子《くろじゅす》の帯、長い笄《こうがい》、櫛巻《くしまき》にした髪の姿までを話の裡《なか》に彷彿《ほうふつ》させて見せる。日頃半蔵が知りたく思っている師鉄胤や同門の人たちの消息ばかりでなく、京都の方の町の空気まで一緒に持って来たようなのも、この正香だ。

「そう言えば、青山君。」と正香は手にした木盃を下に置いて、膝をかき合せながら言った。「君は和宮《かずのみや》さまの御降嫁《ごこうか》あたりからの京都をどう思いますか。薩摩が来る、長州が来る、土佐が来る、今度は会津が来る。諸大名が動いたから、機運が動いて来たと思うのは大違いさ。機運が動いたからこそ、薩州公などは鎮撫《ちんぶ》に向って来たし、長州公はまた長州公で、藩論を一変して乗り込んで来た。そりゃ、君、和宮さまの御降嫁だっても、この機運の動いてることを関東に教えたのさ。ところが関東じゃ眼がさめない。勅使下向《げこう》となって、慶喜公は将軍の後見《こうけん》に、越前公は政事総裁にと、手を取るように言って教えられて、漸《ようや》くいくらか眼がさめましたろうさ。しかし、君、世の中は妙なものじゃありませんか。あの薩州公や、越前公や、それから土州公なぞがいくらやきもきしても、名君と言われる諸大名の力だけでこの機運をどうすることも出来ませんね。まあ薩州公が勅使を奉じて江戸の方へ行ってる間にですよ、もう京都の形勢は一変していましたよ。この正月の二十一日には、大坂にいる幕府方の名高い医者を殺して、その片耳を中山大納言の邸《やしき》に投げ込むものがある。二十八日には千種《ちぐさ》家の臣《けらい》を殺して、その右の腕を千種家の邸に、左の腕を岩倉家の邸に投げ込むものがある。攘夷の血祭だなんて言って、そりゃ乱脈なものさ。岩倉様なぞが恐れて隠れるはずじゃありませんか。まあ京都へ行って見たまえ、みんな勝手な気焔《きえん》を揚《あ》げていますから。中にはもう関東なんか眼中にないものもいますから。こないだもある人が、江戸のようなところから来て見ると、京都はまるで野蛮人の巣だと言って、驚いていましたよ。そのかわり活気はあります。参政寄人《よりうど》というような新しい御公家様《おくげさま》の政事団体も出来たし、どんな草深いところから出て来た野人でも、学習院へ行きさえすれば時事を建白することが出来る。見たまえ――今の京都には、何でもある。公武合体から破約攘夷まである。そんなものが渦を巻いてる。ところでこの公武合体ですが、こいつがまた眉唾物《まゆつばもの》ですて。そこですよ、わたしたちは尊王の旗を高く揚げたい。ほんとうに機運の向うところを示したい。足利尊氏のような武将の首を晒《さら》しものにして見せたのも、実を言えばそんなところから来ていますよ。」

「暮田さん。」と半蔵は相手の長い話を遮《さえぎ》った。「鉄胤先生は、一体どういう意見でしょう。」

「わたしたちの今度やった事件にですか。そりゃ君、鉄胤先生にそんな相談をすれば、笑われるにきまってる。だからわたしたちは黙って実行したんです。三輪田元綱がこの事件の首唱者なんですけれど、あの晩は三輪田は同行しませんでした。」

沈黙が続いた。

半蔵はそう長くこの珍客を土蔵の中に隠しておくわけに行かなかった。暮れないうちに早く馬籠を立たせ、すくなくもその晩のうちに清内路《せいないじ》までは行くことを教えねばならなかった。清内路まで行けば、そこは伊那道にあたり、原信好のような同門の先輩が住む家もあったからで。

半蔵は正香にきいた。

「暮田さんは、木曾路は初めてですか。」

「権兵衛《ごんべえ》街道から伊那へ入ったことはありますが、こっちの方は初めてです。」

「そんなら、こうなさるといい。これから妻籠の方へ向って行きますと、橋場というところがありますよ。あの大橋を渡ると、道が二つに分れていまして、右が伊那道です。実は母とも相談しまして、橋場まで吾家《うち》の下男に送らせてあげることにしました。」

「そうして頂けば、ありがたい。」

「あれから先はかなり深い山の中ですが、ところどころに村もありますし、馬も通います。中津川から飯田へ行く荷物はあの道を通るんです。蘭川《あららぎがわ》について東南へ東南へと取っておいでなされればいい。」

おまんは着流しでやって来た客のために、脚絆などを母屋《もや》の方から用意して来た。粗末ではあるが、と言って合羽《かっぱ》まで持って来て客に勧《すす》めた。佐吉も心得ていると見えて、土蔵の前には新しい草鞋《わらじ》が揃えてあった。

正香は性急な人で、おまんや半蔵の見ている前で無造作に合羽へ手を通した。礼を述べると直ぐ草鞋をはいて、その足で土蔵の前の柿の木の下を歩き廻った。

「暮田さん、わたしもそこまで御一緒にまいります。」

と言って、半蔵は表門から出ずに、裏の木小屋の方へ客を導いた。木戸を押すと、外に本陣の稲荷《いなり》がある。竹藪がある。石垣がある。小径《こみち》がある。その小径について街道を横ぎって行った。樋《とい》をつたう水の奔《はし》り流れて来ているところへ出ると、静かな村の裏道がそこに続いている。

その時、正香はホッと息をついた。半蔵や佐吉に送られて歩きながら、

「青山君、篤胤先生の古史伝を伊那の有志が上木《じょうぼく》しているように聞いていますが、君もあれには御関係ですかね。」

「そうですよ。去年の八月に、漸く第一帙《ちつ》を出しましたよ。」

「地方の出版としては、あれは大事業ですね。秋田(篤胤の生地)でさえ企てないようなことを伊那の衆が発起してくれたと言って、鉄胤先生なぞもあれには身を入れておい

でしたっけ。なにしろ、伊那の方はさかんですね。先生のお話じゃ、毎年門人がふえるというじゃありませんか。」

「ある村なぞは、全村平田の信奉者だと言ってもいいくらいでしょう。そのくせ、松沢義章《まつざわよしあき》という人が行商して歩いて、小間物類をあきないながら道を伝えた時分には、まだあの谷には古学というものはなかったそうですが。」

「機運止《や》むべからずさ。本居、平田の学説というものは、それを正しいとするか、あるいは排斥するか、すくなくも今の時代に生きるもので無関心ではいられないものですからねえ。」

あわただしい中にも、送られる正香と、送る半蔵との間には、こんな話が尽きなかった。

半蔵は峠の上まで客と一緒に歩いた。別《わか》れ際《ぎわ》に、

「暮田さんは、宮川寛斎という医者を御存じでしょうか。」

「美濃《みの》の国学者でしょう。名前はよく聞いていますが、つい逢ったことはありません。」

「中津川の景蔵さん、香蔵さん、それにわたしなぞは、三人とも旧い弟子ですよ。鉄胤先生に紹介して下すったのも宮川先生です。あの先生も今じゃ伊那の方ですが、どう

しておいででしょうか――」

「そう言えば、青山君は鉄胤先生に一度逢ったきりだそうですね。一度逢ったお弟子でも、十年側にいるお弟子でも、あの鉄胤先生には同じようだ。君の話もよく出ますよ。」

この人の残して置いて行った言葉も、半蔵には忘れられなかった。


最早、暖かい雨がやって来る。二月の末に京都を発《た》って来たという正香は尾張《おわり》や仙台のような大藩の主人公らまで勅命に応じて上京したことは知るまいが、ちょうどあの正香が夜道を急いで来る頃に、この木曾路には二藩主の通行もあった。三千五百人からの尾張の人足が来て馬籠の宿に詰めた。あの時、二百四十四の継立《つぎた》ての馬を残らず雇い上げなければならなかったほどだ。木曾街道筋の通行は初めてと聞く仙台藩主の場合にも、時節柄同勢や御供は減少という触込《ふれこ》みでも、千六百人の一大旅行団が京都へ向けてこの宿場を通過した。しかも応接に困難な東北弁で。

「半蔵、お前のところへ来たお客さんも、無事に伊那の小野村まで落ち延びていらしったろうか。」

こんな噂をおまんがする頃は、そこいらは桃の春だった。一橋慶喜の英断に出た参覲《さんきん》交代《こうたい》制度の変革の結果は、驚かれるほどの勢《いきおい》でこの街道にあらわれて来るようになった。旧暦三月の好い季節を迎えて見ると、あの江戸の方で上巳《じようみ》の御祝儀を申上げるとか、御《お》能《のう》拝見を許されるとか、または両山の御霊屋《おたまや》へ参詣《さんけい》するとかの外には、人質も同様に、堅固で厳重な武家屋敷の内《なか》に籠り暮していた何処《どこ》の簾中《れんちゅう》とか何処の若殿とかいうような人たちが、まるで手足の鎖《くさり》を解き放たれたようにして、続々帰国の旅に上って来るようになった。

越前の女中方、尾張の若殿に簾中、紀州の奥方ならびに女中方、それらの婦人や子供の一行が江戸の方から上って来て、いずれも本陣や問屋の前に駕籠《かご》を休めて行った。尾州の家中成瀬《なるせ》隼人正《はやとのしよう》の女中方、肥前島原の女中方、因州《いんしゅう》の女中方なぞの通行が続きに続いた。これが馬籠峠というところかの顔付の婦人もある。漸く山の上の空気を自由に吸うことが出来たと言いたげな顔付のものもある。半蔵の家に一泊ときめて、五、六人で比丘尼寺《びくにでら》の蓮池《はすいけ》の方まで遊び廻り、谷川に下帯洗濯なぞをして来る女中方もある。

上の伏見屋の金兵衛は、半蔵の父と同じようにすでに隠居の身であるが、持って生れた性分からじっとしていられなかった。きのうは因州の分家にあたる松平隠岐守《おきのかみ》の女中方が通り、きょうは岩村の簾中方が子供衆まで連れての通行があると聞くと、その度《たび》に旧《ふる》い友達を誘いに来た。

「吉左衛門さん、いくら御静養中だって、そう引っ込んでばかりいなくてもいいでしょう。まあすこし出て御覧なさい。御綺麗《おきれい》と言っていいか、御見事と言っていいか、わたしは拝見しているうちに涙がこぼれて来ますよ。」

毎日のような女中方の通行だ。半蔵や伊之助は見物どころではなかった。この帰国する人たちの通行にかぎり、木曾下四宿へ五百人の新助郷《しんすけごう》が許され、特に御定めより割の好い相対雇《あいたいやとい》の賃銭まで許され、百人ばかりの伊那の百姓は馬籠へも来て詰めていた。町人四分、武家六分と言われる江戸も後《あと》に見捨てて来た屋敷方の人々は、住み慣れた町々の方の財界の混乱を顧《かえり》みるいとまもないようであった。

「国許《くにもと》へ、国許へ。」

その声は――解放された諸大名の家族が揚げるその歓呼は――過去三世紀間の威力を誇る東照宮の覇業も、内部から崩れかけて行く時がやって来たかと思わせる。中には、一団の女中方が馬籠の町のなかだけを全部徒歩《おひろい》で、街道の両側に群がる普通の旅行者や村の人たちの間を通り過ぎるのもある。桃から山桜へと急ぐ木曾の季節のなかで、薩州の御隠居、それから女中の通行の後には、また薩州の簾中の通行も続いた。

第七章

一

文久《ぶんきゅう》三年は当時の排外熱の絶頂に達した年である。かねて噂のあった将軍家茂《いえもち》の上洛《じょうらく》は、その声のさわがしい真最中《まっさいちゅう》に行われた。

二月十三日に将軍は江戸を出発した。時節柄、万事質素に、という触込みであったが、それでもその通行筋にあたる東海道では一時旅人の通行を禁止するほどの厳重な警戒振りで、三月四日にはすでに京都に到着し、三千あまりの兵に護《まも》られながら二条城に入った。この京都訪問は、三代将軍家光の時代まで怠《おこた》らなかったという入朝の儀式を復活したものであり、当時の常識とも言うべき大義名分の声に聴いて幕府方に於いてもいささか鑑《かんが》みるところのあった証拠であり、王室に対する過去の非礼を陳謝する意味のものでもあって、同時に公武合体の意を致し、一切の政務は従前通り関東に委任するよしの御沙汰を拝するためであった。宮様御降嫁以来、帝《みかど》と将軍とは已《すで》に義理ある御兄弟の間柄である。もしこれが一層王室と将軍家とを結びつけるなかだちとなり、政令二途に出るような危機を防ぎ止め、動揺する諸藩の人心を鎮《しず》めることに役立つなら、上洛に要する莫大《ばくだい》な費用も惜むところではないと言って、関東方がこの旅に多くの望みをかけて行ったというに不思議はない。遠く寛永《かんえい》時代に於ける徳川将軍の上洛と言えば、さかんな関東の勢は一代を圧したもので、時の主上ですらわざわざ二条城へ行幸《ぎょうこう》せられたという。いよいよ将軍家参内《さんだい》の折には、多くの公卿《くげ》衆は御供の格で、いずれも装束《しょうぞく》着用で、先に立って案内役を勤めたものであったという。二百十余年の時はこの武将の位置を変えたばかりでなく、その周囲をも変えた。三条河原に残る示威の噂に、志士浪人の徘徊《はいかい》に、決死の覚悟をもってする種々《さまざま》な建白に、王室回復の志を抱く公卿たちの策動に、洛中の風物がそれほど薄暗い空気に包まれていたことは、実際に京都の土を踏んで見た関東方の想像以上であったと言わるる。ちょうど水戸藩主も前後して入洛《じゅらく》したが、将軍家の入洛はそれと比べものにならないほどのひそやかさで、道路に拝観するものも稀《まれ》であった。それればかりではない、近臣のものは家茂の身を案じて、何とかして将軍を護らねばならないと考えるほどの恐怖と疑心とにさえ駆《か》られたという。将軍はまだ二十歳にも達しない、宮中に入っては如何に思われても武士の随《したが》い行くべき処でない、それには鋭い懐剣を用意しておいて参内の時にひそかに差上げようというのが近臣のものの計画であったという。さすがに家茂はそんなものを懐《ふところ》にする人ではなかった。それを見ると忽《たちま》ち顔色を変えて、その剣を座上に投げ捨てた。その時の家茂の言葉に、朝廷を尊崇して参内する身に危害を加えようとするもののあるべき道理がない、もしこんな懐剣を隠し持つとしたら、それこそ朝廷を疑い奉るにもひとしい、はなはだ以て無礼ではないかと。それには傍《かたわら》に伺候《しこう》していた老中板倉《いたくら》伊賀守《いがのかみ》も返す言葉がなくて、その懐剣を斥《しりぞ》けてしまったという。その時、将軍はすでに朝服を着けていた。参内するばかりに支度が出来た。麻《あさ》裃《がみしも》を着けた五十人あまりの侍衆《さむらいしゅう》がその先を払って、いずれも恐れ入った態度を取って、ひそやかに二条城を出たのは三月七日の朝のことだ。台徳公の面影のあると言わるる年若な将軍は、小御所《こごしょ》の方でも粛然と威儀正しく静坐せられたというが、すべてこれらのことは当時の容易ならぬ形勢を語っていた。

この将軍の上洛は、最初長州侯の建議にもとづくという。しかし京都にはこれを機会に、うんと関東方の膏《あぶら》を絞ろうという人たちが待っていた。もともと真木《まき》和泉《いずみ》らを急先《きゅうせん》鋒《ぽう》とする一派の志士が、天下変革の兆《きざし》もあらわれたとし、王室の回復も遠くないとして、攘夷をもってひそかに討幕の手段とする運動を起したのは、すでに弘化《こうか》安政の頃からである。あの京都寺田屋の事変などはこの運動のあらわれであった。これは次第に王室回復の志を抱《いだ》く公卿たちと結びつき、歴史的にも幕府と相容《あいい》れない長州藩の支持を得るようになって、一層組織のあるものとなった。尊王攘夷は実にこの討幕運動の旗印だ。これは王室の衰微を歎き幕府の専横を憤《いきどお》る烈《はげ》しい反抗心から生れたもので、その出発点に於いてまじりけのあったものではない。その計画としては攘夷と討幕との一致結合を謀《はか》り、攘夷の名によりて幕府の破壊に突進しようとするものである。あの水戸藩士、藤田《ふじた》東湖《とうこ》、戸田《とだ》蓬軒《ほうけん》らの率先して唱え初めた尊王攘夷は、幾多の屈折を経て、到頭《とうとう》この実行運動にまで来た。

排外の声も高い。もとより開港の方針で進んで来た幕府当局でも、海岸の防備をおろそかにしていいとは考えなかったのである。参覲交代のような幕府に取って最も重大な政策が惜し気もなく投げ出されたというのも、その一面は諸大名の江戸出府に要する無益な費用を省いて、兵力を充実し、武備を完全にするためであった。いかんせん、徳川幕府としては諸藩を統一して欧羅巴《ヨーロッパ》よりする勢力に対抗し得るだけの信用をも実力をも持たなかった。それでも京都方を安心させるため、宮様御降嫁の当時から外夷《がいい》の防禦《ぼうぎょ》を誓い、諸外国と取り結んだ条約を引き戻すか、無法な侵入者を征伐するか、いずれかを選んで叡慮《えいりょ》を安んずるであろうとの言質《げんち》が与えてある。この一時の気休めが京都方を満足させるはずもない。周囲の事情は最早曖昧《あいまい》な態度を許さなかった。将軍の上洛に先立ってその準備のために京都に滞在していた一橋慶喜《ひとつばしよしのぶ》ですら、三条実美《さんじょうさねとみ》、阿野公誠《あのきんみ》を正使とし、滋野井実在《しげのいさねあり》、正親町公董《おおぎまちきんただ》、姉小路公知《あねがこうじきんとも》を副使とする公卿たちから、将軍入洛以前にすでに攘夷期限を迫られていたほどの時である。今度の京都訪問を機会に、家茂の名によってこの容易ならぬ問題に確答を与えないかぎり、たとい帝御自身の年若な将軍に寄せらるる御同情があり、百方その間を周旋する慶喜の尽力があるにしても、将軍家としては僅か十日ばかりの滞在の予定で京都を辞し去ることは出来ない状態にあった。

しかし、その年の二月から、遠く横浜の港の方には、十一隻からなる英吉利《イギリス》艦隊の碇《てい》泊《はく》していたことを見逃してはならない。それらの艦隊がややもすれば自由行動をも執《と》りかねまじき態度を示していたことを見逃してはならない。それにはいわゆる生麦《なまむぎ》事件なるものを知る必要がある。

横浜開港以来、足掛け五年にもなる。排外を意味する横浜襲撃が諸浪士によって企てられているとの噂は幾回となく伝わったばかりでなく、江戸高輪東禅寺《たかなわとうぜんじ》にある英国公使館は襲われ、外人に対する迫害沙汰《はくがいざた》も頻々《ひんぴん》として起った。下田以来の最初の書記として米国公使館に在勤していたヒュウスケンなぞもその犠牲者の一人だ。彼は日米外交のそもそもからハリスと共にその局に当った人で、日本の国情に対する理解も同情も深かったと言わるるが、江戸三田《みた》古川橋《ふるかわばし》のほとりで殺害された。これらの外人を保護するため幕府方で外国御用の出役《しゅつやく》を設置し、三百余人の番衆の子弟をしてそれに当らせるなぞのことがあればあるほど、多くの人の反感はますます高まるばかりであった。そこへ生麦事件だ。

生麦事件とは何か。これは意外に大きな外国関係のつまずきを引き起した東海道筋での出来事である。時は前年八月二十一日、処《ところ》は川崎駅に近い生麦村、香港《ホンコン》在留の英国商人リチャアドソン、同じ香港《ホンコン》より来た商人の妻ボロオデル、横浜在留の英国商人マアシャル、及びクラアク、この四人のものが横浜から川崎方面に馬を駆《か》って、折柄《おりから》江戸より帰西の途にある薩摩の島津久光が一行に行き逢った。勅使大原左衛門督《おおはらさえもんのかみ》に随行して来た島津氏の供衆も数多くあって帰りの途中も混雑するであろうから、殊《こと》に外国の事情に慣れないものが多くて自然行き違いを生ずべき懸念《けねん》もあるから、当日は神奈川《かながわ》辺の街道筋を出歩くなとは、かねて神奈川奉行から各国領事を通じて横浜居留の外国人へ通達してあったというが、その意味がよく徹底しなかったのであろう。馬上の英国人らは行列の中へ乗り入れようとしたのでもなかった。言語の不通よりか、習慣の相違よりか、薩摩の御手先衆から声が掛ったのをよく解しなかったらしい。歩行の自由を有する道路を通るに差支《さしつか》えはあるまいという風で、なおも下りの方へ行き過ぎようとしたから、たまらない。五、六百人の同勢に護られながら久光の駕籠《かご》も次第に近づいて来る時で、二人の武士の抜いた白刃が忽《たちま》ち英国人らの腰の辺に閃《ひらめ》いた。それに驚いて、上りの方へ走るものがあり、馬を止めてまた走り去るものがあり、残り一人のリチャアドソンは松原というところで落馬して、その馬だけが走り去った。薩摩方の武士は落馬した異人の深手に苦しむのを見て、六人ほどでその異人の手を取り、畑中へ引き込んだともいう。傷つき逃れた三人のうち、あるものは左の肩を斬られ、あるものは頭部へ斬りつけられ、一番無事な婦人も帽子と髪の毛の一部を斬られながら居留地まで辿《たど》り着いた。この変報と共に、英吉利《イギリス》、仏蘭西《フランス》の兵士、その他の外国人は現場に急行して、神奈川奉行支配取締などと立ち会いの上、リチャアドソンの死体を担架《たんか》に載せて引き取った。翌日は横浜在留の外人はすべて業を休んだ。荘厳な行列によって葬儀が営まれた。そればかりでなく、外人は集会して強い態度を執《と》ることを申し合せた。神奈川奉行を通じて、兇行者の逮捕せられるまでは島津氏の西上を差し止められたいとの抗議を持ち出したが、薩摩の一行はそれを顧みないで西に帰ってしまった。

この事件の起った前月には仏国公使館附の二人の士官が横浜港崎町《こうざきちょう》の辺で重傷を負わ

せられ、同じ年の十二月の夜には品川御殿山《しながわごてんやま》の方に幕府で建造中であった外国公使館の一区域も長州人士のために焼かれた。排外の勢は殆《ほと》んど停止するところを知らない。当時の英国代理公使ニイルは、この日本人の態度を改めさせなければならないとでも考えたものか、横浜在留外人の意見を代表し、断然たる決心をもって生麦事件の責任を問うために幕府に迫って来た。海軍少将クロパアの率いる十一隻からの艦隊が本国政府の指命のもとに横浜に到着したのは、その結果だ。

このことが将軍家茂滞在中の京都の方に聞えた。英吉利《イギリス》側の抗議は強硬を極めたもので、英国臣民が罪なしに殺害せられるような惨酷《ざんこく》な所業に対し、日本政府がその当然の義務を怠るのみか、薩州侯をして下手人を出させることも出来ないのは、英国政府を侮辱するものであるとし、第一明《あきら》かにその罪を陳謝すべき事、償金十万ポンドを支払うべき事、もし満足な答が得られないなら、英国水師提督は艦隊の威力によって目的を達するに必要な行動を執るであろうと言い、のみならず日本政府の力で薩摩の領分に下手人を捕えることも出来ないなら、英国は直接に薩州侯と交渉するであろう、それには艦隊を薩摩の港に差向け、下手人を捕え、英国海軍士官の面前に於いて斬首すべき事、被害者の親戚及び負傷者の慰藉料として二万五千ポンドを支払うべき事をも附け添えて来た。この通牒《つうちょう》の影響は大きかった。のみならず、諸藩の有志が評定のために参集していた学習院へ達した時は、英吉利《イギリス》側の申し出はいくらか歪《ゆが》められた形のものとなって諸有志の間に伝えられた。それは左の三ケ条について返答を承りたい、とあったという。

一、島津久光を英吉利に相渡し申さるべきや。

二、償銀として十万ポンド差し出さるべきや。

三、薩摩の国を征伐致すべきや。

「関東の事情切迫につき、英艦防禦《ぼうぎょ》のため大樹《たいじゅ》(家茂のこと)帰府の儀、もっともの訳柄《わけがら》に候えども、京都ならびに近海の守備警衛は大樹に於いて自ら指揮これあるべく候《そうろう》。かつ、攘夷決戦の折柄《おりから》、君臣一和にこれなく候ては相叶《あいかな》わざるのところ、大樹関東へ帰府せられ、東西相離れ候ては、君臣の情意相通ぜず、自然隔離の姿に相成るべく、天下の形勢救うべからざるの場合にたちいたり申すべく候。当節、大樹帰城の儀、叡慮《えいりょ》に於いても安んぜられず候間、滞京ありて、守衛の計略厚く相運《あいめぐ》らされ、宸襟《しんきん》を安んじ奉り候よう思《おぼ》し召《め》され候。英艦応接の儀は浪華港《なにわみなと》へ相廻し、拒絶談判これあるべく、万一兵端を開き候節は大樹自身出張、万事指揮これあり候わば、皇国の志気挽回の機会にこれあるべく思し召され候。関東防禦の儀は、然《しか》るべき人体《にんてい》相選み申し付けられ候よう、御沙汰に候事。」

これは小御所に於いて関白から一橋慶喜に渡されたというものである。学習院に参集する有志はいずれもこれを写し伝えることが出来た。取りあえず幕府方は海岸の防備を厳重にすべきことを諸藩に通達し、英吉利《イギリス》側に向っては返答の延期を求めた。打てば響くような京都の空気の中で、人々はいずれも伝奏《てんそう》からの触《ふ》れ書《がき》を読み、所司代が御届の結果を待った。あるものは英吉利《イギリス》の三ケ条が既に拒絶せられたといい、あるものは仏国公使が調停に起《た》ったといい、あるものは必ず先方より兵端を開くであろうと言った。諸説は紛々《ふんぷん》として、前途のほども測りがたかった。

四人の外人の死傷に端緒を発する生麦事件は、これほどの外交の危機に推し移った。多年の排外熱は遂にこの結果を招いた。けれどもこのことは攘夷派の顧るところとはならなかった。討幕へと急ぐ多くの志士は、むしろこの機会を見逃すまいとしたのである。当時、京都にあった松平春嶽《まつだいらしゅんがく》は、公武合体の成功も覚束《おぼつか》ないと断念してか、事多く志と違《たが》うという風で、政事総裁の職を辞して帰国したといい、急を聞いて上京した島津久光もかなり苦しい立ち場にあって、これも国許《くにもと》の海岸防禦を名目に、僅か数日の滞在で帰ってしまったという。近衛《このえ》忠熙《ただひろ》は潜み、中川宮(青蓮院《しょうれんいん》)も隠れた。

二

香蔵は美濃《みの》中津川の問屋《といや》に、半蔵は木曾馬籠《きそまごめ》の本陣に、二人は同じ木曾街道筋にいて、京都の様子を案じ暮した。二人の友人で、平田篤胤《ひらたあつたね》歿後の門人仲間なる景蔵は、当時京都の方にあって国事のために奔走していたが、その景蔵からは二人宛《あて》にした報告がよく届いた。いろいろなことがその中に報じてある。帝《みかど》には御祈願のため、既に加茂へ行幸せられ、その折は家茂及び一橋慶喜以下の諸有司、それに在京の諸藩士が鳳輦《ほうれん》に供奉《ぐぶ》したことが報じてあり、更に石清水《いわしみず》へも行幸の思召しがあって、攘夷の首途《かどで》として男山八幡の神前で将軍に節刀を賜《たま》わるであろうとの御噂も報じてある。これらのことは、いずれも攘夷派の志士が建白にもとづくという。のみならず、場合によっては帝の御親征をすら望んでいる人たちのあることが報じてある。この京都便りを手にする度《たび》に、香蔵にしても、半蔵にしても、いずれも容易ならぬ時に直面したことを感じた。

四月のはじめには、到頭《とうとう》香蔵も景蔵の後を追って、京都の方へ出掛けて行った。三人の友達の中で、半蔵一人だけが馬籠の本陣に残った。

「どうも心が騒いで仕方がない。」

半蔵は独り言って見た。

その時になると、彼は中津川の問屋の仕事を家のものに任せておいて京都の方へ出掛けて行くことの出来る香蔵の境涯を羨《うらや》ましく思った。友達が京都を見得るの日は、師と頼む平田鉄胤《ひらたかねたね》と行動を共にし得る日であろうかと思いやった。あの師の企図し、また企図しつつあるものこそ、まことの古代への復帰であろうと思いやった。おそらく国学者としての師は先師平田篤胤の遺志をついで、紛々としたほまれそしりのためにも惑わされず、諸藩の利害のためにも左右されず、よく大局を見て進まれるであろうとも思いやった。

父吉左衛門は、と見ると、病後の身をいたわりながら裏二階の梯子段《はしごだん》を昇ったり降りたりする姿が半蔵の眼に映る。馬籠の本陣庄屋問屋の三役を半蔵に譲ってからは、全く街道のことに口を出さないというのも、その人らしい。父が発病の当時には、口も言うことが出来ない、足も起《た》つことが出来ない、手も動かすことが出来ない。治療に手を尽して、漸く半身だけ癒《なお》るには癒った。父は日頃清潔好きで、自分で本陣の庭や宅地をよく掃除《そうじ》したが、病が起ってからは手が萎《しお》れて箒《ほうき》を執るにも不便であった。父は能筆で、お家流《いえりゅう》をよく書き、字体も婉麗《えんれい》なものであったが、病後は小さな字を書くことも出来なかった。まるで七つか八つの子供の書くような字を書いた。この父の言葉に、お蔭で自分も治療の効によって半身の自由を得た、幸いに食事も便事も人手を煩《わずら》わさないで済む、しかし箒と筆とこの二つを執ることの不自由なのは実に悲しいと。この嘆息を聞く度に、半蔵は胸を刺される思いをして、あの友の香蔵のような思い切った行動は執れなかった。

八畳と三畳の二部屋からなる味噌納屋《みそなや》の二階が吉左衛門の隠居所にあててある。そこに父は好きな美濃派の俳書や蜷川流《にながわりゅう》の将棋《しょうぎ》の本なぞをひろげ、それを朝夕の友として、僅かに病後をなぐさめている。中風《ちゅうぶう》患者の常として、とかくはかばかしい治療の方法がない。他目《よそめ》にももどかしいほど回復も遅かった。

「お民、俺は王滝《おうたき》まで出掛けて行って来るぜ。後のことは、清助さんにもよく頼んでおいて行く。」

と半蔵は妻に言って、父の病を禱《いの》るために御嶽《おんたけ》神社への参籠《さんろう》を思い立った。王滝村とは御嶽山《おんたけさん》の裾《すそ》にあたるところだ。木曾の総社の所在地だ。ちょうど街道も参覲交代制度変革の後をうけ、江戸よりする諸大名が家族の通行も一段落を告げた。半蔵はそれを機会に、往復数日の僅かな閑《ひま》を見つけて、医薬の神として知られた御嶽の神の前に自分を持って行こうとした。同時に、香蔵の京都行から深く刺戟された心を抱いて、激しい動揺の渦中《かちゅう》へ飛び込んで行ったあの友達とは反対に、しばらく寂しい奥山の方へ行こうとした。

王滝の方へ持って行って神前にささげるための長歌も出来た。半蔵は三十一字の短い形の歌ばかりでなく、時折は長歌をも作ったので、それを陳情祈禱《きとう》の歌と題したものに試みたのである。

「いよいよ半蔵もお出掛けかい。」

と言って側へ来るのは継母のおまんだ。おまんは裏の隠居所と母屋《もや》の間を往復して、吉左衛門の身のまわりのことから家事の世話まで、馬籠の本陣にはなくてならない人になっている。高遠《たかとお》藩の方に聞えた坂本家から来た人だけに、相応な教養もあって、取って八つになる孫娘のお粂《くめ》に古今集の中の歌なぞを諳誦《あんしょう》させているのも、このおまんだ。

「お母さん、留守をお願いしますよ。」と半蔵は言った。「わたしもそんなに長くかからないつもりです。三日も参籠すればすぐに引き返して来ます。」

「まあ、思い立った時に出掛けて行って来るがいい。お父《とっ》さんも大層よろこんでおいでのようだよ。」

家にはこの継母があり、妻があり、吉左衛門の退役以来手伝いに通《かよ》って来る清助がある。半蔵は往復七日ばかりの留守を家のものに頼んでおいて、王滝の方へ向おうとした。

下男の佐吉は今度も供をしたいと言い出したが、半蔵は佐吉も家に残しておいて、弟子の勝重《かつしげ》だけを連れて行くことにした。勝重も少年期から青年期に移りかける年頃になって来て、しきりに同行を求めるからで。

神前への供米《くまい》、『静《しず》の岩屋《いわや》』二冊、それに参籠用の清潔で白い衣裳なぞを用意するくらいにとどめて、半蔵は身軽に支度した。勝重は、これも半蔵と一緒に行くことを楽《たの》しみにして、「さあ、これから山登りだ」という顔付だ。本陣の囲炉裏《いろり》ばたでは、半蔵はじめ一同集まってこういう時の習慣のような茶を飲んだ。そこへ思いがけない客があった。

「半蔵さん、君はお出掛けになるところですかい。」

と言って、勝手を知った囲炉裏ばたの入口の方から入って来た客は、他《ほか》の人でもない、三年前に中津川を引き揚げて伊那の方へ移って行った旧《ふる》い師匠だ。宮川寛斎《みやがわかんさい》だ。

寛斎は折角《せっかく》楽みにして行った伊那の谷もおもしろくなく、そこにある平田門人仲間とも折り合わず、飯田《いいだ》の在に見つけた最後の「隠《かく》れ家《が》」まで後に見捨てて、もう一度中津川をさして帰って行こうとする人である。かつては横浜貿易を共にした中津川の商人万屋安兵衛《よろずややすべえ》の依頼をうけ、二千四百両からの小判を預かり、馬荷一駄に宰領の附添いで帰国したその同じ街道の一部を、多くの感慨をもって踏んで来た人である。以前の伊那行には細君も同道であったが、その人の死をも見送り、今度は独《ひと》りで馬籠まで帰って来て見ると、旧い馴染《なじみ》の伏見屋金兵衛《ふしみやきんべえ》は既に隠居し、半蔵の父も病後の身でいるありさまだ。そういう寛斎もめっきり年を取って来た。

「先生、そこはあまり端近《はしぢか》です。まあお上り下さい。」

と半蔵は言って、上《あが》り端《はな》のところに腰掛けて話そうとする旧師を囲炉裏ばたに迎えた。寛斎は半蔵から王滝行を思い立ったことを聞いて、あまり邪魔すまいと言ったが、さすがに長い無沙汰《ぶさた》の後で、いろいろ話が出る。

「いや、伊那の三年は大失敗。」と寛斎は頭をかきかき言った。「今だから白状しますが、横浜貿易のことが祟《たた》ったと見えて、何処へ行っても評判が悪い。これにはわたしも弱りましたよ。あの当時、君らに相談しなかったのは、わたしが悪かった。横浜の話はもう何もして下さるな。」

「そう先生に言って頂くとありがたい。実は、わたしはこういう日の来るのを待っていました。」

「半蔵さん、君の前ですが、伊那へ行ってわたしは自分の持ってるものまで失っちまいましたよ。おまけに、医者ははやらず、手習子供は来ずサ。まあ三年間の土産《みやげ》と言えば、古史伝の上木《じょうぼく》を手伝って来たくらいのものです。前島正弼《まさすけ》、岩崎長世、北原稲雄、片桐春一、伊那にある平田先生の門人仲間はみんなあの仕事を熱心にやっていますよ。あの出板《しゅっぱん》は大変な評判で、津和野藩あたりからも手紙が来るなんて、伊那の衆はえらい意気込さ。そう言えば、暮田《くれた》正香《まさか》が京都から逃げて来る時に、君の家にも御世話になったそうですね。」

「そうでした。着流《きなが》しに雪駄《せった》ばきで、吾家《うち》へお見えになった時は、わたしもびっくりしました。」

「あの先生も思い切ったことをやったもんさ。足利《あしかが》将軍の木像の首を引き抜くなんて。あの事件には師岡正胤《もろおかまさたね》なぞも関係していますから、同志を救い出せと言うんで、伊那からもわざわざ運動に京都まで出掛けたものもありましたっけ。暮田正香も今じゃ日蔭の身でさ。でも、あの先生のことだから、京都の同志と呼応して伊那で一《ひ》ト旗《はた》挙げるなんて、なかなか黙ってはいられない人なんですね。とにかく、わたしが出掛けて行った時分と、今とじゃ、伊那も大違い。あの谷も騒がしい。」

寛斎は尻を持ち上げたかと思うとまた落ちつけ、煙草入《たばこいれ》を腰に差したかと思うとまた取り出した。そこへお民も茶を勧めに来て、夫の方を見て、

「あなた、店座敷の方へ先生を御案内したら。お母さんもお目に掛《つか》りたいと言ってい

ますに。」

「いや、そうしちゃいられません。」と寛斎は言った。「半蔵さんもお出掛けになるところだ。わたしはこんなに御邪魔するつもりじゃなかった。今日御寄りしたのは他でもありませんが、実は無尽《むじん》を思い立ちまして、上の伏見屋へも今寄って来ました。あの金兵衛さんにもお話して来ました。半蔵さん、君にもぜひ御骨折を願いたい。」

「それは悦《よろこ》んで致しますよ。いずれ王滝から帰りました上で。」

「そうどころじゃない。生憎《あいにく》香蔵も京都の方で、君にでも御骨折を願うより外に相談相手がない。どうも男の年寄というやつは具合の悪いもので、わたしも養子の厄介《やっかい》にはなりたくないと思うんです。これから中津川に落ちつくか、どうか、自分でも未定です。そうです、今一ト奮発です。ひょっとすると伊勢の国の方へ出掛けることになるかも知れません。」

無尽加入のことを頼んでおいて、やがて寛斎は馬籠の本陣を辞して行った。後には半蔵が上《あが》り端《はな》のところに立って、客を見送りに出たお民や彼女が抱いて来た三番目の男の児《こ》の顔を眺めたまま、しばらくそこに立ち尽した。

「気の毒な先生だ。数奇《すうき》な生涯だ。」と半蔵は妻に言った。「国学というものに初めて俺の眼をあけてくれたのも、あの先生だ。あの年になって、奥さんに死に別れたことを考えて御覧な。」

「中津川の香蔵さんの姉さんが、お亡くなりになった奥さんなんですか。よほど年の違う姉弟《きょうだい》と見えますね。」

「先生には娘さんがたった一人ある。この人がまた怜悧《りこう》な人で、中津川でも才女と言われた評判な娘さんさ。そこへ養子に来たのが、今医者をしている宮川さんだ。」

「わたしはちっとも知らなかった。」

「でも、お民、世の中は妙なものじゃないか。あの宮川先生が俺たちを捨てて行ってしまうとは思われなかったよ。いずれは旧い弟子のところへもう一度帰って来て下さる日のあるだろうと思っていたよ。その日が来た。」

三

京都の方のことも心に掛りながら、半蔵は勝重《かつしげ》を連れて、王滝をさして出掛けた。その日は須原《すはら》泊りということにして、ちょうどその通り路にあたる隣宿妻籠《つまご》本陣の寿平次が家へちょっと顔を出した。お民の兄であるからと言うばかりでなく、同じ街道筋の庄屋仲間として互いに心配を分けあうのも寿平次だ。

「半蔵さん、わたしも一緒にそこまで行こう。」

と言いながら、寿平次は草履をつッかけたまま半蔵らの歩いて行く後を追って来た。

旧暦四月はじめの旅するに好い季節を迎えて、上り下りの諸講中が通行も多い。伊勢へ、金毘羅《こんぴら》へ、または善光寺へとこころざす参詣者《さんけいしゃ》の団体だ。奥筋へと入り込んで来る中津川の商人も見える。荷物をつけて行く馬の新しい腹掛《はらがけ》、赤革《あかがわ》の馬具から、首振る度《たび》に動く麻の蝿《はえ》はらいまでが、何となくこの街道に活気を添える時だ。

寿平次は半蔵らと一緒に歩きながら言った。

「御嶽《おんたけ》行とは、それでも御苦労さまだ。山はまだ雪で、登れますまいに。」

「ええ、三合目までもむずかしい。王滝まで行って、あそこの里で二、三日参籠《さんろう》して来ますよ。」

「馬籠のお父《とっ》さんはまだそんなですかい。君も心配ですね。そう言えば、半蔵さん、江戸の方の様子は君もお聞きでしたろう。」

「こんなことになるんじゃないかと思って、わたしは心配していました。」

「それさ。英吉利《イギリス》の軍艦が来て江戸は大騒ぎだそうですね。来月の八日とかが返答の期限だと言うじゃありませんか。これは結局、償金を払わせられることになりましょうね。無暗《むやみ》と攘夷《じょうい》なんてことを煽《あお》り立てるものがあるから、こんな目に遭う。そりゃ攘夷党だって、国を憂えるところから動いているには相違ないでしょうが、しかしわたしにはあのお仲間の気が知れない。一体、外交の問題と国内の政事をこんなに混同してしまってもいいものでしょうかね。」

「さあねえ。」

「半蔵さん、これでわたしが庄屋の家に生れなかったら、今頃は京都の方へでも飛んで行って、鎖港攘夷だなんて押し歩いているかも知れませんよ。街道がどうなろうと、みんながどう難儀をしようと、そんなことにお構いなしでいられるくらいなら、もともと何も心配することはなかったんです。」

妻籠の宿はずれのところまで随《つ》いて来た寿平次とも別れて、更に半蔵らは奥筋へと街道を進んだ。翌日は早く須原を発《た》ち、道を急いで、昼頃には桟《かけはし》まで行った。雪解《ゆきげ》の水をあつめた木曾川は、渦を巻いて、無数の岩石の間に流れて来ている。休むにいい茶屋もある。鶯《うぐいす》も鳴く。王滝口への山道はその対岸にあった。御嶽登山をこころざすものはその道を取っても、越立《こしだち》、下条《しもじょう》、黒田なぞの山村を経て、常磐《ときわ》の渡しの附近に達することが出来た。

間もなく半蔵らは街道を離れて、山間《やまあい》に深い林をつくる谷に分け入った。檜《ひのき》、欅《けやき》にまじる雑木も芽吹きの時で、爽《さわ》やかな緑が行く先に甦《よみがえ》っていた。王滝川はこの谷間を流れる木曾川の支流である。登り一里という沢渡峠《さわどとうげ》まで行くと、遥拝所がその上にあって、麻利支天《まりしてん》から奥の院までの御嶽全山が遠く高く容《かたち》をあらわしていた。

「勝重さん、御嶽だよ。山はまだ雪だね。」

と半蔵は連れの少年に言って見せた。層々相重なる幾つかの三角形から成り立つような山々は、それぞれの角度をもって、剣ケ峯を絶頂とする一大巌頭《がんとう》にまで盛り上っている。隠れたところにあるその孤立。その静寂。人はそこに、常なく定めなき流転《るてん》の力に対抗する偉大な山嶽の相貌《そうぼう》を仰ぎ見ることが出来る。覚明《かくみょう》行者のような早い登山者が自ら骨を埋《うず》めたと言い伝えらるるのもその頂上にある谿谷《けいこく》のほとりだ。

「お師匠さま、早く行きましょう。」

と言い出すのは勝重ばかりでなかった。そう言われる半蔵も、自然のおごそかさに打たれて、長くはそこに立っていられなかった。早く王滝の方へ急ぎたかった。

御嶽山の麓にあたる傾斜の地勢に倚《よ》り、王滝川に臨み、里宮の神職と行者の宿とを兼ねたような禰宜《ねぎ》の古い家が、この半蔵らを待っていた。川には橋もない。山から伐《き》って来た材木を並べ、筏《いかだ》に組んで、村の人たちや登山者の通行に備えてある。半蔵は三沢《みさわ》というところでその渡しを渡って、日の暮れる頃に禰宜の宮下の家に着いた。

「皆さんは馬籠の方から。それはよくお出掛け下さいました。馬籠の御本陣ということはわたしもよく聞いております。」

と言って半蔵を迎えるのは宮下の主人だ。この禰宜は言葉をついで、

「いかがです。お宅の方じゃもう花も遅いでしょうか。」

「さあ、山桜が三分ぐらいは残っていましたよ。」と半蔵が答える。

「それですもの。同じ木曾でも陽気は違いますね。南の方の花の便りを聞きましてから、この王滝辺のものが花を見るまでには、一ト月もかかりますよ。」

「ね、お師匠さま。わたしたちの来る途中には、紫色の山つつじが沢山咲いていましたっけね。」

と勝重も言葉を添えて、若々しい眼付をしながら周囲を見廻した。

半蔵らは夕日の満ちた深い谷を望むことの出来るような部屋に来ていた。障子《しょうじ》の外へは川鶺鴒《かわせきれい》も来る。部屋の床の間には御嶽山蔵王大権現《ざおうだいごんげん》と筆太に書いた軸が掛けてあり、壁の上には注連縄《しめなわ》なぞも飾ってある。

「勝重さん、来て御覧、これが両部神道というものだよ。」

と半蔵は言って、二人してその掛物の前に立った。全く神仏を混淆《こんこう》してしまったような床の間の飾《かざ》り付《つけ》が、先《ま》ず半蔵をまごつかせた。

しかし、気の置けない宿だ。ここには草臥《くたぶ》れて来た旅人や参詣者なぞを親切にもてなす家族が住む。当主の禰宜《ねぎ》で十七、八代にもなるような古い家族の住むところでもある。髯《ひげ》の白いお爺さん、そのまたお婆さん、幾人《いくたり》の古い人たちがこの屋根の下に生きながらえているとも知れない。主人の宮下はちょいちょい半蔵を見に来て、風呂も山家での馳走の一つと言って勧めてくれる。七月下旬の山開きの日を待たなければ講中も入り込んで来ない、今は谷もさびしい、それでも正月十五日より二月十五日に至る大寒の季節を凌《しの》いでの寒詣《かんもうで》に続いて、ぽつぽつ祈願を籠《こ》めに来る参詣者が絶えない、と言って見せるのも主人だ。行者や中座《なかざ》に引率されて来る諸国の講中が、吹き立てる法螺《ほら》の貝の音と共に、この谷間に活気をそそぎ入れる夏季の光景は見せたいようだ、と言って見せるのもまた主人だ。

夕飯後に、主人はまた半蔵を見に来て言った。

「それじゃ、御参籠《ごさんろう》は明日からとなさいますか。ここに来ている間、塩断《しおだ》ちをなさる方があり、五穀をお断ちになる方があり、精進潔斎《しょうじんけっさい》もいろいろです。火の気を一切《いっさい》お遣《つか》いにならないで、水でといた蕎麦粉《そばこ》に、果実《くだもの》ぐらいで済ませ、木食《もくじき》の行《ぎよう》をなさる方もあります。まあ、三度の食は一度ぐらいになすって、なるべく六根《ろっこん》を清浄にして、雑念を防ぎさえすれば、それでいい訳《わけ》ですね。」

漸《よう》やく。そうだ、漸く半蔵は騒ぎ易《やす》い心を沈《お》ちつけるにいいような山里の中の山里とも言うべきところに身を置くことが出来た。王滝は殊《こと》に夜の感じが深い。暗い谷底の方に燈火《あかり》の泄《も》れる民家、川の流れを中心に湧き立つ夜の靄《もや》、すべてがひっそりとしていた。旧暦四月のおぼろ月のある頃に、この静かな森林地帯へやって来たことも、半蔵をよろこばせた。

半蔵が連れて来た勝重は、美濃落合の稲葉屋から内弟子として預かってから最早三年になる。短い袴《はかま》に、前髪をとって、せっせと本を読んでいた勝重も、いつの間にか浅黄《あさぎ》色《いろ》の襦袢《じゆばん》の襟《えり》のよく似合《にあ》うような若衆姿になって来た。彼は綿密な性質で、服装《なりふり》なぞにあまり構わない方の勉強家であるが、持って生れた美しさは宿の人の眼をひいた。かわるがわるこの少年を覗《のぞ》きに来る若い娘たちのけはいはしても、それぱかりは半蔵もどうすることも出来なかった。

「勝重さん、君は、草臥《くたぶ》れたら横にでもなるさ。」

「お師匠さま、勝手にやりますよ。どうもお師匠さまの足の速いには、わたしも驚きましたよ。須原から王滝まで、きょうの山道はかなり歩きでがありました。」

間もなく勝重は高鼾《たかいびき》だ。半蔵は独り行燈《あんどん》の灯《ひ》を見つめて、長いこと机の前に坐っていた。大判の薄藍色《うすあいいろ》の表紙から、古代紫《こだいむらさき》の糸で綴《と》じてある装幀《そうてい》まで、彼が好ましく思う意匠《いしょう》の本がその机の上にひろげてある。それは門人らの筆記になる平田篤胤の講本だ。王滝の宿であけて見たいと思って、馬籠を出る時に風呂敷包の中に入れて来た上下二冊の『静の岩屋』だ。

さびしく聞えて来る夜の河の音は、この半蔵の心を日頃精神の支柱と頼む先師平田大人《うし》の方へと誘った。もしあの先師が、この潮流の急な文久三年度に生きるとしたら、どう時代の暗礁《あんしょう》を乗り切って行かれるだろうかと思いやった。

攘夷――戦争をも敢《あえ》て辞しないようなあの殺気を帯びた声はどうだ。半蔵はこのひっそりとした深山幽谷《しんざんゆうこく》の間へ来て、敬慕する故人の前に独りの自分を持って行った時に、馬籠の街道であくせくと奔走する時にも勝《ま》して、一層はっきりとその声を耳の底に聞いた。景蔵、香蔵の親しい友人を二人までも京都の方に見送った彼は、じっとしてはいられなかった。熱する頭をしずめ、逸《はや》る心を抑えて、平田門人としての立ち場に思いを潜めねばならなかった。その時になると、同じ勤王に志すとは言っても、その中には二つの大きな潮流のあることが彼に見えて来た。水戸の志士藤田東湖らから流れて来たものと、本居平田諸大人に源を発するものと。この二つは元来同じものではない。名高い弘道館の碑文にもあるように、神州の道を敬い同時に儒者の教をも崇《あが》めるのが水戸の傾向であって、国学者から見れば多分に漢意《からごころ》の混ったものである。その傾向を押し進め、国家無窮の恩に報いることを念とし、楠公《なんこう》父子ですら果そうとして果し得なかった武将の夢を実現しようとしているものが、今の攘夷を旗印にする討幕運動である。もとより攘夷は非常手段である。そんな非常手段に訴えても、真木和泉《まきいずみ》らの志士が起した一派の運動は行くところまで行かずにおかないような勢を示して来た。

この国は果してどうなるだろう。明日は。明後日は。そこまで考え続けて行くと、半蔵は本居大人が遺《のこ》した教を一層尊いものに思った。同時代に満足しなかったところから、過去に探求の眼を向けた先人はもとより多い。その中でも、最も遠い古代に着眼した宣長のような国学者が、最も新しい道を発見して、その方向を後から歩いて出て行くものに指し示してくれたことをありがたく思った。

「勝重さん、風引くといけないよ。床に入って、ほんとうにお休み。」

半蔵は行燈《あんどん》のかげにうたた寝している少年を起して、床に就かせ、それから更に『静の岩屋』を繰って見た。この先師の遺した著述は、誰にでも分るように、また、弘く読まれるように、その用意からごく平易な言葉で門人に話しかけた講本の一つである。その中に、半蔵は異国に就いて語る平田大人を見た。先師は天保十四年に歿した故人のことで、もとより嘉永六年の夏に相州《そうしゅう》浦賀に着いた亜米利加《アメリカ》船の騒ぎを知らず、まして十一隻からの英吉利《イギリス》艦隊が横浜に入港するまでの社会の動揺を知りようもない。しかし平田大人のような人の眼に映る欧羅巴《ヨーロッパ》から、その見方、その考え方を教えられることは半蔵に取って実にうれしくめずらしかった。

『静の岩屋』に曰く、

「さて又、近ごろ西の極《はて》なる阿蘭陀《オランダ》という国よりして、一種の学風おこりて、今の世に蘭学と称するもの、則ちそれでござる。元来その国柄と見えて、物の理《ことわり》を考え究むること甚《はなは》だ賢く、仍《よっ》ては発明の説も少なからず。天文地理の学は言うに及ばず、器械の巧みなること人の目を驚かし、医薬製煉の道殊《こと》にくわしく、その書《ふみ》どももつぎつぎと渡り来りて世に弘まりそめたるは、即ち神の御心であろうでござる。然るに、その渡り来る薬品どもの中には効能の勝《すぐ》れたるもあり、又は製煉を尽して至って猛烈なる類《たぐい》もありて、良医これを用いて病症に応ずればいちじるき効験《しるし》をあらわすもあれど、もとその薬性を知らず、又はその薬性を知りてもその用うべきところを知らず、もしその病症に応ぜざれば大害を生じて、忽ち人命をうしなうに至る。これは、譬えば、猿に利刀持たせ、馬鹿に鉄砲を放たしむるようなもので、まことに危いことの甚しいでござる。さて、その究理のくわしきは、悪しきことにはあらざれども、彼《か》の紅夷《あかえみし》ら、世には真《まこと》の神あるを知らず。人の智は限りあるを、限りなき万《よろ》ずの物の理《ことわり》を考え究めんとするにつけては、強《し》いたる説多く、元よりさかしらなる国風《くにぶり》なる故《ゆえ》に、現在の小理にかかわって、かえって幽神の大義を悟らず。それゆえにその説至って究屈にして、我が古道の妨げとなることも多いでござる。さりながら、世間の有様を考うるに、今は物ごと新奇を好む風俗なれば、この学風も儒仏の道の栄えたるごとく、だんだんと弘まり行くことであろうと思われる。しからんには、世のため、人のためとも成るべきことも多かろうなれども、又、害となることも少なかるまいと思われるでござる。是こそは彼の吉事《よきこと》に是の凶事《まがこと》のいつぐべき世の中の道なるをもって、さようには推し量り知られることでござる。そもそもかく外国々《とつくにぐに》より万ずの事物の我が大御《おおみ》国《くに》に参り来ることは、皇神《すめらみかみ》たちの大御心にて、その御神徳の広大なる故に、善き悪しきの選《えら》みなく、森羅万象《しんらばんしょう》ことごとく皇国《すめらみくに》に御引寄せあそばさるる趣きを能《よ》く考え弁《わきま》えて、外国《とつくに》より来る事物はよく選み採りて用うべきことで、申すも畏《かしこ》きことなれども、是《これ》すなわち大神等《おおみかみたち》の御心掟《みこころおきて》と思い奉られるでござる。」

半蔵は深い溜息をついた。それは、自分の浅学と固陋《ころう》と馬鹿正直とを嘆息する声だ。先師と言えば、外国より入って来るものを異端邪説として蛇蝎《だかつ》のように憎み嫌った人のように普通に思われているが、『静の岩屋』なぞをあけて見ると、近くは朝鮮、支那、印度、遠くは西の阿蘭陀《オランダ》まで、外国の事物が日本に集まって来るのは、即ち神の心であるというような、こんな広い見方がしてある。先師は異国の借物をかなぐり捨てて本然《ほんねん》の日本に帰れと教える人ではあっても、無暗《むやみ》にそれを排斥せよとは教えてない。

この『静の岩屋』の中には、「夷《えびす》」という古言まで引合に出して、その言葉の意味が平常眼に慣れ耳に触れるとは異なった事物を指していうに過ぎないことも教えてある。例えば、ありゃこりゃに人の前にすえた膳は「えびす膳」、四角であるべきところを四角でなく裁《た》ち合せた紙は「えびす紙」、元来外用の薬種とされた芍薬《しゃくやく》が内服しても病のなおるというところから「えびす薬」(芍薬の和名)という風に。黒くてあるべき髪の毛が紅《あか》く、黒くてあるべき瞳《ひとみ》が青ければこそ、その人は「えびす」である、とも教えてある。

半蔵は独り言って見た。

「師匠はやっぱり大きい。」

半蔵の心に描く平田篤胤とは、あの本居宣長を想《おも》い見る度に想像せらるるような美丈夫という側の人ではなかった。彼はある人の所蔵にかかる先師の画像というものを見たことがある。広い角額《かくびたい》、大きな耳、遠いところを見ているような眼、彼がその画像から受けた感じは割合に面長《おもなが》で、痩せぎすな、どこか角張《かくば》ったところのある容貌《ようぼう》の人だ。四十台か、せいぜい五十に手の届く年頃の面影と見えて、まだ黒々とした髪も男のさかりらしく、それを天保時代の風俗のような髻《たぶさ》に束ねてあった。それは見台を側《わき》にした坐像で、三蓋菱《さんがいびし》の羽織《はおり》の紋や、簡素な線があらわした着物の襞積《ひだ》にも特色があったが、殊に、その左の手を寛《くつろ》いだ形に置き、右の手で白扇をついた膝こそは先師のものだ、と思って、心をとめて見た覚えがある。見台の上に、先師畢生《ひっせい》の大きな著述とも言うべき『古史伝』稿本の一つが描いてあったことも、半蔵には忘れられなかった。あだかも、先師はあの画像から膝を乗り出して来て、彼の前にいて、「一切は神の心であろうでござる」とでも言っているように彼には思われて来た。

四

いよいよ参籠の朝も近いと思うと、半蔵はよく眠られなかった。夜の明け方には、勝重の側で眼をさました。山の端《は》に月のあるのを幸いに、水垢離《みずごり》を執《と》って来て、身体を浄《きよ》め終ると、温くすがすがしい。着物も白、袴も白の行衣《ぎょうい》に着更《きか》えただけでも、何となく彼は厳粛な心を起した。

まだあたりは薄暗い。早く山を発《た》つ二、三の人もある。遠い国からでも祈願を籠《こ》めに来た参詣者かと見えて、月を踏んで帰途に就こうとしている人たちらしい。旅の笠、金剛杖、白い着物に白い風呂敷包が、その薄暗い空気の中で半蔵の眼の前に動いた。

「どうも、お粗末さまでございました。」

と言って見送る宿の人の声もする。

その明け方、半蔵は朝勤めする禰宜《ねぎ》について、里宮のあるところまで数町ほどの山道を歩いた。社殿には既に数日も籠り暮したような二、三の参籠者が夜の明けるのを待っていて、禰宜の打つ大太鼓が附近の山林に響き渡るのを聴いていた。その時、半蔵は払暁《ふつぎょう》の参拝だけを済ましておいて、参籠の支度やら勝重を見ることやらに一旦《いったん》宿の方へ引き返した。

「お師匠さま。」

そう言って声を掛ける勝重は、着物も白に改めて、半蔵が山から降りて来るのを待っていた。

「勝重さん、君に相談がある。馬籠を出る時にわたしは清助さんに止められた。君のような若い人を一緒に参籠に連れて行かれますかッて。それでも君は来たいと言うんだから。見たまえ、ここの禰宜《ねぎ》さまだって、すこし無理でしょうッて、そう言っていますぜ。」

「どうしてですか。」

「どうしてッて、君、お宮の方へ行けば祈禱だけしかないよ。その外は一切沈黙だよ。寒さ饑《ひも》じさに耐える行者の行くところだよ。それでも、君、わたしにはここへ来て果したいと思うことがある。君とわたしとは違うサ。」

「そんなら、お師匠さま、あなたはお父さんのためにお禱《いの》りなさるがいいし、わたしはお師匠さまのために禱りましょう。」

「弱った。そういうことなら、君の自由に任せる。まあ、眠りたいと思う時はこの禰宜さまの家へ帰って寝てくれたまえ。ここには御山《おやま》の法則があって、なかなか里の方で思ったようなものじゃない。いいかい、君、無理をしないでくれたまえよ。」

勝重はうなずいた。

神前へのお初穂《はつほ》、供米《くまい》、その他、着更えの清潔な行衣《ぎょうい》なぞを持って、半蔵は勝重と一緒に里宮の方へ歩いた。

梅の咲く禰宜《ねぎ》の家から社殿までの間は坂になった細道で、王滝口よりする御嶽参道に続いている。その細道を踏んで行くだけでも、ひとりでに参詣者の心の澄むようなところだ。山中の朝は、空に浮ぶ雲の色までだんだん白く光って来て、すがすがしい。坂道を登るにつれて、霞み渡った大きな谷間が二人の眼の下にあるようになった。

「お師匠さま、雉子《きじ》が鳴いていますよ。」

「あの覚明《かくみょう》行者や普寛《ふかん》行者なぞが登った頃には、どんなだったろうね。わたしはあの行者たちが最初の登山をした人たちかとばかり思っていた。ここの禰宜さまの話で見ると、そうじゃないんだね。講中というものを組織して、この山へ導いて来たのがあの人たちなんだね。」

二人は話し話し登った。新しい石の大鳥居で、その前年(文久二年)に尾州公《びしゅうこう》から寄進になったというものの前まで行くと、半蔵らは向うの山道から降りて来る一人の修行者にも逢った。珠数《じゅず》を首にかけ、手に杖をつき見るからに荒々しい姿だ。肉体を苦しめられるだけ苦しめているような人の相貌《そうぼう》だ。どこの岩窟《がんくつ》の間から出て来たか、雪のある山腹の方からでも降りて来たかという風で、山にはこんな人が生きているのかということが、半蔵を驚かした。

間もなく半蔵らは、十六階もしくは二十階ずつからなる二町ほどの長い石段にかかった。見上げるように高い岩壁を背後《うしろ》にして、里宮の社殿がその上に建てられてある。黒々とした残雪の見られる谷間の傾斜と、小暗《おぐら》い杉や檜の木立とに囲繞《とりま》かれたその一区域こそ、半蔵が父の病を禱《いの》るためにやって来たところだ。先師の遺著の題目そのままともいうべきところだ。文字通りの「静の岩屋」だ。

到頭、半蔵は本殿の奥の霊廟《れいびょう》の前に跪《ひざまず》き、かねて用意して来た自作の陳情祈禱《きとう》の歌をささげることが出来た。他の無言な参籠者の間に身を置いて、社殿の片隅に、そこに置いてある円《まる》く簡素な藁蒲団《わらぶとん》の上に坐ることも出来た。

あたりは静かだ。社殿の外にある高い岩の間から落ちる清水の音よりほかに耳に入るものもない。ちょうど半蔵が坐ったところからよく見える壁の上には、二つの大きな天狗の面が額にして掛けてある。その周囲には、嘉永年代から、あるいはもっとずっと古くからの講社や信徒の名を連ねた種々《さまざま》な額が奉納してあって、中にはこの社殿を今見る形に改めた造営者であり木曾福島の名君としても知られた山村蘇門《そもん》の寄進にかかる記念の額なぞの宗教的な気分を濃厚ならしめるのもあるが、殊《こと》にその二つの天狗の面が半蔵の注意をひいた。耳のあたりまで裂けて牙歯《きば》のある口は獣のものに近く、隆《たか》い鼻は鳥のものに近く、黄金の色に光った眼は神のものに近い。高山の間に住む剛健な獣の野性と、翼を持つ鳥の自由と、深秘を体得した神人の霊性とを兼ね具えたようなのがその天狗だ。製作者はまたその面に男女両性を与え、山嶽的な風貌をも附け添えてある。例えば、杉の葉の長く垂れ下ったような粗《あら》い髪、延び放題に延びた草のような髯《ひげ》。あだかも暗い中世はそんなところにも残って、半蔵の眼の前に光っているかのように見える。

いつの間にか彼の心はその額の方へ行った。ここは全く金胎《こんたい》両部の霊場である。山嶽を道場とする「行《ぎょう》の世界」である。神と仏との混り合った深秘な異教の支配するところである。中世以来の人の心を捉えたものは、こんな両部の教として発達して来ている。父の病を禱《いの》りに来た彼は、現世に超越した異教の神よりも、もっと人格のある大己貴《おおなむち》、少彦名《すくなびこな》の二神の方へ自分を持って行きたかった。

白膠木《ぬるで》の皮の燃える香気と共に、護摩《ごま》の儀式が、やがてこの霊場を荘厳にした。本殿の奥の厨子《ずし》の中には、大日如来《だいにちにょらい》の仏像でも安置してあると見えて、参籠者はかわるがわる行ってその前に跪いたり、珠数《じゅず》をつまぐる音をさせたりした。御簾《みす》のかげでは心経《しんぎょう》も読まれた。

「これが神の住居《すまい》か。」

と半蔵は考えた。

彼が眼に触れ耳に聴くものの多くは、父のために禱ることを妨げさせた。彼の心は和宮様御降嫁の頃に福島の役所から問合せのあった神葬祭の一条の方へ行ったり、国学者仲間にやかましい敬神の問題の方へ行ったりした。もっとも、多くの門弟を引きつれて来て峻嶮《しゅんけん》を平《たい》らげ、山道を拓《ひら》き、各国に信徒を募《つの》ったり、講中を組織したりして、この山のために心血を捧げた覚明、普寛、一心、一山なぞの行者らの気魄《きはく》と努力とには、彼とても頭が下ったたが。

終日静坐《せいざ》。

いつの間にか半蔵の心は、しばらく離れるつもりで来た馬籠の宿場の方へも行った。高札場がある。二軒の問屋場がある。伏見屋の伊之助、問屋の九郎兵衛、その他の宿役人の顔も見える。街道の継立《つぎたて》も困難になって来た。現に彼が馬籠を離れて来る前に、仙台侯が京都の方面から下って来た通行の場合がそれだ。あの時の仙台の同勢は中津川泊りで、中通しの人足二百八十人、馬百八十疋という触込《ふれこ》みだった。継立ての混雑、請負いのものの心配なぞは言葉にも尽せなかった。八つ時過ぎまで四、五十駄の継立てもなくて、人足や牛で漸《ようや》くそれを附け送ったことがある。

こんなことを思い浮べると、街道に於ける輸送の困難も、仙台侯の帰東も、何となく切迫して来た関東や京都の事情と関係のないものはない。時ならぬ鐘の音が馬籠の万福寺からあの街道へがんがん聞えて来ている。この際、人心を善導し、天下の泰平を禱り、併《あわ》せて上洛《じょうらく》中の将軍のためにもその無事を祈れとの意味で、公儀から沙汰《さた》のあった大般《だいはん》若《にゃ》の荘厳《おごそか》な儀式があの万福寺で催されているのだ。手兼村《てがのむら》の松源寺、妻籠《つまご》の光徳寺、湯舟沢の天徳寺、三留野《みどの》の等覚寺、その他《ほか》山口村や田立村の寺々まで、都合六ケ寺の住職が大般若に集まって来ているのだ。

物々しいこの空気を思い出しているうちに、半蔵の胸には一つの悲劇が浮んで来た。峠村の牛行司《うしぎょうじ》で利三郎と言えば、彼には忘れられない男の名だ。かつて牛方事件の張本人として、中津川の旧問屋角屋《かどや》十兵衛を相手に血戦《けっせん》を開いたことのある男だ。それほど腰骨《こしぼね》の強い、黙って下の方に働いているような男が、街道に横行する雲助《くもすけ》仲間と衝突《しょうとつ》したのは、彼として決して偶然な出来事とも思われなかった。ちょうど利三郎は、尾州の用材を牛につけて、清水谷下というところにかかった時であったという。三人の雲助がそこへ現われて、竹の杖で利三郎を打擲《ちょうちゃく》した。二、三ケ所も打たれた天窓《あたま》の大疵《おおきず》からは血が流れ出て、さすがの牛行司も半死半生の目に遭わされた。村のものは急を聞いて現場へ駆けつけた。この事が宿方へも注進のあった時は、二人の宿役人が目証《めあかし》の弥平を連れて見届けに出掛けたが、不幸な利三郎は最早起《た》てない人であろうという。一事が万事だ。すべてこれらのことは、参観交代制度の変革以来に起って来た現象だ。

「憐むべき街道の犠牲。」

と半蔵は考えつづけた。上は浪人から、下は雲助まで、世襲過重の時代が生んだ特殊な風俗と形態とが眼につくだけでも、何となく彼は社会変革の思いを誘われた。庄屋としての彼は、いろいろな意味から、下層にあるものを護《まも》らねばならなかった……

ふと我に返ると、静かな読経《どきょう》の声が半蔵の耳に入った。にわかに明るい日の光は、屋外《そと》にある杉の木立を通して、社殿に満ちて来た。彼は、単純な信仰に一切を忘れているような他の参籠者を眼の前に眺めながら、雑念の多い自己《おのれ》の身を恥じた。その夕方には、禰宜《ねぎ》が彼の側へ来て、塩握飯《しおむすび》を一つ置いて行った。

四日目には半蔵はどうやら心願を果し、神前に終りの禱りを捧げる人であった。たとい自己《おのれ》の寿命を一年縮めてもそれを父の健康に代えたい、一年で足りなくば二年三年たりとも厭《いと》わないという風に。

社殿を出る頃は、雨が山へ来ていた。勝重は傘《かさ》を持って、禰宜《ねぎ》の家の方から半蔵を迎えに来た。乾燥した草木を濡《うるお》す雨は、参籠後の半蔵を活《い》き返《かえ》るようにさせた。

「勝重さん、君はどうしました。」

社殿の外にある高い岩壁の下で、半蔵がそれを言い出した。彼も三日続いた沈黙をその時に破る思いだ。

「お師匠さま、お疲れですか。わたしは一日だけお籠《こも》りして、あとはちょいちょいお師匠さまを見に来ました。きのうはこのお宮のまわりを独りで歩き廻りました。いろいろなめずらしい草を集めましたよ――じじばば(春蘭)だの、しょうじょうばかまだの、姫龍胆《ひめりんどう》だの。」

「やっぱり君と一緒に来てよかった。独りでいる時でも、君が来ていると思うと、安心して坐っていられた。」

二人が帰って行く道は、その路傍《みちばた》に石燈籠や石造の高麗《こま》犬《いぬ》なぞの見出さるるところだ。三面六臂《さんめんろっぴ》を有し猪の上に踊る三宝荒神《さんぽうこうじん》のように、まぎれもなく異国伝来の系統を示す神の祠《ほこら》もある。十二権現《ごんげん》とか、神山霊神とか、あるいは金剛道神とかの石碑は、不動尊の銅像や三十三度供養塔なぞに混って、両部の信仰のいかなるものであるかを語っている。

あるものは飛騨《ひだ》、あるものは武州《ぶしゅう》、あるものは上州《じょうしゅう》、越後《えちご》の講中の名がそれらの石碑や祠《ほこら》に記しつけてある。ここは名のみの木曾の総社であって、その実、御嶽大権現である。これが二柱の神の住居《すまい》かと考えながら歩いて行く半蔵は、行く先でまごついた。

禰宜の家の近くまで山道を降りたところで、半蔵らは山家風なかるさん姿の男の児に逢った。傘《からかさ》をさして、そこまで迎えに来た禰宜の子息《むすこ》だ。その辺には蓑笠《みのかさ》で雨を厭わず往来《ゆきき》する村の人たちもある。重い物を背負《しょ》い慣れて、山坂の多いところに平気で働くのは、木曾山中到るところに見る図だ。

「オヤ、お帰りでございますか。さぞお疲れでございましょう。」

禰宜の細君は半蔵を見て声を掛けた。山登りの多くの人を扱い慣れていて、いろいろと彼をいたわってくれるのもこの細君だ。

「御参籠の後では、皆さまが食べ物に気をつけますよ。こんな山家で何もございませんけれど、芹粥《せりがゆ》を造っておきました。落《おと》し味噌《みそ》にして焚《た》いて見ました。これが一番さっぱりして好いかと思いますが、召し上って見て下さい。」

こんなことを言って、芹の香のする粥なぞを勧めてくれるのもこの細君だ。

温暖《あたたか》い雨はしとしとと降り続いていた。その一日はせめて王滝に逗留《とうりゅう》せよ、風呂にでも入ってからだを休めて行けという禰宜の言葉も、半蔵にはうれしかった。

「へい。床屋でございます。御用はこちらでございますか。」

宿の人に呼んでもらった村の髪結《かみゆい》が油じみた台箱を提《さ》げながら半蔵の部屋に入って来た。ぐっすり半日ほど眠った後で、半蔵は参籠に乱れた髪を結い直してもらった。元結《もとゆい》に締められた頭には力が出た。気もはっきりして来た。側にいる勝重を相手に、いろいろ将来の身の上の話なぞまで出るのも、こうした静かな禰宜《ねぎ》の家なればこそだ。

「勝重さん、君もそう長くわたしの側にはいられまいね。来年あたりは落合の方へ帰らにゃなるまいね。きっと家の方では、君の縁談が待っていましょう。」

「わたしはもっと勉強したいと思います。そんな話がありましたけれど、まだ早いからと言って断りました。」

勝重はそれを言うにも顔を紅《あか》める年頃だ。そこへ禰宜が半蔵を見に来た。禰宜は半蔵のことを「青山さん」と呼ぶほどの親しみを見せるようになった。里宮参籠記念の御札、それに神饌《しんせん》の白米なぞを用意して来て、それを部屋の床の間に置いた。

「これは馬籠へお持ち帰りを願います。」と禰宜は言った。「それから一つお願いがあります。あの御神前へおあげになった歌は、結構に拝見しました。こんな辺鄙《へんぴ》なところで、ろくな短冊《たんざく》もありませんが、何かわたしの家へも記念に残しておいて頂きたい。」

禰宜はその時、手を叩いて家のものを呼んだ。自分の子息《むすこ》をその部屋に連れて来させた。

「青山さん、これは八つになります。遅生《おそう》まれの八つですが、手習《てならい》なぞの好きな児です。御覧の通りな山の中で、好いお師匠さまも見当らないでいます。どうかこれを御縁故に、ちょくちょく王滝へもお出掛けを願いたい。この児にも、本でも教えてやって頂きたい。」

禰宜はこの調子だ。更に言葉をついで、

「福島からここまでは五里と申しておりますが、正味四里半しかありません。青山さんは福島へはよく御出張でしょう。あの行人橋《ぎょうにんばし》から御嶽山道について常盤《ときわ》の渡しまでお歩きになれば、今度お越しになったと同じ道に落ち合います。この次はぜひ、福島の方からお廻り下さい。」

「ええ。王滝は気に入りました。こんな仙郷《せんきょう》が木曾にあるかと思うようです。また折を見てお邪魔にあがりますよ。わたしもこれでいそがしいからだですし、御承知の世の中ですから、この次やって来られるのは何時《いつ》のことですか。まあ、王滝川の音をよく聞いて行くんですね。」

半蔵は側にいる勝重に墨を磨《す》らせた。禰宜から求めらるるままに、自作の歌の一つを短冊に書きつけた。

梅の花匂はざりせば降る雨にぬるゝ旅路は行きがてましを　　半　蔵

そろそろ半蔵には馬籠の家の方のことが気に掛って来た。一ト月《ひつき》からして陽気の遅れた王滝とも違い、彼が御嶽の話を持って父吉左衛門を悦ばし得る日は、あの木曾路の西の端は最早若葉の世界であろうかと思いやった。将軍上洛中の京都へと飛び込んで行った友人香蔵からの便りは、どんな報告をもたらして、そこに自分を待つだろうかとも思いやった。万事不安の裡《うち》に、空しく春の行くことも惜まれた。

「そうだ、われわれはどこまでも下から行こう。庄屋には庄屋の道があろう。」

と彼は思い直した。水垢離《みずごり》と、極度の節食と、時には滝にまで打たれに行った山籠りの新しい経験をもって、もう一度彼は馬籠の駅長としての勤めに当ろうとした。

御嶽の裾を下ろうとして、半蔵が周囲を見廻した時は、黒船のもたらす影響はこの辺鄙な木曾谷の中にまで深刻に入り込んで来ていた。欧羅巴《ヨーロッパ》の新しい刺戟を受ける度に、今まで眠っていたものは眼をさまし、一切がその価値を転倒し始めていた。急激に時世遅れになって行く古い武器がある。眼前に潰《つい》えて行く旧《ふる》くからの制度がある。下民百姓は言うに及ばず、上御一人《かみごいちにん》ですら、この驚くべき分解の作用を他《よそ》に、平静に暮さるるとは思われないようになって来た。中世以来の異国の殻もまだ脱ぎ切らないうちに、今また新しい黒船と戦わねばならない。半蔵は『静の岩屋』の中に遺《のこ》った先師の言葉を繰り返して、測《はか》りがたい神の心を畏《おそ》れた。

〔編集付記〕

一、底本には、岩波文庫初版と同様、『夜明け前』(昭和一一年七月、新潮社刊)を底本とした。
一、左記の要項に従って表記がえをおこなった。

岩波文庫(緑帯)の表記について

近代日本文学の鑑賞が若い読者にとって少しでも容易となるよう、旧字・旧仮名で書かれた作品の表記の現代化をはかった。そのさい、原文の趣をできるだけ損なうことがないように配慮しながら、次の方針にのっとって表記がえをおこなった。

(一) 旧仮名づかいを現代仮名づかいに改める。ただし、原文が文語文であるときは旧仮名づかいのままとする。
(二) 「常用漢字表」に掲げられている漢字は新字体に改める。
(三) 漢字語のうち代名詞・副詞・接続詞など、使用頻度の高いものを一定の枠内で平仮名に改める。
(四) 平仮名を漢字に、あるいは漢字を別の漢字にかえることは、原則としておこなわない。
(五) 振り仮名を次のように使用する。
(イ) 読みにくい語、読み誤りやすい語には現代仮名づかいで振り仮名を付す。
(ロ) 送り仮名は原文どおりとし、その過不足は振り仮名によって処理する。
例、明に→明《あきらか》に

(岩波文庫編集部)

夜《よ》明《あ》け前《まえ》　第一部（上）

1969年1月16日　第1刷発行
2003年7月16日　改版第1刷発行

作　者　島崎藤村《しまざきとうそん》

発行者　山口昭男

発行所　株式会社　岩波書店
〒101-8002　東京都千代田区一ツ橋2-5-5

電　話　案内 03-5210-4000　販売部 03-5210-4111
文庫編集部 03-5210-4051
http://www.iwanami.co.jp/

印刷・理想社　カバー・精興社　製本・桂川製本

ISBN4-00-310242-8　　Printed in Japan

読書子に寄す

――岩波文庫発刊に際して――

岩波茂雄

真理は万人によって求められることを自ら欲し、芸術は万人によって愛されることを自ら望む。かつては民を愚昧ならしめるために学芸が最も狭き堂宇に閉鎖されたことがあった。今や知識と美とを特権階級の独占より奪い返すことはつねに進取的なる民衆の切実なる要求である。岩波文庫はこの要求に応じそれに励まされて生まれた。それは生命ある不朽の書を少数者の書斎と研究室とより解放して街頭にくまなく立たしめ民衆に伍せしめるであろう。近時大量生産予約出版の流行を見る。その広告宣伝の狂態はしばらくおくも、後代にのこすと誇称する全集がその編集に万全の用意をなしたるか。千古の典籍の翻訳企図に敬虔の態度を欠かざりしか。さらに分売を許さず読者を繋縛して数十冊を強うるがごとき、はたしてその揚言する学芸解放のゆえんなりや。吾人は天下の名士の声に和してこれを推挙するに躊躇するものである。このときにあたって、岩波書店は自己の責務のいよいよ重大なるを思い、従来の方針の徹底を期するため、すでに十数年以前より志して来た計画を慎重審議この際断然実行することにした。吾人は範をかのレクラム文庫にとり、古今東西にわたって文芸・哲学・社会科学・自然科学等種類のいかんを問わず、いやしくも万人の必読すべき真に古典的価値ある書をきわめて簡易なる形式において逐次刊行し、あらゆる人間に須要なる生活向上の資料、生活批判の原理を提供せんと欲する。この文庫は予約出版の方法を排したるがゆえに、読者は自己の欲する時に自己の欲する書物を各個に自由に選択することができる。携帯に便にして価格の低きを最主とするがゆえに、外観を顧みざるも内容に至っては厳選最も力を尽くし、従来の岩波出版物の特色をますます発揮せしめようとする。この計画たるや世間の一時の投機的なるものと異なり、永遠の事業として吾人は微力を傾倒し、あらゆる犠牲を忍んで今後永久に継続発展せしめ、もって文庫の使命を遺憾なく果たさしめることを期する。芸術を愛し知識を求むる士の自ら進んでこの挙に参加し、希望と忠言とを寄せられることは吾人の熱望するところである。その性質上経済的には最も困難多きこの事業にあえて当たらんとする吾人の志を諒として、その達成のため世の読書子とのうるわしき共同を期待する。

昭和二年七月